新中国散文典藏

新中国
散文典藏

第三卷

主编　王景科

山东友谊出版社

目录

秦兆阳

生命之歌

一九四九年四月的某一天，我坐在装满了背包和文件箱的大卡车上，连夜从石家庄向北京城急驶而来，黎明时分来到了卢沟桥头。卢沟桥啊卢沟桥，你是中华民族的骄傲。若干年前，中国共产党所促成所领导的抗日战争，就是从这里开始爆发起来的，从此中国革命就走上了一个新的历史阶段。经过了多年的战争生活以后，今天突然看见这座美丽的大桥，同行的战友们怎么能不欢呼？几辆卡车同时停了下来。大家走上了石桥，抚摸着石栏，俯视着河水，眼泪擦不干，嘴巴合不拢，那心情，真是难以描述啊！

桥旁边有个白石亭子，四根石柱，一块石碑，碑上刻着“卢沟晓月”四个大字。在熹微的晨光之下，我看见石碑上有用粉笔写的一首律诗，不写年月，没有署名，但字迹清楚，把我想说而又说不出来的心情说出了一部分，使我深受感动，反复念了几遍，所以至今还记得十分清楚：

卢沟映晓月，
银桥似铺雪。
战马嘶长风，
晨光照车辙。
千军齐拍手，
共话心头热。
凯歌动地来，
人间换春色。

可以想象得到，一定是一位经过了十年二十年南征北战的老战士写下来的。

当时，汽车继续迎着晨晖向北京城飞驰，我心如潮涌，思绪万端，不觉想起了一九四三年在冀中“平、津、保”三角地带的地道里一位军事指挥员告诉我的一个故事，是一九三七年八月下旬他所经历的一段故事：当时，北京城外的南苑、西苑、卢沟桥等地的战火已经停熄了，国民党宋哲元的二十九军已经撤走了，北京（当时叫北平）成了一座空城，一群大小汉奸们正在准备粉墨登场。讲故事的这位同志当时是个参加救亡活动的穷学生，因故直到这时才跟几位爱国青年一起离开北京回冀中平原老家去准备扛枪杆子。不料，走近西直门时，忽然听见前面传来一种奇怪的音乐声，接着就看见从西直门的城门洞里走进来一群马队，八匹马一排，马上坐着手举太阳旗、背着枪的日本兵，和着音乐拍子，高视阔步地向城里走来。闪亮的刺刀和钢盔，黄铜纽扣和红色的领章，凶恶的面孔和眼睛。这几位青年和街上的行人啊，像看见了妖怪，像碰见了瘟疫，飞跑进街道两边的胡同里去。多少泪水染湿了脸颊！多少中国人的心，在紧缩，在燃烧，在震颤，在绞痛！乐队震耳欲聋的声音过去了，坦克和汽车的轰鸣声过去了，整齐而又急促的皮鞋脚步声过去了，然后是死一样的沉寂，痛苦而又紧张的沉寂，好像整个世界都突然停止了呼吸。这几位青年从胡同里一个卖豆浆的小铺子里走出来。炽热太阳把宽大的柏油马路晒软了，路面上留下了很深的坦克齿轮印、汽车胶轮印和带钉子的皮鞋印。几位青年都弯下腰去，用含泪的眼睛看着这些印迹，用颤抖的手摸着这些耻辱的印迹，“摸在手上，记在心里！记在心里！”——不知是谁，哽咽着说出了这样的话。然后，大家挺起胸，昂着头，大踏步走出了城门，又回头看了看那巍峨的城门楼，然后咬紧牙根，流着眼泪，向前走去。走近永定河边时，这位讲故事的同志在心里写下了一首诗——一首永远写在心坎上的诗：

祖国啊，
你的痛苦，
你的愤怒，
凝结在我的心头！
从此我走上了革命的征途，
誓用火热的鲜血，
染红你的泥土！

年轻的朋友们啊，想一想吧，想一想吧：我们亲爱的祖国，从忧患走向胜利，从耻辱走向光荣，经历过多么艰难的路程啊！有多少优秀儿女，为了新中国的诞生，历尽了多少艰辛，贡献了多少生命！也许，这位在卢沟桥头题诗的老战士，就是当年把祖国的痛苦和愤怒凝结在自己心头的青年人吧？我知道，在漫长的战争的年月里，他确实是用自己的鲜红的热血，不止一次地染红过祖国芳香的泥土。我还看见，当他忍受伤痛的时候，不住地对着前来慰问的人民群众，显出无限幸福的笑容！

请想一想吧：为什么曾经有那么多热血青年，对祖国，对革命，有如此深厚的感情？为什么比对自己的母亲还亲？假如一个人没有扩大了的爱情，假如没有对祖国、对人民、对革命的血肉难分的感情，那就好像是没有了灵魂；生命，就变成了枯槁的浮萍；生活，就失去了色调，失去了旋律，失去了意义，失去了重心；即使用个人主义的欢乐来麻醉自己，在那所谓的“欢乐”的背后，隐藏着多么可怕的空虚的阴影！

要警惕，庸俗的意识，向你调情，害你一生！

要知道，那种扩大了的、对祖国和人民的爱情，是一种最宝贵的权利，胜过黄金，胜过生命。平常情况下你不会觉得，在失去了以后，你才知道，苦闷，是多么深沉！万恶的“四人帮”，是懂得用这样的痛苦来折磨人的。隔离、关闭，挂上黑牌，把你推到反面去，把人变成鬼，剥夺掉你一切正当的高尚的权利，要你投降，要你跟人民、跟革命、跟祖国，对立。这痛苦啊，多少人尝过，怎么能忘记！

伟大的、辉耀千古的“四五”运动，那千百万激情似火的群众，难道不正是为了争取这种权利，迸发出如火如荼的行动，情愿牺牲自己的生命吗?

我自己,曾经由于被误会,体会过这样的“失去”二十年!“难为阳间鬼,怎做黑夜人!热血心头涌,革命竟无门!托身无寸土,寄语失苍溟!……”如今,我又重新“获得”了。我才深深懂得:什么叫做人的生命!

生命啊,应该是,像火焰一样燃烧,像热血一样涌动,像战鼓一样激越!

生命啊,应该投进祖国各项事业的脉管里去,变成革命的新鲜血液,去克服那些陈腐的污秽,去加强历史的生生不已的活力!

年轻的朋友们,想一想吧,在那过去的革命高潮的年代里,有多少人奔赴延安,奔赴战场,投向革命。于是,革命的生命力无限旺盛;于是,战胜了强大的敌人;于是,赢得了祖国的新生。

如今,祖国正处在新的历史关头,困难有如山积,路途却很清晰,四化征途、民主改革,需要我们如火的热力!

如今,延安就在我们身边,战场就在我们眼前,新的卢沟桥的一声炮响,就是天安门事件。张志新同志已经作出了榜样——她说,新的时代,要有新的热情,新的智慧,新的勇敢!虽然“四人帮”已被粉碎,但是,每个人是否能够自觉地使用你那为祖国、为革命、为人民的、神圣的权利?

珍惜这权利吧!珍惜青春吧!请听,在祖国广大的国土上,到处都在等待着我们。用我们心的弦索,演奏出战斗的旋律吧!

1979 年 10 月

心的歌

一

正当青波万顷麦苗肥的时候，我有事到河北平原邢台地区去了一趟，有幸在柏乡县的北郝大队看到了一种奇花——有名的北郝牡丹。

花畦在北郝大队小学校的院子里。围着半人高的铁栅栏。有两丛盛开的牡丹和两丛尚未开花的芍药。牡丹高约三尺，分枝很多，成为两丛，数十朵碗大的玫瑰红花朵被肥嫩的绿叶衬托着，的确是好看。但这花的奇处却并不是在于它的娇艳富丽和幽香四溢，而是在于它的历史。以前这里有一块记载花史的古老石碑，在“文化大革命”中被红卫兵“破四旧”砸烂了，但这篇花史仍然流传于当地人民的口碑之中。相传，大约距今两千年的时候，这里原是一所没有主人的破败院落，时常有一些无家可归的穷人来此栖身。有一天黎明时分，一个睡在破大门外边的老年人忽然被一股奇妙的香气惊醒了，一睁眼，看见两个美若天仙的年轻女子，上身紫红，下身翠绿，轻轻地飘进院里去了。老人连忙追了进去，却是除了香气未散以外，什么也没有看见。不久，这破院子里的空地上就长出两株牡丹来了。到公元九至二十五年之间，东汉王朝的开国皇帝刘秀被王莽的兵马追赶着跑到这里，看见村庄毁于兵荒，到处荒寂无人，唯有这所破院里的两株牡丹繁花怒放。他以为是奇花向他献瑞，可见自己合当为王，就在一块破墙上题了一首小诗。

这当然只不过是一些古老的传说，但这两株牡丹年代古老却是事实。从什么时候开始有这北郝村的？谁也说不清楚。无数代的婴儿变成了白发苍苍的老人，这两丛牡丹却永远是妙龄少女。到抗日战争爆发的时候，一直都是像两丛小树一样，有八九尺之高。

多少次风寒暑暴，霜凌雪欺，兵荒马乱，天灾人祸，这两丛牡丹是怎样熬过来的？为什么如此娇弱的东西，其生命力却如此顽强？

然而还有更奇的事：抗日战争时期，日本鬼子占领了这一带。县城里有个名叫龟土正新（人们都叫他鬼头黑心）的日本翻译官，听说了这两丛牡丹的奇迹，就带来了一群特务，用刺刀和枪口逼着村里的人们，深挖七尺，宽挖四尺，连根带土掘了起来，装在两辆大车上，运到城里去了。原打算先栽在他的狼窝院里，等以后“凯旋归国”时运回家乡，栽在自家门口，然后大肆宣扬“支那千年奇花为圣战勇士庆功盛开”，岂不是可以名利双收吗？没有想到，大车刚刚走到半路，就花垂叶蔫了；隔了一夜，就花落叶黄了；不到三天，就梗干茎枯了！可是,正像当地的群众所说的:“连中国的花也是有良心、有志气的啊!”——这两株牡丹其实并没有死!

第二年春天,春风春雨又来抚慰这受了伤残的土地。在那两个七尺深的土坑里,在那被逼挖掘的人们滴过多少眼泪的土坑里,又冒出了两株紫绿色的嫩芽!

如今这两丛牡丹又有三尺多高了。人们早已在旁边栽了两丛芍药,也已长到两尺多高,成了两株牡丹的忠实伴侣。

什么样的生机！什么样的潜力！什么样的意志!

人有时候由于某件事情的启示而想起很多别的事情。特别是像我这样呆气十足而又总爱胡思乱想的人,可以说一辈子就是在思想情绪的波浪里浮沉过来的。有多少思绪,多少回忆,多少值得咏叹的遐想!

二

我想起了战争期间所看到的,华北山区那些参天的白杨。躯干雪白光洁,点缀着点点黑斑,笔直地伸向晴空,傲然于战火纷飞之中。我想起平山县土岸村西头村外半山坡上一棵不知其名的大树,大约总有十几丈高,擎天大柱般地屹立在群山之间。树上有数不清的鸟巢,几十只洁白肥大的鹭鸶栖止其上,恬静而且欢乐,一早一晚,伸颈鼓翅,舞态翩翩。这树,这鸟,没有闻见过敌人战火的硝烟吗?当然不是。但这是中国的土地,人民的土地,它们有生存下去的权利和意志。每次反“扫荡”,我们单位就转移到更大的深山里去,过十天半月再回来时,那大树和鸟群总是在庄严雄伟的树上无限欢乐地欢迎我们。

那时候,在山区,在平原,多少村庄有着参天的槐树、榆树和柳树,或屹立于村头,或像巨大的围墙一样卫护着村庄,还有的矗立在村中心的十字路口上,枝叶遮天盖地,笼罩着半个村子。它们是民兵瞭望敌情的哨位,是悬挂警钟号召战斗的司令台,也是战斗间隙时人们歇荫开会的场所。它们给予那些战斗的人们以多少无形的支持和慰藉啊!因长途行军而极其疲劳的队伍,在紧张的战斗中转移地方的队伍,每逢远远地看见这些大树,每逢走进村里在大树下休息下来,“亲爱的家乡”的滋味就油然涌上了心头,就会减少多少疲劳,增添多少勇气,感觉到多少温暖!

有多少个日月,由于敌人占领了白天,我们在地道里,夹壁墙里,隐秘的小屋子里,工作、开会、睡觉,一连十天、二十天,甚至一两个月。夜里,转移,从村头村尾大树浓荫之中悄悄来到田野之上。啊,芳香的空气,模糊的毛毯一样的原野,多么令人心醉!摸一摸吧,心情激动地摸一摸吧:“嗨!麦苗儿长这么高了!”——原来,土地仍然在生长,生机仍然在焕发!战士们的心啊,能不发烫吗?战士们的眼睛,能不热泪盈眶吗?

我还看见过狼牙山五壮士之中三位烈士跳崖牺牲的地方,一棵青松抓住陡峭的石壁,偃卧着身躯,永远俯视着山下烈士们的英魂。

我还多次看见过,不知名的鲜艳的野花,盛开在战士们的血迹之中。

仔细想一想吧:祖国大地上何处不是生机蓬勃!

在北方高高的长城岭上，人一走上去就被迎面的大风吹得连呼吸都很困难，然而脚下茂草如茵，密密地覆盖着如波浪般起伏的山头，无边无际。遥望塞外，草原似海，牛羊如云。而在那五岭以南的南方呢，我又看见过多少大树长在坚硬的石头上，真正是长在坚硬的石灰岩石头上。那看起来并不十分刚劲的根须，穿石破壁，弯弯曲曲，寻找着沿途每一点滴的泥土和水分，牵延好几丈长，扎进石岩下边的土地里去。当我每每看到它们把巨大的岩石挣裂了，挣崩了，露出那些长根的时候，我是多么吃惊！人们说，在桂西北，还有一大片原始森林就硬是生长在石头“地”上的呢！

还有那祖国南方到处可见的大榕树呢。几个人围抱不过来的树干，全身鼓鼓囊囊，疙里疙瘩，坚硬得如钢似铁。粗壮的根像许多苍鹰的钢铁巨爪，从树干的半腰里虬虬结结交叠着向地面抓了下去，狠狠地、狠狠地抓住土地，于是那粗枝茂叶就可以豪气纵横地生长生长，铺天盖地。还有那荣获“英雄树”称号的木棉树：它的树干总要比别的树长得更高更高一些，它的花总要比别的花开得更红更红一些，它常常像是竖立在大地上的一面高大的红旗，好像它极力长高就是为了要高高地举起这面红旗。

三

不过我还是要进一步问问自己：

为什么祖国大地上的一草一木如此地打动我的心灵？为什么这生机蓬勃的世界使得我如此欣慰而且震惊？为什么大自然有着如此

明显的“意向”，使得我和它彼此间都一往情深？

假如这世界上没有众多的人民，假如这世界不是人民生活、劳动、创造和斗争的场所，这一切又有什么意义？假如我没有亲眼看见过人民经过艰苦奋斗创造出了多么伟大的业绩，假如这一切不是跟人民战斗和劳动的生活交织在一起，我对它会产生这样的感情吗？

假如我一点也不被人民无穷的潜力、无限的生机、无比的意志所感动，我怎么会懂得祖国的土地，以及这土地的无限美好和无限生机？

北郝村那两株永葆青春的牡丹，以及以上我所想到的一切美好的事物，难道不正好都是我们亲爱的人民的象征？

在那战争的年代里，为什么有那么多年轻的妻子，舍得在黎明时把丈夫从枕边叫醒，催促他快一点走上征途？为什么有那么多年老的父母，舍得把骨肉之情的脐带割断，欢送年轻的儿女冲进枪林弹雨的战阵？

每一个子弟兵，在村村镇镇，有多少个大妈大伯！

每一个大妈大伯，在游击队里，有多少个孩子闺女！

在敌人寒光闪闪的刺刀尖下，为了营救我们的战士，白发苍苍的“妈妈”哭叫着扑到“孩子”身上，年轻粉嫩的姑娘把不认识的“丈夫”搂抱在怀里。

他受了重伤，不能吃喝，大嫂把乳头塞进他的嘴里。他在地道“医院”里治伤，“娘”含着眼泪把他头上的干血块块一点一点地抠下来，还在狭窄的地道里跪着爬着给他送汤送水，端屎端尿。

什么样的生机！什么样的潜力！什么样的胸怀！什么样的

意志！

啊，人民！为革命输送了多少血液！为胜利流淌过多少泪水！为了修筑一条大路，贡献了多少尸骨！

想到过吗？他们创造了一切，负担了一切，却索取过多少！

想到过吗？他们哺育你，疼爱你，教导你，只希望你也成为一个人民！

想到过吗？如果你愿意从大地吸取营养，大地就不惜一切。如果你能成为大地上的一株花，一棵树，大地就无限欢喜！

大地啊，什么东西你不生长？然而你什么时候表现过骄傲？

而大地却永远不会忘记为他们立过丰功伟绩的人。他们总是忘记了自己，忘记了自己曾经付出过的东西，却把他的名字千秋万代铭刻在心的深处。即使他有功又有过，人民也会功过分明地纪念他。即使在一定时间里，甚至几百几千年里，对他看不清楚，但是到头来也还是是非分明。而几百几千年的时间，在历史的长河里算得了什么！

是的，史书上写得明白：人民也曾经犯过许多错误。比如，轻信自己和别人所创造的一个又一个上帝，来禁锢自己心里那股不灭的火焰。又比如，让许多剥削鬼和野心家踩着自己的肩膀爬上去，使其像磐石一样压住自己。然而，人民迟早总会发现“那是不好的”，就会毫不容情地把那些不好的东西打翻在地。

斗争从未停息，变革从未停止，历史永远前进。

马列主义正是胜利和失败的历史实践的总结——从此人民就变得更加聪明。

一滴小小的水珠,几乎没有重量和硬度,可以随便捏它、甩它、擦掉它。然而无数滴水珠集合起来,却可以掀起滔天巨浪,冲倒大石高山!

在那最黑暗的年代,怎能想象得到,从一些破枪和刀矛锄头开始,最后终于冲垮了三座大山!

四

听着毛泽东同志在天安门上宣布新中国成立,仿佛还是昨天的事情,大概有很多人感动的热泪还没有干吧?然而,最容易记住的事情,最应该记住的事情,却又最容易被人忘记!而最不应该记住的事情,却往往忘记不了!

啊!她把带血的头颅压在历史的天平上,使得真理和正义增加了多少分量!使得民主和法制增加了多少分量!使得思想解放的要求增加了多少分量!

她好像一面镜子,用本身耀眼的光明,对比出那些幽暗的灵魂的幽暗,不管他们装扮得多么堂皇!

啊!在我们亲爱的土地上,有多少张志新这样的,千年不谢的牡丹!有多少张志新这样的,万古长青的大树!谁能掘走这些花丛?谁能推倒这些大树?战斗的人民啊,可以从这些大树,这些花丛,得到多少鼓舞和慰藉!

志新,志新,但愿九亿几千万人民的名字,都叫志新!但愿所有共产党员的名字,都叫志新!

繁花绣地，大树扶天；生机蓬勃，志比钢坚；不可战胜，不可摧残；牙关咬紧，克服困难；昂首挺胸，大步向前——这应该是我们祖国今天的精神面貌！

这面貌，心肠火热的人们都希望看见，都要为之而奋斗不息！

五

我不是诗人，不会写出热情奔放的诗；也不是歌手，不会唱出响彻云霄的歌。我只能从内心深处，吟咏出没有声音、不成曲调、不很连贯的歌，为的是勉励自己，鞭策自己。

1979 年 7 月 15 日

曲折的公路

我们祖国有最高的山脉，最长的河流，最大的平原，最美的大海，因此气魄宏伟，神态庄严，胸怀宽阔，生机蓬勃。就是这样的国土，在千年万代里，哺育了我们勤劳勇敢智慧无穷的人民，以及光辉灿烂的文化。

祖国啊，令人惊叹的大地！

说也奇怪，在祖国的最南端，倒真的有一个大大的惊叹号！

说它大，是因为坐着汽车十天半月你才能跑一圈；如果开发好了，可以成为举世震惊的工农业基地，可以养活数以千万计的人口！

然而在地图上它却显得很小，这是因为祖国的大陆和大海太大了。只有单独看去，它才确实像一个大得出奇的惊叹号。请看，雷州半岛，不正是大惊叹号的一直吗？海南岛，不正是大惊叹号的圆点吗？仿佛是我们可爱的祖国永远在用这个惊叹号赞美自己，唤醒人民；仿佛永远在呼喊着：人民啊，保卫你的国土吧！建设你的国土吧！

警惕来自海外的敌人吧!

如果真正到海南岛去看一看,你就会觉得上面的说法是不错的,你就会生出真正发自内心的惊叹。

如果从高空上鸟瞰下去,海南岛啊,它多么像屹立在大海蓝波上的一个红绿相间光彩夺目的大海螺!巍峨的五指山就是这个大海螺的尖顶,是五个尖顶,像五个手指一样托住青天。丰茂的森林和无数的稻田把它绣成了浓淡相间的绿色。而它的土地又多半是红色的,所以密如蛛网的公路也多半是红色的,有的盘山而上,有的交错于平野,把大海螺绣上了许多金红色闪闪发光的线条。真是“绿林铺山野,红路上青天”。所以我们的祖先把它叫做“琼州”,这名称真是恰当极了!

你以为这里的气候炎热得难受吗?大部分地区都四季如春。你说这里是亚热带地区吗?凡是热带地方可以生长的植物这里几乎都可以生长——比如说,橡胶树就是可以生长的一种。

说起橡胶树,又不能不令人惊叹。它愿意让人们用快刀割伤它的树皮,然后从伤口里流出白色如浆的乳汁。发展现代工业离不开这种乳汁。如果没有橡胶,飞机就不能起飞,汽车就不能奔驰,许多工业产品就不能生产。如果橡胶树会说话,它们将会说出如此令人惊叹的语言:“我很平凡。可是,平均一吨钢材就需用十五公斤橡胶。如果没有我的乳汁,世界上就不会有今天这样工业高度发展的局面。是什么人养育了我们?主要是流落在南洋群岛穷苦的‘华工’们。中国人啊,可以说是近代文明最无名、最辛苦、最卑贱的奠基者之一。可是,谁归功于他们?谁感恩于他们?正像我们一样,不断从伤口里流出宝贵的乳汁,却只不过是资本家和庄园主的商品!”

说橡胶是价值很高的液体黄金是不恰当的,因为黄金除了做压延工业品以外,只能用来做货币和装饰品,而橡胶与钢材结为夫妻,就成为许多重要工业产品的母亲,而中国“华工”们的汗水则是跟橡胶掺和在一起的。

但是,我们中国人就不能在自己的土地上种植橡胶树吗?

早在本世纪二十年代初期,就有一些爱国华侨,在南洋群岛种过橡胶树的老“华工”,想到了这个问题。他们说:“我们早先来到南洋群岛的时候,好多地方连人走的路都没有,现在到处都是我们用劳力开辟的橡胶园,我们自己祖国的土地上却一棵橡胶树也没有!”于是他们一次又一次来到海南岛,以创业的精神,千辛万苦地开荒、育苗、种植。可惜的是,他们个人的力量毕竟有限,加上台风和寒流的袭击,地方上土匪和坏人的干扰,所种的橡胶树百不得一,成活率极少,基本上失败了!

那时候的中国,不是走向工业化的中国,那时的海南岛和雷州半岛等亚热带地区,也就不可能成为生产工业原料的基地。

新中国成立了,海南岛等地区新的历史时期开始了!

要建立现代化的新中国,能够完全依靠从外国进口橡胶吗?何况,那时帝国主义正在封锁我们呢!

一定要在海南岛、雷州半岛、云南省的西双版纳这些宝贵的土地上创立新业。这就需要比那些“华工”们更能吃苦耐劳,而又有觉悟、肯牺牲的人们。他们曾经在炮火中夺取过江山,是从东北、山东、河南等地转战数千里来到南方的人们,是身上有着刀伤弹孔的人们,是一群中华民族最优秀的儿女。他们身经百战打下了江山，紧接着还要白手起家地建设江山！

就是这样成千上万的钢铁战士，结合着当地的一部分农民，像开赴前线一样，背着背包，带着枪械，穿着草鞋，挑着锅碗粮食，开进了海南岛的荒野丛林。搭竹棚，架锅灶，砍灌木，辟茅草，驱毒蛇，打猛兽，修道路，跟山蚂蟥、蚊虫、黄蜂等东西斗争，开出了几十、几百万亩土地。种子呢？到华侨们残留下来的为数很少的橡胶林里去捡。他们宝贵一粒种子胜过一两黄金，宝贵一棵幼苗胜过一条人命。有的战士因弄坏了一粒种子而痛哭流涕，有的干部因损坏了一棵幼苗而夜不成寐。海外的爱国华侨也热心支援，千方百计地突破帝国主义的封锁，运回了大批良种。一年二年，三年五年，幼苗长起来了，眼看就要成材割胶了。然而台风摧残，寒流侵袭，橡胶树的成活率只有百分之四十左右！多少人心疼得泪流不止啊！

出生在热带地区的橡胶树，就不能在我们这块肥美的亚热带土地上生长吗？老天爷就偏偏对我们中国人如此的寡恩少惠吗？不！战士们的心比热带的气候还热，战士们的头脑比老天爷还要聪明。从失利的战斗里找经验，是我们的光荣传统之一。应该依山傍林，重新开始！为了防台风，御寒流，在橡胶林周围种上了一百几十万亩密密的防风林。为了保水土，防干旱，修了数百万亩梯田。又经过了几年难以想象的艰苦劳动，终于在海南岛这片宝地上建立了几十个规模宏大的橡胶农场。

过去野兽成群荒无人迹的地方，现在公路如网，房屋林立，人烟如市。每个农场都有若干个分场。每个农场都有自己的工厂、商店、学校、医院、托儿所。每个农场都是一个大规模的生产单位——是真正社会主义性质的大生产企业。每个农场又都是保卫边疆的战斗兵团。

雷州半岛也同样建立了几十个这样的大生产单位。

此外,从北纬21°到25°,在云南的西双版纳、广西的钦州和福建的龙溪等地区,也相继建成了数十个这样的大农场。

除了橡胶树以外,还种植了大量的剑麻、咖啡、可可、香茅、油棕、胡椒等热带植物。热带植物研究院也成立了,来自旧中国的科学家兴奋若狂地为新中国贡献着全部精力,新一代的科学家也正在这里茁壮成长。许多大有前途的试验在进行,许多发明创造在结果。新中国的热力,人民战士和科学家心里的热力,仿佛把南中国的气候也改变了!党中央是这股热力的源头。周总理、叶剑英和王震同志曾经为了这些庞大的社会主义企业花费了多少心血!

应该说这是祖国南方的大庆油田。这些“大庆”所生产的东西跟石油同样宝贵,同样不可缺少,同样的应该是全国人民的喜庆。海南岛和雷州半岛,更加成了应该使得祖国人民感到骄傲,并且使得全世界为之震惊的惊叹号——是代表了全国,代表了我国整个亚热带地区的令人惊奇的惊叹号!

然而奇怪的是:这样非常可贵而且大可自豪的事业,从建立以来不但很少为人民所知,而且竟然受到了多少人为的干扰!

我们的橡胶生产还满足不了工业的需要,扩大橡胶的种植面积,海南岛、雷州半岛、西双版纳等地区还有很大的潜力。但是,在党的十一届三中全会以前的多少年里,像全国所有的工厂企业一样,每年的利润全部上交，捆住了各个农场自己活动的手脚。农场职工劳动量很大而工资很低，居住条件很差，许多职工直到一九八〇年春天仍然居住在墙壁透风屋顶漏雨的茅草棚里。许多工人三代共处一室。商品供应长期不足。为不愿意每年多拿一亿斤粮食供应辛勤劳动的胶工，只好每年花几亿美元购买外国橡胶来弥补不足，并且使得各个农场不得不把大量劳力从培育橡胶树的前线上抽出来，投入到不适于开荒种粮的山岭瘠地去生产“自供粮”，以致大大影响了橡胶事业的发展。为了这个问题，从中央到地方，开过多少会议，写过多少报告，做过多少决议，直到去年（一九八〇年）才算解决。要办成一件合理的，而且按道理并不是非常难办的事情，是多么困难！

更令人吃惊的是“史无前例”当中的奇闻：大批身经百战劳苦功高的干部，靠边站了，挨批斗了，有的甚至被整死了。作为工业原料基地的农场成了“黑农场”。种香茅，制香料，出口换外汇，是为资产阶级的太太小姐服务，把香茅草全部铲掉！咖啡，是“黑色饮料”，喝咖啡会使人的心变黑，把咖啡树全部砍掉！胡椒，是资产阶级高级筵席上的作料，把胡椒树全部砍掉！养这么多鸡鸭猪牛，不是要搞资产阶级的生活享受吗？全部毁掉！公然把宰了的千百只鸡拿到台上去作为批斗干部的“黑材料”！职工们家里养的一切家禽家畜，房前屋后种的木瓜、果树，是资本主义尾巴，也全部割掉！对橡胶树呢？“要它们为社会主义多生产”，要“大战四十天，胜过十七年”。逼迫工人，不分日夜，用“两面三刀法”，乱割一气，造成了极大的损毁。伤口太多太深了，人也会不死就病的，何况是树？所有这一切，叫做“无产阶级”大革命，其目的似乎是要把庞大多产的社会主义企业变成真正

“无产”的“废业”!

痛心啊!——是一个反面的、令人吃惊的大惊叹号!

“四人帮”被粉碎了。全国人民都从一场痛苦的噩梦里惊醒了,海南岛和祖国南方的一百几十个橡胶农场也惊醒了。长期在生产第一线作战的人们,最容易理解“实践是检验真理的唯一标准”这一马克思主义的根本原则。“按照经济规律办事”,是全体农场职工们梦醒以后所看到的八个金光闪闪的大字。当一九七九年冬末和一九八〇年春初我们在海岛参观的时候,所看到的是:一切被破坏、被摧残、被打击、被“割掉”的,都正在恢复和已经恢复。一切过去应该想到并且能够办到的事情,正在想到和办到。农工联合企业在试办了,并且取得了初步的可喜的成绩。橡胶树的种植面积扩大了。过去,“以粮为纲”妨碍了橡胶农场“以胶为纲”,实际上也就是妨碍了全国性的“以钢为纲”。粮与钢两个“纲”撞了车,被撞坏了的是橡胶树。现在各个农场都是以橡胶为主,多种经营。超额提成的办法实行了,生产责任制和奖励制度建立了。职工的住房问题,也开始以私营公助和公私合作等办法在逐步解决。

“大有干头了!”

“我们计划今年要上缴利润××万,自己可以留成××万,明年就可以……”

“如果再给我们在财经、用人、管理办法三个方面以更多的自主权,我们就敢于对党组织立下军令状:在三年五载之后生产翻一番!”

“请你看看,请你尝尝,这都是我们自己的产品!”

这就是我所碰到的所有农场领导干部们的共同语言。这绝不是若干年前我们到处听到的那种空洞的豪言壮语，而是脚踏实地、有事实为证、发自内心的声音。要知道，这些领导干部在风风雨雨里苦干了几十年，由满头青丝的“北方大兵”变成满头白发的“南方老汉”，对于“假大空”都是深恶痛绝的！

从这些话里，从说这些话的同志们自信的笑容上，可以看出党中央三中全会的路线、方针、政策，是如何深得人心；思想解放，体制改革，是如何的符合时代要求！

那么，一切一切，从此就万事大吉了吗？

一边辛辛苦苦地建设，一边又轻轻率率地破坏，这样令人吃惊的、正反两个方面重叠着的惊叹号，现在只剩下一个正面的形象了吗？

报纸上不是经常见到盲目破坏森林的报道吗？现实生活中不是常常碰到只顾本位利益的扯不清拉不直的利害冲突吗？一些明明可以推广的于民有利的事业，一些明明可以推广的科研成果，人们不去因地制宜地推广，却很积极地致力于吃社会主义的肉。如果说，粉碎“四人帮”以前有各种“极左”的政策捆住了手脚，各种“极左”的运动搞昏了头脑，那么，粉碎了“四人帮”以后，特别是在党的三中全会以后，为什么许多应该改变的事情改变得如此缓慢？许多不应该发生的事情还在发生？

从小生产者习惯势力的观点看来，社会主义的远景总是很朦胧的。如果有人说，自我深情地盲目苦干几年就可以跃进到共产主义，就可以大家过一样的好生活；或者，“穷过渡”就可以达到共产主义，他们会盲目服从，完全相信。因为这不需要科学和文化，只需要主观空想，是又容易又快当最便宜的“革命”。他们既然把达到共产主义看得太简单容易，自然也就把“社会主义建设”看得太轻率。如果一旦发现了很不容易，绝不能轻率，而且已经吃过那么多苦，挨过那么多斗，“太划不来了”！于是就会想到：“哎，咱就现捞现得吧！”这些思想又很自然地跟封建官僚主义的懒汉思想和权力欲望以及享受欲望结合起来，再加上害怕实际工作中客观存在着的种种困难，就形成了一种很不容易克服的强大的惰性力量！

正如海南岛上那些盘山而上的金红色的公路一样。它们是多么美丽，而又是多么曲折啊！它们经常在人们的面前闪闪发光，又经常在人们的思想里存在着“安全行车”的问题。因为左有悬崖，右有深涧，还要谨防风雨，注意塌方。于是，人们怎么能不经常想起那些过去、现在、未来，一直辛辛苦苦地修路和护路的人们。“绿林铺山野，红路上青天”——上青天，不容易！但是我们毕竟已经有了三中全会的路线，经过不懈的努力以后，终归是要上去的！是的，终归要上去的！

万分感谢那些永远在修路、护路和极力安全行车的人们！

1980 年秋

无声的遗言

一九七六年一月九日早晨，我在东风市场布匹柜台前面排队买黑纱。服务员同志连夜把成千上万块黑纱布裁剪好了，都堆放在柜台上，并且临时增加了售货的人手，所以排队买黑纱的人虽然很多，队伍往前移动的速度却非常快。除了售货员同志因为算钱找钱小声说话以外，整个队伍都沉默着，每个人的脸色都是严肃的、悲痛的。排在我前面的是个戴眼镜的高个子中年人，他一面慢步往前移动，一面不住地把眼镜子取下来用手绢擦擦镜片，擦擦眼睛，等走到了柜台跟前，买了三块黑纱，接过了售货员同志找给他的几毛零钱时，他似乎是因为无法表示自己的感情，像是自言自语，又像是对着售货员同志，用低低的嘶哑的声音说道：

“同志，你们辛苦了，大概一夜都没有睡觉……”

一位五十多岁花白头发的售货员同志听了这话，抬起头来很严肃地说：

“同志,你知不知道,周总理,他老人家,临……以前,一点精神力气都没有,还,说了……很多……可惜啊,听不清,听不见……他老人家,到最后最后,还为我们……操心!”

他说不下去了,抹了一把泪,赶紧又忍住悲痛,忙起来了。

当然,当时谁也顾不得问这位售货员同志,总理临终以前到底说了些什么,守在总理身边的人到底是不是听见了一言半语。可是这件事给我的印象很深,使我不断地想象着总理临终时的情景。……

两个多月的时间过去了。

四月三日早晨五点多钟,正是黎明与黑夜交替的时候,天安门广场上已经聚集了成千上万的人群。昨天排列成山的花圈,夜里被“不准悼念总理”的人们收走了很多。但是不等天亮,人们又有的用大卡车,有的用三轮平板车,送来了更多更大更精心制作的花圈。整个广场上,有的人在放置花圈;有的人爬到高高的灯柱子上扯挂横幅标语;有的排成队伍站在花圈前面向总理的遗像宣誓;有些人在呵着冻手抄录诗词;更多的人则是带着严肃的悲戚的表情在花圈的高山大谷里走动着,仔细地默诵着那些数不清的对联、誓词和诗篇。每个花圈上面都有一张周总理的遗像,整个广场有几千、几万、几十万个总理的遗像,就像他老人家生前一样,用神采奕奕的关切的眼光看着人们,看着广场,看着当前的事变,看着祖国的未来。

当然,也有一些穿着蓝布便衣的不三不四人们,不怀好心地在人群里鬼头鬼脑地挤来挤去。

在广场的中心,在烈士纪念碑的对面,停着一辆起重机车,十几个年轻的工人同志正在用起重机安置一个特别大、特别美丽的花圈。

一位中年的工人师傅站在纪念碑的高台阶上大声指挥着，同时对周围的观众大声说：

“几十位师傅，赶制了两天一夜，两吨重，叫他们来收走吧！”

离这儿不远，围着一小群人。这边这样的事情竟然一点也没有引起他们的注意。那种特别严肃，特别静默的气氛引起了我的注意。我走过去挤进人缝里一看：人圈当中站着一位白发苍苍的老人。布满皱纹的脸上，泪痕斑斑，眼圈发红，嘴唇颤动着，正在用低低的嘶哑的声音说话。围着的人都向他探过身子去，恨不得把他说的每一个字都装进耳朵里去，装进心里去。两个十几岁的小姑娘甚至紧挨着他站着，晶莹的泪水顺着粉嫩的脸蛋子往下流……

很显然，老人的话已经说了不止一遍。但是总不断地有新来的听众，所以他就一遍又一遍地重复说下去——他所说的，竟跟两个多月以前东风市场那位老售货员的话大致相同：

“……我们大伙都有一肚子话要对总理说，可是现在总理听不见了，我们没法再对他老人家说了，我们心里是多难受啊！我们大伙谁没有亲人？大半总有不少人看见过自个儿的亲人咽下最后一口气的吧？那时我们对着他的耳朵叫他，想跟他多说几句话，想听听他的回答，可是不能了！这是多难受啊！……可是你们大半都还不知道吧？我有个亲戚，是给总理治病的医生，他亲自告诉我的——千真万确：总理呀，他老人家在咽下最后一口气以前，有多少话要对我们说啊！他老人家眼珠定定地看着远远的地方，看着房顶上面。瞧，他老人家的嘴唇还在动啊，在说话啊，没有声音！只见嘴唇在动，没有声音！他已经说不出声音来了！可是他心里是明白的。他心里有千言万语，要交待给我们，要嘱咐给我们。他，到这时候，还是在为我们的国家大事，为我们全国人民操心啊！他老人家要说的，必定是很重要很重要的事情。他老人家不放心啊！为什么不放心呢？这，我不说，你们也知道。可是他老人家说不出声音来了！据说，我们的邓大姐，把耳朵贴过去，也听不见。医生同志也把耳朵贴过去，也听不见。护士同志贴过去，也听不见。你们猜他老人家说了多久？嗨！两三个钟头啊！多少话啊！多少嘱咐啊！多少操心费神的重要事情啊！可是，他老人家说不出声音来，我们听不见！……”

老人说不下去了，抱着头痛哭起来了。

听的人们也都抽噎着痛哭起来了。

当时，我也哭着，看着老人背后那个花圈当中总理的遗像，看着那慈祥的、智慧的、炯炯有神的眼睛，心里说："总理啊，永生永世，再也不能知道，您要告诉我们的，到底是一些什么话语！……"

直到今天，我一想起这件事情来，就心里发痛……

可是，将近三年的时间过去了，总理无声的遗言我反倒越来越清楚地听见了，而且我相信，这些话将要永远地、一代一代地传诵下去：

"同志们！记住啊：我们，夺取政权不容易；守住江山，建设江山，更不容易啊！一小撮叛徒特务流氓坏蛋钻进我们的心脏里来了。时间太长了！祸害太大了！损失太重了！千百万同志蒙受了冤屈，亿万人民经受了痛苦！一定要把那些妖魔鬼怪揪出来，让历史的法庭审判他们！一定要把阴谋、欺骗、野心、诬陷，永远永远，关进铁牢里去！丢进大海里去！教训一定吸取！真理一定要胜利！马列主义一定要胜利！四化宏图一定要实现！……"

总理啊，三年的事实证明，您所说的就是这些话，您的遗言就是这些话。现在，您的这些指示，有的已经实现了，有的正在实行着。三年时间，等于过去的十年、二十年！

总理啊，您已经把您的一生，化成了中华民族新鲜的血液，在历史的长河里滚滚奔腾，永不休停——这是我们胜利前进的保证！

1978 年冬

刘白羽

日　出

登高山看日出，这是从幼小时起，就对我富有魅力的一件事。

落日有落日的妙处，古代诗人在这方面留下不少优美的诗句，如像“大漠孤烟直，长河落日圆”、“落日照大旗，马鸣风萧萧”，可是再好，总不免有萧瑟之感。不如攀上奇峰陡壁，或是站在大海岩头，面对着弥漫的云天，在一瞬时间内，观察那伟大诞生的景象，看火、热、生命、光明怎样一起来到人间。但很长很长时间，我却没有机缘看日出，而只能从书本上去欣赏。

海涅曾记叙从布罗肯高峰看日出的情景：

> 我们一言不语地观看，那绯红的小球在天边升起，一片冬意朦胧的光照扩展开了，群山像是浮在一片白浪的海中，只有山尖分明突出，使人以为是站在一座小山丘上。在洪水泛滥

的平原中间，只是这里或那里露出来一块块干的土壤。

善于观察大自然风貌的屠格涅夫，对于日出，却作过精辟的描绘：

……朝阳初升时，并未卷起一天火云，它的四周是一片浅玫瑰色的晨曦。太阳，并不厉害，不像在令人窒息的干旱的日子里那么炽热，也不是在暴风雨之前的那种暗紫色，却带着一种明亮而柔和的光芒，从一片狭长的云层后面隐隐地浮起来，露了露面，然后就又躲进它周围淡淡的紫雾里去了。在舒展着云层的最高处的两边闪烁得有如一条条发亮的小蛇；亮得像擦得耀眼的银器。可是，瞧！那跳跃的光柱又向前移动了，带着一种肃穆的欢悦，向上飞似的拥出了一轮朝日。……

可是，太阳的初升，正如生活中的新事物一样，在它最初萌芽的瞬息，却不易被人看到。看到它，要登得高，望得远，要有一种敏锐的视觉。从我个人的经历来说，看日出的机会，曾经好几次降临到我的头上，而且眼看就要实现了。

一次是在印度。我们从德里经孟买、海德拉巴、帮格罗、科钦，到翠泛顿。然后沿着椰林密布的道路，乘三小时汽车，到了印度最南端的科摩林海角。这是出名的看日出的胜地。因为从这里到南极，就是一望无际的、碧绿的海洋，中间再没有一片陆地。因此这海角成为迎接太阳的第一位使者。人们不难想象，那雄浑的天穹，苍茫的大海，从黎明前的沉沉暗夜里升起第一线曙光，燃起第一支火炬，这该是何等壮观。我们到这里来就是为了看日出。可是听了一夜海涛，凌晨起来，一层灰蒙蒙的云雾却遮住了东方。这时，拂拂的海风吹着我们的衣襟，一卷一卷浪花拍到我们的脚下，发出柔和的音响，好像在为我们惋惜。

还有一次是登黄山。这里也确实是一个看日出的优胜之地。因为黄山狮子林，峰顶高峻。可惜人们没有那么好的目力，否则从这儿俯瞰江、浙，一直到海上，当是历历可数。这种地势，只要看看黄山泉水，怎样像一条无羁的白龙，直泻新安江、富春江，而经钱塘入海，就很显然了。我到了黄山，开始登山时，鸟语花香，天气晴朗，收听气象广播，也说二三日内无变化。谁知结果却逢到了徐霞客一样的遭遇："浓雾弥漫，抵狮子林，风愈大，雾愈厚……雨大至……"只听了一夜风声雨声，至于日出当然没有看成。

但是，我却看到了一次最雄伟、最瑰丽的日出景象。不过，那既不是在高山之巅，也不是在大海之滨，而是从国外向祖国飞航的飞机飞临的万仞高空上。现在想起，我还不能不为那奇幻的景色而惊异。是在我没有一点准备、一丝预料的时刻，宇宙便把它那无与伦比的光华、丰采，全部展现在我的眼前了。当飞机起飞时，下面还是黑沉沉的浓夜，上空却已游动着一线微明，它如同一条狭窄的暗红色长带，带子的上面露出一片清冷的淡蓝色晨曦，晨曦上面高悬着一颗明亮的启明星。飞机不断向上飞翔，愈升愈高，也不知穿过多少云层，远远抛开那黑沉沉的地面。飞机好像唯恐惊醒人们的安眠，马达声特别轻柔,两翼非常平稳。这时间,那条红带,却慢慢在扩大,像一片红云了,像一片红海了。暗红色的光发亮了,它向天穹上展开,把夜空愈抬愈远,而且把它们映红了。下面呢?却还像苍莽的大陆一样,黑色无边。这是晨光与黑夜交替的时刻,这是即将过去的世界与即将到来的世界交替的时刻。你乍看上去,黑夜还似乎强大无边,可是一转眼,清冷的晨曦变为磁蓝色的光芒。原来的红海上簇拥出一堆堆墨蓝色云霞。一个奇迹就在这时诞生了。突然间从墨蓝色云霞里矗起一道细细的抛物线,这线红得透亮,闪着金光,如同沸腾的溶液一下抛溅上去,然后像一支火箭一直向上冲,这时我才恍然大悟,原来这就是光明的白昼由夜空中迸射出来的一刹那。然后在几条墨蓝色云霞的隙缝里闪出几个更红更亮的小片。开始我很惊奇,不知这是什么?再一看,几个小片冲破云霞,密接起来,溶合起来,飞跃而出,原来是太阳出来了。它晶光耀眼,火一般鲜红,火一般强烈,不知不觉,所有暗影立刻都被它照明了。一眨眼工夫,我看见飞机的翅膀红了,窗玻璃红了,机舱座里每一个酣睡者的面孔红了。这时一切一切都宁静极了,宁静极了。整个宇宙就像刚诞生过婴儿的母亲一样温柔、安静,充满清新、幸福之感。再向下看,云层像灰色急流,在滚滚流开,好让光线投到大地上去,使整个世界大放光明。我靠在软椅上睡熟了。醒来时我们的飞机正平平稳稳,自由自在,向我的亲爱的祖国、向太阳升起的地方航行。黎明时刻的种种红色、灰色、黛色、蓝色,都不见了,只有上下天空,一碧万顷,空中的一些云朵,闪着银光,像小孩子的笑脸。这时,我深切感到这个光彩夺目的黎明,正是新中国瑰丽的景象;我忘掉了为这一次看到日出奇景而高兴,而喜悦,我却进入一种庄严的思索，我在体会着“我们是早上六点钟的太阳”这一句诗那最优美、最深刻的含意。

1958 年

写在太阳初升的时候

晴秋的早晨,一阵"丁冬——丁冬"的钟声,那样徐缓、幽静而又嘹亮,像一条发亮的小河从我的心灵中潜潜流过。这是一种动人的音乐,它报告着新世界的时间,报告黄金一般的时间在不停地前进。

十年,多么漫长的时间呀!在这中间,我们有过多少令人难忘的时刻呀!我们面对过强烈的战争火焰,我们用双手从废墟中升起新的城市,我们为幸福达到极点而闪出泪光,我们为战胜艰难险阻而欢腾呼啸。但我现在想起另外一次钟声,那是一九四九年春天,解放武汉后的第一夜,夜深人静,我立在面对长江的楼窗前,听到江汉关的钟声。那时多少大革命的风暴一下旋上我的心头,我知道中国人民的一个新纪元开始了。也许正因为这个缘故,现在,这钟声,使我产生一种思念,我回想到我们第一个五年计划,那些闪着露珠、飞着风雪,但是马蹄铁在冰冻的地面上嗒嗒紧响,在飞舞着尘埃的道路上响着嚓嚓的脚步声的时刻。那是启明星高挂天空的日子,那是黎明泛出红光的日子，那是人们开始启程的日子。是的，当我处在当前这沸腾的生活中，我常常回想着那个早晨，那是多么清新可爱的早晨，那是洋溢着浓厚的诗意的早晨，那时人们有如刚刚解冻的激流，奔腾，叫啸，带着春日的闪光前进。土地、河流、树林、山谷，都焕然一新，籽粒在温暖的土地中发芽，微风中饱含着香甜的生命的汁液。不是为了给那个年月的动人姿态，作一点速写画，也不是希望在纸上留下一点当时的气息，而主要的是为了一种感情的冲激。就在那个早晨，我写了三封信：

第一封

××：

我真不知道怎样对你叙说我此时此刻的心情。我又回到解放战争中经常来往的土地上来了。我现在在从哈尔滨到牡丹江的列车上。

你会理解：一个人最爱生长他的故乡，有人说："故乡的炊烟也比别处香呢！"可是，你知道，对于另外一些人，他们永远不能忘记他们战斗过的地方，因为他们在这儿土地上，留下过一滴血或一滴汗，就像他把生命的一部分留给这地方了。他爱这里，他无法形容他这种爱的深情。

过去与现在，战争与和平，多少记忆，多少怀念，多少差别啊！但，不管怎样，我又看到这盖满白雪的辽阔无边的原野了。我又看到六匹马拉着大板车在飞奔了，在上面飘动着一面小小红旗，那马颈项下的串铃声是多么迷人哟！像黑大理石一样的江面上，飞也似的滑动着铺了狗皮垫子的冰橇。我多想大口吸一下这里的空气呀！它冷得逼人，但那样令人清醒，那些戴着火红狐皮帽的人们，发出高声的谈论，腾起一阵响亮的笑声，看，那结了冰花的小屋的窗玻璃啊，我仿佛闻到了那里面的叶子烟的香气。对于我来说，没有比这里再激动人心的地方了。

而这一切，一切，现在都那样亲切，热诚，如同老朋友在对远方来客打着招呼，闪出笑容。等一等，请允许我的思索回到那历史的年代吧！那时天空上还遮着乌沉沉的阴霾，太阳还只揣在我们胸中，斗争相当地艰难，不过现在回想起来，当时的生活也还是那样鲜明，那样动人。狂风吹着暴雪，拂晓时分，人骑不上马，马张不开眼，你在一阵阵呼啸而过的雪雾中，只看见马的鬃毛在飞舞，可是，它在深雪中却那样跋涉不前，但是，只经过四五年时间，仿佛由于一种什么魔法的变幻，而现在一切一切都那样不同了。我们的生活里，生气勃勃。到处都像太阳一样灿烂发光呢！如果说我们的人，在每一寸土地上流过血，现在，是在每一寸土地上开了花。

列车向东方飞奔。我坐在暖和的车厢里，喝了几杯热茶，听着扩音器里不停地发出一个女同志的声音，那样响亮，那样亲切，她就跟发表一段又一段的演说辞一样，叫着："诸位旅客！""旅客同志！"讲述着这样，叮嘱着那样。可是从前，我在这条铁路线上，整夜坐在煤车高顶，只有秋雨打在雨衣上的一片沙沙声响。……

车再向东开，车窗外展开无垠的雪野，雪上露出各种小野兽如像狐狸、狍子或者鹿留下的脚印。然后，我们又进入森林之中，车窗外忽然闪过几株银灰色的、给阳光照得发亮的白桦树；远处有一片红得像铁锈似的灌木丛。冰滑的雪地上，突然出现一只雪橇，上面有一个青年农民，扬着发红的面孔，神采奕奕，飞赶着他的那匹马，在和火车比赛，——这样飞奔一阵，他渐渐落在后面去了。车上的人都朝他欢笑，他也在欢笑。

太阳在开阔地上显得特别明亮了，它透过一层层迷蒙的银雾，照得村庄的小屋，如同一小块一小块四方砂糖似的。河流耀眼闪光，两岸堆积着冰雪，河面上薄的冰层泛出一种翠绿色，中流那一段急流黑得像墨汁。雪地上一群野雉歪了头看着轰然而来的火车，它们好像知道火车是不能离开轨道冲到它们面前去的，因此一动不动，头背上又红又绿的羽毛，给阳光照得花朵般好看。说实在话，我一点也没有夸张，我们祖国的土地，每一处，都是一位天才画家画的风景画啊！

天渐渐昏黑了，我们列车停在火龙沟林区车站上。车门一开，一群人带着寒冷的雪雾拥了进来。其中一个披着老羊皮袄、戴貉皮帽的老人，他面孔红红的，留着一抹蟹爪黑胡。他一上来，这车厢里就增添了一阵喧闹，愉快。他四下看看，就选择我身旁的空位子坐下。

跟他上来的两个年轻人故意逗他：

“这是软席，不让你坐！”

他用铜钟样响亮的嗓音说道：“管它软席硬席，是中国人的车，咱们伐木工就能坐呀！”

两个青年人却笑嘻嘻，闪着两眼说：

“不行，人家不同意呀！”

“什么，不同意？这是什么时代呀！”

“不管什么时代,问你有软席票没有?”

他拨弄了一下手掌心的车票,说:“嘿,我这票也不硬呀!你们瞧,也是纸做的,软和和的。”

他把车厢里所有的人都逗笑了,在这笑声中,看得出,所有的人都欢喜起他来,这个老人多可爱呀!

我望着,听着,——这是我多么熟悉的人物啊!我知道,他们无论在哪儿,就是在火线上,就是要舍弃自己性命时,他也会这样爽利、慷慨、愉快的。这种人,从不把责任推给旁人,他们的肩膀可以担得下个地球,到哪儿都有一种天然的主人翁感。他到车厢里了,车厢便变成家了,对谁都那样亲切,那样热情。不久,一个穿黑斜纹布棉制服的干部走过,他忽然发现了他,立刻召唤他,那人一见老人,也立刻高兴地跟他握手,谈话。他等这同志走去,就咂着嘴巴,微笑着点着头望着那背影跟我说:

“这是咱区从前的老区长,跟大军进了关,现在该是个大干部了,他是老革命呀!”

一会,这老伐木工到餐车上去了。

我得承认,我的同志!这个人一下就闯到我心里来了,我的心再不能平静了。我知道他是谁,他就是我们的人民。在满布战尘的道路上,我们不是在一条道路上走过的吗?

是的,我记起来了,在战争中,有一次,我也逢到过这样一个老人。那是东北解放战争初期,我们的军队不得不从他的家乡撤退转移了。他家很穷,就是一个儿子,一匹马,可是他叫他的儿子拉上马,套上车,送我们的部队。临别,他拉着我们一个同志的手哭了,他说:

“同志们！你们待我好，我只有一个心，就是等你们回来。”该分手了，可是，他还依依不舍，送一程，告别一程，又送一程，一直送到天黑，队上的指导员说：“反正黑灯没火了，索性吃顿暖和饭，在热炕头上咱们再唠嗑一宵，再往回走吧！”老人也就留了下来。谁知第二天，国民党的军队追赶了来，又是枪声又是炮响，这老人家就叮嘱他儿子：“你带上咱这车这马参加算了！我从梨树西沟绕道回去。你娘问，反正我做主就是。”你想想看，那不是今天，那是天空似乎还黑暗的时候，那是红的胜还是白的胜还难以计算的时候。可是有这样老人家让自己亲生骨肉带着车带着马支持了革命。到一九四七年夏季，我跟随那支部队又打回原处，远远就看见那老人家果然站在村庄口大树下等着呢！我们的同志一眼就看出他受尽了苦。瘦了，老了，头发沾了白霜，脸上深深刻画着几条皱纹。他哭了，虽然儿子没来，可是他见到我们就高兴。显然他的心没有变，他对得起革命，也对得起自己，他熬过了各种艰难困苦。我常常想起这样一些人，在大风里，在火线上，没有这样的人民，我们是取不了胜利，走不到今天的。……

我正在沉思，通餐车的门一开，老伐木工满脸热烘烘地出现了。

他坐下，他跟我谈起了火龙沟。他叫着火龙沟这名字跟你说话，就像全世界的人都知道他的火龙沟一样。他说：火龙沟的一年采伐计划，五个月就完成了。现在，修好了冰道，正准备用大橇犁往山下送木料了。他的乱胡子里闪着甜蜜的微笑。

“橇犁都上了套了，那林子可富，你想想看，光是放荒的木头，五十年也抬不干净呀！”

从他谈话之中，我了解他是火龙沟的一个伐木组长，我估计那两个青年，大概是他组的组员。你听，他说：

"我们组是十个人。常言说得好，十个亲兄弟还闹家务事，十个指头怎能一般齐呢！十辆车皮放在面前，有的扛上几根，脑瓜一冒汗就要休息。可是，有两个复员军人可不这样：一个一直打到海南岛，一个参加过打四平，他们呀，闷声不响，寸步不停。我就跟那脑瓜冒汗的说：你看人家，全身汗水淋淋呢！"

由于老伐木工说到海南岛，我们对面座位上，一个头上扎着花毛巾，抱着个胖乎乎、红扑扑的男孩子的年轻妇女，动了一下眉毛、嘴唇，插上话：

"海南岛那地方可真好呀！"

老伐木工说："你是从哪儿来的？"

那年轻妇女脸上忽然泛起一阵红晕，轻轻推了男孩一把，还用问，这母子是刚从那遥远的海南岛回来的，她们显然是到部队上看望自己亲人的。你看，从最北方到最南方，这里飞着冰冷的雪花，那里吹着炎热的海风，过去谁能设想一个普通庄稼人会从这头走到那头。而现在，这个牡丹江的农村妇女就刚刚从那儿回来。这不是我们这自由的新社会的闪光吗？

老伐木工好像有所感触，脸色悒郁了一点，说：

"我，——从前什么罪没受过呀！从八岁上到人家吃劳金，民国二十六年闹年成，吃生树叶子，差一点没饿干了。我儿子肚子胀得水桶一样，到县上，给小鼻子（即日本人）打了一针，回来后就咽了气了。从那我再无心恋家。我成了个满天打油飞的鸟儿。前几年国家分了土地给我，我把地契一归总交给政府，说我离不开火龙沟了。我在火龙沟，一转眼，整整十八年了。”

到这儿，我才恍然，那两个青年原本不是火龙沟老干活的人，是他两个远房侄子，给他拉到林区，帮忙当了一冬的检尺员，现在他亲自送他们到牡丹江上学去。

说着说着，老伐木工脸色突然变了，斜起两眼瞪了一阵。原来他的一个侄儿半卧在座椅上睡熟了。年轻人，有什么说的，劳碌一日，只要有个放脑袋的地方，就打起呼噜来了。可是两只脚没处放，就架在窗玻璃上。沾满污泥的胶皮靰鞡，随着火车的摇颤而颠动着，就跟画画一样，把大半个玻璃都涂满污泥。老伐木工一瞧，胡子可就翘起来了。他简直看不得这样，就不管三七二十一，跑过去一推就把两只脚砰地推到地板上。这老伐木工，却拉起自己袖筒在擦那窗玻璃，擦不净，他还把嘴巴凑上去，呵了几口暖气，又用力擦，然后，离开两步，端详那玻璃窗，又亮晶晶的了，他才合了心意，舒坦地笑了。再看看那青年人，一点也没惊醒，就那样直挺着两条腿照样熟睡。——他那红彤彤的面颊上，充满酣适的睡意，蒙蒙眬眬，好像在微笑。老人家看着他，也笑了，还亲昵地骂了声："小猪……简直是小猪……"他的两道眼光像阳光，多温暖。

这老伐木工的热情，永远像地心的火焰，源源不绝，而且普照在人们身上。当火车快到牡丹江时，他关心起我来了，问我这从北京来的人，有没有到过牡丹江，我对他说：

"十年没来过了，现在什么都变了，下车后往南往北我还不知道呢！"

"那，不要紧，你不是到公共汽车站吗？你跟着我，我给你雇辆马车，送你上站。”

到牡丹江，出了站，老伐木工真把自己的事儿撂在一边，凭他好客的热情，一直把我安顿上马车，马已经走动了，他还把伐木者那坚硬的大手伸上车来跟我紧紧握手。他就是这种人，他帮别人做一点事，心里就觉得舒坦。车走了一段路，我回过头看看，他披着个老羊皮，还在冰冷的晨风中站着望我们呢！

××，我怎么说呢！我很高兴，我又回到像老伐木工这样的人中间来了，我的心情非常愉快。后来，上了长途汽车，就顺着牡丹江向东走。牡丹江是一条多么漂亮的江啊！怪不得前人给它起了这么一个美丽的名字。我看着这道江流，我想起一九四六—四八年战争年代里，我也常常从这江沿上，和现在一样，往同一个方向前进，不过那时是到战斗的前线去，现在我却是到另一个前线，农业建设前线上去。老伐木工在火车上倏然出现，倏然隐去，但他像这冰天雪地中千万个豪迈的人民的代表，他一下就使我爱起这气候是冰冷但人是火热的地方。前面我将要看到更多的事，更多的人，他们是怎样生活着又怎样劳动着呀!? ××！早晨的阳光把牡丹江照成发亮的淡红色，我正迎着阳光前进呢！

第二封

××：

我已经到了团山子了，这个在全国范围内，首先走向合作化道路的农村。可是当我拿起笔来的时候，我有些为难了，这儿样样事都是新鲜的,我可从哪儿写起呢！想来想去,我还是从一个耕作队队长谈起吧！

在这儿,我第一回看到这个第二耕作队队长老曹,是一个夜晚,在农庄的积极分子会议上。

那会议是在老卢家开的,县委老杨约我一起到老卢家去。我们把地面上的冻雪踏得咔咔响,这正是农民们忙过一天吃夜饭的时候,木头篱障后面,一家家玻璃窗上都露出灯光,玻璃上蒙了一层薄薄的蒸气,屋里的人影因此变得朦朦胧胧的。但有一家吊着一盏大玻璃罩灯,锃明瓦亮,像是喜悦地对我说:你看,我们的生活现在是多么温暖、光明、幸福啊！是的,我在一九四六—四七年,常常从这一带经过,那正是战争中的暴风雪的日子,我也常常住在这些结满冰霜的小屋里。但正因为这样,有个对比,我就更为这儿的每一点幸福的火光而高兴。现在,虽然还是建设的初年,但处处却闪露出新社会的光彩了。

农村的夜会,人们总是慢慢慢慢才能到齐的。我在老卢家后炕头上找了一个座位坐下,这屋前后都是大窗户,都镶着大块玻璃,后炕中间一只祖一辈父一辈传下来的炕桌,油得乌黑发光,上面点着一只高脚的玻璃煤油灯。这时,老杨斜靠在迎门的炭火盆边,十分自然地形成了一个谈话的集团。前炕上盘腿坐了几个青年妇女,用清脆的声音,你一言我一语拉开了家常话。关东叶子烟的烟气像雾一样慢慢升起。这时从外面走进一个人,这是一个中等身材,黑里透红的脸,有点小小的黑胡,现在,虽然年长几岁,但从轮廓上还看出曾经是一个多么端正俊秀的小伙子。他戴一顶尖尖的皮帽,穿着黑斜纹布棉上衣和马裤，这人一进来就带来一股热风。他刚落座，有人就偷偷把他皮帽摘了下来，像抛皮球一样，一下甩到前炕上去了。帽子从这个人手里丢到那个人手里。一个小个儿的妇女尖声笑谑着："来呀！踢毽子呀！"大伙都哄笑起来。可是他一点也不着急，只用喜爱的眼光看着这伙青年。他讲他到宁安县送公粮，已经三天三夜没合眼了。他一说话，大家不再闹了，都忍着笑看他。他说下去：

"把粮送到县上，老×跟我说：'大哥！看大戏去好不好？'你瞧，花几个钱买一张票那算不得啥，我就说：'兄弟，好吧！'谁知这一去，那乐子可就大了。"

"怎么哪？老曹！"

"你们猜台上演什么戏？正上包公放粮那一段，老×呢？在台底下可演上了落马湖了。我正望着台上看戏，忽听得噗通一声，回头一看，他从凳子上往后一仰，摔到地下去了……"

大家哈哈大笑起来。在外间屋给大伙烧水的卢家老妈妈都给笑声逗引进来了。

"我扶起他来，又看戏，没一袋烟工夫，咕咚一声又倒了。我说：'兄弟，你这是怎么啦？'他说：'大哥，不行，脑袋直迷糊。'"

说这话的就是老曹，他说得那样诙谐，但轻轻几句，就把人们披星星戴月亮的勤劳热情，一下子就和盘托出了。

人差不多到齐了，会议就开始了，这个会议是讨论总路线（一九五三年颁布的过渡时期总路线）和购粮问题。那么，这是大家能想象得到的热烈的农村会议了。供销社的一个小伙子开了头一炮，老卢这浓眉大眼的人，用洪亮的声音跟大家算了一下自己的细账，最后说:“我除了吃的,一个豆粒也不多留,全卖给国家。”妇女主任穿一身青斜纹布干部服,背上垂着两根辫子,张着一对大眼睛慢腾腾地说:“我们那些拖拉机、康拜因,哪里来的啊?不错,是工厂造出来的,可是,我们要不把粮食卖给国家,国家怎么办起工厂呢?”她话音刚落地,老曹站起来说:“妇女主任的话说得很短,我的话可要说得很长。”一开口,大家又笑了。他却很严肃地说下去:“我老曹活了四五十岁了,我上哪里找到这样美的日子。告诉你们!开了这合作化的路,我还不足足地可着劲干呀!我要讲一讲咱们给日本小鼻子撵到黑河去那回事,‘八一五’解放,咱们才扶老携幼又奔回故土……在路上,我看到一个年轻的共产党员给国民党特条、胡子杀死了,我亲自给他下了葬,我流了泪。我当时就想:这小伙子舍了自己的生命为啥呀?现下,国家需要什么,我就给什么。我说句真话,咱们没有国也就没有家。”大家都肃穆地听着,可是他的话一转,大家的眼风又笑眯眯的了。他说:“你们瞧,现在咱们要个康八音子(康拜因),就来个康八音子,真是要个孙悟空就来个猴,这还有啥说的!”

就是这个老曹,站在你面前,讲出亿万农民的衷心的语言。

会议散了,我出来,黑龙江十一月底的夜晚是这样寒冷呀!可是我心里那样热,那样翻滚沸腾。我看看头上满天星斗,寂静无声,再看看原来那些玻璃窗都漆黑了,人们甜蜜地睡熟了。我寻思着老曹的话,当他讲到黑河时,他动了感情,他的眉峰紧蹙,在这句话下面好像隐藏着他的无限沉痛。

我在这儿先谈谈我的住处——农忙时做过托儿所,现在空闲着。据老杨说:这是分土地以后新盖起来的房子,前后都是能开启的长玻璃窗，屋顶下还交叉着两条线，上面缀满红色和黄色的小纸旗，墙上贴着几幅图片，上面有拖拉机，长角的大乳牛，养鸡的女社员。窗外是一个十分宽阔的院套，左面一片木头栅栏隔着一片菜地，木栅栏给雨雪淋成灰白色了。院里到处堆着白雪，几只鸭子卧在雪中，见人来，就呀呀鸣叫，扑拉一阵翅膀。鲜黄的麦秸堆上压了个雪帽子。右面用锈铁皮搭了个堆干草的棚子，一群鸡，晒着太阳，蹲在柴堆上。这一天上午，是冬季稀有的暖和天气，阳光把窗玻璃上的冰凌溶得像在流汗水一样。这时，一个老太太推开门走进来，她穿一件黑布长棉袍，戴一顶黑剪绒帽，已经颤巍巍的，满脸皱纹，眼睛给松弛的眼皮包着，简直看不见眼珠了。可是她十分硬朗，手上拿着根长烟袋，一看支部书记老孟在，就拿烟袋一指："哈，你也在这儿。"声音还是非常响亮，这声音，姿态，用不着老孟再来介绍，我已经知道是第二耕作队队长老曹的母亲，是八十上下的人了，可是听说我们是从北京，从毛主席住的地方来的，就一定要亲自来看看我们。

都坐下来，喝着茶的工夫，老孟却逗引这老人家给我们讲讲团山子人们的经历。

老太太叼着烟袋，吧嗒了一阵，两眼盯着窗外，好像在想什么。后来她说了：

"你们瞧，我们这儿不错吧！我老了，我可常常想起我们在黑河过的那日子，我们到那儿正是六月天涨大水，河水涨得那样高，我们老二，——就是你们见过的第二耕作队队长，他骑在马身上，我就在后面搂住他的腰，我怀里还抱着我那心疼的小孙子。那真是不知受多少罪呀！眼看大男小女，掉在河里，冒一阵水泡，就没影子了。我那老头子火了，往地下一坐说：‘我不走了，小鼻子们爱怎么办就怎么办，我不走了！’……”

我听着，我渐渐了解，那逗人欢乐的老曹，有过多么悲惨的命运了。

从团山子往东看，进了大山沟就是大森林，就是从前抗日联军的根据地。日本侵占东三省那一年，老曹已经是个二十岁的人了。他从小就给外屯老财主家当小猪倌，家里从来都是勒着裤腰带过日子。穷虽穷，老曹可还是个性情快活的人，年轻时，过年过节闹秧歌，他不是扮“蜡花”，就是扮“船娘子”（都是秧歌中俊秀的女角）。抗联活动时，他正住在地头小窝棚里给人家看青呢！人们白天不敢动，夜晚却偷偷碾粮食。不是旁人，就是我们眼前坐着的老太太，她点着盏小灯，整夜整夜围着碾盘转，天不明，就把一大口袋粮食横搭在小驴背上，由她牵着暗暗进东山沟去送粮。老人家回忆着说：

“抗联那些孩子见了我真亲呀，总把我请到火棚子里，给我热茶喝，还安慰我：‘哎呀！把您老冻坏了，——等我们把小鼻子打走，给您弄件大皮袄。’我说：‘什么大皮袄、小皮袄，就盼你们早点得胜，好出口气呀！’”

一年，一年，日本关东军就把周遭小村小户，都并进团山子，修起围墙，看管起来。九月天下大雪，里面房子还没盖顶，就立逼着非往里搬不可。老曹急了，一把抢过大鞭杆就往甲长脑袋上揍，这下可惹了祸了，伪警来了，把他弄到一间小屋，抡倒就打。老曹咬着牙死不哼声，心里想：“挨就挨几下吧，反正你甲长让我揍了。”

老太太说：“唉，我们一家人就是这么个脾气。”

后来，全屯的人，就被日本人押往那没人烟的黑河去了，到了黑河一看，连河水都发黑呀！有个地方叫哭女河，就住这地方，全屯人一合计，这地名不吉利，就改名振兴河。可是进了沟才明白，还振什么兴呀！真是哭女儿都没地方哭呢！一眼望不到边，黑嶂嶂的深山，里边一满是大森林，就中间一道小窄沟，沟里也到处是红眼蛤塘、摇头甸子，连个落脚的地方也没有。全屯人，人没吃，马没粮，地土又冷，刨个坑撒上籽种，连个芽儿也不易长出。七月天，太阳本来晒得白花花的，一阵小风吹来一阵乌云，就下一阵苦霜，眼看扁豆刚开了花，霜一落上就耷拉了头。人们在饥饿、在寒冷中度着活不下去的日月，全屯的人，一个跟一个死在山沟里了。老太太想了一会说："我们老大公母俩，还有老二媳妇，就都在那儿入了土。我到今儿个，想起来还寒心呀！老二媳妇在地里拖冻西葫芦秧子，我说：'小丫，你拖不动呀！'她还说：'娘！我还行。'人都浮肿了，没回到家，就喘着气倒下了。——人死了，开头，还好歹钉把个棺材，后来来不及，就挖个树筒子，我们老二媳妇就搁在马槽里抬出去了。那时候，我也没有眼泪了，我可没寻思有今天这一天。眼下，有什么疑难事，我就想那个日子，也就没什么不好办的了。"老太太话头断了，我发现有两串亮晶晶的泪水，顺了她的褶皱的眼皮淌流下来。

现在，还是让我们那苦难的往日回到这明亮、温暖的小屋来吧！老孟劝老人家不要伤心，她也就转过个笑脸说：

"小鬼子一垮台，我们哪里也不去，收拾点干粮，说什么也要回团山子，有人说团山子都给人烧光了，回去也没个安身处，我说：烧光也是咱们生身之地呀！这不，这一屯子都给我聚回来了。"

不知什么时候,她的一个小孙子踅进来,偎在老奶奶怀里。她这时,一手摸着孩子的毛茸茸的脑袋,说:"……我这孙子可享福了,他们可到了社会主义了!"这时,脸上闪过一阵微笑,八十岁人的生命变得又年轻起来了。她把我们敬她的一支纸烟放在炕沿上说:"我抽不了这洋烟,一抽就咳嗽。"她向窗外望了一阵,见天那样晴和,连一丝云都没有,不知想起什么,提起那根长烟袋就走出去了。

老孟书记,望着她背影说:

"这老太太可公正,可积极呢!——去年掰苞米,定额是八袋,她一干干了十袋子,她自个家门前,还种着半亩菜园子,她一天也从不得闲呀!"

第二天,想再看看老曹,据说三星未落的时候,他带上十六辆大车送第三批公粮去了。我们也忙着到附近一个拖拉机站去了。等我们回到团山子,有一天黄昏,在供销社门前很偶然地看到了老曹。当时,供销社里已亮了灯,因此从玻璃窗一眼望进去,只见里面人影闪来闪去,挺热闹,原来是响应购粮号召,人们纷纷把成袋的粮食送了来。老曹把送公粮的任务刚完成,现在又在检修他们队上的胶皮轮大车呢!他说他们明天就要进东沟拉木材去了。我们趁这空隙又跟他说起他怎样入社的事来,他说:

"我们团山子自从分土地那天起,就组织了互助。你们瞧!这圈圈荒地,都是我们一锄头、一锄头开出来的。——到前年说要组社,——我寻思来寻思去,我就想:我活了快五十岁了,从来没看机器给我耕过地。我看办社,这是个好道道。我就找我们老三商量商量,可是他死脑筋,他说:'你入你就入,给我留一垧地,我还得瞧瞧。'我说:‘老三,——咱们弟兄还能分家吗? 再说,咱们一家人留一半,入一半,人家也不让入呀!’”

后来,一家人就开了个会,老二一说,老太太就发言了:“这道,我听着挺顺溜,要不是大家抱着一股劲,咱们从黑河也回不来,有了房有了地干吗不伙着过呢! 这光明大道,我走。”就这句话,解决了问题,不但儿子入了社,连带女儿也成了社员。

老曹末了用他那响亮的、诙谐的语言说道:“回想从前,我在地里干活饿得实在挺不着劲,把锄头一撂,两腿一伸,说什么也不行了。现在,你看看,哪家炕上没几床大花红棉被,团山子每一个人都像又结了一次亲,是世界变了。我晚上睡不着觉,顶欢喜蹲在这儿看了,看那拖拉机,还有康八音子,——在夜里亮着大灯,那多好看呀! 我从心里高兴,我就可着劲干,同志! 我们这日子真是摸到边了,你往后瞧,老太太拧麻绳,你瞧那个劲吧!”

你看,××! 是怎样的心地豁亮的人呀,是怎样像火焰一样亮晶晶的人呀! 难道我还需要在这里讲什么意见吗? 就是这样的人,在干着天翻地覆的事业,在进行着创造新世界的工作,一个人生活在他们中间,呼吸在他们中间会感到真正的快乐。

第三封

××:

镜泊湖附近,十一月的清晨,窗玻璃上结满冰花。今天我起得特别早,把窗子推开一点,大团的热气便像云烟一样飞了出去。外面只有东方天空上泛出一片青光。这时我瞧见一辆三匹骏马拉着的大板车哗哗地跑进院套里来。坐在车辕上的车把式是个矮个子，大皮帽的帽耳向两边挓挲着，足蹬一双黄牛皮靰鞡，缠了白布鞋腰子的两腿，悠荡着。他两手一兜，那根长鞭在空中噼吧一响，几匹跑欢了的马，顺着他的意，兜了个半弧形，停在我们窗下。这时我想起我们就要离开这里，动身进东沟大森林去了。可是，一种留恋滋味，忽然充溢我的心头，我一个人出了屋门，踏着积雪向村外走去。这时太阳未出，冷气逼人，但周围景色那样美丽，雪地白里泛青。几只野雉听到脚步声，扑噜噜飞起，闪着红红绿绿的翎毛，然后，像流星一样落向远处干草丛中去了。沙斑鸡一群一群，冷不防，像一阵风呼一声从头上飞过去。河边上雪雾特别重，一片嫩黄的洋草，淡红的荻草，还有陡坡上那黄茶茶的干椁罗林和榛子树，在晨风中“沙沙”絮语。突然有两只小狍子，兴冲冲跑来，我停住，但它那明亮得像黑珠子的眼睛一闪，还是机警地扭过头，箭也似的飞跑了。雪雾渐渐稀薄，一切都那样宁静，这时，我停下，回过头来看团山子。恰好太阳刚从云雾里出现，那样红的阳光，一下把个团山子照得通红发亮。在那红光中，家家屋顶上都升起袅袅的炊烟，而从集体马棚那个方向，传来吐噜噜的马的啸叫声。多么繁荣的、迷人的景象呀！××！你想到过吗？这时我的心境是多么开阔，多么幸福，我知道我亲眼所见的不只是一个团山子，我觉得我看到整个祖国在繁荣富强，飞腾前进。我觉得我眼前所见，正是我们的祖国，我们的人民，在风掣电闪地飞奔。

××！马车在窗外等着呢，太阳已经把玻璃窗照得通明，鸡群静静地蹲在外面窗台上取暖了，我们也到了启程的时候了。现在，我只能利用这短暂的时间给你写这几句话了。你懂得我，每当这时，我的心又向遥远前程飞去了。那儿是什么？不管森林也好，矿山也好，无论是荒漠的原野，或是湍急的江流，但我们前面总是铺着一条充满阳光的大道，那是红色的大道，那是社会主义大道。好了，暂时地再见吧！让我们在那红色的大道上飞奔前进吧！

今天，北京的天空像一片蓝色海洋，阳光闪着白金一样的亮光，当我一个字一个字重新读这三封信稿时，我的全副心境又回到我们这个同时代的早晨，这些剪影，这些声音，——都是属于那个早晨的。今天，我相信，那儿一切都变化了，就像我们国土上每一片土地都变化了一样。太阳已经升上高空，也许，正是在这时候，我们更容易回想起我们那些启程的时日吧！我想象，在我们六亿人民的心里，如果问一下，谁都有那么一个早晨，那么可贵的早晨，从那时起我们的生活便闪光了。因此，当我们整个社会发出巨大的轰响向前行进时，我愿意，让我的心灵再一次地萦回在那太阳初升的早晨。

1960 年

长江三日

十一月十七日

…………

雾笼罩着江面，气象森严。十二时，“江津”号启碇顺流而下了。在长江与嘉陵江汇合后，江面突然开阔，天穹顿觉低垂。浓浓的黄雾，渐渐把重庆隐去。一刻钟后，船又在两面碧森森的悬崖陡壁之间的狭窄的江面上行驶了。

你看那急速漂流的波涛一起一伏，真是“众水会涪万，瞿塘争一门”。而两三木船，却齐整地摇动着两排木桨，像鸟儿扇动着翅膀，正在逆流而上。我想到李白、杜甫在那遥远的年代，以一叶扁舟，搏浪急进，该是多么雄伟的搏斗，会激发诗人多少瑰丽的诗思啊！……不久，江面更开朗辽阔了。两条大江，骤然相见，欢腾拥抱，激起云雾迷蒙,波涛沸荡,至此似乎稍为平定,水天极目之处,灰蒙蒙的远山展开一卷清淡的水墨画。

从长江上顺流而下,这一心愿真不知从何时就在心中扎下根子,年幼时读"大江东去……",读"两岸猿声……",辄心向往之。后来,听说长江发源于一片冰川,春天的冰川上布满奇异艳丽的雪莲,而长江在那儿不过是一泓清溪;可是当你看到它那奔腾叫啸,如万瀑悬空,砰然万里,就不免在神秘气氛的"童话世界"上又涂了一层英雄光彩。后来,我两次到重庆,两次登枇杷山看江上夜景,从万家灯光、灿烂星海之中,辨认航船上缓缓浮动而去的灯火,多想随那惊涛骇浪,直赴瞿塘,直下荆门呀。但亲身领略一下长江风景,直到这次才实现。因此,这一回在"江津"号上,正如我在第二天写的一封信中所说:

"这两天,整天我都在休息室里,透过玻璃窗,观望着三峡。昨天整日都在朦胧的雾罩之中。今天却阳光一片。这庄严秀丽气象万千的长江真是美极了。"

下午三时,天转开朗。长江两岸,层层叠叠,无穷无尽的都是雄伟的山峰,苍松翠竹绿茸茸地遮了一层绣幕。近岸陡壁上,背纤的纤夫历历可见。你向前看,前面群山在江流浩荡之中,则依然为雾笼罩,不过雾不像早晨那样浓,那样黄,而呈乳白色了。现在是"枯水季节",江中突然露出一块黑色礁石,一片黄色浅滩,船常常在很狭窄的两面航标之间迂回前进,顺流驶下。山愈聚愈多,渐渐暮霭低垂了,渐渐进入黄昏了,红绿标灯渐次闪光,而苍翠的山峦模糊为一片灰色。

当我正为夜色降临而惋惜的时候，黑夜里的长江却向我展开另外一种魅力。开始是，这里一星灯火，那儿一簇灯火，好像长江在对你眨着眼睛。而一会儿又是漆黑一片，你从船身微微的荡漾中感到波涛正在翻滚沸腾。一派特别雄伟的景象，出现在深宵。我一个人走到甲板上，这时江风猎猎，上下前后，一片黑森森的，而无数道强烈的探照灯光，从船顶上躲向江面，天空江上一片云雾迷蒙，电光闪闪，风声水声，不但使人深深体会到"高江急峡雷霆斗"的赫赫声势，而且你觉得你自己和大自然是那样贴近，就像整个宇宙，都罗列在你的胸前。水天，风雾，浑然融为一体，好像不是一只船，而是你自己正在和江流搏斗而前。"曙光就在前面，我们应当努力。"这时一种庄严而又美好的情感充溢我的心灵，我觉得这是我所经历的大时代突然一下集中地体现在这奔腾的长江之上。是的，我们的全部生活不就是这样战斗、航进、穿过黑夜走向黎明的吗？现在，船上的人都已酣睡，整个世界也都在安眠，而驾驶室上露出一片宁静的灯光。想一想，掌握住舵轮，透过闪闪电炬，从惊涛骇浪之中寻到一条破浪前进的途径，这是多么豪迈的生活啊！我们的哲学是革命的哲学，我们的诗歌是战斗的诗歌，正因为这样——我们的生活是最美的生活。列宁有一句话说得好极了："前进吧！——这是多么好啊！这才是生活啊！"……"江津"号昂奋而深沉地鸣响着汽笛向前方航进。

十一月十八日

在信中，我这样叙说："这一天，我像在一支雄伟而瑰丽的交响乐中飞翔。我在海洋上远航过，我在天空上飞行过，但在我们的母亲河流长江上，第一次，为这样一种大自然的威力所吸摄了。”

朦胧中听见广播到奉节。停泊时天已微明。起来看了一下，峰峦刚刚从黑夜中显露出一片灰蒙蒙的轮廓。启碇续行，我到休息室里来，只见前边两面悬崖绝壁，中间一条狭狭的江面，已进入瞿塘峡了。江随壁转，前面天空上露出一片金色阳光，像横着一条金带，其余天空各处还是云海茫茫。瞿塘峡口上，为三峡最险处，杜甫《夔州歌》云：“白帝高为三峡镇，瞿塘险过百牢关。”古时歌谣说：“滟滪大如马，瞿塘不可下；滟滪大如猴，瞿塘不可游；滟滪大如龟，瞿塘不可回；滟滪大如象，瞿塘不可上。”这滟滪堆指的是一堆黑色巨礁。它对准峡口。万水奔腾一冲进峡口，便直奔巨礁而来。你可想象得到那真是雷霆万钧，船如离弦之箭，稍差分厘，便撞得个粉碎。现在，这巨礁，早已炸掉。不过，瞿塘峡中，激流澎湃，涛如雷鸣，江面形成无数漩涡，船从漩涡中冲过，只听得一片哗啦啦的水声。过了八公里的瞿塘峡，乌沉沉的云雾，突然隐去，峡顶上一道蓝天，浮着几小片金色浮云，一柱阳光像闪电样落在左边峭壁上。右面峰顶上一片白云像白银片样发亮了，但阳光还没有降临。这时，远远前方，无数层峦叠嶂之上，迷蒙云雾之中，忽然出现一团红雾，你看，绛紫色的山峰，衬托着这一团雾，真美极了。就像那深谷之中向上反射出红色宝石的闪光，令人仿佛进入了神话境界。这时，你朝江流上望去，也是色彩缤纷：两面巨岩，倒影如墨；中间曲曲折折，却像有一条闪光的道路，上面荡着细碎的波光；近处山峦，则碧绿如翡翠。时间一分钟一分钟过去，前面那团红雾更红更亮了。船越驶越近，渐渐看清有一高峰亭亭

渡

朱贤巍

2014 年

70cm×50cm

布面丙烯

笔立于红雾之中，渐渐看清那红雾原来是千万道强烈的阳光。八点二十分，我们来到这一片晴朗的金黄色朝阳之中。

抬头望处，已到巫山。上面阳光垂照下来，下面浓雾滚涌上去，云蒸霞蔚，颇为壮观。刚从远处看到那个笔直的山峰，就站在巫峡口上，山如斧削，隽秀婀娜，人们告诉我这就是巫山十二峰的第一峰。它仿佛在招呼上游来的客人说："你看，这就是巫山巫峡了。""江津"号紧贴山脚，进入峡口。红通通的阳光恰在此时射进玻璃厅中，照在我的脸上。峡中，强烈的阳光与乳白色云雾交织一处，数步之隔，这边是阳光，那边是云雾，真是神妙莫测。几只木船从下游上来，帆篷给阳光照得像透明的白色羽翼，山峡却越来越狭，前面两山对峙，看去连一扇大门那么宽也没有，而门外，完全是白雾。

八点五十分，满船人，都在仰头观望。我也跑到甲板上来，看到万仞高峰之巅，有一细石耸立如一人对江而望，那就是充满神奇缥缈传说的美女峰了。据说一个渔人在江中打鱼，突遇狂风暴雨，船覆灭顶，他的妻子抱了小孩从峰顶眺望，盼他回来，一天一天，一月一月，他终未回来，而她却依然不顾晨昏，不顾风雨，站在那儿等候着他——至今还在那儿等着他呢！……

如果说瞿塘峡像一道闸门，那么巫峡简直像江上一条迂回曲折的画廊。船随山势左一弯，右一转，每一曲，每一折，都向你展开一幅绝好的风景画。两岸山势奇绝，连绵不断，巫山十二峰，各峰有各峰的姿态，人们给它们以很高的美的评价和命名，显然使我们的江山增加了诗意，而诗意又是变化无穷的。突然是深灰色石岩从高空直垂而下浸入江心，令人想到一个巨大的惊叹号；突然是绿茸茸草坂，像一支充满幽情的乐曲;特别好看的是悬崖上那一堆堆给秋霜染得红艳艳的野草,简直像是满山杜鹃了。峡急江陡,江面布满大大小小漩涡,船只能缓缓行进,像一个在崇山峻岭之间慢步前行的旅人。但这正好使远方来的人,有充裕时间欣赏这莽莽苍苍、浩浩荡荡长江上大自然的壮美。苍鹰在高峡上盘旋,江涛追随着山峦激荡,山影云影,日光水光,交织成一片。

十点,江面渐趋广阔,急流稳渡,穿过了巫峡。十点十五分至巴东,已入湖北境。十点半到牛口,江浪汹涌,把船推在浪头上,摇摆着前进。江流刚奔出巫峡,还没来得及喘息,却又冲入第三峡——西陵峡了。

西陵峡比较宽阔,但是江流至此变得特别凶恶,处处是急流,处处是险滩。船一下像流星随着怒涛冲去,一下又绕着险滩迂回浮进。最著名的三个险滩是:泄滩、青滩和崆岭滩。初下泄滩,你看着那万马奔腾的江水会突然感到江水简直是在旋转不前,一千个、一万个漩涡,使得"江津"号剧烈震动起来。这一节江流虽险,却流传着无数优美的传说。十一点十五分到秭归。据袁崧《宜都山川记》载:秭归是屈原故乡,是楚子熊绎建国之地。后来屈原被流放到汨罗江,死在那里。民间流传着:屈大夫死日,有人在汨罗江畔,看见他峨冠博带,美髯白皙,骑一匹白马飘然而去。又传说:屈原死后,被一大鱼驮回秭归,终于从流放之地回归楚国。这一切初听起来过于神奇怪诞,却正反映了人民对屈原的无限怀念之情。

秭归正面有一大片铁青色礁石,森然耸立江面,经过很长一段急流绕过泄滩。在最急峻的地方,"江津"号用尽全副精力,战抖着,震颤着前进。急流刚刚滚过，看见前面有一奇峰突起，江身沿着这山峰右面驶去，山峰左面却又出现一道河流，原来这就是王昭君诞生地香溪。它一下就令人记起杜甫的诗："群山万壑赴荆门，生长明妃尚有村。"我们遥望了一下香溪，船便沿着山峰进入一道无比险峻的长峡——兵书宝剑峡。这儿完全是一条窄巷，我到船头上，仰头上望，只见黄石碧岩，高与天齐，再驶行一段就到了青滩。江面陡然下降，波涛汹涌，浪花四溅，当你还没来得及仔细观看，船已像箭一样迅速飞下，巨浪为船头劈开，旋卷着，合在一起，一下又激荡开去。江水像滚沸了一样，到处是泡沫，到处是浪花。船上的同志指着岩上一片乡镇告我："长江航船上很多领航人都出生在这儿……每只木船要想渡过青滩，都得请这儿的人引领过去。"这时我正注视着一只逆流而上的木船，看起这青滩的声势十分吓人，但人从汹涌浪涛中掌握了一条前进途径，也就战胜了大自然了。

中午，我们来到了崆岭滩跟前，长江上的人都知道："泄滩青滩不算滩，崆岭才是鬼门关。"可见其凶险了。眼看一片灰色石礁布满水面，"江津"号却抛锚停泊了。原来崆岭滩一条狭窄航道只能过一只船，这时有一只江轮正在上行，我们只好等下来。谁知竟等了那么久，可见那上行的船只是如何小心翼翼了。当我们驶下崆岭滩时，果然是一片乱石林立，我们简直不像在浩荡的长江上，而是在苍莽的丛林中找寻小径跋涉前进了。

十一月十九日

早晨，一片通红的阳光，把平静的江水照得像玻璃一样发亮。长江三日，千姿万态，现在已不是前天那样大雾迷蒙，也不是昨天“巫山巫峡气萧森”，而是：“楚地阔无边，苍茫万顷连”了。长江在穿过长峡之后，现在变得如此宁静，就像刚刚诞生过婴儿的年轻母亲一样安详慈爱。天光水色真是柔和极了。江水像微微拂动的丝绸，有两只雪白的鸥鸟缓缓地和“江津”号平行飞进，水天极目之处，凝成一种透明的薄雾，一簇一簇船帆，就像一束一束雪白的花朵在蓝天下闪光。

在这样一天，江轮上非常宁静的一日，我把我全身心沉浸在“红色的罗莎”——卢森堡的《狱中书简》中。

这个在一九一八年德国无产阶级革命中最坚定的领袖，我从她的信中，感到一个伟大革命家思想的光芒和胸怀的温暖，突破铁窗镣铐，而闪耀在人间，你看，这一页：

> 雨点轻柔而均匀地洒落在树叶上，紫红的闪电一次又一次地在铅灰色中闪耀，遥远处，隆隆的雷声像汹涌澎湃的海涛余波似的不断滚滚传来。在这一切阴霾惨淡的情景中，突然间一只夜莺在我窗前的一株枫树上叫起来了！在雨中，闪电中，隆隆的雷声中，夜莺啼叫得像是一只清脆的银铃，它歌唱得如醉如痴，它要压倒雷声，唱亮昏暗……

昨晚九点钟左右，我还看到壮丽的一幕，我从我的沙发上发现映在窗玻璃上的玫瑰色的返照，这使我非常惊异，因为天空完全是灰色的。我跑到窗前，着了迷似的站在那里。在一色灰沉沉的天空上，东方涌现出一块巨大的、美丽得人间少有的玫瑰色的云彩，它与一切分隔开，孤零零地浮在那里，看起来像是一个微笑，像是来自陌生的远方的一个问候。我如释重负地长吁了一口气，不由自主地把双手伸向这幅富有魅力的图画。有了这样的颜色，这样的形象，然后生活才美妙，才有价值，不是吗？我用目光饱餐这幅光辉灿烂的图画，把这幅图画的每一线玫瑰色的霞光都吞咽下去，直到我突然禁不住笑起自己来。天哪，天空啊，云彩啊，以及整个生命的美并不只存在于佛龙克，用得着我来跟它们告别？不，它们会跟着我走的，不论我到哪儿，只要我活着，天空，云彩和生命的美会跟我同在。

“江津”号在平静的浪花中缓缓驶行。我读着书，一种非常珍贵的感情渗透我的全身。我必须立刻把它写下来，我愿意把它写在这奔腾叫啸，而又安静温柔的长江一起，因为它使我联想到我前天想到的“战斗——航进——穿过黑夜走向黎明”的想象，过去，多少人，从他们艰巨战斗中想望着一个美好的明天呀！而当我承受着像今天这样灿烂的阳光和清丽的景色时，我不能不意识到，今天我们整个大地，所吐露出来的那一种芬芳、宁馨的呼吸，这社会主义生活的呼吸，正是全世界上，不管在亚洲还是在欧洲，在美洲还是在非洲，一切先驱者的血液，凝聚起来，而发射出来的最自由最强大的光辉。我读完了《狱中书简》，一轮落日——那样圆，那样大，像鲜红的珊瑚球一样，把整个江面笼罩在一脉淡淡的红光中，面前像有一种细细的丝幕柔和地、轻悄地撒落下来。

最后让我从我自己的一封信中抄下一段，来结束这一日吧：

夜间，九时余——从前面漆黑的夜幕中，看见很小很小几点亮光。人们指给我那就是长江大桥，"江津"号稳稳地向武汉驶近。从这以后，我一直站在船上眺望，渐渐地渐渐地看出那整整齐齐的一排像横串起来的珍珠，在熠熠闪亮。我看着，我觉得在这辽阔无边的大江之上，这正是我们献给我们母亲河流的一顶珍珠冠呀！……再前进，江上无数蓝的、白的、红的、绿的灯光，拖着长长倒影在浮动，那是无数船只在航行，而那由一颗颗珍珠画出的大桥的轮廓，完全像升在云端里一样，高耸空中，而桥那面，灯光稠密得简直像是灿烂的金河，那是什么？仔细分辨，原来是武汉两岸的亿万灯光。当我们的"江津"号，嘹亮地向武汉市发出致敬欢呼的声音时，我心中升起一种庄严的情感，看一看！我们创造的新世界有多么灿烂吧！……

1960 年

春到零丁洋

上

美,有时是偶然得来的,我这次到零丁洋就是偶然的偶然。连广东人都埋怨今年天气反常。我从北京飞广州本来是去访问海南岛的,谁料到了广州,突然潮湿闷热,突然降温阴冷,我的腰痛病一下发作,不能走路了。经过抢治,略有好转。但是医生说既不能吹海风,又不能受潮湿,建议我回京治疗。命运既然作了如此安排,个人是无法违抗的。广州的朋友见我悒郁不乐,便劝我:反正要等机票,何不一游特区,我欣然从命,就此上道。

迷蒙细雨,给珠江三角洲增添了朦胧的妩媚,甚是好看。珠海可真是一个漂亮所在。木棉花红得那样浓,就像拼着一腔热血濡染了南天,任凭你遐思浮想,你可以从她联想到悲壮的畴昔,不过,我觉得她正象征着繁荣的今天。经过长途跋涉，住进珠海宾馆，中午躺在床上却睡不着，也许是特区人的生活节奏影响了我，实在是这里紧凑的气氛令人兴奋。两个多月前，我参观了厦门经济特区，得诗两句：“开荒辟莽嵘千古，姹紫嫣红染地天。”这里比厦门走得更快，一座新兴城市已经初具规模。宽敞的大街两旁清一色全是新的楼房，而旁边更新的建筑又在崛起，方兴未艾，实在喜人。我所住的市中心，珠海宾馆、九洲城、石景山宾馆则已连成一片繁华地带。前不久，我在《瞭望》上发表了一篇《赞武夷风格》，是称道武夷山庄建筑之美的，现在我却不能不赞美珠海宾馆。两者全是民族风格，不过，前者是淡雅朴素之美，后者是雍容华贵之美，华不流俗，难能可贵。几曲画廊，一潭湖水，朱砂黄的爆竹花逗来春意，确实很惹人喜爱。主人怜我行路不便，没有敦促我到九洲城去逛商场街，拱北宾馆也只一掠而过，在石花山度假村兜绕一圈，但真正引我出神的是湾泽花地。啊，一眼望去，遍地都是黄澄澄、紫艳艳的菊花，还有剑兰花，红的、白的花朵，像一只只大蝴蝶在翩翩飞舞。我们访问一家花农，其实也可叫花工，他们是培植自然美的植物学家，是创造人间美的工匠。是他们的智慧、血汗、生命，凝成一片花魂花魄，从天空采来万里彩霞，把人间装点得如此娇娆。不禁吟诗一首：

海裹银妆雾裹纱，
木棉红绽几枝斜。
楼台处处飞春雨，
十里人家尽种花。

谁想到，珠海之美，却在晚间以惊人姿态出现。车驰到被人称作“情人堤”的海堤上。啊！大海，啊！明月，我忍不住从车中出来伫立海边。一轮圆月清凉透彻，把无边的碧海照得浩浩荡荡、迷迷茫茫。大海正在涨潮，海水发出絮语，不太远的水面上，粼粼波光像无数金蛇在飞舞。我爱海，但这是凝聚着南天之美的海，今夕何夕，月光如昼，能不留恋？特别是堤上巍然耸立着一块巨岩，借着月光细细分辨，这石岩上留有波痕浪痕，仿佛正在回环波荡。当我想到这三千万年前凝聚而成的大海斑痕，这月的神魄、海的神魄，不觉心神为之一震。我感谢珠海设计家的诗人气质，把这块岩石保留下来，使我们从它身上听到千古之前的澎湃，听到千古之前的浩歌，实在令人幽思顿起了。几个青年攀缘而上，坐在石岩顶上赏月，一切无声，一切沉静，海洋的吸力把人生的尘烦吸得干干净净。月光是清洁的，海风是清洁的，人的心灵是清洁的。人们还透过虚无缥缈的月光，指给我看海湾中一座渔女珍珠的雕塑。它的雪白、圣洁，正像这美丽的城市，永远带着海的清澄、海的温馨。近揖零丁，远眺虎门，这片海在中华民族艰苦跋涉的历程中，曾经怎样火光盈盈，血泪盈盈，而今又是怎样灯火盈盈，笑语盈盈。此时此刻站在这里，我的心灵深处如波涛起伏，一下涌起悲哀，一下涌起欢乐。月光下，石景山宾馆白色的西班牙式建筑玲珑透剔，我在咖啡座里吃了一只芒果，得来一阵热带浓郁芳香，令人陶然欲醉。可是，这一晚久久不能入寐，待得辗转睡去，那海水，那月光，还在梦中萦回飘逸呢。

清晨，海上遮着一层薄薄银雾，我们连人带车上了海船，横渡零丁洋。我坐在驾驶台上，柔软的春风吹拂着我，镜面般的海水上，白鸥在空中划个弧线，渔帆在海上摇着绿的倒影。零丁洋、零丁洋，你突然闯入我的胸怀，击痛我的胸膛。我从幼小就爱读文天祥咏零丁洋的诗，每次诵到："皇恐滩头说皇恐，零丁洋里叹零丁。人生自古谁无死，留取丹心照汗青"，辄击节称赏，涕泪滂沱，从而为这种高风亮节所熏陶、所感染，从而对零丁洋也生发出多少神思妙想。我原来是说看看特区，也没查阅地图，不期而然出现在零丁洋上，这一邂逅相晤，使我深深地珍贵着这里的每一瞬息。这是不同凡响的海，是凝聚着浩然正气的海，而现在展现在我面前的是一个波光潋滟、雾影空濛的平静的海。船长说：你运气好，逢上好天气，风平浪静，海一旦发怒起来，奔腾的涌浪会把轮船送上天，因为零丁洋是南海的一部分，万山群岛过去就是波浪滔天的太平洋了。我沉入深思，我不知文天祥当年过零丁洋是风雨如晦，还是天朗气清？想着想着，在波光雾影之中，仿佛看到这个气重千秋的人，正在驾飞云、御长风，悠然飘荡，漫漫行吟，也许是他的幽灵，也许是他的神魂，也许是他的一腔热血化为云，化为雾……当船长指给我看内零丁岛时，我才意识到，我朦胧中看到的是这岛上的高山，是的，这巍巍然、峨峨然的高峰不就是文天祥的化身吗?！内零丁岛在珠海到深圳的中途，由一群高山组成，烟雾笼罩，影影绰绰，十分幽美，使我一下想到去春游过的日本濑户内海的宫岛。内零丁岛上绿茵茵的全是荔枝树，四周遭都是细软的沙滩，我想如果开辟出来，长天大海，浩瀚无涯，北望虎门，南眺南海，东带深圳，西挈珠海，这里当是一片何等迷人的地方。

下

我从蛇口登陆，风掣电闪，疾奔深圳。深圳，不仅在全中国，在全世界，也是一个响亮的名字了。你管它叫新大陆也好，你管它叫新世界也好，都不过分。如果说哥伦布发现新大陆为人类作出新的贡献，今天，深圳正为创造具有中国特色的社会主义开辟新的途径。从这个意义上来说，它像穿透茫茫雾夜的探照灯，照射着我们的明天。这儿一切都是速度、速度、速度；汽车在刷刷地奔驰，大厦在刷刷地矗立。当我驰入市中心，那密集的高楼群拔地摩天，已经像雄鹰展翅，初露神姿了。放眼一望，粉红的、绿的、雪白的，各种颜色的楼房，像春天原野上的百花争妍，像雪亮的眼睛在闪着眯眯笑容，市区里金碧辉煌，一片繁华，真是"车如流水马如龙，花月正春风"，在这里领悟到了这两句诗所含的新意。还必须看到，在从蛇口到深圳途中那大片空旷的土地上，插了牌子、搭了工棚，它预示着不久的将来，更新更美的建筑群会汹涌澎湃、奔腾叫啸而起。从蛇口到深圳几十里长街，日影灯影，人声车声将是怎样的气势，怎样的气魄。有人说现在是"深圳热"，我倒希望这股腾腾热气从这儿影响全国，推动全国。

一直到住处，走进雪亮的房间，坐在沙发上，窗帘是新的，地毯是新的，冰箱是新的，彩电是新的，我却有点迷惑不解，如入五里雾中，不知到了什么所在。经人指点，透过碧绿丛丛的芭蕉林、棕榈林，一树树火热的木棉花，一树树红艳的三角梅，在绿荫深处，我看到一座小桥，这时，我的记忆之门一下张开。那是建国第二年出访印度，途经香港,不就是踏着这小桥去,踏着这小桥回的吗？这时我才恍然大悟,原来深圳特区就是当年我走过的荒凉渡口。当然,深圳也不是凭空一跃而起的,我访问的渔村,那儿还保留着两座不蔽风雨的残屋,而旁边就是一片新式楼房,它们像是历史发展的明证。一束像太阳的溶液染得鲜红发亮的花,把我引进姓王的司机家,这个青年人也像满身映着灿烂的朝霞。他的家庭全部电气化了,一尘不染,富丽堂皇,一只柜橱上,几根碧绿葱葱的富贵竹插在瓷花瓶里,昭示着春天,昭示着温暖。这个青年人说:是三中全会精神使我们取得一个飞跃。我说:好的政策要通过个人努力才能开花结果。他腼腆地笑着说:我们已经落后了,深圳有些农村住宅超过了我们。是的,我们的时代是创业的时代,万鼓齐鸣,万帆竞渡,你赶上我,我超过你。但不论后来如何居上,历史起点的脚印总是不可磨灭的。

我看了白日的深圳,又看了夜间的深圳,虽是初夜,却寂静无人。你不要以为这儿净是灯红酒绿,享乐安闲,不,如果说杯中酒影照着一些游人的蒙眬醉眼,而居室的灯光却照着聚精会神的读书人,深圳的青年人,浸沉在一股学习热潮中。因为在这里谁不学得一技之长,谁就将在竞争中被淘汰。我喜爱这种气氛,这气氛里透露出一种志气。出人头地有什么不好？力争上游有什么不好？我认为竞争是永远值得称赞的。夜游回来,在记事本上写下一首诗:

昔日过罗湖,荒沙点点愁。

小桥恋归梦,平野跃新楼。

万岭天摩峻，大潮风劲流。

拓荒明远志，擂鼓战春牛。

对这最后一句，我乐于做点解说，一不是牛年话牛，二不是犁田赞牛，而说的是我所最喜爱的一座青铜雕塑，一头抵首挺角、奋着全身强劲，将铁硬的树根从荒土中拔出的“开荒牛”。我不想从香密湖、西丽湖寻觅美景幽思，我觉得比一切美都美的是这座雕塑。它是深圳的象征，深圳的缩影，它体现着深圳人激流勇进、奋发图强，给人以清新、给人以向往的开拓者的精神。没有当年延安的开荒精神，就不会有新中国，没有今天荒地上铸造新城的开拓精神，就不会有二十一世纪中华的飞腾。

柔软得像丝绸一样的春风，吹绿零丁洋，吹绿深圳，吹绿珠海。如果说渔女珍珠的雕塑象征着珠海的清雅秀丽之美，这垦荒春牛的雕塑象征着深圳的粗犷豪壮之美，而它们的共同之处就是劳动创造新世界的美。想到这里，我的思路活了。春到零丁洋，不是只说今春到了零丁洋，更深的含意是一个新世纪的春天到了零丁洋。这不正寄托着我们的理想，我们的希望，我们的未来吗？

说来也巧，在深圳、珠海两日，晴空万里，一望无垠。黄金的海洋，黄金的大地，黄金的远景，都纷繁涌向我的心头。在这短暂的时间里，我竟围珠江三角洲绕了一圈，从广州经顺德到珠海，横渡零丁洋，而后过东莞回广州，一下是西江岸鲜花盈野，一下是东江里唱晚渔舟。这也算是一种速度吧！当然这是自我解嘲。观察生活，不能只求速度，还要求深度。不过，就仅仅这几十个小时，乘车看花，也从

我心灵深处唤起永远难忘的春之赞歌。还是用一首诗结束我这一行,记下我对未来的憧憬:

零丁洋已不零丁,
梦断航笛三两声。
血泪孤臣千古壮,
浩歌赤子万方惊。
花藏荆棘甘心折,
风洒神州洗耳听。
预卜前程应似锦,
茫茫大海一天星。

翡冷翠

一　我感到一颗伟大心灵微微的颤悸……

一个早晨，我们从罗马乘火车赴佛罗伦萨。佛罗伦萨，中国诗人徐志摩曾译为翡冷翠，我为这富有诗意的名字而向往，不过我以为这也许是诗人的诗化，不料我到意大利后，听意大利人发音确实是翡冷翠。

坐火车旅行是愉快的，通过玻璃窗可一享大自然之美，何况意大利也确实美得惊人。田野，丘陵，收刈过的麦田，明朗的阳光，从稠密的森林里流出一泓小河，遍地遮满葡萄园，这一切全是碧绿森森、充满生气。安娜说："今年春天来得晚，春花刚刚开放。"你看，那满山遍野的鲜花组成一片花的地毯，鲜红的野罂粟花蝴蝶般迎风招展，一串串迎春花简直像灿烂黄金的编织品，还有细小而繁茂的白花，就像细碎的冰凌。几乎每一座山顶上，都有中世纪的古城堡，灰色城堞上耸立着高高的钟楼。通过大片大片的橡树林，我们惊奇得欢叫起来，眼前出现了一个大湖，湖光那样柔美，湖后面的山笼罩在银线织的雾一样的阳光里，更加朦胧可爱；然后，一排排塔松一闪而过，远远山坡上橄榄树涂出一抹灰绿色，我一直守着窗口，我陶醉在欧洲风景之中，我仿佛闻到土地的芳香，我还仿佛闻到阳光的芳香。

古老的圣玛丽亚教堂是翡冷翠王冠上的宝石。我们在旅馆里放下行囊，就到那里去。它是但丁时代已经筑起的教堂，而且是在但丁诗中描写过的教堂。它真是建筑艺术中的杰作，借用文艺复兴时代人的话说，“这是有神性”的创造。洁白大理石的大教堂旁耸立着洁白大理石筑起的钟楼。整个建筑由长方格窗构成一个完美整体，而每一方大理石上都镂刻着精巧细致的雕饰，雪白大理石上覆盖着红色的顶穹，就如同戴了一顶红玫瑰花环。

走进教堂，教堂穹顶是一幅彩色玻璃镶嵌的圆画，阳光一照，使你感到彩色缤纷、眼花缭乱。一座米开朗基罗的雕塑，却那样动人，这个与罗马《母爱》同一题材的雕塑，米开朗基罗却更多表现了悲怆、痛苦，圣母抱着刚从十字架上取下的耶稣，她悲痛欲绝，似乎失去力量，耶稣的好友尼科德姆斯就从后面用力支撑着耶稣遗体，帮助圣玛丽亚。米开朗基罗雕塑它，是为了安放在自己长眠的陵墓上，这一点也许说明它真正反映了艺术家的心意，后来它却成了这座大教堂的主像。安娜引我们仔细寻觅，终于寻找到了，在这满是神像的殿堂的一角，珍藏着一幅但丁的画像。但丁穿着红色长袍，头戴桂冠，站在画幅中心，左手举着他的诗卷，右手微微伸开，但丁正在沉思凝想，他身后正面是“天堂”，右侧是“地狱”，左侧是“人间”。这幅画不大，光线又昏暗，由于全世界来的游人，都想看这画像，就不能不设置了保护线，但画的上端，那象征光明的彩虹与晨星，还跃然在目。把罗马的圣彼得教堂与翡冷翠这座教堂相比，前者凝重，后者玲珑，而后者更加像一座艺术品。

出于对艺术的崇拜，到翡冷翠的路上，我一再向安娜提起米开朗基罗的《夜》与《昼》、《晨》与《暮》那一组雕塑。自从接触米开朗基罗的艺术以来，我觉得这一组雕塑最富于诗意。

从圣玛丽亚教堂出来，安娜示意我们要到一个重要的地方去。到了那里，我们先进入一座豪华的厅堂，我正在惊奇，以为这是古代贵族的宴会厅，经安娜说明，才知道这就是翡冷翠大贵族梅迪奇家的祭堂，整个都由五颜六色的大理石、宝石镶嵌而成，光彩夺目。安娜带我们穿过一道门，进入另一房间，啊！我几乎惊喜地叫起来，安娜用满意的眼光朝我笑了一下。这便是梅迪奇家的陵墓。这陵墓就整体来说是白色大理石的，显得庄严、肃穆，屋顶上四面窗口投下明亮的光线，白大理石地面上无数墨蓝色菱形组成图案，正面是祭坛，两侧是陵墓，四座大理石雕塑，左侧是《夜》与《昼》，右侧是《晨》与《暮》。这是米开朗基罗作为战败者之后，怀着痛苦与悲愤心情完成的。四座雕像凭着肌肉、神态，表现着一天的四个不同时刻，《夜》的沉睡的女像的松弛的肌肤，使你觉得这静静的沉睡，是连梦也没有的，你只感到她那酣睡的微息。当这组像完成后，米开朗基罗的朋友斯特罗基看了惊叹不已，就给《夜》题了一首诗：

女神沉睡在安静的夜晚,
这块石头像天使雕塑的那样美,
这天使就是我们的米开朗基罗,
她睡着因为她有生命,
如若不信你可叫醒她,她会同你细语。

米开朗基罗自己怀着亡国之痛,也给《夜》写了一首诗:

睡眠是甜蜜的,成为顽石更是幸福,
只要世上还有罪恶与耻辱的时候,
不视不听,无知无觉,于我是最大的欢乐,
不要惊醒,呵,讲话请讲得轻一些吧!

为了人与神的搏斗,但丁写了诗,米开朗基罗作了雕塑,而米开朗基罗的每一雕塑,都发出诗的声音。我放轻脚步,凝然不语。自从踏上意大利国土,我一直在追踪着文艺复兴巨大觉醒的艺术之美,在这儿,我不知是由于注视过久,还是泪水朦胧,我寻求到伟大的雕塑,伟大的诗,我感到一颗伟大的心灵的微微的颤悸……

二　在这浓酽绿色之中，立着一株冰雪般的白玉兰，这是何等的美丽……

下午,我们乘汽车登上新的途程。我带着《夜》的酣眠的甜蜜,在车上睡了一觉，醒来时，但见亚平宁原野上的群山有如怒海狂涛，我们很快就到达了地中海滨的维亚莱焦。

意大利有三大文学奖：维利斯奖，罗马奖，而历史最悠久的，从一九二九年就开始的，就是维亚莱焦奖，今晚要在这里举行授奖大会，也就是维亚莱焦的狂欢之夜。

维亚莱焦是一片海滨天然浴场，现在正是游人众多的季节，我们住在皇家大饭店。我走进我的房间，头一件事就是打开门扉，走上阳台，面对着汹涌澎湃的蓝色大海，静静地、静静地，没有思索，没有激情，我仿佛消失了，我与大海融而为一，大海的每一朵浪花，就成为我心灵的每一呼吸。

我们到后不久，奖金委员会先举行了和我们的见面会。主席奥尼达·雷帕契身材瘦小，白发萧然，两眼却炯炯有神，这个反法西斯老战士，响亮的声音，倾吐出全部热情。我说：我希望我们是第一只燕子，将带来中、意作家间友谊的春天。在相互致辞之后，我和雷帕契紧紧拥抱了，会场上响起一片掌声，气氛十分热烈。紧接着好几个老游击队员走过来和我拥抱。有一位在我的名片上写了一句话：“我们都打过游击战，应当紧密团结。”当我们的脸紧紧贴在一起时，想一想，多么悠久的四十年呀，穿过硝烟战火、雨雪风霜，远方战友骤然相抱，是何等激动人心。如果说在罗马我向死去的战友致以哀思，现在我为活着的战友流出欢悦的热泪。维亚莱焦！维亚莱焦！我一生一世永远难忘的维亚莱焦！

欢腾的大海，似乎把语言不通的陌生人，紧紧地连结在一起。在皇家饭店的大厅里、走廊上，从世界各地而来的人彼此那样亲近，特别是一位仪表堂堂的老人，几次遇到，总是老朋友般点头，他的眼光，他的微笑，非常亲切，我了解这是对新中国的致意。像在罗马一样，人们争着告诉我们：“前几天总下雨，今天可特别晴朗”，好像上天也在为我们的到来祝福，当然，这话也表达了海滨人胸中的欢乐。入夜，海边灯火辉煌，我们沿着海岸长街，步行到一个大剧院。维亚莱焦文学奖在这里举行授奖仪式，这是一个既隆重又欢乐的场面。一阵乐声之后，雷帕契主席用他特有的铿锵的声调作了讲演。当雷帕契主席宣布有中国作家代表团参加会议而向我们致意时，全场的人都站起来，我们也站起，暴风雨般掌声经久不息。电视广播台向全意大利转播了这个节日盛况。第二天到了翡冷翠，安娜高兴地告诉我说：“全意大利的人都看见你们了！”我才了解到主人多么精心地安排了一次中国作家和广大电视观众的会见。那以后，在米兰、在威尼斯，连饭店的服务员也一见面就说：“我们在电视上见到你们了！”于是向我们露出了那样热情的微笑。授奖仪式结束，狂欢之夜开始，我们从热烈的会场中出来，特别感到地中海之夜的清凉与舒畅。回到饭店房间里，我久久凝望着黑茫茫海的夜空，不能入睡。我觉得意大利人没有那么多精巧而华丽的言辞，但意大利人就像意大利灼热的太阳一样真挚、朴实、热烈，我从心里热爱意大利人。雷帕契亲手把维亚莱焦文学奖章送给我们每人一枚。灯光之下，我打开盒盖，看到在蓝色丝绒衬垫中镶嵌着雕刻了文艺女神的金黄色像章。我轻轻取出，翻着背面，镌刻着一行小字：“第五十一届维亚莱焦奖金——一九八〇年”，这一枚奖章深深结下了意大利作家与中国作家的友谊。深夜，我在海涛絮语中睡去。黎明，我又在海的呼啸中醒来。

我们告别维亚莱焦，进入的丽约大森林，整个上空都遮满浓荫，一片绿影带来清新气息，拂在脸上，沁入心房，偶尔有道朝阳像金黄链条横在路当中。我们穿过大森林，又驰上亚平宁原野，到比萨去。

远方，早晨的阳光闪烁之中，忽然看见矗立高空的白色的比萨斜塔塔顶。不久，我们就进入比萨古城，在一个广场边下了车。广场中心是一座大教堂，教堂前圆柱形的斜塔，一共七层，顶上还有一个钟楼，每层都围有好看的廊柱。教堂和斜塔都是白大理石筑成的。教堂一〇六三年开始兴建，至一二〇〇年建成，建塔是一一七四年，花了九年功夫完成。这塔建成就倾斜了，这确是世界的奇迹，塔的倾斜角度很大，可是历经了这样悠久的年月，这精美雕塑的古塔，还那样完整、坚实，就像从天空把一根圆柱深深插入地底而露在外面的一截。我默默观赏时，一轮火红的太阳刚好升上塔顶，给这古塔饰上金黄灿烂的光圈。

比萨是美丽的，最美的是阿尔诺河，特别是河两岸的路灯的圆柱和菱形灯罩，全是黑铁铸成的，保留着古老油灯样式，和巴黎协和广场上吸引了世界游人的灯一模一样。不过，协和广场的路灯只围绕了广场一匝，而比萨阿尔诺河两岸的路灯则一直伸展向远方，一到夜晚，华灯启处，星星灯火，闪闪波光，该是多么美妙。

出了比萨，我们不像来到原野，而像进了花园，也可以说是花的原野吧！在绿得发黑的葡萄园背景上，那白的、粉的、红的、黄的玫瑰，在洒满金色阳光的大道旁，人家墙垣上攀满怒放的蔷薇，汽车沿着阿尔诺河奔驰，可以说我们跟随着阿尔诺河流向翡冷翠。前方左侧出现了一座山，山顶上有古老城堞。很快我们驰入山脚小镇，红的屋顶，绿的百叶窗，小镇行人寥寥，十分幽静。不知为什么，所有百叶窗都紧闭着，好像不愿把窗内宝藏的古老的隐秘向人展开，我们突然来到一个小小广场。

“看！薄伽丘的塑像！”

啊，我连一点精神准备都没有，一下来到以《十日谈》闻名世界的薄伽丘的故乡。薄伽丘的像，身穿长袍，头披方巾，那微微俯首沉思的神态很有深意。薄伽丘是文艺复兴时的一位人文主义猛士，他那样无情地揭开蒙在圣徒们脸上的面纱，他又那样深情地歌颂了人的美。他描写女人“细长的棕色的”“淘气的眼睛”、“放在紫色披风上美丽动人的手”，他还用动人的笔墨描写了故乡美丽大自然的风貌。我真想爬上山头，在薄伽丘的故居住上一夜，可是我们的车沿着山脚驰过了。我回过身来久久仰望，山顶上是一片相当广阔的古城堡，有残破的城堞，林立的古堡，有手指一样直指天空的钟楼，可是山回路转，薄伽丘的故乡就渐渐为树影遮没了。树林那样郁郁葱葱、绿得发黑，我从来没有看到过这样好看的绿色，在这浓酽的绿色之中，立着一株冰雪般的白玉兰，这是何等的美丽……

三　人与神的搏斗，还在继续进行，还必须继续进行……

我们从一座古城门进入锡耶纳，已近午时。原来我也没有想我将要到的是个什么地方。当我们走到锡耶纳中心广场，那里黑压压挤满人，就像浪花一样，在人海头上飘荡着红黄的、黄蓝的、绿白的、绿黄的旗帜，旗上绘着各色各样的画，我看到有太阳、海马、贝壳、鹰、长颈鹿……这时，我突然想起，这不是美国作家赫尔曼·沃克的小说《战争风云》中描写过的锡耶纳赛马的那个地方吗？

我们被引进广场正面古城堡样的市政厅——锡耶纳是中古时期一个古国，这个市政厅是一二三〇年筑成的——在会议室里坐下来。我看到一幅画，这是一幅很有意思的画，它可以告诉你什么是锡耶纳。画的正中是古锡耶纳保护人，画像手持金框，框中心为绘有金十字架的黑色太阳，画像后面是堆满红色鲜花的原野，画像下面是十名骑手扬鞭奔驰，再下面是翘首仰望的人群，最下面是锡耶纳十个区的旗帜，就是刚才在广场上那些起劲地摇晃、飘荡的旗帜。

从十五世纪起，锡耶纳每年举行一次赛马，今天我们刚好赶上隆重的授马仪式。那欢乐的气氛简直无法描述，也许可以用狂热两字来形容。尽管我对市政厅中十四世纪的壁画看得津津有味，但我毕竟不能不为广场热烈人群所吸引，我们一卷入人群，立刻和他们一样欢乐起来。市政厅红石砌的钟楼高耸云霄，在它下面楼窗上，悬挂着十个区的彩旗，下面一个木台，市长和锡耶纳名人坐在一排长桌后面，宣布这个狂欢节的开始。先是穿着红衣裳、绿坎肩的中古服装的号手走到台口吹号，号声一停，由一个装饰华丽的小孩，去摇转一个小摇机，从那里面落下马的标签，决定哪个牌号的马归哪一个区。每当牌号悬挂墙上，得到好马的那个区就热情地欢呼、蹦跳，把帽子扔向空中，吹口哨。我发现老人和青年、妇女把孩童骑在脖颈上，除了挥舞旗帜外，他们颈部、腰部都围着彩旗，迎风招展。广场密麻麻挤满人，广场周围一层层木板看台上，三面楼房阳台上，都挤满人，一阵一阵热浪汹涌澎湃，沸腾回荡。直到十个区的马分光了，群众才从广场上纷纷离去。

广场静下来了。蓝天、白云，阳光强烈刺目，在阴凉地方，微风却柔和宜人。椭圆形广场跑道上，新铺了朱红色的土。刚刚给人群吓跑的鸽群现在又飞回来了，在你头上飞，在你脚边啄，仿佛它们也在为节日欢乐，而且兴犹未尽，纠缠着远方的来客。我们找了广场边一处露天饭馆坐下来。安娜不见了，隔一会，她出现了。她把一幅绘着各区标旗的丝绸旗帜送给我，我高兴极了，这是锡耶纳人把他们的狂欢分给我的一份。

由于长途跋涉和刚才的一阵狂欢，这顿锡耶纳的午餐吃得特别有味。饭后，我们漫步一条条深深曲巷。石砌的街道都是狭窄而又陡峭，又没有石阶，我只好和同伴挽着臂膀，战兢兢走下走上。这时，我才恍然大悟，就像我们一路看见无数山头古堡一样，锡耶纳也是一个山峦上的古国。小街两旁都是壁立的古色古香的楼房。忽然，从两厢楼房豁口，看见一座美丽无比的教堂，它不给人以神的感觉，只给人以美的感觉，白色大理石中间，横界着一条条碧绿大理石，这样就使这建筑像雪白皮肤上披着绿纱的亭亭玉立的美女形象。从教堂旁一个陡坡下来，我才发现广场上的节日活动并未结束，而是把一份份狂热带回各区。我凭着一座穹门，看到下面一队穿着艳丽服装的人群，敲着鼓、摇着旗在游行。拐下另一条险峻的石路，又看到一条小小横街上，一群人在举着酒瓶欢饮……

我们乘车出了罗马门——由于它面向罗马而得名。我们绕着古城墙，在起伏山峦中行驶，我才觉得锡耶纳相当大，而且在古城外又发展了新的城区。意大利得天独厚,它伸展在地中海与亚得里亚海之间,滋润的海洋气候,使得这儿的树那样繁茂,绿得那样浓郁,花朵那样肥大,色彩那样娇艳,就像太阳把特别多的光和热给予了这美丽大地。

傍晚,我们回到翡冷翠幽僻街道中那个幽静的饭店。由于整天奔波,海风吹,阳光晒,一进住房,我就卧倒床上,没再动弹。但在睡意蒙眬中,听到窗外传进悠扬、嘹亮的钟声,使我眼前又再现了米开朗基罗《最后审判》壁画上在纷纷飞翔、跌落的人形。这钟声告诉我:从文艺复兴到今天,人与神的斗争还在继续进行,还必须继续进行……

四　在我心中只凝然化为一句诗,也许是最美的一句诗:翡冷翠之夜……

我们登上翡冷翠山顶的米开朗基罗广场,石砌地面上夜露未消。这一天,我们在乌菲齐画廊欣赏了乔托、帕托切利、芬奇、拉斐尔……的杰作,特别使我感动的是看了米开朗基罗著名的雕塑《大卫》,这些我不一一叙述了,但我无论如何要记下两个令人难忘的翡冷翠的夜晚。

从锡耶纳归来那天,吃过夜餐,安娜和翡冷翠作协主席吉诺·杰洛拉,陪我们去欣赏翡冷翠夜景。我们先到希米奥利亚广场,这个市中心广场是翡冷翠艺术精英集萃之地。照明灯把整个广场照耀得如同白昼。红褐色市政厅大楼上高高耸立着一座钟楼,建筑结构十分精美。市政厅前立着好些塑像，特别左侧三座穹门连结的长廊上，立着十座希腊神话的石雕，神魄动人。从市政府门前往左拐，忽然进入没有灯光的街道，两旁是巨厦，巨厦底层一排石柱撑着长廊，幽暗之中，石壁上雕塑琳琅，却看不清楚了。由于没有灯光，杰洛拉一直扶着我的胳臂。他是一个非常纯朴、厚实的人，瘦长脸膛上有深深皱纹，两道长鬓角，耸立的浓眉，聪慧的双眼。这两天，到维亚莱焦、比萨、锡耶纳，他一直陪伴我们。他给我的第一个印象，我觉得他像欧洲古典作品里的农民。谁知我猜中了，他告诉我，他是意大利北方阿尔卑斯山脚下的农民。他每年要回到农村去两个月。他送给我一本小说，就是写农民反封建剥削斗争的。这时，他向两旁巨厦指了指，告诉我，我们正走在乌菲齐画廊下面。我们穿过这段静寂的暗路，来到一条横街，就像一下到了另外一个世界，游人摩肩接踵，汽车如水如龙，我们寻个空隙，横穿过街，啊！这是多么迷人的阿尔诺河夜景啊！河上灯光倒影，随着波浪微微摇曳，灯影挨着灯影，一直浸入夜的深处，这时我胸中荡漾着一曲歌，一幅画，一首诗。我们卷入人群，随人群而旋转。许多青年坐在河墙上弹着吉他，唱起歌，这时我才懂得意大利歌手的《小夜曲》为什么那样甜蜜醉人。安娜和杰洛拉唯恐我们失散，手牵手带领我们挤来挤去，挤向著名的老桥。老桥很像我们江南水乡的街桥，桥上两边都是商店。杰洛拉指给我看桥头几家黑铁门窗的木屋，说："这是中世纪保留下来的店铺。"这桥街是买卖金银珠宝的繁华之地，入夜商店都关了门。人如潮涌，我们只有跟着潮涌向桥中心。这儿豁然开朗，切开两旁店铺，留个空隙，这里安置着第一个使用望远镜观察天体的大科学家伽里略的雕像，河上的风正好在这儿自由吹来吹去。就像伽里略从宇宙间引来清风。桥中心确是看河景的好地方，两岸灯火汇成一片金的织锦，真是“疑是银河落九天”了。

从阿尔诺河边回来，穿过几条窄得只能走过一个人的深巷，楼壁上挂着黑铁框菱形街灯，那光线自然幽静。

我以为翡冷翠的夜晚已经过去了。第二天晚上，主人邀我们外出用餐，谁知一下又来到了中心广场，这真是不夜之城啊！广场边上支撑着许多颜色艳丽的遮阳篷，是一家家咖啡馆，一处处餐厅，遮阳篷给广场镶了美丽花边。这一夜，广场中心挤满人，那座红褐色市政厅前，有白色石雕的喷泉前，搭了个台子，有美国来的一个乐队正在演出，乐声引得一些游人翩翩起舞。我们被引到广场边一家饭店。我们在长餐桌旁一面吃，一面谈文学，谈社会……一位白衣裙的女青年谈得十分热烈，她讲到现在一个重大社会问题，是青年人缺乏理想，不知未来，只想今天，有点“今朝有酒今朝醉”；可是这样评论也不确切，人们也在苦苦思索，因此，青年人读哲学比读文学更有兴趣，想从苦闷中找条出路。……我在听，在沉思……

忽然，有一个那么瘦弱的姑娘一下映入我眼帘，她走路轻得几乎连声音也没有。她走到每一个餐桌前，伸出苍白纤细的手，举着一枝用玻璃纸包的红石竹花问：“买花吗？”可是没人回答她。我听她的声音那样微弱，我见她的两眼那样木然，她是那样静悄悄，在桌与桌之间穿来走去，我的眼睛一直跟踪着她。不知为什么，我心深处在盼望着，盼望着，盼望她能卖几枝花。可是我失望了，她最后消失在人群中不见了，我说不出地怅惘，甚至有点哀伤。我周围葡萄酒、香烟、咖啡、熟菜的气味浓浓地浓浓地不散。谁料到当我们夜餐将尽,无意间一瞥,我又看到那个姑娘,这次却好,当她走向一个圆桌时,终于有人买了她一朵花,我心中掠过一丝安慰,引起一点希望。

欧洲夏夜来得迟,因此,夜黑得愈浓,灯就照得愈亮,乐队还在那台上吹奏,我却听不到乐声,人们在挤来拥去,我却觉不出移动,我融化其中,超乎其上。总之,这里一切,在我心中只凝然化为一句诗,也许是最美的一句诗:翡冷翠之夜……

1980 年

昆仑山的太阳

黄河之水天上来

细雨蒙蒙的秋天，我从北京乘飞机到兰州，机上即兴吟诗一首：“十年未可乘长风，一羽凌霄上碧空。拂去云烟十万里，来看黄河落日红。”

不过，说实在话，兰州的黄河令我失望。黄河在我记忆中永远是奔腾呼啸的激流啊！第一次给我的印象特别深，那是四十年前了，我从风陵渡口眺望黄河，滚滚狂涛冲着巨大冰排，天崩地裂，万雷轰鸣，一泻而下，那是何等惊心动魄的气概呀！兰州的黄河未免太安逸平静了。

到兰州后，一连落了几日雨。一个下午，我静静地望着窗口，窗中间巍然耸立着碧森森的皋兰山，这整个窗口就像给烟雨淋得湿蒙蒙绿茫茫的一幅画，一阵惊喜微颤过心头，这是一幅多么美妙的东山魁夷的画呀！的确，生活有如迂回曲折的画廊，一下是幽深的峡谷，一下是开阔的原野，谁知当我埋怨兰州的黄河平淡无奇的时候，就在兰州，黄河向我显示了雄伟壮观的景象，这就是刘家峡。

霁雨初晴，西北高原阳光格外灿烂。也许是延安生活在我心中的再现，我总觉得空中响着牧羊人的嘹亮歌声。汽车时而在碎石如斗的山谷之中，时而在辽阔的高原之上。远望刘家峡，层峦叠翠、静谧安详，谁料当汽车转折而下驶到刘家峡电站大坝下，突然冲入淋漓大雨之中，我非常惊讶，天上晴空万里，哪儿来的暴雨狂风呢？我下车转身一看，怔住了，我看到的是什么!？如乌云乱卷，如怒火，如狂飙。这些乌云先是从下面向上喷射，喷到半空，又跌落下来，化成茫茫银雾，这一卷卷云雾，给阳光照得闪亮，又飞上高空，乌云白雾，上下翻腾，再向上，如浓墨，如淡墨，直耸高空，像原子爆炸的蘑菇云，亭亭而上，巍然不动，这场景真有点惊人。原来接连落了几天雨，水位陡增，水电站提起溢洪道一扇闸门，刚才所见，就是黄河之水从溢洪道口喷射而出的情景。我再举首仰望，只见巉岩壁立，万仞摩天，峡谷之内，烟雾缭绕，浪花飞溅，发出千万惊雷翻滚沸腾的轰鸣。我到坝顶俯视，才看清黄河有如无数巨龙扭在一起飞旋而下，在窄窄两山之间，它咆哮，它奔腾，冲起的雪白浪头竟比岸上的山头还高，是激流，是浓雾，旋卷在一起，浩浩荡荡，汹涌澎湃，远去，远去，再远去，整个黄河都为白烟银雾所笼罩。

我却没有料到，我真正一览黄河雄伟神姿，却是在从乌鲁木齐飞回北京的飞机上。地面一片飞云骤雨，升上高空，忽然一道灿烂阳光透过舷窗射在我脸上，急忙向下看，云雾里巍然耸立着雪峰，雪峰白得像冰霜塑出的，像是那里刚刚落过一阵大雪，雪峰高低不一，层次分明，这是何等雄伟的冰雪的海洋啊！

飞机继续上升，下面出现了莽莽云流，向后飞速驶去，望眼所及之处，有一道整整齐齐的白云线，云线上悬着一条蓝天。飞机再上升，下面完全是旋卷沸腾的云海怒涛了。

又过了一段时间，云海忽然逝去，下面展现出一望无际的深褐色大地，阳光从上面像千万道聚光灯照亮了大地。一种出乎意料的梦幻一般的奇景突然出现，实在惊人，我想一个人一生一世也许只有这样一次吧！我们所生存的地球向你一露神奇的风采。在这茫茫大地之上有一条蜿蜒盘旋的长带。这个长带有的段落是深黑色的，有的段落是银白闪光的。开始我茫然不知这是什么！仔细看时，才知道这是黄河。这苍莽无垠无际的母亲大地啊，是它的乳汁，从西北高原深深地层中喷涌出这一道哺育着千秋万代、子子孙孙的河流，它纵横奔驰，滂沱摇泻，呼啸苍天，排挞岩谷。这条莽荡的黄河，一下分散作无数条细流，如万千璎珞闪烁飘拂，一下又汇为巨流，如利剑插过深山，势如长风一拂，万弩齐发。多么辽阔无垠的西北高原啊，高原上空，无数美丽的发亮的银白色云团，飘忽闪烁，如白玫瑰花随风飘浮。我发现，云影遮罩着的地段，黄河是深黑色的，阳光直射的地段，黄河就闪着银光。这广大的高原的奇景，使我惊讶得无法形容，如科学发现了宇宙的无穷，如思想探索到人生的奥秘，如艺术施展出富有的、奔驰的幻想的巨大魅力。这时那一曲牧羊人的歌声又嘹亮地响起，不过，这一次它不是在空中，是从我心中飞出，飞下长天，飞下黄河，在随惊涛骇浪而飞扬，而回荡。

祁连雪

欧洲中部蜿蜒着阿尔卑斯山脉，它那终年积雪的白峰，给欧洲增添了多么动人的姿色呀。我曾隔着一个碧绿的小湖眺望阿尔卑斯山，真不能不为那迷离梦幻的景象所迷醉。可是，我看到比阿尔卑斯更美丽、更雄伟的雪山，却是在我国西北，从祁连山连接天山，雪岭冰峰、绵亘千里。

由兰州搭机西飞，有幸与关山月、黎雄才两位画家结伴。飞上空中，关山月一看舷窗外雨雾弥漫，大失所望，说：

“可惜，看不见祁连山了！”

人们说祁连山顶上开放着雪莲，赋予这祁连山以无限诗意，就更引起我一览祁连山的渴望。

登嘉峪关，却只见一派黄沙漫漫，天是黄的，地是黄的，未能一识祁连山面目，倒使我想起范仲淹词句：“塞下秋来风景异，衡阳雁去无留意……千嶂里，长烟落日孤城闭。”谁料第二天，倒是一派清明天气。当我乘车赴红柳沟，即昨日从嘉峪关头，遥望中所见的那片黑蒙蒙山峪中的一条峡谷，祁连山千峰万岭突然展现在我的左方，一层云雾被朝阳照成玫瑰红色，再往上，就是银白的雪峰。中午从红柳沟折回，此时云消雾逝，祁连山一座座山似雪、雪似银，闪闪发光，像是明眸皓齿嫣然微笑。祁连雪既已闪现，在酒泉这一日夜，我一直没离开祁连雪。

下午五时，我乘车来到数十里外的戈壁滩上，这儿一片辽阔，视线无阻,可见祁连山全景。黑色的戈壁滩衬托着白色的雪峰,格外分明。此时日光从西方射来。正好使我领略了祁连山的另一侧面。在这柔和光线下,雪却更加清晰,每一山峰上层层峦岭,道道峡谷,像雕刻出的缕缕冰纹,交相映错,而群山却是雪的锋、冰的剑,森然罗列,浩渺相连。

我立在千古苍莽、万籁无声的戈壁滩上,极目驰思,仿佛听到古代行旅的驼铃悠悠微响……

这天刚好是中秋节前夕,碧海青天,一轮明月。月光下祁连山会不会别有一番景色呢?我怕这个盼头也许落空,故而埋在心里没跟谁说。深夜二时披衣外出,夜是那样幽静,月是那样皎洁,我走到一片开阔之处,啊,祁连雪峰竟如此之美!山上冰雪褶皱十分清晰而又十分朦胧,夜色如同遮了一层细纱,祁连山静得像个睡美人。本来西北高原之夜就使人有伸手摩天之感,而这一片月夜冰峰,真令人联想到"琼楼玉宇,高处不胜寒"。我深为看到平生难得一见的景象而心满意足,回到床上便酣然入睡,准备一早登程离去。哪里料到生活中竟有这样异峰突起的事,清晨起来,我无意间向祁连山方向一瞥,祁连山显现的绝景实在是"叹观止矣"!太阳刚从东面地平线上射出第一线光明,莽莽平畴还沉在灰暗之中,而突露高空的祁连雪峰却照得一片鲜红,特别是峰巅,有如红玛瑙熠熠闪光。向下降是紫红色,再向下降则是深黑色的,这些色彩,缤纷交错,构成一幅艳丽的画图。我屏息静气,目不旁瞬。不久,东方天空浮出一片红霞,刚才所见的一切倏然消失,群山变得雪白,像是洁白晶莹的雪花石雕塑而成,从这白的峰岭上缓缓地、轻轻地飘浮过一种柔和的淡红色。

这时，我想起昨天人们指着祁连山告诉我的话：当年中国红军曾在这里鏖战，有一部分部队进入祁连山，忍饥受冻，流血牺牲，活下来的一批战斗者，由一位卓越的领导人带着，历尽艰辛，穿过峡谷，突围而出。这样一想，我记起昨天下午从戈壁滩上捡到的一块石片，它赤红如血，它，也许是那些先行者在这又荒凉又美丽之地洒下的鲜血所凝成的吧？

敦煌秋日

在大戈壁滩上驶行一日，迎着灼热的太阳、灼热的空气、灼热的风，遥望远处常常有一片晶光闪亮的湖泊，到跟前一看却依然是黄褐的沙砾。敦煌住所门前有一架葡萄碧绿森森，一下扫去身上脸上的炎尘热气。

次日上午和关山月、黎雄才两位同游月牙泉。这儿四周全是沙山，每座沙山像一座埃及金字塔，阳光从山的尖顶起照出阴阳两面，黑白分明，风吹得山的棱线像刀裁的一样齐崭而又弯转曲折，构成一幅沙漠图案。据说山上流沙，飒飒作响，入夜声达敦煌城内，有如丝弦鸣奏，故最高一山名鸣沙山。山那面就是敦煌洞窟，山这面群峰环抱着一个碧绿的小湖，形似一钩弯月，泉水不断向水面浮出泡沫，水清澈底，一群群小鱼在人影一晃时便飞速翔入墨蓝水藻。在净琉璃般湖面上，映着黄沙山的倒影，真是幽美。站在这里环顾一切，不能不惊叹造化的无穷魔力。我们一步一陷踏着流沙，爬上一个沙山岭角坐下来。

人们说此地古名渥洼池。人们还说汉武帝至此,见沙岭之巅有野马飞驰而去,乃有“天马行空”之说。《汉书》云:“马生渥洼水中。”汉《天马之歌》云:“天马来,从西极。”我不知这些典故传说是否属实,但它给这沙漠长空增添了缥纱神奇的色彩。

几十年没领略过西北高原秋日之美了,天高云淡,清气爽人,早晚阴凉,晌午却还笼罩着一股热流。我们下午访问,不,应该说是朝拜了敦煌莫高窟。我虽然是个无神论者,但是对这人类艺术宝库,实不能不令人浮起一种虔诚之感。当我徘徊于彩绘斑斓、雕塑明丽的洞窟之中,就恍如进入神话天堂。在一个洞窟中,我环顾窟壁和穹顶,画满千千万万的小飞天,你愈看愈活,一个个千姿万态、凌空飞翔。一刹那间,你自己也仿佛两腋生风,随飞天而飘舞;在另一洞窟,我为一尊泥塑所吸引,那慈祥的眼神、智慧的微笑,特别是那圆润的臂和柔美的手,你感到有生命、有血脉,手指就像在微动,我应该说我的整个心灵为这艺术的奇妙所迷醉。这一夜,梦寐中仿佛听到飞天飘舞的微声,看到雕像温柔的微笑。第二天上午,我们又奔赴莫高窟,攀缘于回廊复道之中,留连于岩窟洞天之内。洞窟的每一角落都充满彩绘,真是珠玑满目、金碧辉煌,特别是以青绿山水糅合精致线条,构成繁复绚烂的画图。在这雕塑林立的地方,有多少无名的米开朗基罗啊,如果说梅迪奇墓上的《日》与《夜》表现了西方气质,那么,敦煌的雕塑则展示了东方的风度,但共同之处是创造者赋予艺术以生命。

古敦煌为丝绸之路上的繁华城市,被称为“华戎所交一都会”“日市数合”,意思是这个中外驰名的热闹都市,贸易集市一天分晨、子、午三次。这里又是一个咽喉要道，从此出玉门入新疆，经于阗为丝绸南路，经楼兰为丝绸北路，漫漫长途直通伊朗，将丝绸输往欧洲。唐安史之乱，与长安隔绝。西藏小吏张议潮，团结汉人，以敦煌为中心，督河西走廊一带，成为一个富强之地。一个洞窟内有巨幅壁画就是张议潮出行图，旗飘飘，马萧萧，甚为壮观。感谢画家常书鸿，他为了保护开拓这一祖国艺术宝藏，在荒芜祁连山下度过四十几个秋冬，到现在他每晚还是点着煤油灯工作，我说他是玄奘一样的大师，经他们发掘、修缮，敦煌现在修复一千多个洞窟，成为世界上最宏大的美术展览馆。据说把这些壁画接为一线长达二十五公里，它有如满天红霞照亮了整个世界。这两天我从北魏、隋、唐、五代、宋、元相迭观赏下来，回到敦煌城中住所，站在庭中，仿佛遥遥听到古代市集喧哗和鸣沙山流沙的微响。我对敦煌实在有无限惜别之感！

离敦煌前夕，书鸿来旅处话别，我们一九五〇年同访印度，垂垂近三十年了！他赠我敦煌壁画摹本珍品，上面写了一段跋语：

二十八年前与白羽同志同游天竺时曾约西出阳关共赏敦煌宝藏今如愿以偿欢喜赞叹用以敦煌第一百二十窟摹本相赠敬请指正一九七八年中秋后一日

阳关西去

我没准备走访阳关。傍晚，关山月、黎雄才两位归来，盛赞阳关之美，黎雄才还送我一块灰色瓦片，我想这也许是古陶残片吧？这一切吸引了我，第二天一清早就驱车直访阳关了。

幼年每背诵王摩诘“劝君更尽一杯酒，西出阳关无故人”辄感苍凉，谁想今天我却得一睹阳关，千百年历史早已风吹云散了，又怎知今日阳关是何等面貌？我的心底波澜随着车的飞速而动荡。不料我却停车于森林之中。几天来戈壁荒漠，骄阳灼日，这碧云天、芳草地，就像清凉的饮料沁人心脾。我向路边黑板报一看，才知这是南湖公社。板报上写着一首诗，这无名诗人却像和王摩诘挑战：“左手提起太行头，右手牵着王屋走。高山见我忙让路，河水跟我脚东流。昔日愚公能移山，今日愚公绣地球。”原来正是这种志气在这荒凉沙漠之上营造出这一道绿色长城。

公社一位同志知我们迷了路，便欣然跳上车来。随着他的指引，我们穿过森林，眼前一下豁然明亮，淡黄色沙漠一直拉向天边。这里没有路，当然，也到处是路。几辆车在广阔的沙地上，分头向一个高高沙丘驶去，这种丘名叫墩墩山。山顶上有座残破古老的烽火墩，“白日登山望烽火，黄昏饮马傍交河”的诗句立刻浮上我的心头。

我立在烽火墩前，看到烽火墩从颓败的黄土断层中，露出古色斑斓的大段风化了的砖壁，我如同立在埃及的人面狮身像、印度的泰姬玛哈陵、中国的长城之前，两鬓似乎吹拂着冷冷的天风。那些咏诗的人只留下一二诗句，而被吟咏的烽火台却经历了人海横流、沧桑千古，像历史老人一样，在他面前你不能不肃然起敬。

我在同伴的扶掖下奋力登上烽火墩，半路上就拾到一块古陶残片，器里是朱红色的，外皮是暗绿色的，有几条波状棱线。公社陪人随手又拾了一样东西给我说:“汉砖。”这汉砖断块,色泽黑润,质坚而轻,与不久在古于阗遗址所见的砖饰相同。我登上烽火台,极目一望,真是美得惊人。此刻,明亮的阳光照在大漠之上,这里沙漠十分奇特,染出各种颜色:这边一片碧绿莹然,那边一片赤如鸡血,另外一边白得像洒了一层白霜,像有一位神奇的画手,作出非人想象所能及的描绘,使沙漠闪现出色彩、光焰与诗意。公社那位同志见我非常珍爱那两件古器,他向渺渺茫茫沙漠前方一指说:“那儿有一道川,人叫古董川,遍地都是古物……”仿佛走过一道山又是一道山,他的话,把我引向又一可望而不可即的去处。遥远遥远的沙漠天际,蒙蒙云雾之中,又看见闪着雪光的祁连山。面前一条山脉为当金山,当金山下一道灰茫茫大川,据说古阳关就在那个地方。我转身眺望,只见一片苍茫绿海,这就是我们来时穿过的林带,林荫深处流水淙淙,有如瑟瑟秋风,唱出一折阳关新曲。

这天夜晚,我离开敦煌。大戈壁上车驶如飞,到柳园已近午夜,凌晨二时登上去乌鲁木齐的列车。阳关印象有如一支优美的小夜曲悠扬于我的思绪之中。醒来早已进入新疆,为时九月下旬,穿过吐鲁番“火焰山”,整个车厢还炙得火热熏人。出了吐鲁番盆地,近午反而一片清凉。窗玻璃上闪过雪白的影子,走到窗前一望,又是雪山,不过已不是祁连山而是天山了,一股喜悦的激情涌上心头,吟诗一首:

晴沙昨日访阳关,一夜轻车出玉门。

才别祁连山上雪,又看天山雪似银。

天　池

古人云:“人在画图中”,我到天池就有这种感觉,仿佛自己落入深蓝色湖面倒印着雪白冰峰的清澈、明丽的幻影之中了。这一天之内,我觉得风是蓝的,阳光是蓝的,连我这个人也都为清冷的蓝色所渗透了。

早晨,从公路转入崎岖山谷,盘旋上山。山上林木变化,分为三段:山下开阔河床中,冲激着冰凌般潺潺急流,在这里,老榆成林,一株株形状古怪,如苏东坡所说:“如猛兽奇鬼,森然欲搏人”;到山腰却是密密层层的杨、柳、枫、槐,秋霜微染,枝头万叶如红或黄的透明琉璃片,在阳光中闪烁摇曳,在这里,天山雪水汇为悬空而落的飞泉,在森然壁立的峡谷中一片涛声滚滚;到了山顶则是一望无际的墨绿色挺立的云杉,植物适应着温度高低而变化,可见其山势之陡峻了。

我走到山坡别墅,在洒满阳光的阳台上坐下来,我的面前这时展开整个天池,这不像自然景色,而是一幅油画。你看,这广阔的湖面,为满山云杉映成一片深蓝,这深蓝湖面之上,又印上雪白的群山倒影。这时我才恍然我并未到山之极峰。你看,天池那面,还有层层叠叠更高的白峰,人们告诉我最高一山,名叫博格达峰。这天池,显然是更高更高天山的雪水在这里汇集成湖。偶然一阵微风从空拂拂而来,吹皱一湖秋水,那粼粼波纹,催动蓝的、白的树影山影,都微微颤动起来。同游的人们都欢欢喜喜奔向天池边去了,我倒希望一个人留在这阳光明亮的阳台上,沉醉于湖光山色之中,让我静静地、细细地欣赏这幽美的风景。在我记忆里面，这天池景色，也许可与瑞士的湖山比美。但当我沉静深思着，把我自己完全融合在这山与水之中，我觉得天池别有她自己的风度，湛蓝的湖水、雪白的群峰、密立的杉林，都显示着深沉、高雅、端庄、幽静。的确，天池是非常之美的。但，奇怪的是这里并不是没有游人欢乐的喧哗，也不是没有呼啸的树声和啁啾的鸟鸣，但这一切似乎都给这山和湖所吸没了，却使你静得连一点声音也听不见，如果让我用一个字来形容天池之美，那就是——静。

从第一眼瞥见天池到和她告别，我一直沉默不语，我不愿用一点声音，来弹破这宁静。但在宁静之中却似乎回旋着一支无声的乐曲，我不知它在哪儿。也许在天空，也许在湖面，也许在林中，也许在我心灵深处，“此时无声胜有声”。不过这乐曲不是莫扎特，不是舒曼，而是贝多芬，只有贝多芬的深沉和雄浑，才和天池的风度相称。是的，天池一日我的心情是凝静的，这是我最珍爱的心境。山光湖色随着日影的移动而变幻。午餐后，睡了一会儿，一阵冷气袭来，就像全身浴在冰山雪水之中。我悄悄起来，不愿惊醒别人，独自走到廊上，再次仔细观察天池：雪峰与杉林、白与黑相映，格外分明，雪山后涌起的白云给强烈阳光照得白银一样刺眼。在黑蓝色湖与山的衬托下，一片金黄色的杨树显得特别明丽灿烂。我再看看我的前后左右，原来我所在的红顶房屋就在云杉密林之中，我身旁就耸立着一株株高大的云杉，一株一株挨得很紧，而每棵树都笔直细长冲向天空，向四周伸展着碧茸茸枝叶，绿色森然。太阳更向西转，忽然，静静的天空飞卷着大团灰雾，而收敛的阳光使湖面变成黑色，震颤出长长的涟漪。不知为何,我的心忽地紧皱起来,我不知道如果狂风吹来暴雨,如果大雪漫过长空,那时天池该会怎样呢!? ……幸好,日光很快又刺穿云雾而下,湖光山色又变得一片清明,只不过从杉林中从湖面上袭来的清气显得有些寒意了。我们就趁此时机,离开天池下山。

出路崎岖弯转,车滑甚速。一路之上,听着飒飒天风、潺潺冰泉,我默默冥想:天池风景,是那样宁静而又变幻多姿,是那样明朗而又飞扬缥缈,我觉得在天池这一天进入了一个梦的境界。待驰行到山下公路上回头再望,博格达峰在哪里呀? 群峰掩映、暮霭迷茫,一切都沉入于朦胧的紫色烟雾,天池也在“夕阳明灭乱山中”了。

昆仑山的太阳

在新疆,特别到南疆的时候,有一个奇异的感觉,就是太阳显得特别大。因此,不论是空气、灰尘、大地、河流、岩石和生物,都被太阳的光和热涂上强烈色彩、酿出浓浓的甜蜜、发出郁郁的芳香,我到南疆,确实到了一个五彩缤纷的世界。而这一切都来自太阳,我觉得我已站在茫茫地球之巅,我距离太阳太近了。

飞机从乌鲁木齐起飞翻越天山。天山雪峰云岭气象森然,就如同一望无际的大海,在奔腾叫啸之时,突然一下凝固,因而至今山山岭岭还像黄的波涛,银的浪花。我们横越天山之后,阳光一闪,一下现出亮晶晶一片绿叶,原来这就是被称作“沙漠之海”的博斯腾湖。跋涉沙漠的行人,遥望见这一片翡翠,该是多么高兴啊! 从空中俯视这辽阔的绿洲,如同丝绒般的绿地毯,其中蜿蜒着一条闪闪发亮的孔雀河，真是漂亮。飞机掠过博斯腾湖的碧波折而向西。我的一位同行者是踏遍天山南北、对新疆怀有一颗炽烈热爱之心的人，他跟我讲了多少令人神往的故事啊，“你向西遥望，拜城那里的千佛洞，艺术珍宝，琳琅满目”，“这下面出盐，有盐河、盐湖、盐山。第一个国庆节，新疆人从这里发掘出一块一百多公斤的盐岩，它像水晶一样透明”……

飞机忽然震颤起来，我们已开始飞入著名的塔里木大戈壁，南疆雄伟壮观的景色从这儿才真正向我展开。大戈壁给太阳晒得黑油油的，当强烈的阳光从戈壁滩反射上来，一股热浪蒸腾而上，就是这炎炎的热流冲击得飞机颠簸颤抖。我却觉得这油黑油黑的戈壁下，会埋着滔滔油海或茫茫煤山以及其他珍奇的宝藏。太阳的光与热给万物以生命，我就不相信在这里只制造石砾和泥沙。我们在塔里木盆地上空飞行近一小时。黑褐色戈壁滩过去了，接着摊开浅黄色沙漠，风吹的沙窝匀称而齐整，如一幅图案画。

当我从飞机上翘首仰望，就在这一刹那间，像有一道闪光一下震颤我的心灵。我看见的是何等雄伟、浩瀚、瑰丽、神奇、云浓雾密、莽莽苍苍、巍巍然横空出世的昆仑山了。拂御着飒飒天风，横扫着茫茫云海，我向下俯视，从昆仑山上冲激下来两条汹涌澎湃的巨流，东面一条是玉龙喀什河，又叫白玉河；西面一条是喀拉喀什河又称墨玉河。它们势如奔马，宛若游龙。它们发源于帕米尔原始森林之中，直冲昆仑山而下，水流湍急，转眼飞逝，现在在灼热阳光照耀之下，迂回旋卷有如碧玉连环。对这绿得可爱的河流，流传着多少神奇的传说，《汉书》记载于阗出玉石，据说这河流中有玉，每当月明星稀就闪闪发光……

我们降落在于田，这里就是“万方乐奏有于阗”的于阗故国，它是丝绸南路上一个经济繁荣、文化昌盛的重镇。第二天早晨，我们就驰车访问了于阗遗址买利克瓦特（维语为“繁荣的王城”），在一片原野上站下来眺望，远处一条浅白色山岭是西沙山，旁边缓缓流过玉龙喀什河。这时太阳已经灼热炙人，我们流着汗水，跋涉过一段段废墟残垒，向南北二十余里、东西十六里的遗址深处走去。忽然前面地面像落满红云，走近看时却是朱红色古陶残片，有些残片上刻有精美的花纹，还有满身绿锈的五铢钱、黄金的碎屑，我们中国真是遍地珍宝，闪耀着古代灿烂的艺术光辉。在这里，我想同时说说丝绸北路。当我由喀什飞返乌鲁木齐途中，曾在库车停留，其东就是轮台，岑参诗云：“轮台东门送君去，去时雪满天山路。山回路转不见君，雪上空留马行处。”现在是广阔的绿洲。库车附近有十数洞窟，彩绘凋零，无人修整，且由于烟熏火燎已毁其一部。即使顽石铁铸亦将随着年月消残浸蚀，今天是到了该修复从敦煌开始的丝绸之路的南北两路，让这些瑰宝光明重现人间的时候了。叙一番于阗，记一笔库车，不仅是发思古之幽情，也为了纠正一种说法，人们只说新疆荒凉苍莽，我说新疆绚烂多彩。

从于田飞喀什，由昆仑山面前横掠而过，我不想再记述那雄浑壮伟的声势了，但喀什的炎热的尘雾，火红的骄阳，却使我的心情从古代回到今天。在碧绿森森的林荫路上，闪现出妇女头上鲜红的头巾，简直是一束束火焰，装点着南疆生活之美。白髯的老人骑在小毛驴上策策而行，妇女身上飘动着白地花条的丝袍。英吉沙的银鞘宝刀，喀什精美的织品，微风一样透明的纱巾，花朵一样彩绣的小帽，人们红褐色的皮肤,浓浓的黑眉,雪亮的大眼睛,都描绘出南疆一片迷人的色彩。但我觉得红铜一般灼亮的阳光,在以它的光和热酿成甜蜜的汁液洒向人间。小拳头一样大的无花果甜得那样浓,水晶珠一样的绿葡萄那样肥嫩芳香。你巍巍的昆仑山啊,在这儿又飞出一条叶尔羌河,浇灌、肥沃了这广阔的绿洲。但我认为昆仑山的宝藏还未苏醒,打开昆仑山的钥匙刚掌握到我们手里。有一天,黑色石油之流会汇成波涛滚滚的大河,稀有金属的矿石会长风一样旋出地面,原木将随溶解的冰河冲激而下,棉花会像雪花绒绒铺盖大地。我们在前进!我们在奋战!你,永远金光闪闪的昆仑山呀!你抚育过多少万代人民,你阅历过多少沧桑变幻,但你何曾见到像今天这样的人,这在灵魂里闪着共产主义光辉的人,是比金刚石还坚硬,比水晶还透明,比火焰还炽热,他们就要以无穷的智慧与威力,把今天的梦幻变为明天的现实。你,昆仑山啊!在过去你不得不为人间的愁苦而流泪,今天你不得不为人间的欢乐而畅笑了。

我离开喀什,但我的深情永远留在南疆,因此这篇文章也不需要什么结束。不过我必须作一个题解,我在这里歌唱的不是燃烧在昆仑山高空的太阳,我写的是昆仑山怀抱着的人间的太阳,这太阳就是新疆。我说新疆富饶美丽,它永远像太阳发热发光。

伊犁河谷

从南疆喀什到北疆伊犁,就像从炎炎流火之中来到飒爽清风之下。

天山密密层层，不知怎么在这里却留下一条富饶美丽的伊犁河谷。当含着甜蜜芳香的微风拂面而过时，你会感到这收获季节是何等愉快、何等欢畅。伊宁市是个整洁幽美的花园。街头到处是碧绿浓荫的树，芳香鲜艳的花，特别每条路边都有潺潺的溪流在吟唱。南疆妇女穿着长大的丝袍，伊犁妇女则是西装革履，形成南北两疆各自特色。年青的妇女像是爱美，也像是骄傲，头上都扎着红的、绿的、黄的各色细纱巾，特别那种绣金丝的最为人艳羡，这就更增加了花园城市的风貌。阳光虽不像南疆那样炎热，但伊犁河谷的土壤还是黑油油的。在这儿，我吃到一种黑紫色葡萄，大如龙眼，真是人间珍品。如果说伊宁市是个花园，整个伊犁河谷则是个大果园。每家屋前都有一架葡萄，碧绿浓荫，果实累累。我从霍尔果斯边防站归来访问过十月公社，从哈什河水电站归来访问了五一公社。好客的主人木特力甫，在葡萄架下，铺了地毯，正中折垫了一床锦缎棉被，按照维族风习把我让坐在被垫上。大家围坐之后，主人剪下一串一串葡萄让我们品尝。汩汩畅流的伊犁河水经过灌渠流入每户人家，这可爱的潺潺小溪带来阵阵清凉。宽敞的院落里长满一丛丛艳丽的鲜花，后面有园，为住户自留地。买买提把我们让到他家，盘膝围坐在地炕上，满桌绿的葡萄，红的西瓜，嚼着香甜的馕，喝着浓酽的奶茶。在五一公社我们拜访三个社员家庭，都是那样整洁干净，室内宽敞明亮，白泥铺的地面擦拭得像明镜一般发亮。墙上挂着色泽艳丽、图案精美的壁毯，桌上摆满各种漂亮的装饰。当然，我不能告诉读者，新疆所有的农民都这样富裕，如果那样我就掩盖了生活中还存在的缺陷。像我在喀什访问过的依布拉音白合提老人就还在困苦之中，老人断一腿，拄着双拐坚持劳动，他家除了墙上挂着一张奖状，几乎什么也没有。老夫妇拉着我的手说：“在旧社会，像我这样残废人，还哪里有活路，现在从北京来的同志还到家来看望我们……”两位老人激动地流下热泪。请问：为什么叶尔羌河奶汁，喂不肥这里的劳动者？原来这就是经济濒于破产边缘的缩影，当然这也说明我们还远没建设好社会主义社会经济。美丽的东西是美丽的，我们可不能拿它遮着我们双眼；我们的道路是宏伟的，但我们的目标还需我们艰苦奋斗，才能实现。伊犁河谷水电站已使电灯光照亮一些农家房舍。我看见一个年青姑娘在一间小屋里操纵着配电盘。正在田地里秋翻地的拖拉机的吼叫，给这宁静的村庄增添了繁忙气氛。这里的农民是走在农业现代化前列的人。从天山上来的雪水快快奔流吧！天山的伊犁河，昆仑山的叶尔羌河，你们汹涌澎湃向前飞赶吧！

现在我要记述一下一九七八年的十月一日，这是我一生中有着特殊意义的一个十月一日。这个节日，我是在我们社会主义祖国最西边疆一个哨卡上，和我们保卫边防的英雄们度过的。意想不到的是伊宁市，在这国庆之夜，竟向我展示了那样色彩艳丽的场景。天黑的时候，忽然响起一阵阵冰雹骤落的咚咚——嗒嗒的手鼓声，赶到街上一看，整个城市披上了华丽盛装，每一座建筑物上都亮着成串电灯，雪白的灯光有如千万颗明珠，整个城市照耀得如同白昼，街上人如潮涌。在广场一座楼顶上有人敲响着手鼓，咚咚、嗒嗒——咚咚、嗒嗒，忽急忽缓，或密或疏，于是广场上、街道上，人们翩翩起舞了。黑黑的发辫在飞旋、鲜艳的衣裙在飘舞，少女的明眸，小伙的笑脸，有一个白须老人也耸着双肩，展开两手，一下跳进人群旋转起来，你尽情地欢笑吧！你尽情地歌唱吧，你，美丽的伊犁河！

一个黄昏，我们漫步到伊犁河，河床广阔，河流湍急，河的两岸有草原，有树林。两面天山高峙，形成长三百公里的伊犁河谷，山上遮满密密的森林，天山的雪水分流为特克斯河、巩乃斯河、喀什河三条河，在野马渡汇合成浩浩荡荡的伊犁河。采伐的林木就顺着河水漂流到伊宁。两岸原木堆积如山。这时夕阳闪烁，雾霭迷蒙，我们走上大桥扶着栏栅，极目瞭望。人们告诉我，那一群暮色苍茫的高峰是乌孙山，是古乌孙国所在地，我想那里该是“天苍苍，野茫茫，风吹草低见牛羊”一般苍凉景色。但人们告我那里非常美丽，春天草原上开满花朵，简直是个花城。一阵清风徐徐吹拂着我们，我感到伊犁河谷之秋是如何舒爽啊！让这清风永远永远地飘扬吧，让天山的冰雪永远不停地消溶吧，让伊犁河水无休止地奔流吧。这碧绿的伊犁河水呀，到了阳春时节你也会漂浮着乌孙山的花瓣、荡漾着乌孙山的芳香吧！？……当我凝思时，我心中又响起咚嗒嗒——咚咚嗒嗒的手鼓声，这响亮清脆的鼓点，像催着这春日早早到来……

1979 年

马鸣风萧萧

我非常爱马，马是最通人性的。

在野营篝火旁边，人们从闲谈中，述说着多少关于马的故事啊！

其中最使我感动的，是一个骑兵，他爱马如命，马也爱他如命，在一场激烈战斗中，他负了重伤，从马背跌到地下。马那样温顺善良地，一步不离这昏迷过去的人，它回环四顾，长声嘶鸣，希望有人来援助它的朋友。可是在战火燃烧纷飞之下，所有的坐骑都在猛烈狂奔，骑兵们挥着闪闪的马刀，像一阵风一样旋卷过去，战争到达了沸点，生死格斗到了决定时刻，哪一个顾得上来援救这血流如注、奄奄一息的战士呢！？可是他的马不肯离去，终于用嘴衔起这个伤员，把他从战场上抢救下来。这个战士从此更爱这匹马。谁料在另一次战斗中，这匹马被子弹射中，翻滚地下，悲哀地长嘶一声，做了最后一次挣扎，终于扑然跌倒，溘然长逝。那个战士痛哭了一场，埋葬了他的马，为他的马筑了一座坟茔，最后珠泪涟涟，一步一回头，不忍遽然离去。

篝火的红火影跳荡着，火影在人们身上脸上晃动着。

我说：

“马救活了主人，主人没救活马。”

讲故事的人，猛然喷掉衔在嘴上的粗大的烟卷，愤愤地说：

“这里没有主人……是战友，是可靠的伙伴，而不是主人！”

他站起身，把马鞭在自己腿上甩了一下。

一只白马应声进入篝火的光圈之内，两眼放射出温驯的眼光，它好像听懂了刚才讲的故事，随着马鞭声，来找它的战友来了。

有什么比迎着烈火、迎着狂风，放马狂奔，更加令人内心为之振奋的吗！

我有过一匹菊花青马，马鬃很长，性情柔和，在东北解放战争中，三下江南，大踏步后退，大踏步前进时，我骑着它，走过冰冷的松花江，在马背上吟过一首诗：

长空一月压林低，
千里冰封走战骑。
遥望烟火弥漫处，
三军刚到正合围。

这匹马老了，虽然还竭尽忠心，努力报效，但终究气吁喘喘，不胜驱驰了，我不得不眼看着人家从我手里把它牵走了，我心里非常难过，抓把炒黄豆喂给它吃。它用柔软的嘴唇在我掌心里蠕动着咀嚼着，而后，又伸长脖颈在我身上磨断着，我忽然发现它两只眼眶里濡濡流下了两行泪水，这真使我的心房为之深深战颤。

但，马绝不是柔弱的生灵，马有马的烈性，正是这种烈性使它在狂风暴雨、枪林弹雨中任意奔驶，而且这种烈性，也会传导给人，燃烧起人的求战热望。有一回，当我勒了马屏住气息，等候前面传来爆裂的枪声时，我发现马的两只耳朵在簌簌抖颤，两只前蹄不断踏动，全身肌肉和鬃毛都发出一种渴望临战的精神。而后，当号声响起时，我刚翻身上马，它就像离弦之箭一样勇猛冲飞而前，那真是在飞，全身拉成一条直线。我伏在马上，马的烈性传到我身上，我感到全身的血液都在沸腾，这是一种生命的强大的暖流啊！它把我和马融合在一起。风，那样锐厉地劈面而来，呼啸而过，用不到我的鞭策，马自己就奔向火线。是的，那里有流血、有死亡，但这一切在这一刹那间都不在话下，只有一种胜利的快感在大大鼓舞着我们，马不畏惧战争，而是渴望战争。还有一次，我骑马夜涉辽河，水涨流急，又是漆黑之夜，伸手不见五指，但，在这紧急关头，马仰起脖颈微微嘶鸣了一声，甩了甩尾巴就踏入河身。我只觉得水在周围旋转，几次卷入旋涡，我一提缰绳，马便跳跃而起，后来，在最深的河心，它竟展开四蹄，浮游起来，它不但那样勇敢，而且那样机敏。我在一首诗里曾写过这样诗句：

夜涉流急频跃马，
晨行霜冷苦吟诗。

马也曾给过我一次灾难。那是松辽平原上地冻得像铁一样坚硬的日子。我骑的马蹄铁损毁了，只好借别人一匹马骑。马是熟悉自己的骑手，而不甘心为生人驱使的。当我一跨上马背，它感到是个生人，它就暴怒得连尥带跳，乱嘶狂鸣，这匹马就像一只红色的巨鸟在狂飙中旋腾一样，一下把我从它脊背上高高抛起，重重掷下，那一下，把我的腰骨跌伤，动弹不得，只好躺上担架，跟着部队转移了。

战争是残酷的，但也是雄伟的。人从战争中可以领略一种英雄的快感。古人描写战争，就含着这一层深意："……利镞穿骨，惊沙入面，主客相搏，山川震眩，声析江河，势崩雷电……"这是何等的气势，何等的神魄！？而人和马共同投入火的炼狱，从熔岩中踏出一条胜利之路。在那个年代里，一个老司令跟我说："我有三件宝：一只德国蔡斯望远镜、一支三号左轮手枪和一匹战马。"军人爱马如命，只有飞骑穿越过战场的人，才会懂得这是何等亲昵、何等密切的感情。我也正是在那军旅生涯之中爱起马来的。

我真喜爱真正的骏马呀！它长得那样英俊、那样飒爽，它的眼光充满智慧，它的肌腱饱含雄健，它眷恋自己人时何等挚爱，它冲向敌人时那样猛烈，它的四蹄在大地上敲出鼓声，它的长啸给人带来豪情，它既像一缕柔情，又像万里雷霆。而今，距离战争时间很遥远很遥远了。就在战争后期，也由于换了吉普，而与马作别，但现在，我想起来，还是那样恋恋于我的战马呀！……前面，谈到我和那匹菊花青马分手时马的动情之处，我还没有说养这匹马的饲养员呢！他夜里伴着马睡眠，为了夜半更深起来喂上饲料，他给它引最清凉的水饮，每到宿营地，他看到马身上汗水淋漓，他就埋怨我不该骑得太狠。那天，人家牵了这匹老马走时，他竟坐在空落落的马槽旁边痛哭了一场。

我想不起人与畜之间，有什么比人与马更有深情的了，更生死与共、相依为命的了。

有人也许举出猫，但猫是在热炕头上打鼾的动物。

有人也许举出狗，但狗是欢喜向你谄媚的动物。

马，不是这样，自有它独立不羁的风格、英雄豪放的骨气。

我再讲一个关于马的悲剧的故事。那是1938年夏天，在河北大平原上，青纱帐一望无涯，赤日烘烤着大地，我们从冀中驶向冀南，我骑的是一匹枣红马。那可真是一匹骏马呀！它红得像火炭一样，大概就是古小说里所说的“赤兔马”吧！那身个，那长样，都是充满豪情，充满灵气的。我们一行人骑着马涉渡滹沱河，就赶上平原上时常突现的狂风暴雨。先是一朵乌云旋即倾盆大雨。我们放眼四顾，只有一片绿色大海的庄稼地，连个看瓜的窝棚也找不到，于是我们只有策马狂奔，人和马冲狂风迎暴雨，都淋得湿透。也许就因为一下赤日炙人，一下雨冷如冰，我们到了宿营地，那马竟然一夜不食不饮而死去了！我到现在还记得，那是怎样的一匹马呀！那是一只美丽的火鸟！但我爱它我却骑死了它……我记得当我们到达宿营地，我跳下马来，还爱抚着它那锦缎一样光滑的颈项，而它也把头伸向我，微微喷出鼻息，用柔软得像奶脂一样的嘴唇，灵巧而依恋地在我身上、手上、脸上摩擦着。是何等样的一出悲剧呀！我爱这匹红马，但我骑死了这匹红马。几十年时间流水一样过去了，可我的心灵里还存留着这匹马的景象，我的心灵里还充满对这匹马的疚仄之情……是的，这深沉的悲剧,使我更多地怀念起战争,只要一想到那峥嵘岁月,我还是不能不想起战马。现在我明白了,不正是由于我曾经乘马在战场上飞奔,我才最理解“落日照大旗,马鸣风萧萧”那诗的意境,那是多么豪爽、多么旷达的美的意境。我老了,但在我的一生中,我还是不能不为我曾经获得那一种意境而自豪呢!不过,上面说的那种疚仄也就更深更深地渗透了我的灵魂了。

平明小札

这里发表的是一些思索的片断。思索是随时随地都有的，而记录全在清晨。病室外，一藤桌，一藤椅，晨曦乍上，清气袭人，这是我最酷爱的时间，最酷爱的所在，当然也有着我最酷爱的心境，故将这些片断统名之为平明小札。

晨

淡淡的朝阳刚把树梢照亮。顺了石柱攀缘到三层楼上来的老藤树比来时茂盛多了，有些柔韧的枝蔓伸展开来，带着绿叶，向人轻拂，似在表达它的欣快之感。在露珠晶莹的树叶丛中，一只小蝉用稚哑的嗓门，轻轻嘶叫。愈来愈明亮的阳光却显示：将要来临的又是十分炎热的一天。但，不论回头怎样火热，甚或会从燠热之中来一阵风掣电闪，现在这早晨却如此清新、宁静。如若仔细地分析一下，这清晨之可爱究在何处呢？是这清凉，是这朝露，是这潮湿泥土的芬芳，是这云霞烂漫的宁静，是的，我想是这一切。但更重要的是，它是一个新的起点。在一个人的生活之中，不知要经历多少曲折复杂的道路——他焦灼，困难，轻松，欢乐。而千千万万早晨之中的每一个早晨，当它到来的时候，都使你感到是第一次和它接触一样新鲜。它永远那样清新澄碧，而又永远那样鼓舞人意。人们在日常谈论中，常常用“朝气”与“暮气”这两个极端相反的字眼，评判一人一事，来说明那是生气勃勃的，还是气息奄奄的。这个“朝气”就是从永远给人清新之感的早晨发展而来的。朝气——使人想到：精力充沛，双眸明亮，面颊鲜红，向新的未来迈开脚步，——也许这未来之中充满莫可测的事变，而那早晨总还是那样令人欣喜，令人振奋，以无限情意督促人们起步。今天早晨就是这样可爱，我望着它就像第一次看到早晨。那几片朝云，给阳光照得像嫩红的玫瑰花瓣一样轻柔、绰约、缥缈、悠然。病中，我常常感觉到：愈是在困苦的时候，愈觉得清晨之可贵。因为我们战斗过了一天，而又展开一天新的战斗了。这一天的逝去与一天的来临，便标志着一次新的胜利。我现在浸沉于晨光的快感之中，我思索着，这个清晨像什么？很像早晨中升起来的一片白帆，也就是每一个早晨都在我们生活的航道上升起的白帆，——它是那样洁白，它是那样漂亮，但它标志着永远向前，而且标志着坚定不移的方向。在我沉思默想时，不知不觉的，那一片片的云由红色而变得发白发亮，像给强烈光线照得透明的、轻柔的羊毛卷一样，它们朝着蓝天远处冉冉飞去，就如同白帆朝远天航去一样。突然，一切一切，偌大的天空和地面都变得出奇的宁静，蝉声没了，人声没了，那赫然闪耀的宇宙中充满一种庄严肃穆之感,一个真正的早晨开始了。

歌声(一)

这些天,我反复地想到许多动听的歌声。

我沉思过,我深知:在我的心灵之中如果没有这些歌声,我真不知我将怎样生活下去。

是的,我们那个时代的青年,很多人是唱着歌生活,唱着歌战斗过来的。那歌声响彻高空,它就如同人们青春的火焰一样熊熊燃烧,吓得整个旧世界索索抖颤。那时人们生活在黑暗之中,但千万条喉咙一起唱着叛逆者的歌,千万只肩膀冲撞着那森然的“神圣不可侵犯”的牢门,然后在朦胧的黎明之中,人们像不可遏止的急流冲激开去……那是黑夜与白昼交替的年代,那是充满暴风雨的年代,——大地上,天空中,有枭鸟的阴险的狂笑,也有海燕的勇敢的鸣叫;有蛇的冰冷的眼色,也有鹰的英雄的长啸。那年代尽管有人要钳住人们的嘴,但谁又禁止得了心的歌唱。在人们聚会时,相投一瞥,然后用最严肃的心境,低声唱起那奴隶的歌。是的,“奴隶”,这个字眼,那时就如同一团鲜红的血,一道明亮的光,灼伤了我们的心,呼号着我们前进。

人们正和那个时代一样迈着英雄的步伐过来的。在革命斗争的洗礼中,人们的头脑渐渐清醒了,眼睛渐渐明亮了。一切肮脏、卑鄙的东西,在那崇高响亮的歌声前面,显得多么渺小而可怜呀!在那个年代里,高尔基的《海燕》《鹰之歌》,鲁迅的《淡淡的血痕中》,像火一样鼓舞人。于是一支歌,又一支歌,那时唱了多少歌呀!

在战争年月里,我有过一次不平凡的艰难而又壮丽的长途跋涉。当我攀上险峻的悬崖,渡着苍茫的激流,迎着秋风淋着秋雨,望着染红的霜林,在黎明的薄暗中,在深宵的篝火旁,我和几个同代人,考验着自己的记忆,从头一支又一支歌唱下来。一支歌标志着一个战斗的年代,一支歌照亮了一页掀动的历史,我们唱了几天几夜,我深深觉得我们的漫长的道路,正像是花环铺的道路一样,它是用歌声铺的道路。当时,一个歌刚唱完,只要谁抢着接下去,唱一个字,提一个头,于是嘹亮的歌声便又飘荡起来了。那时我们的血液是怎样激流,两眼沉湎于甜蜜的战斗回忆之中。就在那一次,我记起我几乎完全忘记的一首歌:

不要皱着眉头,大众的歌手!
不要皱着眉头,大众的歌手!
要知道路途是多荆棘地,
铲除它呀,只靠我们还有双手,
提防着陷阱呢,跌倒了爬起来,
挺着胸膛走,黑夜有尽头,
等待着我们的,是光明的白昼,
大众的歌手,不要皱着眉头!
……

是的，就是这样的大众的歌手，就是这种创世的精神，就是这种天不怕地不怕，一定要捣破那窒息人的旧世界穹顶，而奔向清新明媚的新世界门坎的感情，尽管在心窠中也许还搅拌着一些旧羁绊的血泪，但人们决然甩脱历史因袭的重担，悦耳的歌声便像一条发亮的链子结串起那永远值得追忆的日月。

今早，在这幽静的，吹荡着晨风的廊上，我想着想着，——我紧紧地不肯放松地追索着：这歌声，从什么时候开始，又从谁人那里传来，而成为我们生命的一部分了呢？

当然，像火焰的反叛的歌，是从人类有着奴役、罪恶、无辜的流血、无声的死亡那一天就有了。但对于我们，二十世纪的这一代人来说，那冲锋陷阵的英雄的歌，是从巴黎公社开始的。我每一次背诵巴黎公社女诗人米雪尔在牢房中作的关于红石竹花那首诗中这几句：

红色的花，你们再生长吧！
在未来的年代中将有别的人来拿你们，
而这些人就是获得胜利的人。

我便情不由己地唱起："满腔的热血已经沸腾，要为真理而斗争！旧世界打个落花流水，奴隶们起来，起来！……"

这雄壮的、永远震撼人心的歌，是从巴黎公社——全世界无产阶级第一次登上历史舞台时候诞生的。无产阶级的英雄们气壮山河，奋臂急呼，于英勇的鏖战之中，透过弥漫的烟尘，斑斑的血迹，在那战斗的街垒上，他们高唱出人世间真正革命的歌。于是那浇灌了工人阶级第一次战斗的鲜血的歌，渗透到我们心上来。巴黎公社这一场照明劳动者前途的弥天大火虽然被窒息了，但为它所冲破的旧世界的裂口却永远不能再弥合起来了。巴黎公社的血迹干了，但巴黎公社的声音再也不会停止。它响遍青山，响彻旷野，唱出俄国的十月革命，唱出中国的革命胜利。而且这歌声的滚滚急流呀！它在高扬，在激荡，在亚洲，在非洲，在拉丁美洲，引导着亿万人民，将不断唱出新的黎明，新的破晓。今早，我在这儿静静沉思，但心上的热血与激情却无边无际，它们沸腾震荡，像滚滚的长江大河，冲开朝雾，冲进黎明。是的，我们是这样的人，在欢乐时不忘战斗，在困难时不忘欢乐。我们不但在欢乐时唱歌，唱得动听，而且愈在困难时，我们的歌声愈嘹亮。我们就是这样的人，我们唱的就是这样的歌。

歌声（二）

难道我们只唱战斗的歌吗？

不，我们也唱抒情的歌。当然，这里没有世纪末的灰黯，而是新世纪黎明的歌。

毛主席最近发表的一首《蝶恋花》中有这样两句：

国际悲歌歌一曲，
狂飙为我从天落。

这，洋溢着何等英雄、悲壮的时代感。

人们在生活中，有时会遇到困难，甚至挫折，这并不是什么稀罕的事，问题在于打垮一次困难，便是一次前进。因而我们从来不回避困难。在激战的火线上，亲爱的同志，有时就在你身边，甚或在你怀抱中遽然逝去。他用尽了他最后的一点气力，他拼尽了他最后的一滴鲜血。他衰弱了，但他那样明智，他正视死亡，无所畏惧，但他对人间充满那样深厚的爱。

我知道在抗日战争年代，有一个年青诗人，在一次激战中中弹垂危。那时，从小屋的窗口，飘进春天的芳香。他的声音已微弱，可是他要求给他一点花，同志们摘了一捧鲜花搁在他胸前。那时，他的眼睛多么明亮呀，他完成了他的战斗的一生。

是的，不止一次，我们在逝去的战友面前唱悼歌。但，那与其说是哀悼，不如说是宣誓。那时沉痛的声音从胸底迸裂。可是那时，和那以后，一次加深一次，悲痛化为力量，它使人们变得更坚强、更勇敢。

我记不起是从谁那儿听谁说过还是在哪一本书中看过，列宁在他那艰难的革命生涯中，经常工作到深夜、黎明，在偶然停息下来的时候，他踱来踱去，那时，他欢喜哼唱着那样一支歌曲：

感受不自由，莫大的痛苦，
你光荣地牺牲了，
在我们艰苦的斗争中你英勇地抛弃头颅，
英勇，你英勇地抛弃头颅，
……

请你想想吧！满天夜雾，一盏明灯，这时，他，这个像烈火一样明亮的人，胸中翻腾着的是多么深挚的感情呀！他从精神上拥抱着每一个已经牺牲了的和正在战斗的人，那时他多么渴望更猛烈地投入新的斗争呀！是的，问题就在于，不论音调如何哀婉，到了革命者胸中，它不仅是悲哀的，而且是悲壮的。

我们更多地唱那优美的欢乐的歌。当我这样想时，我耳边便响起一阵十分优美而又嘹亮的声音。那是中国承受着巨大灾难的年代，但每当延河上漂流着夕阳染红的流水时，无数青年男女，在一日工作与学习之后，都纷纷走到延河两岸上来，于是草地上、沙滩头、河流上，到处一片欢乐，那时，那悠扬动听的歌声就飞扬起来了。那时，我们歌唱过夜莺，歌唱过玫瑰，歌唱过爱情的坚贞、劳动的欢乐，歌唱过田野，歌唱过黎明。

不错，对于那正在从艰辛中创造这个新社会的人们，回想起来，难道只是一片困难吗？不，就是在那个时候，人们穿着破旧，饭食粗糙，流血，饥饿，但那个时代整个留给人们的是欢乐，是愉快，是壮丽。正是在那个时刻，革命者不向困难低头而向困难挑战，人们因而用火热而嘹亮的歌声，这创世的歌声，从荆榛之中冲开一条道路。

革命的人的崇高意志凝炼成歌。哪怕是走上断头台，哪怕是战到最后一粒子弹，那激情的歌声，总是吓得旧世界丧胆丢魂，对于捐献自己生命的人来说却是最豪情的欢乐，因为他坚信明天是属于自己的。这讲的是过去。至于今天，我们在建设幸福的生活，当我们在今天逢到困难时，我们就更知道，我们应该怎样对待困难，而从困难中震荡出更加动听、更加嘹亮的歌声。正因为如此,我们永远不能忘记,无论任何时间,在我们心灵中、血液中、生命中,都将震响着这样的歌。如若这歌声哪怕有一点点不够高亢,不够响亮,人们都将感到羞辱与痛苦。

红

马克思在答复若干问题的一份《自白》中,对于“您所喜欢的颜色”这一问题,他的回答是“红色”。

红,是激动人心的颜色。

红,是火的颜色,是阳光的颜色,是鲜血的颜色。

当血从血管流出时,你看看,那血是何等的鲜红呀!红得很浓很艳,因为那是充溢着活跃的生命的鲜血啊!而一旦当这活跃的生命渐渐消逝时,血就渐渐变成黑色了。

当太阳在破晓时光,它呐喊着,打开了黑沉沉宇宙的大门。那时,它红得那样发亮、发烫,然后把红光普照大地。于是大地苏醒了,树叶从沉睡中扬起头,水波从凝静中张开眼,一切曾经被黑夜掩盖了的,都露出了鲜红的笑靥,花朵带着珍珠般露珠,在第一线战颤的阳光中,显得那样的鲜艳可爱。

这时你屏着气息仔细倾听一下吧!

给灌木丛遮着的小河边有轻轻的舀水声,丝毯般细软的草地上响过轻柔的脚步声,鸟在啾啾鸣叫,露珠悄悄滴落在土地上,而红色的黎明,开始了人生的新的一天。

但，就是在浓墨般的黑夜之中，红的光也能冲破黑暗，照明天地，那便是通红的火炬。

当然，这不是普通的火炬，而是高举在革命战士手上的火炬。对于这样的火炬，我有过亲身的体会。那是一个夜晚，暴风雨前的寂静笼罩着战场，我向前看，一片漆黑。突然间，在一个被严格规定了的时刻，如惊雷滚过大地，炮火从四面八方同时发射、爆炸，这时，我面前，一堆堆烈火就像一支支火炬一样迎风招展。这是革命战争的火，这是将旧世界的黑暗与肮脏燃烧净尽的火。火，烧吧！但是，使我震动的还不是这个，而是在前面一片火光通明的地方，忽然有更红更亮的火点着了，它像强烈的光倏然一闪。那是一个战士举着一面红旗从火光中冲过去。那是多么庄严，多么神圣，多么美丽啊！……

红，就是这一切红色，凝成人们生活中的欢乐。在胜利的日子里，当千百万面红旗，像海一样飘荡时，我们忍不住流出眼泪。你只要想一想那最艰难、最危急的时刻，你就明白了。四面全是逼近来的敌人，弹尽了，粮绝了，这时一个同志，身负重伤，但他不屈地挺着胸膛，他从怀中掏出一面由鲜血染得更红了的旗帜……这时一个年青的，像火苗一样年轻的战士，硝烟熏黑他的脸，战火烧破了他的衣衫，但他是何等的虔敬、肃穆，他举手宣誓，接过这面红旗，在这生死存亡的关头，他站起来了，他成熟了，他勇敢地走入了无产阶级先锋队的行列，那么，此时此地，这一切都不是死而是生，这生者是真正的火中的凤凰。

是的，马克思最喜爱红色。

红色，是令人燃烧的颜色。

血与水

顺着昨天的思路,我想到:血与水。

血是水一样的液体,但血绝不是水。

还是在那份《自白》里,马克思答复另一问题“您对幸福的理解”时,他说道:“斗争。”

那是在无产阶级革命的黎明期说的话,但它铮铮然响彻千古,考验着每一个战士。看一个战士是不是真正的战士,这里面最最重要的一点,就是他从斗争感到幸福,还是感到受苦;是时时刻刻,为一种崇高的思想所鼓舞,忘我地投入斗争,还是厌倦斗争,逃避斗争,以至背弃斗争。不错,历史事实就这样衡量着你配不配称为真正的战士。正如恩格斯所说:

“最坚定的共产主义者也是最勇敢的兵士。”

愈是在革命发展的转折点上,愈容易看出一个人,他的心,他的灵魂,到底是伟大还是渺小。

新的革命历程开始前,往往有一阵急风暴雨。在这种时候,就看你的态度如何了。你如果被这些暂时现象所吓倒,你的颈项便酥软了,就抬不起头来。市侩主义者总想回避困难,他在困难时牢骚满腹,怨天尤人,这样他只能从妥协走到屈服。在顺境中他曾经像个勇士,但只要天边有一点点乌云,他们便诅咒起革命来了。但真正的战士,总是在这种时候带领着人们前进。为了斗争的利益,他尽量设法减少困难,但当困难真的来临时,就像有什么呼唤起他心中沸腾的血

夯歌

王文彬

1957—1962 年

320cm × 165cm

布面油画

液，它变成一种光、一种火，他精神抖擞，向困难宣战，一直到彻底地克服它、战胜它为止。因为他不仅仅看见貌似强大的困难，比起这，更吸引着他的是战胜困难后的雪亮的明天。

我承认这样的人，他血管里流着的是真正的血，真正战士的血，革命家的血。可是，当一个人一旦用自己的行为背弃真理时，那么整个情况便改变了。当他在敌人面前奴颜婢膝，在尖锐斗争面前，懦弱，卑怯，而背叛自己的阶级、自己的战斗队伍时，你会想到："在这个人的血管里流着的还是战士的血液吗？"

战士，——和战士一道生活过的人，都该会记得他们那响亮的一句话："在最困难的时候考验我吧！"而后，他们在革命斗争的艰险关头，走在前面，尽了他应尽的革命义务。那么，在那以后，他们的血流到哪里去了？流到我们正在继续战斗的人的血管中来了。于是我们的生命里有着他们的生命，血，依旧在奔流，在闪光，在呼唤。

不错，从一个人的语言、行动中，我们可以看到他的血管里流着的到底是血还是水。正因为这个缘故，我常常思考着鲁迅那句话：

"从喷泉里出来的都是水，从血管里出来的都是血。"

但我觉得最最重要的，是你要经常使你的血液浓而且亮，而绝不能让它悄悄地变成一种掺了红色颜料冲出来的水。同志！那是不行的。一个人，可以衰老，可以病死，那是自然法则，人们并不畏惧，但人绝不能在肉体还活着时而灵魂却已经枯死。

无论到什么时候，不要忘记革命，不要忘记斗争，革命是从斗争开始的。

我想人们除了记得马克思主义者的理论之外，也记得马克思主义者的实践。我在下面抄录两则重要文献：

在李卜克内西的《忆恩格斯》一文中记载着："恩格斯参加了三次搏斗，也参加牟尔克城下的决战，所有在火线上看见过的人，很久以后都还在谈论他那种镇静和漠视任何危险的精神。"

在弗里德里希·列斯纳的《一八四八年前后》一文中记载着："钟表匠约瑟夫·莫尔诞生于科伦，中等身材，长得很结实，以机智而有魄力见称。凡属效命无产阶级利益的事情他从不畏缩。一八四九年巴登起义爆发时，他毫不迟疑，冲上了火线……敌人的枪弹结束了他英勇的一生。一八五〇年恩格斯在《新莱茵报·政治经济评论》上一篇文章中写道：'我失去一位老朋友，党则少了一个最不知疲倦的、无所畏惧的和可靠的先进战士。'"

那是在共产主义真理的黎明刚刚照临的时候，那时像我们今天这样的社会主义生活还只是人们的理想的"天国"。那时人们正在拿一滴滴血和一滴滴汗为这个"天国"开辟途径。现在，全世界亿万的人已经进入这种理想的"天国"，还有亿万的人为进入这种理想的"天国"而奋斗，我们就有一种神圣的责任，保卫革命，不准背叛。我们所有的人迎朝霞，沐阳光，欢乐，歌唱，但我们必须珍惜我们从最早时期便已开始的战斗，必须准备好更前进一步的新的战斗。要知道正是在当初一颗血珠通红发亮的地方，有无穷无尽的人觉醒了，而在将来，何尝不是在我们今天战斗的地方，有更多更多的人来继续战斗。正如同我们对前人的伟大变革产生无限景仰；将来的人会羡慕我们今天是多么雄伟的时代呀！我们要活得与这个时代相称，我们愿意骄傲地宣布：在我们血管里流动着的是这样的血液，是一代又一代战士生命凝成的血,我们不使它们凝滞,而使它们更加活跃,留给我们的后代,这是我们所有宝贵的东西之中最宝贵的东西。

路

大约十年以前,我在自己的记事本上,写过一首关于“路”的小诗。

当时我在一列急驶的火车上,凭窗望着遥远的地平线上不断出现的一株树、又一株树……我忽然想到,在为祖国而战争的年代里,我们就是这样望着地平线,走啊走啊,到了那一株树下,抬头一看,前边依然像是粗炭条画了一道线,那线上依然耸立着一株树、又一株树……是的,就从这一株到那一株树下蜿蜒着我们的小路,——一夜“嚓嚓——嚓嚓”不停的脚步声响,天亮一看,路上印着一双一双血的脚印,——那时,我们淌着热汗,急急奔跑,闪电一般前进了。而在我们后边留下多少无名的小路呀！在辽阔无边的大地上留下多少无名的小路呀！因此每当我来到旷野,望着天边的树木时,我心中总怀着无限深情。

路,我们走过多少路啊!

黎明之前,小路那样清凉、湿润。它穿过草原,穿过密林,在那垂拂双肩的树枝和打湿两脚的草叶上,滚落下大把的露珠,那时天地为一种宁静的暗灰色所笼罩,而不久,一线晨光,在你的睫毛前晃荡一下,然后像发亮的柔丝的细网向四面撒去,一会儿它却像火烛一样在东方燃烧,一切暗夜朦胧,倏然逝去。那时人们奔走的脚步忽然变得多么轻快啊！没多久，在山冈或渡头，总之是一个开阔所在，人们看到那红珊瑚球似的冉冉升起的太阳。一瞬间，天地沉静，万籁无声，仿佛一切都为光明的诞生而沉醉了，但这是真正的一瞬间。于是，小路旁一枚草叶抛下它所负载的露珠而跳动了一下，于是从那面深深树丛中传来鹧鸪的鸣声，那时那小路明亮而且弯转向前。

可是生活的道路并非从来都是这样明亮。

暴风雨震撼过暗夜啊！我们是从黑夜里走来的。我回想起童年，那充满罪恶的古老城市中，无数阴暗偏僻的深巷。巷子那样狭窄，那样漆黑，走了不知许久，才在一个路角上看见鬼火般一点阴凄凄的火影。这盏油烟熏得乌黑的灯，是天断黑时，由一个乞丐似的路工，掮一面破木梯，爬上去，划根火柴，点燃的。那时，电灯，还是稀奇罕见的事物。而那路灯上的玻璃，不是这边破了，便是那边碎了。于是这充满肮脏腐朽的深巷，便只是那么一点绿荧荧火亮儿，给冷风一吹永远瑟瑟欲熄。那时，我一个人走这种深巷，心总是怦怦跳动，仿佛黑地里随时会有鬼怪出现，而后面又总有一片冷气落在背颈上，不过最最可怕的，还是你自己的脚步声，在那空虚荒寂之中，啪啪响得那样孤单，也很使人胆战呢！你仰头看看，两面墙头之上，像刀切一样露出狭狭一道天空，闪着鬼眨眼的几粒寒星。你停下脚步听听，有醉鬼的呻吟，弃妇的悲泣，打更的梆子迟钝地响一下、响一下，一若这世界正在崩裂沉落的声音。

真是一条黑暗的道路呀！但那时代的勇敢的青年，凭着他们心灵里那要追求光明、要打拓道路的一团火，无论旧世界多么黑暗，但火焰那样圣洁地照明了前进的道路。正因为如此，鲁迅说，路“是从没路的地方践踏出来的”。

是的，马克思主义真理像探照灯一样照明前进的方向，人们从荆棘中踏出了道路。但无论荆棘怎样割破肌肤，刺出鲜血，人们终究踏出道路。有的走过监狱的路，有的走过战场的路。……是的，这样或那样千万种复杂的路，而后我们走到了，而且走进了为早晨的阳光所照明的道路。人们似乎不必在这一个或那一个黑夜或白昼为暴风雨所震醒了。可是事情并不这样简单，——走啊，走啊，难道我们已经把路走完了吗？……不，我们取得这一个里程的胜利，不正是那一个里程的新的开始吗？谁要把胜利理解为只是在热烘烘的炕台上睡觉，在丰盛的餐桌边吃黄油、吃甜面包，以为再不会有什么风吹雨淋，谁就失去了革命斗志，谁就不能再奋勇前进、在新的地平线上去开辟新路。

只要我们想一想：狂暴夜雨中去开堰放水的农民赤脚走的泥泞的路，翻崇山越峻岭去探寻宝藏的勘探者的路，还有在茫茫夜雾之中、江海急流之上，掌握着方向盘，而探索着前进的航路，我们就将觉得在我们血管里那拓荒者的滚热的血液是怎样跃动着了，更何况我们自己心灵上的路，也还需要巨大的勇敢与智慧去开辟呢？……总之，革命是永不停止的，在我们的地面上，旧社会崩溃了，但新的路上，并不是没有斗争，没有风险；“全世界无产者，联合起来！”这一行通红发亮的大字在号召着人们，在世界上还有许多腐朽的而又顽固的旧堡垒，有待于我们一一去粉碎。因此我们永远要踏破荆棘开荒辟莽，永远要付出血汗，辟路前进。

急流

今天，我久久地沉思着。……

我自己仿佛回到了闽江边上，不错，四年前我曾经沿着闽江走了一日。头一眼看到江，是在天刚刚亮的时候，使我非常之惊奇的，是那江水的绿，绿得浓极了。时已初冬，但那浓绿，却给人春深如海之感。原来雄伟的山、苍郁的树、苔染的石壁、滴水的竹林，都在江中投下绿油油倒影，事实上是天空和地面整个绿成一片，就连我自己也在那闪闪绿色之中了，这真是："醉人的绿呀！"不过马上使我从那一团浓绿中惊醒的，却是闽江的险峻的急流。你看它碧绿盈盈，但仔细看时，倒真吸了一口冷气。江流迂回于悬崖峭壁之间，突然，像风一样激荡着滚滚波涛，向前冲击而去……尤其惊心动魄的，是江心无数礁石，森然林立，每一波澜都聚集在那儿，万马奔腾般喧嚣起来。看上去，那江水和礁石，那礁石和江水，正在拼命地搏斗。它们喷射起高高的浪花，如雪如雾，浪花尽管在空中跳荡回旋，而那浓绿的江水，却像疾风骤雨横扫着那险滩，奔流而下了。这江流有那样一种气概，无论什么礁石，无论什么险滩，总之，无论什么艰难险阻，它都十分藐视它们，而只管汹涌直前。江流之速真是间不容发。你一错眼珠，它已经风掣电闪般远去了。这时我早已忘却去欣赏那浓绿，虽然那湿润的绿、鲜明的绿，愈加可爱了。问题是那江流吸引了我。恰好在这时，我看见一只顺流而下的木船。这种船恐怕也是特别适宜通过闽江急流的船，——它又尖，又窄，又薄，看上去就如同一片窄窄的木片。但就这窄窄的木片，出没于惊涛骇浪间，一下埋入波涛之中，一下浮升波涛之上，如若说那急流像风，那么这船真是风中之箭了……你注视着它，那实在是惊险万分呢！面前是嵯峨的礁石，是沸腾的漩涡，水急，浪急，风急，而在这一切力量冲激回荡之间，只要稍微有半点差错，那船和船上的人就都要撞得粉碎，无影无踪。可是，你看，那船不就那样笔直地朝那黑森森的乱石冲去了吗？眼看浪花已在礁石上飞溅，而这时那船上的人，镇定，勇敢，毫不迟疑地顺着急流划去。就在一瞬之间，小船紧紧擦着礁石一转，飞过去了，而后它又在波澜壮阔的江水中悠然前进了。

那时我目不转睛地盯着那只船，我却深深想到：在那转瞬之间，是急流勇进还是急流勇退呢？

闽江上的英雄水手告诉我们：在那转瞬之间，只能勇进，凭着人的力量，借着水的力量勇进。在这紧急关头，只要你稍微一怯弱，一动摇，那船便会撞碎在尖厉的石岩上。那时那险峻的急流，那激烈的浪涛，“哗……”的一声响，就像嘲笑你一样，一刻不停，旋卷而去。而后面更险峻更激烈的江流，紧跟着又汹涌而来，澎湃而至，然后又立刻旋卷过去了。

今天，当我静静地望着深远的夜空和灿烂的星群时，我理解到：那江流上有一条平安的道路，这道路是属于勇士的。勇士乘那奔腾澎湃之势，追风逐电，翱翔自如，转瞬千里；而懦夫还没有进入急流，早已为那显赫的声势所威慑，丢魂丧胆，低头徘徊，而结果也只能使自己和自己所驾驶的船只一道击沉撞碎。

在战争中我两渡天险急流。

一次是在黄河之上。当黄河从上游冲击而来，风声水声，真是“黄河之水天上来”呀！我们乘一方形巨舟，先顺岸边向上拽，拽到一定程度，解缆而下，那速度实在惊人，刚刚觉得波涛翻滚，倏然之间，已抵彼岸。

一次是在长江之上。也是只见黑色巨浪一阵掀腾，雪白浪花一阵飞溅，向前看，向后看，到处是风帆，风急帆峭，却都像凝然不动。谁料想眼睛一瞬，我们已渡过“涛似连山喷雪来”的江涛高处，竟没来得及体会一下天险的滋味，上了岸回头看看，还有些怅意呢！

只有在闽江这一次，它绿得发浓，流得飞快，我却从这急流得到了勇气。今天，那浓而且亮的江水似乎又闪动在我的眼前。是急流勇进，还是急流勇退？是知难而进，还是知难而退？生活在革命斗争浪涛中的人，应当做乘长风破万里浪的能手，因为急流是永远奔腾前进的。

今天，我久久地沉思着。……

启明星

像有一阵热浪冲到身上将我推醒，我走出屋外，天将破晓，东面一片红雾迷蒙，再往上看，暗蓝色高空中闪耀着一颗又白又亮的星。

突然，这眼前一切，同我所熟谙的生活之间，产生了一种奇妙的联系，那红雾使我想到正在鏖战的战场，而那颗星却使我陷入更深沉的思索，我的心境庄严肃穆，我从这颗星想起一个人。

是的，我想起一个人。那是解放战争年代，在决定战局的一场战斗之中。也是这样时刻，夜色深沉，天将破晓。我在前线指挥部的掩蔽部里，借着摇晃的烛光，看见一个满面红光、青春洋溢的年轻人。他脸上，十分惹人注目的，有两只黑白分明、明亮而又快活的眼睛。地下室里充满浓重的泥土气息，从出入口那儿，透进露水淋浇过的草的清香。我目不转睛地看着他。他在指挥员面前接受着即将开始的突击任务。但就在那极其严峻的时刻，他的眼瞳还像火花一样闪亮呢！后来，他们就出去了。

我跟着出来，望着他们的背影消失在暗夜之中。不久，就连脚步声也听不见了。我一个人站在露天之下。记得那一夜晚也是这样燠闷，——前面相当远的地方有一点战火闪闪发光……周围那样寂静，一丝风声都没有。我不时看看夜光表的绿荧荧的表针，表的“嗒、嗒”声应和着心的跳动。

风暴，我预期的风暴时刻到来了。像天崩地裂，宇宙轰鸣。我们所有的大炮猛烈发射了。我感到我脚掌下的大地像奔驰的马背一样颠簸颤动。我从我所在的高地瞭望着，我知道，下一步，就该我们的步兵发起冲锋了。这时我脑海里边总闪动着那一双黑白分明的眼睛，不知为什么，我总觉得他是冲锋在最前面的一个。他一定在荡过河流吧？那河水该是非常清凉的吧？……是的，不管怎样，这是千钧一发的时刻，他们必须衔接紧凑，趁炮火一停，敌人还来不及反击，立刻冲上去，打开缺口。我记得那天黎明时真是闷热得不得了，气压甚低，海上的浓雾突然都郁集在这盆地里来了，望上去一片乌黑，就像一堵黑森森的城墙。我听得见掩蔽部里传来的消息，那儿有人守住通前沿的电话，他们报告：

“第一个突击队上去了。”

我观测着，我谛听着，可是一分钟，一分钟，又一分钟……

一种焦灼之感上升着。

怎么？一点动静也没有，难道是在茫茫夜雾中迷失了方向？

雾愈来愈浓愈厚，连炮火燃起的火光都消失在浓雾之中了。

怎么办?!

炮兵不敢再发射，不知我们的人运动到哪里了；派人去查明，可时间又怎么允许呢！

我心情紧张极了。我从高地俯瞰下去，整个战场就像茫茫一片漆黑的大海。云雾和闷热笼罩着这个世界，简直逼得人透不出气。

突然，我看见有蚕豆粒那么小一粒火光，真是太小了，甚至一转眼珠就看不见了。可是它那样大胆地在那儿闪烁。不错，就是那么一点点火光，它给人带来希望，就像谁从黑暗中举起一盏指路的明灯。事情果然是这样，迷失在迂回辽阔的河流之上的人们，谁也没说什么，就都朝那火光奔去。然后，整个战场上的人，都朝那火光奔去。那真是人心振奋的一刻，我仿佛听到雪崩一般的轰响，我受了它的吸引，也立刻向前奔跑，——人们像怒潮从突破口上冲进敌阵。我一面前进一面寻思：

“是谁在那黑茫茫夜雾下，寻找到炮火轰开的缺口？是谁冒着暴露在敌人火力下的危险举起一个火把？”

我踏过夜路，按着枪声密集的方向，去寻找鏖战中的前哨部队。当我在河流中湿透了衣裤，才第一次感到一丝黎明的凉意，这时我遇到迎面下来的第一批伤员。他们有的在担架上，有的被人扶持着，但他们都在闹哄哄地谈论着。我就站在激流里，听到他们的谈话：在那大雾弥天的一刻，熊熊燃烧的大火突然熄灭了，突击队摸索着，找不到前进的道路。真是危急的时刻啊！人们都伏在河滩上不动了。……这时，一个同志，他镇定地辨别了方向，他一个人迅速向前爬去，他找到了突破口。为了给整个攻击部队送个信号，他就着地下一点火烬，将自己衣衫烧着。为了让后面的人看得清楚，他就不能不在那雨点一样密集的枪弹中高高挺立起来，就是这样，他整个像一个火人站立起来了。当然，在战争中，这不需要几分钟，而只要几秒钟就行了。这火光，——就是那像蚕豆粒样大小的火光，——在整个战役中起了人们意想不到的决定作用。伤员们从我身旁杂乱地谈着，荡得水花哗啦啦泼溅，就走过去了。我心里想："那个同志怎么样呢？"但回头望望，只听见一片潺潺的流水声，早已看不清那些谈论者的形影了。但从刚才的谈话中还清晰地听到他们讲到那同志的名字。而那个名字是和我记忆中那一双黑白分明、明亮而又快乐的眼睛联系在一起的。是他，——就是他！然而使我惊奇的是他们说连一块碎弹片也没打在他身上。这时间，那一双眼睛生命力更加洋溢地闪动在我的面前。

前方烟火弥漫，枪声鼎沸，我连忙蹚过河。临上岸，抬起头，就像今天早晨这样，我看见天刚破晓，望上去一片红雾弥漫，再向上看，暗蓝色高空中闪耀着一颗又白又亮的星。……

今天黎明，这样宁静，我从清新的空气中闻到由于露水浇湿而特别浓郁的树脂香，我深深思索着，我发现了：这又白又亮的星不就是那双眼睛吗？……当我这样想着的时候天就完全放明了。

1962 年

川端康成的不灭之美

一九九三年三月十四—十五日

读完《川端康成散文选》，仰头望着窗外几乎看不见的细细雨丝，我心中漾出一种说不清楚的惆怅之感。

这是怎么回事呢？

也许是北京初春的细细雨丝牵连着东京初春的细细雨水，从而又牵连到我和川端康成的最后一面吧！那是樱花季节的一个夜晚，在福田家的一次宴会上，我和川端斜对面坐着。整个宴会时间，只有我和他是沉默无言的。在我的印象中，他总是这样凝注着炯炯的双眼一声不响的。至于我，我的确为日本自然之美所陶醉了，我在我的名片上写了四句诗，其中两句是："忽惊楼头一片雪，华灯刚照最高枝。"是写窗外一树繁盛的樱花给灯光照得像一片白雪的情景，那真是太美了。宴罢纷纷握手告别，川端似乎也没什么话，事隔二十八年之后想来，谁知那竟是我们最后的一面呢！

我读过散文集译者叶渭渠写的《川端康成评传》，他将这个探索美的人写得非常完美，按道理说我在这里没有什么可以再说的了。可是，想到东京那一夜晚的细雨，又勾引起川端散文中写的伊豆的雨，我的心灵里又似乎还有些意绪扼止不住。

伊豆一组散文中，我觉得最幽美的是《温泉通信》，而它一开头写的就是雨：

“疑是白羽虫漫天飞舞，却原来是绵绵的春雨。”

写得多美啊，日本樱花季节常常落着如丝的细雨。海洋气候那样温暖、柔和。我常常想日本的自然之美形成日本文化之美，如文学、花道、茶道，都莫不含有日本美那近乎女性的幽静与柔媚。在《温泉通信》稍后一段，写道：“凌晨二时光景，打开浴室的窗扉，本以为在下雨，谁知外面却是洒满月光。白色的雾腼腆地在溪流上空飘浮。”雨月呼应，美到极致，他不无感叹地说：“我常常感到雨后月夜，格外地美。”在《日本美之展现》里就把日本的美说得更明白了：“我询问一个前来日本学日本文学的意大利人：‘你对日本最深刻的印象是什么？’他即时回答说：就是感到‘绿意盎然’。他这么一说，我觉得比起意大利和西方国家来，日本的确是绿意盎然。日本的绿色，比西方和南亚各国那种青翠艳丽的色彩，显得深沉和湿润。但静下心来继续观察，或许会感到世界上再没有像日本的绿色那样丰富多彩、千差万别、纤细微妙的了。春天的嫩叶那样青翠欲滴，秋天的红叶那样鲜红似血。别的国家恐怕也没有像日本那样种类繁多的花草树木吧。不仅花草树木，山川海滨的景色、四季的气象也是如此。在这种风土、这种大自然中，也孕育着日本人的精神和生活、艺术和宗教。”叶渭渠的评传中多次谈到绿韵两个字。我觉得川端在《伊豆天城》中有一句话:“伊豆的绿,绿得带上黑油油的光泽。”对于日本的绿韵我也深有体会。有一次,在箱根听了一夜风雨,早起却是日光明亮。我乘车下山,从密布高山大壑的森林上,看到一丛丛嫩绿,在深绿树叶衬托之下,这些刚长出来的新绿,像无穷无尽的嫩绿的小花,真是美极了。

几次跟川端康成见面,除了在镰仓他家里那一回,明窗净几,款款倾谈,我发现他其实是一个热情的人;另外几次相聚,他总是用纤细的手指夹着香烟,慢慢吸着,像在考虑什么,在他周围的人似乎都不存在一样。在“十年动乱”中,我一人住在牢房中。不知怎么从报纸上看到川端康成死的消息。我头上像炸了一声惊雷,一时心情十分悲恸。可是那时我是没有写作自由的。但二十多年间,川端的形象总在我神灵中闪现。今天,在一九九三年第一场绵绵春雨中,我应该好好纪念纪念他了。他是一个单薄瘦弱的人,我每次看见他都是穿深色的和服,从照片上看,在斯德哥尔摩领受文学奖时他穿的也是和服。我不能说他是一个美男子,但他又真是一个美男子,当然,这不在他外形上,而在他的灵魂上。他的脸庞清癯中显出一种刚健,向上扬起眉毛,特别是那炯炯闪光的大眼睛,总是向前注视着,好像他要把整个宇宙看穿看透,把整个人生看穿看透,我想这就是我这位异国故人的独特神貌。一个人的外表不是独立存在的,它和这个人的内心世界分不开。读了叶渭渠的评传,我才理解,熔铸成川端康成之美的,有多少艰苦与悲哀,谬误与迷惑,突破与创新。当他从新感觉派回到日本传统,在东西文化结合点上寻找到他自己的道路,才创造了具有日本美、东方美的艺术。

当我回忆川端康成时，我觉得在这散文选里成为美的高峰的，还是《我在美丽的日本》和《美的存在与发现》。我又仔细地阅读了它们，我才发现川端心灵中蕴藏着的日本古文化之美有多么深，多么厚。他站在斯德哥尔摩讲坛上，他有意地向全世界传播日本之美。他先从道元禅师的和歌开始，还谈到日本的画和茶道。我很欣赏他说的，要使人觉得一朵花比一百朵花更美。茶道大师利休也曾说："盛开的花不能用作插花。所以现今的日本茶道，在茶室壁龛里，仍然只插一朵花，而且多半是含苞待放的。……要在许多山茶花的种类中，挑选花小色洁，只有一个蓓蕾的。没有杂色的洁白，是最清高也最富有色彩的。"这最后一句话达到一种美学的崇高境界。我访问龟井胜一郎家，在他客室里我一直注视着壁龛瓷瓶里那一朵白茶花——真是美极了！谁知那一次也是和龟井的诀别呢!？但，无论从龟井到川端、到谷崎润一郎，他们都在美国文化冲击下，维护着日本的神圣之美。上面我讲到川端穿和服就不是偶然的，那是蕴育着一个国家的美的自重与自尊。谷崎润一郎跟我谈到自己是真正的东京人，可是现在不想到东京去了，东京在战后变了，那里不像自己的家乡了。谷崎这话以及谷崎隐居热海，川端隐居镰仓和川端穿和服，我觉得这中间总有一点什么根源吧。

如果说《我在美丽的日本》说的是和服，川端在夏威夷的讲演《美的存在与发现》则更多谈到《源氏物语》，首先谈到他怎样发现美，而且他这个讲演就是从这里开头的："我在卡哈拉·希尔顿饭店住了将近两个月。好几天的早晨，我在伸向海滨的阳台餐厅里，发现角落的一张长条桌上，整齐地排列着许多玻璃杯，晨光洒落在上面，晶莹而多彩，美极了。玻璃杯竟会如此熠熠生辉，以往我在别处是不曾见过的。卡哈拉·希尔顿饭店阳台餐厅里的玻璃杯闪烁的晨光，将作为由堪称常夏乐园的夏威夷和檀香山的日辉、天光、海色、绿林组成的鲜明的象征之一，终生铭刻在我的心中。”——多么敏锐的发现美的眼光呀！而川端有这样细致的敏感，是与受日本文学的陶养分不开的。在上叙开端之后，主要是谈《源氏物语》，特别描画了浮舟。我在东京看过山本富士子演的《浮舟》，深为这一悲剧所感动。川端在国外旅行也时刻将《源氏物语》带在身边。我读日本文学也不少，总括起来我感到日本文学中常有一股清淡、纯真而染有淡淡哀愁的美。我想这与紫式部这位女作家写《源氏物语》而开拓整个文学道路有关。继承这一脉络，川端恐怕是最突出的一个。在他的小说《雪国》《古都》中都有那么一种浓郁的抒情和哀情。要是说到壮美，也只是悲壮而不是雄壮，川端自己就说过：“镰仓晚期的永福门院的这些和歌，是日本纤细的哀愁的象征，我觉得同我非常相近。”在我写的《东山魁夷的宇宙》那篇文章中我曾说过：“我的确喜爱川端的作品，每读辄有一种清淡、纯真的美吸引了我。那像影子一样内含的魅力怎样也拂它不去，融化在我心灵之中。我实在为川端之美所感动，它像一湾清溪在缓缓流着，没有色，没有影，没有声，只有一个清澈透骨的美。”从美学角度来看，这种哀愁之美，不但存在，而且渗透在广泛的文学领域之中。当然，日本有日本美的特色。在近代日本作家中，川端无疑是这种东方美的追求者，也是获得者。

不论怎样说，川端这种美的追求与探索是伟大的。

川端引用泰戈尔的话:“一个民族,必须展示存在于自身之中的最上乘的东西。那就是这个民族的财富——高洁的灵魂。”川端自己也说过:“提高美的民族,就是提高人类灵魂和生命的民族。”

写到这里本来可以停止了。但我还要谈一下这选集中一篇特殊的,而又关系着川端整个生命结局的散文《临终的眼睛》。前两年读了这篇东西,我曾经写了题名《人生的眼睛》的短文。可是,在《临终的眼睛》中公布:“无论怎样厌世,自杀不是开悟的办法,不管德行多高,自杀的人想要达到的圣境也是遥远的。我不赞赏芥川,还有战后太宰治等人的自杀行为。”而声言不赞成自杀的人,自己却自杀了。

难道他是有意为了完成悲剧之美才自杀吗?我以为未必如此。但,总是与美有关的。作为一个美的探索者,他探索的美是无穷无尽的,但他再深入去探索,怕已经无能为力了。如果是这样,我们可以说川端是美的创造者,也是美的殉葬者。反正川端不能再活过来解答这个问题了。不过,不论怎样说,川端康成在这个世界已经留下了川端康成之美。

川端康成说过:“美,一旦在这个世界上表现出来,就绝不会泯灭。”因此,川端康成的美也就是不灭的美了。

郭
风

红军渡口和红军塘

驿路 · 红军塘

松坊大队的土地上,有两条山涧。东涧由东源垄危峰对峙的崖壁间倾泻而出。西涧由西源垄层峦叠嶂间奔腾而来。二水在村前合流而成为松坊溪。一桥横架溪上。这是一座古老的石造拱桥,苔痕斑驳。一条石路贯通桥北桥南。站在桥侧的陡坡上,俯瞰下方,但见众岫起伏骈列,溪流,石路,野径,随着山势逶迤宛转,或掩映茅丛竹影里,或显露峁谷岭坳间,忽而在氤氲的烟雾间,在飞驰的云气间若隐若现。此时,我似乎才真切地感受到这村庄坐落于这一带群山的主岭之上,位于很高很高的地方。

我刚来时,松坊大队党支部书记便对我说过,别看这里山深路僻,从长辈口中知道,不仅这里的石桥是古桥,这里的石路且是古驿路。支部书记还说：

“我小时放牛、砍柴从桥上过，长辈常会对我说，黄巢军、太平军都从石桥、石路上经过。明天，我带你去看往时驿站和战场遗迹。”

这使我很高兴。我不由得想到，这深山僻径中间，会保存历史的生动的实物记录，会提供许多动人的、无可辩驳的历史见证吗？“云容山意商量雪”，第二天清晨，四望天际山际，冻云弥漫一色，雪意很浓。支部书记却如约来了。他说，今冬看来要提早下雪了。说着，他要我随带竹笠，便领我过桥南，上路。

经历过多少年代风雨的驿道呵，一路两旁竹篁遮天；其间不时出现一种不知名的小灌木，枝梢挂着串串玛瑙般殷红的珠形小果，十分动人。行约三里，路前横着一条冈峦。我们登石级而上，翻过冈，我忽地感到有阵阵甜香飘来。却见前方一派苍郁桂树古林，虽到冬令，枝间还星星点点缀满橘红色桂花。其中一棵桂树挺拔而立，高可三丈，围可三人合抱，老干上有一长痕，深约半尺。支部书记这时告诉我，根据长辈传说，这是当年黄巢亲领大军挥戈南征路过此山时，在这棵桂树上试剑留下的剑痕。在人民的传说中，这棵桂树已生长一千多年了，它与一位令人景仰的历史人物的事迹联系一起。我不想来说这个传说与历史实际能否相符。我却感到这棵老桂树多么美丽。它身上寄托人民的深切心意和想象，因而全棵树在我心中生辉。

过桂树林，石路愈见平敞。又行三里，前面显出一片平坦草地，草间开放点点黄花、红花。这欲雪天的高山草地，不想有耐寒忍冬的鲜花。支部书记告诉我，这个地带，村中世代相传的土地名叫“旗杆下”，是古驿站的遗址。长辈中间有人在小时曾看见这里有驿站竖立旗杆的石座，以及酒店、客栈的基址的遗迹。一百多年以前，正当我国人民反对内外敌人、争取民族独立和人民自由幸福的革命斗争如火如荼之际，这深山中也点燃革命斗争之火。太平天国挥师南下的一支队伍，把驻扎在这里驿亭旧址强占酒店客栈的地主团练打得个落花流水，彻底收拾掉。旗杆上升起太平军的旗幡，在欢呼的天风中飞扬。不想这高山草地，还曾经是一个硝烟滚滚的战地，草间冬天开放的鲜花，仿佛至今还在唱一支人民革命的赞歌。过此前行，石路又开始逐渐逼仄，路前出现削立崖壁，形势危峻，是个当关扼险之地。就在两座巍巍相峙的崖壁中间，有一座仅可容两人侧身而过的石砌寨门，苍老的野藤附着石缝垂直挂下。相传这是坚持在本山安营设寨的一支当地农民起义军修造的，年代已不可考。我忽地看到寨门近旁有口水塘，塘底冒起缕缕泉水，使我想起这是一口不会枯涸的水塘。而水塘前面是层层梯田，种着荞麦。

支部书记说："这是红军塘，红军田。"

原来，早在第二次国内革命战争时期，转战在闽赣两省边界的中国工农红军，曾多次来过这地带，播革命火种，传毛主席的伟大的革命思想。红军还帮助群众发展生产。有一年大旱，红军帮助群众寻找泉源，挖沟筑塘。这口水塘就是当年红军帮助群众修造的；塘前的梯田就是红军和群众共同开垦的。红军从江西带来耐旱的荞麦种子，这里因此至今都种荞麦。村子里长一辈都记得，一九三四年间，一支红军就在这寨门附近，据险与国民党匪军发生了一场伏击战，杀声震天，硝烟弥漫整个山岭，崖上的石块都成为歼灭敌人的弹雨。

这时，我感到仿佛是踏着一条人民革命的历史道路在前行。这时，我想起支部书记为什么花了时间，领我循着这条山路前行。支部书记四十多岁了，抗美援朝时在朝鲜战地上打过敌人。复员回乡后就一直在这里担任党的基层工作。他身上穿的还是在朝鲜战场上穿用的棉军装。这时，我感到我的心更加贴近他。忽然，一阵狂风乍起，夹着雨点，像盐，像沙砾，像石英的碎粒，漫天漫岭撒散下来，一时霰大作。随着，雨和霰很快消失了。漫天漫野，雪花开始轻盈地飞舞了。当我和支部书记冒雪回到村子里时，村前的石桥上已铺满雪絮，装点得像白玉雕成的一座桥。东望东源垄，西望西源垄，峰峦灭影，弥山漫谷雪白迷茫一片，但闻溪流涧水在雪中淙淙淌响。支部书记说，初冬下这么大的雪，在这村子里也是罕见的。

渡口·松

从古驿道冒雪回到村子里时，支部书记和我约定，不管天是否继续下雪，他总要带我进西源垄，瞻仰当年红军留下的革命遗迹。今天晨起，雪霁。早饭后，支部书记来了。这时，天色更加明朗。但见四面远山，积雪皑皑，出岫白云，与雪一色；天光、雪光、云影互相辉映，景象庄严。支部书记带我过了村前石桥，便开始从西涧与东涧合流处的左岸，登上进西源垄的松坊冈。这冈峦，石级修整，松林成荫，几乎没有什么杂树。行约一刻钟，便觉路上积雪越厚，两旁松林更见深幽。我们踏雪而上，走了又约半小时，到了冈顶。此时，一阵天风吹起来，冈上松声呼呼，恍如春潮骤至。冈前有一巨松，从一块巨岩的裂隙间长出来，盘根虬干，像一条蟠龙。风过处，松上雪花冻成的冰花，铮铮作响，像许多玻璃花纷纷飘落下来，又像许多发亮的白蝶飞舞林中。这情景给我印象很深。从此下冈，我们便开始循着用石板铺成的涧边小道行走。

这条西涧倒开阔。虽然已属冬令，水流仍然湍急，使我想到，这涧水必定源流深远。涧中乱石丛列，如削，如攒，为坻，为礁，颇见壮观。这涧中乱石以及涧滩上随处散落的鹅卵石，都铺着未融的雪，明光晃晃，又显得别有一番气象。这样沿涧前行，忘记走了多久，忽见前方涧面更加开阔，岸上有数棵枫树摩天挺立。涧边停着一条木船，船缆系在树干上。我想，那里是一个渡口吗？这时，支部书记跨步走到树前，边解缆边指点着告诉我，这个渡口，这里群众叫它红军渡口，当年红军的一支先头队伍，曾在这渡口停驻近一小时，有许多原是从溃败的敌阵里缴获的马，也停在这树下吃草。这支先遣队，直到大队红军队伍用木筏、小木船全部过渡以后，才跟着大队队伍继续前进。支部书记告诉我，当大队红军队伍过渡时，先遣队还派一个班，在刚才我们经过的松坊冈前，在那棵状若老龙的松树下放哨。我不觉回首眺望那座冈峦，但见那里一片青苍蓊郁间，照耀着闪闪积雪的反光。这时，有一种说不出的情意从我心中流过。

这深山僻野中间的渡口，这高高的枫树，这不知从什么荒远的年代便开始在我们的土地上奔流的涧水，这里的山，都经历过难忘的一个历史时刻，都看见过一支伟大的工农革命武装队伍从这里的道路上走过。一九三一年二、三月间，蒋介石不甘心于第一次“围剿”的失败，纠集“进剿”军二十万，并大筑碉堡，部署一条从江西吉安伸延到福建建宁等地，长达七百里的弧形阵线，采取所谓“步步为营”的反革命方针，企图第二次大规模进犯中央苏区。毛主席运筹帷幄，洞悉其奸，在党内又奋力排除机会主义路线的干扰和破坏，采取“积极防御”和“集中兵力”“拣弱的打”的正确战略方针，亲自指挥红军，首先突破敌人西线，随即向东横扫，一直打到闽赣两省交界地区。从一九三一年五月十六日到三十日，十五天走七百里，打五个仗，缴枪两万余，痛快淋漓地打破了“围剿”。“七百里驱十五日，赣水苍茫闽山碧，横扫千军如卷席。”正是在那艰苦卓绝而又取得伟大胜利的战争岁月，在反第二次大“围剿”的史诗般的历史时刻，红军曾经从这里的道路上走过。支部书记撑开木船，和我一起过渡时告诉我，那时刻正当午夜，一阵五月的骤雨下过不久，涧水陡涨。借着雨后微茫的星光，红军队伍在这渡口除用木筏、小船过渡外，为了争取时间去夺取胜利，许多红军战士抬着子弹箱，涉着急流而过，许多红军战士牵着驮载辎重的马，涉着急流而过。我听着，支部书记传述的革命历史情景，深深印在心中，且要长久印在心中了。此时，我们坐的渡船，不正从当年红军渡过的涧水上渡过吗？雪后新霁，注视着这涧水，我有一个感觉，感到照耀在这涧水中的天光、云影和四面的雪光，明晃晃的，也正在照耀我的目光和我的心。

登岸后，我们开始在山路中行走。这里已是在重岭丛山中，闽赣两省边界相通的地带了。当年，红军渡涧后，就趁夜抄着这条山路，绕道挺进到江西地界与另一支红军一起围歼敌军的一个师。只见这山路两旁，石崖削立，从崖壁的石罅中，到处长出老松，使我感到这山中松树真多。而那融雪冻成的冰柱，有的长达数尺，从树根间，从石崖的裂隙间垂挂下来。路上也随地结冰，很滑很难走。随着山势弯曲回转，路愈来愈陡愈险，两旁崖壁愈见危峻，松树愈见繁密。云气忽地又开始从重峰叠嶂间压下来，愈来愈浓。这样，我们几乎在云中行，不计路数，到了岭顶。这里原来是一座大山断裂的悬崖，崖顶倒宽平。有一巨松挺立崖前，状若飞龙腾空；大可合围的树干上，煊然刀刻四个大字："红军万岁！"原来红军抄着这里山路挺进到江西地界时，这崖上这棵老松下，也设了一个红军岗哨，配有两挺机枪。红军战士在警惕可能发生的敌情，确保大队红军队伍安全前进时，用枪刀在这松树上刻出这四个大字。

"红军万岁！"这个红军史上的著名口号，当年革命根据地到处可见的标语，正表达了劳苦人民和红军战士对开展工农武装斗争这个伟大革命真理的信仰。此时，站在这悬崖上，仰望高空日色朗朗，悬崖下面，四顾白云弥漫一色，远近山岭、壑谷、森木、山路，尽淹没在无边浩瀚的云海里。却见西边远处，有一山特立于云海之上，峰端皑皑雪影，日光映照，像一座明亮的岛屿浮现海面。支部书记告诉我说，那里已属江西地界。是的，这千百里闽赣边界云天山川相连地带，正是当年中央红军纵横驰骋地带。闽赣边界相连的这山山水水中间，有多少原来没有人走过的草径，有多少溪流、涧水和渡口，有多少小村和古来的驿路，留下过红军的足迹？这山山水水中间，有多少静静的密林和冈峦重叠间的山坳，有多少险要的桥头，曾经是红军发起人民战争、围歼敌兵的战地？呵，漫天皆白，那雪影皑皑的山峰下面，是当年红军在雪里行军的广昌路么？那里是大柏地么？那里是白云山么？一阵响晚的骤雨初歇，山中的夕照和空中出现的虹彩，有多么美丽！那五月的夏云，像一层层奇峰从山峰后面耸立起来，有多么美丽！站立在这悬崖上，缅怀红军时代的峥嵘岁月，此时此际，不禁浮想联翩，深深觉得毛主席指引的武装斗争的道路，永远是光明的道路，胜利的道路。

当我和支部书记走下崖顶，要从原路往村子里走时，不觉回首眺望崖前那棵老松。这时，阵风吹过，松上许多冰花，像琉璃花，又像发亮的蝴蝶飞舞下来。我眺望着，一种很深的情意从我心中流过。我看看支部书记，感到他的脸上有一种严肃的表情，感到他的心中也很振奋。

1978 年

妈　祖

我的故乡莆田(福建)出生一位举世闻名的女神:妈祖。故乡的人们亦往往称她为姑妈。我再说一下,尽管历代帝王敕封她为天妃、天后、天上圣母,民间仍然亲昵地称呼她:妈祖或是姑妈。姑妈原名林默,诞生于宋建隆元年(公元960年)夏历三月二十三日晚。在我的幼年时代,便知道每逢这个吉夕,民间便出现一种群众性的尊崇这位女神的浓重气氛。妈祖祖庙建于湄洲湾口的湄洲岛上,我迟至晚年始得前往拜谒。至于莆田城关的妈祖庙(亦称天后行宫或文峰宫),小时几乎天天见到宫中香火不绝。而到了她的诞辰那天,祭典最见热烈、隆重,具有一种独特的民俗和文化色彩。夏历三月是南方的阳光明媚的季节,百花争妍,各种果树上结着甜果。至今印象犹深,甚至每一念及便感动不已的是,举行妈祖诞辰的祭典的供桌上,用瓷碟供奉各色鲜花,比如金银花、含笑、茉莉、瑞香、玉簪花、月季、玫瑰、紫薇、蔷薇以至豌豆花等;又用瓷皿供奉石榴、枇杷、杨桃、李、凤梨、荸荠等鲜果。这样的供奉,这种具有民间独特意味和表达敬意的供典为我在其他神庙所未尝见及。逢五、逢十或逢三月的妈祖诞辰之夕,必演兴化(莆仙)戏,必迎神出巡。那时,本地民间音乐,所谓十番、十音以及扮演民间或历史故事的高跷、抬阁等以及马队组成的队伍,往往可延续至五六华里,此等盛况似亦为其他神祇的供奉所难以得见,以上云云,当然是儿时所知的情况。其后年齿渐长,见闻渐广,更知妈祖庙遍及美洲、澳洲和日本、东南亚等国和地区。妈祖的史迹和传说又往往和我国历史上若干著名的海战、海运以及我国与国际间的文化、贸易往来有关,信奉妈祖的群众殆遍及寰宇。

说也奇怪,我个人是到了晚年,始得有出游外省的时机。几所到处,如有妈祖庙,必前往拜谒。记得在八十年代初叶,过天津、烟台等地时,曾拜谒当地的妈祖庙。(这可能是一种文化心理,这种心理竟然至老不衰,却可能与自幼看到家乡人民尊崇妈祖以及从而造成的一种神圣气氛有关?)天津妈祖庙始建什么年代,未考,但看来颇具规模。烟台妈祖庙尤见壮观,雕梁画栋,拜庭前有古典戏台,据云,其建筑所用木石甚至泥土,无不从妈祖的故乡莆田运来。前二三年,访香港,也去拜谒两座妈祖庙。一座即在以天后为路名的天后道,是庙的拜庭上,安置一座铸造于同治年间的大铜炉,香火鼎盛;又一座在九龙庙街,盖此街亦因庙而得名?那天晚上,想不到庙墙的大门已经关锁,我只得从门槛外而拜望墙内的庙宇。至于湄洲岛上的妈祖祖庙,上面已提及,竟然也迟至晚年始得前往拜谒。从一九八三年至今年(一九九〇年)四月(夏历三月)妈祖诞辰前夕,三度登岛,每次均拜谒祖庙及升天处。据称,宋初妈祖祖庙,只有数椽,其后有所扩建,其间规模大为扩展有两次；明永乐年间，郑和第七次下西洋时，奉旨至湄洲岛主持御祭并扩建殿宇，清康熙二十二年统一台湾，曾派员登岛主持御祭并扩建庙宇。这些在旧年代依山面海而造的妈祖庙建筑群，曾被毁。一九八五年我初次来拜谒祖庙时，仅重修正殿。一九八八年和今年来时，见到已按照清初建筑规模全部重修，计有正殿、寝殿、梳妆楼、钟鼓楼、朝天阁等楼阁殿亭；此外，更建造一座近似明陵入口处的、牌坊式的山门，一座仿造北京前门的城楼，规模比清初更为壮观了。至于升天处，则在正殿后侧的一座崖壁之下，无任何建筑物。我每次至此，念及这里是吾乡一位胸怀拯救民众于苦难之中的大志的女子与故土告别之处，老实说，心中自然出现一种虔诚和崇敬之情。

今年登湄洲岛后，返程时又至忠门乡港里村，即世称贤良港的古海港。现在这里是一座临海的陆上渔村，村内有供奉妈祖的父母的天后祖祠以及其他古庙、古井，如五帝庙和传说中的妈祖受符井等。这些古迹在《敕封天后志》（乾隆年间重修）中所附木版雕刻里，均有图可查考。我在村内还看到一座十分独特的古井，此井位于临海一座崖壁下的古树、藤萝和村屋之间，石井栏上刻着八卦，据云只有宋井，才有此等格局，只见井壁石苔湿润，井水清澈可以见人。我曾在闽西北泰宁看到明井，如此井确系宋井，殊可贵。从此井沿一条村巷前行，百余步，就到了确认为宋代古码头的遗址。码头不大，那砌着码头的石条大小不一，长着牡蛎壳和褐色的海藓，一看就心生一种古老之感。码头岸上至今还保存两尊用以系住船缆的宋代系船石，石上留下凹陷的缆痕，更引人念及悠远的岁月和海上的风浪。同样使我感动的是，码头正后方台阶上有座题名灵慈东宫的小庙宇，这当然是一座几经重修的庙宇，庙前的石柱，竟然是至今还能保存下来的、具有宋代风格的连础瓜楞形石柱。那天晴朗，整座湄洲湾的海天呈蓝色、呈碧绿色。这座古码头以及它的港道内不见船只，村里的渔船都出海去了，只见高空盘旋的苍鹰以及低翔于近海的海鸥，觉得这海滨在我的目中，似乎出现一种为我一时所看不透的、值得思索的历史气氛。我站在这座古码头上颇久，心中出现各种思绪。

那天，陪同我采访贤良港古迹的是天后祖祠的一位主持人。我从他的口中，相信有宋一代以至明、清，这里都是繁荣的港口。这古码头以及系绳石，是一种实证。这位天后祖祠的主持人，已五十余岁了吧？他颇熟悉有关妈祖的典故、史实，又似乎颇富某种“联想”力以及幽默感。他和我并立于古码头上指着海面，向我提问：是否相信郑和登湄洲岛主持御祭，以及清施琅攻克澎湖，康熙派员赍御书至祖庙举行祭典，等等，可能都从此古码头登舟出发的吧。我笑而不答。其实，立于此码头上，东望湄洲岛，可见其如眉的轮廓在晴光下浮现于海浪之间，至为明晰，从此至湄洲岛不及三浬。这位主持人的提问，是完全可以肯定的。我甚至相信，此港、此码头，在古代不仅是到达湄洲岛和附近诸屿的跳板，更是我国东南大陆船舶驶出湄洲湾以达外洋的主要港口、码头。我想，在宋、元、明之际，此港海运的频繁，或许只是仅次于泉州后渚港的吧？正是在这个港湾以至湄洲岛出海口的广阔无垠的海域内，古代出现一位拯救万民于苦难之中的海上女神。从有关妈祖的民间传说以及从笔记、史料可知，十世纪末叶这里出生一位智慧的、善良的、勇敢的民间少女。她谙医理、习水性；她为民众医治疾病；她出生入死，常于惊涛骇浪乃至天地为之昏暗、震撼的海啸中，拯救遇到海难的渔船，或者漂流而来的古代海上客船……我对陪同我的天后祖祠的主持人说，尽管有关妈祖的若干民间传说，带有佛、道诸教的某些宗教神秘色彩，但妈祖被代代奉为女神，绝非偶然。因为，实际上她代表我国人民的某些优良品质，其中包括护国庇民的品质，她之被神化，正代表了我国人民对于此等品质的无限尊崇和敬慕。

前二年，家乡莆田有关方面编了一册《妈祖的传说》，约我作序，不敢违命。请允许我引录《序》中的一段话：

> 于我的幼年，也可以说直到如今，有两位历史人物的品格，最为我所景仰，并奉为人生的楷模。他们是林则徐和林默（妈祖）。林公虎门焚烟（鸦片）的一把异常的大火，那是表达民族凛然正气和御侮的火焰，在腾空燃烧，不仅揭开我国反帝侵略的序幕，而且至今仍然作为民族正气和自尊之象征的火焰，点燃于人民的心上。至于林默，我们家乡莆田人从来就亲切地称她为姑妈，为妈祖。她是我国人民慈爱、博大和救苦救难的代表人物，是我国人民无限善良的一种象征。

的确如此。对于妈祖，我似乎从小就在心灵中建筑某种近似宗教的信仰：要免除人民的苦难！重复地说，近些年来，每到之处，只要听说那里有妈祖庙，便抱着一种虔敬的心情前往瞻仰我们的姑妈。

晚年家住福州黄巷，这里隔林则徐纪念馆（原为林则徐祠）的所在地南后街只有一箭之地，亦常前往瞻仰。每至，心中往往会升起一种正气之光，感念不已。

稀饭和地瓜

在作品中注入民俗趣味。民俗趣味是于不知不觉间进入民心的生活情调……

——手记

稀　饭

稀饭当为一种通俗称谓？在我的故乡莆田，称稀饭曰“un · ma”（方言记音），偶尔也称粥。福州则一般均称之曰粥。粥为稀饭之古称，一如箸为筷子之古称。我猜测，大约先民知所种稻黍之时，便知食用稀饭的吧？闲时爱查有关资料、读杂著，得知《汲冢周书》中便有“黄帝始烹谷为粥”之记载。我无端地想，这类记载也不过是一种猜想吧？又据称，粥字原来写作鬻，以后去鬲而简化成为粥。鬲和鼎一样，乃先民的一种炊器。把米放在鬲内煮它个糜烂，便成粥，所以稀饭在古时亦称糜。吾乡莆田方言“un · ma”中的 ma 音,即糜或烂之意。un 则意为米汤。那么,称 un · ma 者,盖亦含有古意了?

吾乡居民,一日三餐均用稀饭(一般如此)。外人耻之,或且对此很不习惯。我对于所谓考证一窍不通,何以在本文一开始,便以外行人说一段有关稀饭的“考证”,食用稀饭,“自古有之”,意在为乡人整日三顿用稀饭一事张目?值得一笑。

不论如何,我自己是挺喜欢吃稀饭的。我曾在《关于豆腐》一文中云:“……豆腐之成为我的嗜好,一如我的嗜食稀饭,大概是自幼为家乡一般居民的生活习惯所养成。”这是一个方面。另外,家乡百姓家煮饭的情景乃至吃稀饭的情景,好像具有某种民俗趣味,至今回忆起来,还觉得很有意思。在莆田城关(我说的是二十年代至四十年代之间的情况),各居民的居屋必有一间“灶堂”即厨房,且颇宽敞。“灶堂”内供灶公灶妈,有一大灶,二口,放置二大铁鼎(莆田人称锅用古称)。灶下堆柴薪。就我个人的情况来说,值得怀念的是煮早饭的情景。记得小时,家母总是拂晓即起,我也因此之故,至今有早起的习惯。她起床后,在微明中,先到灶堂前面的庭院中,在那口古井里汲水,然后淘米,然后放米下“鼎”并且在灶口内燃起薪火来。到这时,天还未大亮,我伴着家母坐在灶口前,把薪草一把又一把送进灶膛内,一边对着火温书。约二十分钟后,鼎内大沸,蒸汽能把木制鼎盖推开。至此,便不必坐在灶下加薪,只让余烬的热气继续把鼎内的饭煮熟。我还记得,此时,我对塾师所授的功课,譬如《论语》或《孟子》的某一段落,也能背熟了,便走到庭院中,为母亲所种的丝瓜或“香菇豆”浇水。此时,只见对门四婶妈、二嫂家的屋顶上也炊烟袅枭，屋脊上时有喜鹊、斑鸠以及八哥在鸣叫，天也于不知不觉间大亮了。

家乡居民早餐的稀饭，均用“海盆”（粗瓷大碗）盛。在平常日子，在中等家庭里，佐饭多半为豆腐和酱菜以及煎紫菜、煎花生等。如遇见重要客人或家有喜事，桌上则有以家乡特殊手艺做出的切片鲜羊肉以及蒸海虾、蒸小黄瓜鱼等等。这且不必多讲了。我想稍见详尽地说一下豆腐和酱菜。先说佐饭的豆腐，有二种吃法。一是把豆腐洗净放在煮稀饭的鼎内，和米一起煮开后，捞起放在碟内，蘸着酱油吃；二是鲜豆腐用开水烫后放在碟上，上放麻油、酱油，用以佐饭。二种吃法，各有千秋，均为我所喜。再说酱菜，品种颇多，有酱笋、酱苣莴，酱姜、酱瓜等等，均佳。小时，在城厢闹市文峰宫街有酱油店曰“珍源”，所售酱菜，尤优。家乡酱菜一如豆腐，往往令我怀念，盖因此等酱菜有传统口味、价廉，寻常老百姓均买得起，亦为寻常老百姓家常便菜，这实在是很可贵的。

在农村里，我看见农民用稀饭的习惯，颇有趣。抗日战争爆发初期，我曾在离城十余华里的南箕村，和离城约五华里的下郑村各住过一段时间。前者距内海甚近，有海堤，又有围绕村庄和田野的小沟（古时水利设施，沟可撑小船），沟畔种很多荔枝，有的已是古荔。那是夏天，只见水牛一早便浸在荔枝树荫下的水沟中“泡凉”。村民们，大半是中、壮年人，也有小孩，也一早便就所好，爬在荔枝树伸入沟面的横枝上，或蹲在沟岸上吃稀饭。只见他们那长年劳动的、粗糙的右手掌上，既托着一大“海盆”的稀饭，掌边还托着一小碟酱菜，或炒豆，或腌豆腐，边吃边闲谈，讲笑话。至于下郑村，位于延寿溪畔，全村居民掩映于果树之中。村民则往往从室内搬出矮木桌,在露天下用稀饭,佐饭者亦多为传统食品:豆腐、酱菜以及当地果农特有的腌杨梅等。我住在下郑村时,记得正当龙眼、荔枝先后开花的季节,枇杷成熟的季节,即初夏期间。此时和村民一起在露天用稀饭,但闻四近送来花香、果香以及蜂声、鸟声。以上所记情景,当时不觉得怎么样,老来想起,却觉得有一种说不上来的趣味。

到了老年或稍早些许,自己的社会交游以及旅游之地稍见广阔。在一些地方,偶尔吃到所谓"鱼粥""鸡丁粥""什锦稀饭"以及有所谓什么"海参粥""海蠘粥"等等,盖在稀饭中掺和以珍贵食物以及精心设计的调料,但我对之总觉不合口味。对此,我也说不出道理来,只觉自己有点古怪,也许这与个人偏见有关?我的确认为,凡物,顺乎自然为好,"加工"太过,用心太过,反而欠佳。食物亦然。此外,又也许与个人癖好不无关系。请允许再引拙作《关于豆腐》的几句话:"……每食,喜清淡。"家乡的稀饭,就是清淡。唉,晨起,喝一碗稀饭,佐以豆腐、酱菜,实在是可喜的一件乐事。

地　瓜

在福州乌石山上有一祠,曰先薯祠,已毁。1987 年 10 月间,曾陪同菲律宾华人作家游乌石山,只见有一亭,曰念薯亭。这是我特地为客人安排的一个旅游点。现在我国南方诸地区,特别是沿海丘陵地带,均为黄土旱地,宜种地瓜,即番薯(甘薯)。而此种粮食作物乃从菲律宾引进的。大约在五十年代,我曾在《福建日报》副刊上读到我国版本专家萨兆寅先生所作有关《番薯传习录》的笔记体散文，极为欣喜。可惜我没有剪报、搜集保存资料的习惯，所读报章文章即使是好作品，往往也随时弃置；事后，也往往失悔不已。萨先生已作古多年，子嗣是否保留先人遗作？幸好手头有刘湘如同志所著笔记体散文《榕荫漫话》一书，内有《金秋时节话金薯》及《咏番薯的诗集》二文，对番薯之引入，记述甚详。兹引一段于下：

> 提起番薯，有一个生动的来历。明朝万历年间，我省（福建）长乔县商人陈振龙，在吕宋（即菲律宾）发现一种种植容易、培育方便、产量很高的薯类，想把它引进祖国。但当时统治吕宋的西班牙殖民主义者，严禁薯类外传。于是，陈振龙一面暗自学习种植番薯的技术，一面寻找机会把薯种带回祖国。在万历二十一年（公元 1593 年）农历五月下旬，经过七天七夜的海上航行，他终于把薯种带到福州。接着，陈振龙在福州郊外试种，当年获得高产。广大农民纷纷庆贺，争相引种。

以后，陈振龙的后代陈世元写了《番薯传习录》，记述陈振龙推广地瓜即番薯的情况，这在上面引录的文字中大体说到了。更重要的是陈氏后代还到河北、山东、河南等地推广番薯的事。在刘湘如同志的《咏番薯的诗集》一文中，介绍南安（福建）人吴增于 1937 年编的一册《番薯杂咏》，收 197 首咏番薯的诗。兹引录一首如下：

米价日高可奈何，薯根咬得日能过。

台湾刈去粟仓破，无汝日将饿死多。

以诗咏叹日本帝国主义刈去台湾期间，闽省人民以地瓜根度日之情况。

知道这么一些有关历史和情况，就我个人来说，这似乎大有好处。1965年夏秋至“文革”兴起我先后在莆田埭头、何寨等村镇工作。这是家乡的沿海地区，这在历史上，长时间里一直是贫困地区。其他群众，除出海捕鱼外，尚种旱地。他们没有大本钱，只能以小船在近海捕小鱼。至于旱地，那都是沿海的丘陵黄土地，当时虽然大兴水利，但是县里最大水库也没法引水来灌溉，只能在少数地段，即水可引到之地改造为水田。为此，这些旱地，只能种地瓜。那个时候，强调“三共同”，即与当地农民群众同吃同住同劳动，所以我才分别住在埭头村和何寨村村民家里。埭头为一小镇，有大米出售，但附近农村里的居民的粮食主要为地瓜；何寨更是如此。平日，他们甚至吃地瓜干、地瓜米（地瓜切丝，晒干，曰地瓜米），一年之间，极少吃米饭。如能吃到“红薯饭”，即地瓜与米掺杂煮成的稀饭便是了不起的事。记得我所在村民家中的“灶堂”的地上，几乎大半用以放置用沙覆盖的鲜地瓜。所见其他村民家里情况亦然。当时，我深切地感觉到，地瓜之于沿海居民，毫无夸大地说，实乃有关民生之至大者；也许有此种其实也很普遍、浅近的感性认识，以致我对于乌石山之立先薯祠或念薯亭以及《番薯杂咏》的编印，认为颇见切实，且含有深意。

记得在埭头、何寨吃地瓜以及地瓜（干）稀饭若干天，便曾感觉胃口不能适应,如会吐酸等。当地村民告我,若以咸小鱼、酱石蟹佐饭(配地瓜饭也),则可消解此病。这真是含有天助之意!上面已说过,沿海地区村民多业渔,但当时往往只在内海作业,如果捕到诸如黄瓜鱼、马鲛鱼、鲳等名贵的鱼,皆出售,自己剩下小鱼,则盐腌晒干,用以佐饭。至于石蟹,则是凡有海滩之处,退潮后,到处爬行的小蟹。这种小蟹,肉、膏均少,但腌后,细嚼则颇有味。没有想到,腌过或晒干的小鱼小蟹,沿海贫困地区的家常小菜,却能治因久吃地瓜或地瓜(稀)饭而出现的生理上的病症。对于此等事,现在想来,仍然欲赞无词,只好重复一句:这中间仿佛暗中寓有“天助”之意;或且云,这真是巧合!一笑。

叶　笛

叶　笛

呵,故乡的叶笛。

那只是两片绿叶。把它放在嘴唇上,于是像我们的祖先一样:

吹出了对于乡土的深沉的眷恋,吹出了对于故乡景色的激越的赞美;

吹出了对于生活的爱,吹出自由的歌,劳动的歌,火焰似的燃烧着的青春的歌……

像民歌那么朴素。

像抒情诗那么单纯。

比酒还强烈。

啊,故乡的叶笛。

那只是两片绿叶。把它放在嘴唇上,于是从肺腑里,从心的深处:

吹出了劳动的胜利的激情,吹出了万人的喜悦和对于太阳的赞歌;

吹出了对于人民的权利的礼赞,吹出光明的歌,幸福的歌,太阳似的升在空中的旗帜的歌!

那笛声里,有故乡绿色平原上青草的香味,有四月的龙眼花的香味;

有太阳的光明。

麦 笛

迎着四月的天空,明媚得像成熟的麦穗的天空,在故乡的广阔的平原上,我走到哪里,我都听见麦笛在吹着,吹出花一般的音乐。

故乡的歌手呵,四月来了。果园像一顶花冠,龙眼树开放着米黄色的小花,橙花散发着醇酒一般的浓香。故乡的歌手呵,四月来了。麦田像一座天空,里面注满阳光和流动的风。呵,故乡的歌手,我听见麦笛在吹着,吹出花一般的音乐,吹出阳光一般的音乐。

把劳动的欢情,从那小小的笛管里吹出来吧。吹出劳动的欢情,吹出梦和收获的甘美。一往情深的,把音乐的阳光和花瓣,洒在我们自己的土地上,洒在我们自己劳动又由自己收刈的土地上,洒在我们自由的国土上。

四月来了。在故乡的广阔的平原上，我走到哪里，我都听见麦笛在吹着。吹出花一般的音乐，吹出南方的阳光一般明媚的音乐。

风力水车

那在空中游荡的风，
你把它呼唤过来；
那在天上推动着云行走的风，
你把它呼唤过来；
那在林梢吹着唿哨的风，在树林间捉迷藏的风，
那从山谷里刚刚跑到我们的田野里来蹓跶的风，
你都把它们召集在一起；

呵，好像海上的风帆一样，有着白色的翅膀的风车，好像童话中的白鸟一样，张开白色的翅膀的风车，我看见你把四面八方的风，把它们所有的力量和智慧都集中起来了；

于是，我看见你在那里飞旋着又飞旋着；我看见你好像一朵巨大的白玫瑰，开放巨大的白色花瓣，在半空中飞旋着又飞旋着；我看见你好像一个巨大的太阳，从空中降落在我们田野里的林梢，在闪闪地发着白光，在飞旋着又飞旋着；

于是，在你的下面，搭在溪岸上的水车，便把水流像飞瀑似的吸到岸上来，把从山涧流下来的、万年不竭的清泉，像飞瀑似的吸到岸上来：

灌进我们的万顷的良田里呵！

夜宿泉州

温馨的、有点潮湿的,南方的夜降落在城市的林梢和屋檐前。一轮新月好像一朵橘子花,宁静地开放在浅蓝色的天空。

城市在闪耀着它的宝石似的光辉,散发肉豆蔻一般的香味。泉州,你经历过多少风险,珍藏了这样多的瑰宝?呵,那林立的碑坊,那雄伟的东塔和西塔,那开元寺紫云大殿后面希腊哥林多式的廊柱雕刻,大殿前面平台基石上古埃及式的人面兽身的浮雕,那以青色花岗石建筑的具有古叙利亚建筑风味的清真寺……它们怎样越过时间的长河,掩映在你的林荫中,在月色里默默地沉思。

轻风从旅馆的窗口悄悄地吹过。呵,那风中仿佛吹来大海的凉气和港湾里夜潮的喧腾。泉州,时代过去了,我仿佛还能看见你的港湾里布满古代的船舶。那从波斯湾和印度洋出发的帆船的队伍,它们照着太阳上升的方向,来到你这里。那从婆罗洲的摩鹿加群岛出发的商船的队伍,借着大洋的季风,鼓起它们的风帆,来到你这里。

泉州，时代已经过去了，我仿佛还能看见你的仓库里堆满各色的货物，笼罩着的乳香和没药、咖啡和可可、檀香和蔷薇的香味。我仿佛还能看见在你的码头上，在你的街道上和小巷里，横过绿色的稻田，走动着世界上各种肤色的人们。呵，那从西里伯群岛前来的旅队，身上还披着热带太阳的芬芳和明月的光辉，我仿佛还能看见那从亚历山大港来的水手，给你带来非洲地带的爱情和音乐，那从波斯湾沿岸前来的商人，给你带来菠菜的种子，撒在你的河边和田野里……呵，那还是人类航海的黎明时期，越过漫长的中世纪，泉州，在长久以前的时期，你便是世界沿岸的一个中心。在漫长的历史年代里，中外文化的交流，在这里开放美丽的花朵。呵，我仿佛触摸着一幅地图：在这上面，泉州，你好像林荫中的一朵金玫瑰，披着月色在那里闪光，发出深沉的香味。

古老的城市！南方的四月的夜晚，是多么的甜蜜呵。这个晚上，我想睡觉了。泉州，让我站立在这窗口，永远守望着你的过去，我千百倍地爱你的今天！呵，在传说中曾经开放过雪白的莲花的古桑树呵，你正是见证，泉州，今天是变得更加美丽了。我看见学校的窗户，像开放在花棚上的紫藤花一般地开放着，那灯火像海面上的渔火一样地闪耀。我看见新村的房屋和它的阳台，建筑在斜坡上，周围围着的竹篱，又被古老的龙眼树林的夜色所环绕。我看见梨园戏剧团的楼房，紧靠着郊区；向前走去，那里有美丽的河流和古老的石桥。我看见车站灯火辉煌，最后一班的班车已经到站了吗？有亲爱的海外侨胞搭这一班车到家乡来省亲吗？我看见郊外的田野有如海洋，四月的麦浪在明月下有如海波在荡漾。我看见果园有如蜂房，花在结果,果在酿造甜汁。我看见烟囱的手臂伸到明澈的夜空,我听见厂房里的轮子和压榨机在唱着新的歌……呵,这一切,都是我所爱的,让我歌唱这芬芳的土地上新的爱情,新的建设,树立起来新的纪念碑!让我伸出手来,把你整个抱在我的两臂里:

泉州!晚安!

1957 年

曾敏之

文传碧海千秋业

——记司徒乔与冯伊湄

远在一九六三年,伊湄南归度岁,我们在广州重聚了一段时间。当时她从事花卉的创作,特别喜画梅花。她决定过了春节,欣赏了花城一年一度的花市之后,就作黄山之游,她要像司徒乔生前走遍名山大川一样,搜集绘画素材,兼以清丽之笔,描写伟大祖国的风光名胜,因为她是以散文见重于海外的。

伊湄临行之前,画了一幅梅花赠我,我却为她完成了记叙司徒乔一生艺术创作的经历而写成了《未完成的画》[1]表示衷心的祝愿,并且见之于为她送行的诗篇:

〔1〕《未完成的画》是冯伊湄写的传记文学,记录了司徒乔的一生经历。

送伊湄江南之行

一枝雪蕊报春秾，眼底江山腕底功。
曾忆渝州风雨苦，共看禹甸画图雄。
文传碧海千秋业，杖倚黄山不老松。
此去江南风景好，五湖烟水羡飞鸿。

诗酒饯别的情景，依稀如昨，屈指算来，已是十四年前的往事了。

但是赠诗所说的"曾忆渝州风雨苦"，却概括了我与司徒乔冯伊湄夫妇订交的经历。屈指算来，更是三十三年前的往事了。

三十三年前的重庆，就是古之渝州，正处于抗日战争的后期。蒋介石以消极抗战、积极反共反人民的阴谋在西南进行了一系列的活动，他龟缩于峨眉山之上，等待摘桃子时机的到来。而广大人民却处于水深火热之中，国民党反动派的搜刮民脂民膏，借抗战之名以自肥的罪行也更表现得猖狂放肆。有良心有正义感的知识分子，正以各种形式表达对国民党反动派的抗争。

正在这样的年代，司徒乔从新疆旅行归来，他以苦行僧的虔诚与刻苦，为艺术开拓了一个新的境界，他的画囊充满了对新疆天山南北兄弟民族的写生画稿，然后临时寄住于重庆近郊的团山堡，与名画家傅抱石结邻。团山堡是临水而成的小岛，灌木丛生，野花自放，几椽茅屋，一缕炊烟，构成了画家的生活环境。司徒乔就是在这样聊蔽风雨的茅屋里把新疆写生画稿变成巨幅的艺术。因为生活困难，加以患病，司徒乔是在挣扎中从事创作的。伊湄伴他送走了埋头创作的多少日夜，也为他照料了不足温饱的粗粝生活。贫和病，是艺术家的一对孪生兄弟，更不幸的是在这时失去了唯一的男孩鲲儿。伊湄以血泪的哀诉，告诉过我关于鲲儿夭折的惨状，她说："鲲儿在重庆生下来，我没有乳水，只好用米糊喂他。但那时我们吃的是经过贪官、奸商们发过水（为了增加重量）、发了霉、掺了稗子的平价米，孩子活到八个月，就离开人间了！"

失子的哀痛虽然给司徒乔带来了沉重的打击，但并未影响他的创作，他发奋要以艺术弥补失子的损失，于是新疆之行的画作完成了，他准备在重庆山城开展览会。展出之前，他和伊湄邀请我去团山堡做客，我于是到了团山堡他的艺术之家。

这是怎样的一个"艺术之家"啊！两间茅屋，一作卧室，一作画室，刮风则风卷屋顶，倾雨则漏水盈尺，完全是杜甫在《茅屋为秋风所破歌》里所描写的情境。这样的清苦生涯，司徒乔和冯伊湄却甘之如饴，在这里孜孜不倦地画，不断地画……！

我在团山堡住了两夜，白天与傅抱石共赏司徒乔的新疆行的画作，晚上在一灯如豆之下谈心，风雨袭来，灯光摇曳，风雨停了，传来了断续的蛙声与虫声。我们的谈心更多的是互相倾诉对国民党反动派的愤恨，对国家民族的忧伤，对争取民主自由前途的憧憬，"曾忆渝州风雨苦"就是这样概括而来的。

当我接触到司徒乔的艺术时，我不禁神驰于广袤的沙漠原野了，不禁向往于天山的瑰丽了。他所画的新疆风物，令人目眩神迷，在他的彩笔下，绀红殿宇，戈壁银沙，雪地冰天，神驹歌手……无一不光艳夺目，绚烂多彩，反映了艺术家对祖国河山的深深爱恋，因而能做到笔情恣纵，真情回荡。

我受到了感动。当司徒乔的画展开幕之时，我以《万里投荒一画家》为题，写了一篇长文，抒发了我的感受。我记得有一幅《送别》，司徒乔以水彩色调描写了一种静穆风光，他在画上题了一行文字："昆仑山融雪成沟，洛浦人家，家家流水，渠道所至，农产特丰。维族同胞筑舍于高杨与桃花间，有桃源之感。"这一行题字，寄托了画家在国民党反动派暴政统治下的思想感情，"寻得桃源好避秦"，他在艺术作品中画出了"桃源之感"。

司徒乔在重庆的画展，轰动一时，极为成功。大家都知道，旧中国的新疆在军阀政客割据之下，在国民党反动派大汉族主义压迫之下，早成了畏途，很少有艺术家进入新疆。而司徒乔却也在新疆为了艺术险些丢了命。因此他的作品有如"空谷足音"，给人以崭新的深刻的艺术感受。

画展结束之后，他一度住在嘉陵宾馆，我们有了更多的交往，他虽以多病之身，但每天作画不停，还特意为我画了一幅速写像，这幅像珍藏了多年，却也随着动乱岁月而遗失了。

不久，司徒乔接受了救济总署的邀请，跟随赈济队出发，游历了广东、广西、湖南、湖北、河南和江苏六省，亲眼看到了被日寇蹂躏了八年的土地上，广大人民劫后余生，既未受到对战争创伤的医治，反而受到国民党反动派制造的无穷灾难。我接过伊湄写来的信，她说看到了人间地狱的惨景，到处是饥殍流亡；她说司徒乔在长途跋涉中由于感情震荡，旧病发作了，打算出国就医。

当我从上海的新闻报道中了解到司徒乔把他所画的《卖女》《逃

荒》《路有冻死骨》等八十余幅作品在上海展出时，曾引起观众极大的震动，观众在留言册上写着“笔笔有血有泪，沁入人的心灵，感入人的肺腑”。而司徒乔却病倒了，接着他由伊湄伴随去美国求医，从此以后，我和他们中断了音问。

广州解放之时，我回到了广州。就在一九五〇年的秋天，伊湄在一个黄昏时分突然出现在我的眼前，我真是惊喜交集。她说她和司徒乔在美洲病院躺了四年之久，欢庆于祖国的解放，因而冲破美国政府的百般阻难，搭乘威尔逊号邮船回国了。从伊湄的叙述中，得知司徒乔已接受中央美术学院之聘，担任教授，路经广州转车去北京。伊湄说当晚乘火车去京，来不及欢聚了。我虽然感到匆匆一见又匆匆而别的遗憾，却也为他们向往新中国而万里归来的热情所激动，也就匆匆送走了司徒乔与伊湄。

就在这一段匆遽的时间中，司徒乔却在威尔逊号邮船上创作了一幅杰作：《三个老华工》。这三个华工被美国资本家奴役了四十八年，被禁锢在夏威夷旁边高威岛上种植甘蔗、稻米，一直被榨到血枯力尽、耳聋眼瞎，才由夏威夷华商公所给每人募一张船票、四十八元美金遣送回国。司徒乔与三个老华工同船，了解他们悲惨的遭遇，使他无比的愤怒拥聚笔端，在白浪滔天、船摇手颤的太平洋上走笔完成了这一幅名驰中外的素描像。

司徒乔伊湄回到北京之后，在中央美术学院授课，伊湄也参加了工作。他们在通信中热情洋溢、青春焕发地赞美新生，描述了安定的生活，也描述了他们多年梦寐以求的光亮宽敞的画室，伊湄信中说：“你很难想象我们的画室和团山堡茅寮相比有天渊之别的情景了。”

我和司徒乔最后一面是在一九五七年。他和伊湄一度南归，畅游了海南岛和他的故乡——开平。到广州时我和黄新波、黄笃维几位老朋友为他们洗尘碰杯，欢叙别后的一切。当时杨刚也在广州养病，她和司徒乔是燕京大学时代的同学，因而会见了。有几天时间杨刚爱不释手地欣赏司徒乔携在身边的所有画册和画稿。

想不到司徒乔是最后一次回他的故乡开平了。他对故乡人情风物有依恋之情，在他去世的前一夜，他还愉快地画着开平的胜景：《赤坎归帆》，画到半夜还不肯收笔。他说："即使在只有一寸大小的人物身上，我也要使人感到新中国人民的气度和风采……"但死神终于夺去了他的生命，他于一九五八年春节前一夜逝世。杨刚也接着去世，她和司徒乔在广州的会面也成了永诀。

我想象得到伊湄所受的打击是多么大，在通信中纵以万语千言，也难安慰伊湄于万一。因为伊湄把她的半生辛劳协助司徒乔的艺术事业，正当司徒乔的艺术创作达到成熟境界、正当新中国伟大的社会主义事业需要他的画笔加以描绘的时候，他却撒手先去了，怎能不令伊湄悲痛万分呢！但伊湄毕竟有过不平凡的经历与锻炼，她终于从克制中逐渐坚强起来了。当一九六三年她重到广州之时，她已把记述司徒乔生平的一本传记《未完成的画》初稿交给我读了。她说为了感谢中国共产党对司徒乔的关怀、教育，使他从漫长的人生道路上终于走对了方向的恩情；为了记述一个艺术家怎样经历了一个自我改造的过程而终于重获艺术青春的事实，她有责任化悲痛为力量，写成一部传记公之于世。伊湄这次南来，从外形看苍老了许多，双鬓也已星星了。但精力仍充沛，情绪也热烈，对艺术有信心。为了《未完成的画》早日出版，她得到了许多朋友的支持和帮助，她并把校阅之责委托于我。如果不是因为客观原因的影响，这本书早就到达读者手中了。

自一九六三年以后，我和伊湄又暌隔了十年。这十年，大家经受了“文化大革命”的洗炼。在广州与她重聚时，她比过去坚强多了，也有些老态龙钟了。由于高血压与心脏病，她也时时担心身体难以持久，也更为《未完成的画》的出版而悬念。我则鼓励她勤搽画笔，勤写散文。希望她再为我画一幅梅花，为海外喜欢读她的散文的读者多写文稿，她都答应了。在她北返京华的前夕，我又题赠一首《思佳客》的词给她：

南归北去又匆匆，春草绿波怅望中。
千里云山劳梦寐，飘萧华发忆乘风。
怀韫笔，蹑安踪，期君文史耀天东。
梅花修到香无限，为寄芳馨慰海蓬。

谁料得到这次离别竟成永别了！

伊湄回京之后，为了调养身体，曾去昆明住了几个月，她的女儿在昆明师范学院任教。她在昆明期间，常有信来，对四季如春的昆明赞美之至，为了践约多写散文，她曾踏遍昆明的古迹名胜，五百里滇池收在她的笔底，数千年史事放在胸中，她更访问过兄弟民族聚居的地区，兴致勃勃，豪情未减。她说健康有了进步，思想感情也有了升华，对生活充满热爱。我又劝她由昆明径飞广州度岁。可是当她由昆明飞回北京不久，噩耗就传来了，她是以脑溢血于一九七六年一月七日入医院急救不治而逝世的。

伊湄离开了人间，我也有“旧朋云散尽，余亦等轻尘”之痛，当时曾哭奠以诗：

再劝南归探好春，剧怜遥奠赋招魂。
团山夜话追交谊，瀛海双星痛早沉。
万里投荒留瑰艺，三洲寄迹著贤声。
故园空有梅花约，哭向京华泪满襟。

伊湄的女儿阿羽看了我的悼诗，于悲痛之中通寻伊湄所遗画稿，却在一叠花卉中找到了为我所画的梅花，特地远从千里之外寄来。我收到梅花画稿之时，禁不住悲恸，就在梅花右角题了一诗：

故园曾有梅花约，遥寄南枝春梦空。
留此幽香明晚节，长教天末忆音容。

这诗有如小小的花环，遥献故人英灵之前而已。

伊湄离开人间已一年了。她的《未完成的画》在难得的友情支持下出版了。我敢断言这本传记一定能引起国内外艺术界的重视，因为它刻画了新中国一位驰誉国际的艺术家崇高的灵魂，其中有追求、有探索、有成就的艺术经历与经验，值得一读。“文传碧海千秋业”是并非过誉的。

至于伊湄，在六十余年的生涯中，不论才华、品质、待人接物……都显出她是一个卓越的女性。她早年于中山大学毕业之后，留学法国，是在巴黎经“五四”时代老诗人梁宗岱的介绍得与司徒乔相识以至结婚的。她与司徒乔结婚之后，有如虔诚的教徒，完全为司徒乔的艺术事业献身。她伴随司徒乔走遍了欧洲、美洲和亚洲各地。他们实践了司马迁说的“读万卷书，行万里路”的壮语，即使是在流离颠沛之中，也从来不放下画笔与文笔。司徒乔所作的画，配以伊湄所题的诗，堪称双璧；从而也显示了伊湄不仅具有散文家的文采，也具有诗人的才调。我把她与谢道韫和李易安媲美，是有根据的，唯一的根据就是她为司徒乔题画的诗词，我在这里不妨引录几首：

临江仙

谁削孤峰成彩笔，秋毫直插重霄。迷离光影雨晴交，云移山翠合，天矮独峰骄。　　远树净堆浓淡绿，个中偶着朱标——好花探首出林梢，巧添林壑媚，费煞画师描。

另一首词是：

山外紫云正聚，山背骄阳沉睡，夜翳徐张，霞辉未黯，六合微茫里。　　潮落暮江澄不语，孤帆负取余光去。归鸟穿烟，饥鱼喋浪，人嚼黄昏媚。

不论构思、境界、遣词用句，都是可读之作。还有两首诗，是描画抗日战争时代灾黎载道情景的：

漠漠春魂泣野烟，乱蓬残碧委荒田。
哀黎涕泪英雄血，洒作千山红杜鹃。

八年乞命向天涯，沧海桑田事事差。
莫怪车轮行缓缓，从知归去亦无家。

这些诗反映了人民的血泪，也反映了伊湄的赤子之心，读来令人感动。

伊湄襄助司徒乔的事业，但也有贤伉俪唱随之乐。更令人赞美的是伊湄对司徒乔的同情鼓励，虽历尽艰辛而不悔。当司徒乔在波涛汹涌的海上度过四十岁生日的时候，伊湄为他写出了这样情真意挚的诗篇：

铁笔檀心锦绣肠，倾将热血入丹黄。
当年鹳鸟衔雏日，乞得天孙七巧囊。

乞得天孙七巧囊，乞松添寿菊添香。
平生耐尽风波恶，紫髯飘萧渡五洋。

重洋远渡，耐尽风波，饱经风霜，人如松菊，写出了一对艺术家夫妇的品格、抱负。伊湄生有三女，各已成长自立，她与司徒乔所建立的家庭可称文艺之家，有的擅长音乐，有的擅长外语，司徒乔的弟弟司徒汉就是上海乐团的作曲家。年青一代正欣欣向荣，各为社会主义的祖国尽其忠诚，做出贡献。去年，大女儿司徒圆曾来广州，我们相见之下，我已记不起她当年在团山堡度过童年的形貌了。她当年仅是几岁的小女孩，如今已做了母亲，为人师表。感慨与怀旧之情油然而生，又写了一首诗送给阿圆：

喜接南归客，还伤薤露歌。
骑箕人已杳，论艺史难磨。
文采照遗册[1]，韬光送逝波。
芳林新叶好，蕤丽向阳多。

看到年青一代健康成长，感到司徒乔冯伊湄已后继有人，可以含笑于九泉了。更重要的安慰是：一个艺术家在旧社会曾经在一幅半边是笑脸半边是哭脸的自画像上题过这样沉痛的题词："含泪画下去啊，蠢人！在艺术的牢狱里过你的一生。"而后来，他终于冲出艺术的

〔1〕 指冯伊湄所写的散文，正收集成书，准备出版。

牢狱，在新生祖国广阔的大地上飞翔驰骋，他的作品在人民中间获得热爱，他的艺术事业永放光芒，这就更令他含笑于九泉了！

“文传碧海千秋业”，我为司徒乔冯伊湄深深祝祷冥福！

1977 年 9 月

秦牧

社稷坛抒情

北京有座美丽的中山公园,公园里有个用五色土砌成的社稷坛。

社稷坛是北京九坛之一,它和坐落在南城的天坛遥遥相对。古代的帝王们,在天坛祭天,在社稷坛祭地。祭天为了要求风调雨顺,祭地为了要求土地肥沃。祭天祭地的终极目的只有一个:就是五谷丰登,可以“聚敛贡城阙”。五谷是从地里长出来的,因此,人们臆想的稷神(五谷)就和社神(土地)同在一个坛里受膜拜了。

穿过古柏参天、处处都是花圃的园林,来到这个社稷坛前,突然有一种寥廓空旷的感觉。在庄严的宫殿建筑之前,有这么一个四方的土坛,屹立在地面,它东面是青土,南面是红土,西面是白土,北面是黑土,中间嵌着一大块圆形的黄土。这图案使人沉思,使人怀古。遥想当年帝王们穿着衰服,戴着冕旒,在礼乐声中祭地的情景,你仿佛看到他们在庄严中流露出来的对于“天命”畏惧的眼色,你仿佛看到许多人慑服在大自然脚下的神情。

这社稷坛现在已经没有一点儿神秘庄严的色彩了。它只是一个奇特的历史遗迹。节日里,欢乐的人群在上面舞狮,少年们在上面嬉戏追逐。平时则有三三两两的游人在那里低徊。对,这真是一个激发人们思古幽情的所在!作为一个中国人,可以让这种使人微醉的感情发酵的去处可真多呢!你可以到泰山去观日出,在八达岭长城顶看日落,可以在西湖荡画舫,到南京鸡鸣寺听钟声。可以在华北平原跑马,在戈壁滩上骑骆驼。可以访寻古代宫殿遗迹听一听燕子的呢喃,或者到南方的海神庙旁看浪涛拍岸……这些节目你随便可以举出一百几十种来,但在这里面可不要遗漏掉这个社稷坛!这坛后的宫殿是华丽的,飞檐、斗拱、琉璃瓦、白石阶……真是金碧辉煌!而坛呢,却很荒凉,就只有五色的泥土。然而这种对照却也使人想起:没有这泥土所代表的大地,没有在大地上胼手胝足的劳动者,根本就不会有这宫殿,不会有一切人类的文明。你在这个土坛上走着走着,仿佛走进古代去,走到一望无际的原野上。在那里,莽莽苍苍,风声如吼。一个戴着高冠,穿着芒鞋的古代诗人正在用他的悲悯深沉的眼睛眺望大地,吟咏着这样的诗句:

朝东西眺望没有边际,
朝南北眺望没有头绪,
朝上下眺望没有依归,
我的驱驰不知何所底止!
……

九州究竟安放在什么上面？

河床何以洼陷？

地面，从东至西究竟多少宽，从南至北多少长？

南北要比东西短些，短的程度究竟是怎样？

——屈原：《悲回风》和《天问》

引自郭沫若译诗

这不仅仅是屈原的声音，也是许许多多古代诗人瞭望原野时曾经涌起的感情。这种“大地茫茫”的心境，是和对于自然之谜的探索和对于人间疾苦的愤慨联结在一起的。

想一想这些肥沃土地的来历，你会不由得涌起一种遥接万代的感情。我们居住的这个星球，最古老时代原是一个寂寞的大石球，上面没有一株草、一只虫，也没有一层土壤。经过了多少亿万年，太阳风雨的力量，原始生物的尸骸，才给地球造成了一层层的土壤，每经历千年万年，土壤才增加薄薄的一层。想一想我们那土壤厚达五十公尺的华北黄土高原吧！那该是大自然在多长的时间里的杰作！但这还不算，劳动者开辟这些土地，是和大自然进行过多么剧烈的斗争呀！这种斗争一代接连一代继续着，我们仿佛又会见了古代的唱着《诗经》里怨愤之歌的农民，像敦煌壁画上面描绘的辛勤劳苦的农民，驾着那种和古墓里挖掘出来的陶制高轮牛车相似的车子，奔驰在原野上，辛苦开辟着田地。然而他们一代代穿着破絮似的衣服，吃着极端粗劣的食物。你仿佛看到他们在田野里仰天叹息，他们一家老小围着幽幽的灯光在饮泣。看到他们画红了眉毛，或者在头上包一块黄布揭竿起义，看到他们大批地陈尸在那吸尽了他们的汗水然后又吸尽了他们鲜血的土地。想一想，在原始社会中他们怎样匍匐在鬼神脚下，在阶级社会中他们又怎样挣扎在重重枷锁之中。啊，这些给荒凉的大地铺上了锦绣花巾的人们，这些从狗尾草、蟋蟀草中给我们选出了稻麦来的人们，我们该多么感念他们！想象的羽翼可以把我们带到古代去，在一家家的门口清清楚楚看到他们在劳动，在饮食，在希望，在叹息，可惜隔着一道历史的门限，我们却不能和他们作半句的交谈！但怀古思今，想起了我们这个时代的农民是几千年历史中第一次真正挣脱了枷锁，逐渐离开了鬼神天命的羁绊的农民，我们又仿佛走出了黑暗的历史隧洞，突然见到耀眼的阳光了。

你在这个五色土坛上面走着走着，仿佛又回到公元前几千年去，会见了古代的思想家。他们白发苍苍，正对着天上的星辰、海里的潮汐、陶窑的火光、大地的泥土沉思。那时的思想家没有什么书籍可以阅读参考，日月经天、江河行地、四时代谢、万物死生的现象，都使他们抱头苦思。他们还远不能给世界的现象说出一个较完整的答案。但是他们终究也看出一点道理来了，世间的万物万事，有因有果，有主有从，它们互相错综地关联着……正是由于古代有这样的思想家这样地思考过，才给后来的历史创造了这样一座五色的土坛。

“五行”的观念和我们这个民族一样地古老，东、南、西、北是人们很早就知道的，人们总以为自己所处是大地的中间，于是在四方之外又加上了一个“中心”，东、南、西、北、中凑成了五方五土的观念，直到今天我们还看到好些人家的屋角有“五方五土龙种”的牌位。烧陶方法和冶铜技术发明了，人们在熊熊火光旁边，看到火把泥土变成了陶器，把矿石烧成溶液，木头燃烧发出了火光，水又能够把火熄灭。这种现象使古代的思想家想到木、火、金、水、土（依照《左传》的排列次序）是万物的本源。于是木、火、金、水、土把五行的观念充实起来了。

烧制陶器这件事使人类向文明跨前一大步，在埃及，在希腊，都由此产生了神明用泥土造人的神话。在中国，却大大地发扬了“五行”的观念。根据木、火、金、水、土五种东西彼此的作用，又产生了五行相克相生的理论。根据这几种东西的颜色：树木是苍翠的，火光是红艳艳的，金属是亮晶晶的，深深的水潭是黝黑的，中原的泥土是黄色的。于是青、赤、白、黑、黄五种颜色就被拿来配木、火、金、水、土，成为颜色的五行了。

这个四方、五行的观念被古代思想家用来分析许许多多的事物，音乐上的宫、商、角、徵、羽五个音阶，天上二十八宿的分隶青龙、朱雀、白虎、玄武（乌龟）四方，都是和这种观念紧密地联结起来的。

把世界万物的本源看作是木、火、金、水、土五种东西相互作用产生出来的，这和古代印度哲学家把万物说成是由地、火、水、风所构成，古代希腊哲学家说万物的本源是水或者火……那思想的脉络是多么地近似啊。

尽管这种说法在几千年后的今天看来是奇特甚至好笑的，然而那里面不也包含着光辉的真理吗。万物的本源都是物质，物质彼此起着错综的作用……哦！我们遇见的对着泥土沉思的思想家，他们正是古代的略具雏形的唯物主义者！

没有这些古代思想家，我们就不会有这个五色的土坛。审视这五种颜色吧，端详这个根据“天圆地方”的古代观念筑起来的四方坛吧！它和我们民族的古代文化存在多么密切的关系啊！

我们汉民族的摇篮在黄河的中上游，那里绵亘的是一望无际的黄土高原。因此，黄色被用来配“土”，用来配“中心”，成为我们民族传统中高贵的颜色。中心是不同于四方的，能够生长五谷的土地是不同于其他东西的，黄色是不同于其他颜色的。在这个土坛的中心，黄土被特别砌成了一个圆形，审视这个黄色的圆圈吧！它使我们想起奔腾澎湃的黄河，想起在地层下不断被发掘出来的古代村落，也想起那古木参天的黄帝的陵墓。

我多么想去抱一抱那些古代的思想家，没有他们的艰苦探索，就没有今天人类的智慧。正像没有勇敢走下树来的猿人，就不会有人类一样。多少万年的劳动经验和生活智慧积累起来，才有了今天的人类文明。每一个人在人类智慧的长河旁边，都不过像一只饮河的鼹鼠。在知识的大森林里面，都不过像一只栖于一枝的鹪鹩。这河是多少亿万滴水汇成的啊，这森林是多少亿万株草木构成的啊！

瞧着这个社稷坛，你会想起中国的泥土，那黄河流域的黄土，四川盆地的红壤，肥沃的黑土，洁白的白垩土……你会想文学里许许多多关于泥土的故事：有人包起一包祖国的泥土藏在身旁到国外去；有人临死遗嘱必须用祖国的泥土撒到自己胸上；有人远适异国归来，俯身去吻了自己国门的土地。这些动人的关于泥土的故事，使人对五色土发生了奇异的感情，仿佛它们是童话里的角色，每一粒土壤都可以叙述一段奇特的故事，或者唱一首美好的诗歌一样。

瞧着这个紧紧拼合起来的五色土坛，一个人也会想起了国土的统一，在我们的土地上，为了统一而发生的战争该有多少万次呀！然而严格说来，历史上的中国从来没有高度统一过。四分五裂，豪强纷纷划地称王的时代不去说它了，可怜的共主像傀儡似的住在京都，整天送猪肉、龟肉慰问跋扈的诸侯的时代不去说它了，就是号称强盛统一的时代，还不是有许多拥兵自重的藩镇，许多专权用事的贵戚，许多地方的豪霸，在他们的领地里当着小皇帝，使中央号令不行，使国中还有许许多多的小国。中国历史上没有一个时期像今天这样高度统一过，等我们解放了台湾和一些沿海岛屿以后，这种统一的规模就更加空前了。古代思想家的预言："不嗜杀人者能一之。"由于不剥削人的无产阶级登上了历史舞台，竟使这一句话在两千多年后空前地应验了。

我在这个土坛上低徊漫步，想起了许许多多的事情。我们未必"前不见古人，后不见来者"，凭着思想和感情的羽翼，我们尽可去会一会古人，见一见来者。我仿佛曾经上溯历史的河流，看见了古代的诗人、农民、思想家、志士，看他们的举动，听他们的声音，然后又穿过历史的隧洞，回到阳光灿烂的现实。啊，做一个历史悠久的民族的子孙是多么值得自豪的一回事！做今天的一个中国的儿女是多么值得快慰的一回事！回溯过去，瞻望未来，你会觉得激动，很想深深呼吸一口新鲜的空气，想好好地学习和劳动，好好地安排在无穷的时间之中一个人仅有一次，而我们又恰恰生逢其时的宝贵的生命。

啊！这座发人深思的社稷坛！

生命壮歌

生命现象是一个很奇特深奥的现象，闲来披阅报章杂志，常常读到一些感叹生命坚韧的篇章。例如：在几千米的高空上，都可以发现蝴蝶，在几乎接近沸点的温泉里，也有生物在活动，深深的大洋底层，有水生动物在繁殖，南冰洋零度下的冰水中，也有不少的水族等等就是。

除此之外，一些作者笔记中，关于某些普通生物极不平常的行动的描绘，也很令人震动。屠格涅夫的散文诗中，有一篇题为《麻雀》的，记叙他见到一只母麻雀，为了保护幼雏，昂然挺身，准备和一只狗格斗，它的英雄气概，居然使狗为之退避，使得旁观的屠格涅夫为之赞叹。我还读过一篇外国猎人的随笔，说他严冬之际，在一个结冰的野外小湖旁边，正在伺机狩猎，突然一群大雁从半空降了下来，它们是下来饮水的，但是冰层隔断了水源。这时，只见为首的大雁勇敢地腾身飞起，又像飞机一样向下俯冲，腹部出力地撞击冰层，磅磅作声，

野趣

王广生

60cm×81cm

布面油画

这样一而再,再而三的猛烈行动,终于使薄冰断裂,露出一个窟窿来,群雁能够就着那个冰洞饮水了。那位猎人说,当他看到这番景象,他被感动得目瞪口呆,忘记开枪,终于茫然地伫立着,望着这群征雁饮罢了水,飞去为止。

和这类事情异曲同工的,是日本有一位旅行家说他在喜马拉雅山谷地,发现许多蝴蝶扑打着翅膀向高空冲去,一次又一次,尽管屡次失败,它们仍然奋斗不懈,雪地上终于覆盖着大量蝴蝶的黄翅膀……有一个青年告诉我说,当他读到这段描写的时候,不禁哭泣起来了。

我相信,为这一类现象所激动的,绝不只是一个屠格涅夫,一个猎人,一个青年。我们自己不是也常常有类似的感受吗!当我们听到:一只燕子,为了越冬,常常飞行几千公里;一条鳗鲡,为了产卵,常常从内河游向远洋,征程一两千海里;一只蚂蚁,能够搬动比它的体重重十倍以上的东西;一只蜜蜂,敢于不惜牺牲去蜇一匹马或一头熊的时候,不是也常常为之激动不已吗!至于好些蜘蛛,为了织好一张网,不管风吹雨打,艰苦从事,百折不挠的坚毅表现,人们看了受到感动,因而奋发图强的事例,在史书里,也是屡有记载的。

也许有人说,一只鸟、一条鱼、一只昆虫或其他节肢动物,生命有这么大的韧性,不过是它的本能罢了。是的,普通的生物的行为,谈不上是什么它们信念的执着和理性的选择,大抵总是出诸本能罢了,但即使仅仅是出诸本能,也仍然令人赞叹不已。为什么比它们巨大千倍万倍的生物,有不少,生命的韧性看起来倒反而不如它们呢?

人类所以会被这类现象所感动,探索起来我想是饶有趣味的。

一个人和一条狗或一匹马之间，有时还谈得上感情沟通，但是对于野外素昧平生的一只鸟、一条鱼、一只昆虫……根本谈不上存在什么情愫，但人有时却被它们的行为所震惊，甚至感极泣下，其秘密何在呢？我以为：这是由于它们使我们想起作为同类的人的某些勇敢坚韧的行为，因而也就受到感动了。

有人说，古代神话的存在，是人类渴望战胜自然的心理错综曲折的表现。人能够被某些小小动物的生命现象所激动，我想，正是人对于同类中某类行为的崇敬心理错综曲折的表现。

人们平时对于某些人的坚毅、刻苦、勇敢或者智慧存在敬爱之心，看到动物也表现了类似的现象的时候，心理潜藏的东西被掀动了，翻腾到上面来，于是对动物也仿佛有一种重爱之情了。一个对于某种品德丝毫不存在向往之心的人，看到那类想象，却是漠然无动于衷的。一个习于懒惰，丝毫不知道勤奋可贵，或者一个懦弱成性，完全不想培养勇敢品格的人，即使知道一只燕子，正在从事千里壮飞，或者看到一只大雁，居然以胸脯猛烈撞击冰层的时候，哪里会有什么感动可言呢？

因此，人对生物的这种奇特感情，说穿了，不过是人对人的感情的升华而已。

如果我们不斤斤纠缠于虫鱼鸟兽这些形象之中，就可以透过动物看到人，领会不少人对于坚毅、刻苦、勇敢、智慧这类美德的由衷敬仰。

如果说，虫、鱼、鸟、兽有时竟出现了那么令人瞩目的行为，有思想、有感情以至具有信仰的人所能够发挥的作用，所能够使人受到的震撼也就可想而知。读历史，有时固然令人十分痛苦，但是那些志士仁者、名将学人的事迹，却一直使我们的心弦为之颤动，这可以说是学习生活中最愉快的享受。

对个人的作用，做出过分夸大的估价，谁都知道是不当的。因为历史归根到底是劳动群众集体所创造的。但是个人的行为只要是顺应历史的潮流，合乎人群的需要，却的确可以发挥异常巨大的作用。我们只要举出几件普通的事情就足够说明了，试想：爱迪生的发明，怎样改变了全世界人类的生活面貌；巴斯德发现了细菌，怎样拯救了千千万万人的生命；琴纳医生发明了种牛痘，竟使猖獗流行于地球上的天花到了当代终归全部趋于消灭；达尔文的发现，怎样使人类认识了自己并使生物学跨进了新的境域……

这还仅仅是就自然科学家而言罢了，革命家、政治家、社会科学家、艺术家、大匠，他们所能够发挥的作用，也都不是可以简单估计出来的。

历史上常常出现过一些害死了千千万万人的“杀人魔王”，也常常出现过一些拯救了千千万万人的革命家和科学家，把这些简单地归结为“历史规律”在起作用而对个人因素的作用不作充分的估计，是有欠公允的。

一个鲁莽者的一根火柴可以烧毁数千亩山林，一个科学家的毕生辛勤又可以创造数万亩山林。从这样的事情当中，我们可以见到个人能够对整个社会发挥多么坏或者多么好的作用，而且并不是注定非如此不可的。

从前面提到的生物现象，使我想到人类社会中的现象。生命，有的像一个泡沫，有的却可以谱一阕壮歌。对于好些人，只能碌碌无为的生命，在某些人身上，却能够发挥多么巨大的潜能，绽放多么美丽的花朵啊！

1987 年 2 月　广州

森林水滴

我很喜欢在森林中漫步。

近十年来，我到过好些地方的森林。小兴安岭、庐山、武夷山、三清山，以及广东封开、龙门等处的森林，我这儿并不想写游记，无意一一描绘它们的细部景色。我想说的，是在那一片深绿，或者墨绿、碧绿、苹果绿、嫩绿赫然构成层次的山野，你要是登上森林瞭望哨，在山风呼啸中，看群树摆动，仿佛海洋在翻腾一样，那壮观的景色使人顿然忘却世俗的许多纷扰琐碎的事情，有一种“此中有真意，欲辨已忘言”的欢愉。古人类是从森林走出来的。也许我们看到了森林，唤醒了一种原始的、粗犷的感情也说不定。

在森林里的浓荫下行走，呼吸着比蜜水还甜的新鲜空气，端详着一株株树的英姿，令人不禁想起了国外二位学人讲的这样意思的话：“诗是我辈俗人的作品，大自然的杰作是树，一株树要比一首诗美丽得多！”你看，它们有的是疏朗的，有的是繁密的，有的亭亭如盖，有的屈曲多姿，各式各样的树显示了各式各样的美。有的树主干上光光洁洁，有的树主干上起了瘿结，附着了攀缘植物和悬挂植物，它们一路开着花，居然直达树梢。在林荫下漫步，有时森林水滴滴了下来，也许是沿着你的面颊流淌，也许是从背脊直下，沁入心脾。每当此际，我总是一点也不忙着把它拭去，而是任由它悄然坠下，享受着一种生活于大自然中难得的情趣。

森林是宁静的，但也是喧闹的。你如果在里面仔细观察，就会随处发现动物，有时一只啄木鸟在头顶上笃笃笃地啄着树干，有时一只金花鼠惊鸿一瞥地跳跃而过，有时成群长尾山雀在空旷处振翮飞翔，它都使人感到生机盎然。你如果在林里审视着树干和树叶，就会发现，森林里几乎到处都有小生物，它们都在忙忙碌碌经营着生活，花式品种纷繁到难以胜计。表面上看，好似一片宁静的山林，有这么丰富的内容，真叫人捉摸不透，它不是一览无余，而是内涵深厚，它像一部你永远也读不完的大书，这也是一个令人喜爱的原因。

正像海滨渔夫中有许多奇才异能的人一样，森林里也经常活动着许多奇才异能的人。他们能够辨别各种树的特性，什么树能够长什么菌，什么树的汁液可以解渴，什么树的果实可以充饥，他们全都知道。东北的老猎人敢于带着极其简单的工具就进入森林，既不愁挨饿也不怕碰到猛兽。大森林就像一座他们可以随时探手取物的仓库似的。有人告诉我，在张家界林区，当一行旅游者因食物供应不上而挨饿的时候，他们碰上一个森林老人，老人问明原委，叮嘱大伙不必忧心，他马上可以协助解决。他返身走进林里，才一会儿工夫，就捧着一竹篮花花绿绿的鸟蛋出来了。当旅游者面有难色，表示不惯吃生鸟蛋的时候，老人嘻嘻地笑着，说："有办法！有办法！"再度走入森林里，不一会儿，手捧着煮熟的热腾腾的鸟蛋出来了，原来那森林里什么地方有鸟蛋，什么地方有一眼滚烫的温泉，他全知道。在福建武夷山区，我碰到一位老猎人，旧时代他为了躲避抓丁，曾经单独背着一杆枪隐居山林多年，猎得野兽的时候，就在深夜偷偷下山，把兽皮之类的东西悄悄交给家里的老人，再取走弹药、盐巴之类的用品。他谈起山鸡、猴子、黑熊、虎豹的习性，熟极如流，比任何动物教科书讲到的都精彩。他告诉我，有一段时间他只猎取到猴子，结果一连几天，食物就只有一味：猴子肉！像这一类故事，我们在其他地方是没有办法听到的。森林之所以吸引人，也在于这本自然的大书，它的人和物，都太丰富多彩了。

因此，每次到森林里去，我都感到很大的快乐和满足。如果说，走进城市的公园里，尽管那里自有繁华锦绣，但它所激起的欢悦只不过像是一阵轻微的涟漪，至于森林，令人从心底掀起的，却是滚滚滔滔的波涛了。

我曾经这样反躬自问，为什么到森林去，能引起这种深沉的喜悦？一种复杂感情的涌现，有时不是几句话能够解释得了的。它空气清新，使人脱离尘嚣，它既有一种莽莽苍苍的粗犷之美，在它的细部方面，又有一种纤纤细细的灵巧之美。它像一部博大精深的巨书似的，展现在人眼前，使我们一时完全忘却了琐碎扰人的烦忧，事情大概就是这样的吧。

但是细细一想，情形既是如此，又不完全是如此。我们到森林去，所以引起一种缱恋低回的感情，又是因为在理性上，我们知道森林和人类生活存在密切关系，如果没有森林，没有树木，这世界将变得多么的寂寞和悲哀！由于森林遭受严重砍伐，引起的水土流失，破坏了人们的正常生活的事情，在国内大量地方是屡见不鲜的。一看到童山濯濯的景象，你就会知道那里的村落沉浸在不幸之中了。这且不去说它，就是大片大片、一望无际的大森林，不论从世界范围来说，还是从中国范围来说，它们的总面积都存在不断缩减的趋势。世界上发达国家的森林资源虽然在上升，但是发展中国家却是在迅速减少之中的。两相抵除，仍然是一个下降的趋势，这不能不说是世界的一个隐忧。就是只以中国来说，中国森林面积在国土中的比例低于世界平均比例。就是在这种情形下，它也还在逐渐减少之中，我到有"中国林都"之称的伊春去，到森林覆盖面积雄居中国前列的福建去，当年都听到人们谈论造林速度比不上砍伐速度，森林面积在缩小中的话题。虽然也有造林比较迅速的省区，但是两相抵除之后，全国仍然是一个降低的趋势，这不能不说是中国的一个隐忧。伐木丁丁的声音，并非是全可赞美的。那里面也有破坏安宁生活的刀斧之声呢！

这样一想，我终于比较能够分析走进大森林时所以感到喜悦的缘由，原来，除了欣赏宁静、赞美雄浑、领略深厚之外，也还有一种庆幸的心情："这里还有这么大一片森林！""没有看到受破坏的景象，真让人高兴！"

这样一想，又觉得在快乐中是夹杂着一点忧伤了。就正像在观赏红叶时候那样。

但愿在不太久的将来，能够看到中国的森林的总面积逐渐上升的喜讯，这在中国是可以称为“特大喜讯”的。那时，我们到森林去徜徉，就会只有欢乐，而不夹杂一点忧伤了。就像一片健康的绿叶，只有翡翠的颜色，而没有病斑一样。

人们！但愿对树木，对森林，也都有一份理性的爱，而不是一味只知道胡乱砍伐吧！有没有这点爱，可能也是一个文明人和一个愚昧自私者的分野。

1989 年 3 月　北京

长街灯语

北京的灯海，很美！

夜间，不论是乘坐飞机，还是火车、汽车，临近北京的时候，就可以从高空，或者从陆上看到远方有一团光雾，越来越近，隐约出现了一个朦朦胧胧的光海。飞机下降的时候，首先映入眼帘的，是长长的跑道两旁紫蓝色的灯光。驱车进城，各种色彩的灯光就陆续出现了。如果是乘坐火车呢，进入那个光海的边缘以后，一颗颗明亮的灯，就迅速地掠过车窗，起初还是每隔一段遥远的距离才有一颗，渐渐地越来越密，进入那个光海的内圈以后，就逐渐使人目不暇接了。

在北京住过的朋友，常常谈论北京之大。它的那个气派，使人想起中国是世界上人口最多的国家。而这个首都，又是在坦坦荡荡的千里平川，华北大平原上建立起来，还可以日胀夜大、不断扩展的。天安门广场，可以说是北京之大的一个象征。这样的广场，在世界上，如果不说是绝无仅有，也应该说是极其罕见的了。偌大一个北京，入夜时分，需要多少千万盏灯，才能够把它照亮！北京的街灯，在花式品种上，是相当多姿多彩的。经过许多研究照明工艺的科学家、技术工人们的努力，这些年，灯光不断出现了崭新的花样，除了一般的白炽灯、光管之外，还有什么“高压水银荧光灯”，什么“长弧氙灯”，什么“碘钨灯”，什么“低压钠蒸气灯”……它们有的发着极强的白色光，被称为“小太阳”，有的发着柔和的橙色光，浓雾也遮它不住。这些灯的照明效果比老式的、在世界上出现至今已有一百年历史的白炽灯都要高许许多多倍。在大街上，看两行璀璨的华灯直伸远处，常常使人产生一种有趣的错觉，仿佛有一只巨大无比的蝴蝶从天外飞来，停在地球的某一端，把它的两条闪光的触角伸进北京的大街似的。对！长街灯串，遥望起来，就像是昆虫的两条触角！

北京的街灯，有的是圆球状的，像是一颗颗珍珠放大了几万倍，它们集结在一起的时候，又很像一串葡萄；有的是玉兰花蕊状的，这些花蕊，又有的像含苞待放，有的则已微微绽开；北京饭店那头，灯光又很像一朵朵梅花了。车过天安门广场或者北海公园的时候，我常常被这种灯景迷住，从心里赞叹道：“真美！”黄昏散步的时候，我又常常爱到天安门前，金水河畔的石栏杆上坐坐，守候万灯齐亮时刻的来临。在暮色苍茫中，望着迅速流动的车辆的洪流，望着辽阔的广场周围庄严的建筑，追溯这个广场在中国现代史上曾经出现过的许多次群众的怒吼，常常感想如潮。时间一到，远远近近的灯顷刻间一齐亮了。仿佛华灯也在递着眼色，诉说往事，或者鼓掌呐喊，喝退了黑暗一样。觉得看这种千万灯盏，倏忽间一齐亮了起来的情景，真像看杰出的艺术品似的，是一种十分迷人的美的享受。

盛大的节日之夜，像海水满潮似的，这个灯光之海也涌起高潮了。平时的高脚杆街灯，十几盏一簇，只亮了一部分的，这时全都亮了。许多巨大建筑，用灯串或者霓虹灯管构成的线条映亮了整座房屋。这时，一个童话般的境界就涌现啦。天安门的双层大屋顶镶上金边了，城楼上八盏大红宫灯都亮了。远远近近，新华门、电报大楼、人民大会堂、革命历史博物馆、北京饭店、中国银行总管理处……这些地方都是特别漂亮的。在夜空里，它们仿佛都用金珠银珠镶了起来，现出了庄严雄伟的轮廓，有的像是宫殿，有的像是皇冠，有的像是闪光的崖壁。我们孩提时代听过的童话所描绘的景物，这时突然实实在在出现于地面之上。节日之夜，用灯串装饰起来，镶金镶银，溢彩流光的大建筑，北京是有不少的，但是它们特别密集在东西长安大街上。在西方，有人描绘壮丽的教堂大建筑，曾经用上“石头的交响乐”这样一句奇特的形容词语。北京的节日之夜，我很想改动这样的譬喻，形容它是“灯光的交响乐”。不只是街灯、大房屋都在闪闪放光，人民大会堂和革命历史博物馆周围的那些松柏树丛中，也给装上许多彩色小灯泡，它们也都一齐亮了起来，璀璀璨璨，闪闪烁烁。远远近近，形成了一座座灯光的喷泉，一条条灯光的河流，汇合起来，又构成一个灯光的海。这一团团光雾，把湛蓝色的天空，也渲染成紫蓝了。这种壮丽的图景，我觉得一般的绘画，油画也好，水彩也好，都很难描绘，铅笔和水墨就更不待说了，唯独又有一种珠绣，用各种闪光的小珠串起来组成的画幅擅长于表现节日焰火景象的，还可以大体表现这种瑰奇情调。节日之夜，我看到杂在观赏人群之中的，还有好些已经瘫痪多年，坐在轮椅里让家人推着出来的老人，他们有些是一年难得出来几次的,良辰美景,也驱使他们纷纷出来赏玩了。就赛似古代的元宵灯节,吸引了禁闭在深闺的妇女一样。

北京的灯光之美,不仅体现于大街灯串,同时,也还体现于许多巨大建筑内部的灯饰。如果不是讲灯光的强度和光源的样式,而是指各种灯盏的形状,那么,大建筑内部,灯的型式,更够得上说是“百花齐放”了。在雄伟华丽的人民大会堂,会场顶上,那些葵花灯、红星灯、“满天星”灯、眼形灯,样子都是很别致的。宴会厅里,天花板上,各种这样的灯,更是构成了一个整体的图案,大图案中又包括许多局部的图案,真是金碧辉煌,光华四射,我怎么数也数不清它究竟共有多少盏。设计这样的千灯盏构成的图案,本身就是一项了不起的艺术。政协大厦、电报大楼、友谊宾馆、北京饭店等许许多多地方,内部的灯饰也都争丽斗妍,各擅胜场。有的是像焰火一样,喷涌而出。有的好像许多花瓣,构成了一朵大花。有的由许多四方形的灯罩构成,汇成一面闪光的巨壁。有的是飘着流苏的八角宫灯,洋溢着东方的情调。夜间进入这些大建筑内部,各种灯饰常常久久地吸引了我的目光,它们把使用价值和艺术美感巧妙地结合起来了。这些灯光也从另一个角度告诉我们:艺术,在表现方式上,多么排斥划一平庸,多么要求丰富多彩!

我在这里描绘北京的灯光之美,可能有些人是不以为然的,特别是某些到过国外的人们。外国自然有好些大都市,灯光的强度超过我们,灯型的花样也多过我们。先进的科学技术我们都得不断学习,北京的灯光灯饰也还需要不断改进,这是不在话下的。但是,我们不能够因为这样,就对于国内达到先进水平的东西不加赞美。再说,有些资本主义国家的大城市，灯光强得刺眼，霓虹灯颜色不断变换，几乎像是一阕疯狂的爵士音乐的那种夜景，我个人可并不怎么欣赏。那种夜景，是适宜于纵欲败度的人刺激感官、寻欢作乐的，可未必和劳动者工作之余理应享受到的闲适和安宁相适应。再说，北京灯光之美，是我们许多技术工人和科学家心血和汗水的结晶，这一点就很值得我们珍惜。有个吹玻璃工人，成长为造灯的科学家，他就发明了许多新型的灯，装在北京的大街上。听说一些到中国旅游的外国人曾经向这位工人科学家说："你发明这么好的灯，如果在我们国家，你是可以发财成为富翁的了。"这个工人科学家回答得很有趣，他说："但是，如果在你们那里，我也可能什么都发明不出来，或者，已经死掉了。"

在古老的时代，迷信的人们曾经以为天上的某一颗星，就是地上的某一个人生命的象征，这个人一死，那颗星也就陨落了。这种想法自然荒唐愚昧得可以。后来，又有人觉得以星星象征人的生命，未免太迷离惝恍、虚无缥缈了，就转而想到以地面上的灯光来象征人的生命。那时，有些人家生了个男婴，就到祠堂去挂上一盏灯，表示一个生命降临到地面上来了；封建社会歧视妇女，女婴可没有这个权利。不少妇女从小到大，对此愤愤不平，在她们扬眉吐气的时候，也就总是要把自己譬喻为能够发出光芒的一盏灯。义和团运动中，天津的许多妇女战士，就各各按其身份，以"灯"来作为自己一群的绰号，这也就是"红灯照""黄灯照""蓝灯照"这些名称的由来了。

走在北京的长街上，看看那一簇簇、一盏盏的明灯，想着历史，思索中国的今日和未来，不知道为什么，我竟联想到这些灯，多么像是某些人的心灵和眼睛呵！他们渴望自己的生命，像一盏灯似的，熊熊吐出光华。他们用灼热的眼光，注视着历史的长河，关注着行进的人流。每年，从全国各地，都有许许多多为人民事业鞠躬尽瘁、做出了贡献的人物，一飞机一飞机，一列车一列车地，被送到北京来，参加各式各样全国性的大会。这里不提欺世盗名、弄虚作假的人，他们实际上并无半点光辉。这里提的是许多脚踏实地、真正做出贡献的人物，他们各各像一盏灯似的，向地面投上一束光辉，在力所能及的范围内，起着驱除黑暗的作用。这么一想，我就觉得远远近近的灯，都像在呢呢喃喃、絮絮叨叨地讲着各种各样的语言了。世间，正像有“旗语”“手语”一样，还有“灯语”，江河上的航标灯，就是能够发出语言的灯，它们各各以其颜色和闪光，讲着这样的话：“靠这边行驶吧，这里安全。”“这一段水浅，到对岸去吧！”“这儿有危险，注意！”“这里有个航标站，有什么事情来报告和询问吗？”等等。长街华灯，表面上看，是没有这么丰富的语言的，但你一想到历史上那些自号“红灯照”“黄灯照”“蓝灯照”的妇女，一想到旧时代到祠堂挂灯报告婴孩诞生的习俗，一想起那许许多多劳动模范，包括那位造灯的工人科学家一类的人物，有时就会把长街的华灯、高屋顶上的红灯、绿树丛中的小彩灯、各条胡同的普通白炽灯人格化了，它们不也各各像某些人一样，能够发出各种言语吗？那长街的灯蕊在说：“单独我一枚，是不能照亮你们走路的，但是我们集结起来，我们就有力量了。一簇一簇、一杆一杆的灯，就可以照着你一直向大街走去了。”高屋顶上的红灯在说：“飞机注意吧，你们既然号称飞机，就得飞高一些，别把人民辛苦造成的建筑物碰坏，并把自己也碰得粉身碎骨了。”那些绿树丛中的小彩灯在说:“我们虽然没有太多的光辉,但我们有一分热,发一分光,但愿也能给你们一点欢乐!”胡同里孤零零的小白炽灯在说:“虽然我的力量不大,我的工作也是寂寞的。但是要是没有我们,大街上光辉灿烂又怎么样?小弄堂里还不是一片黑暗!尽管有人沐浴在我们的光辉中却无视我们的存在,我们可是知道自己的价值的!”至于那些发着强光的“高压水银荧光灯”和“碘钨灯”之类,我想它们大概应该响着这样的声音吧:“是人民耗尽了心血才把我们培育出来的,也让我们以特大的光辉报答人民吧!如果我发着强光却忘记人民倾注了特大的心血和汗水,我就连一枚小小的灯泡的价值也不如了。”

璀璀璨璨,闪闪烁烁,“琉璃玉匣吐莲花,错镂金环映日月”。北京灯海,真是多姿多彩,斗巧竞妍。在长街上漫步,观赏它们,真是一种艺术享受。有时,像进入童话世界似的,也就不禁把一盏盏灯人格化,而且想入非非,要倾听它们究竟在诉说些什么了。

1979 年 1 月

单

复

买木耳记

我们一行五人，昨天刚刚畅游了镜泊湖。虽然美美睡了一宿，清晨醒来，牡丹江畔的垂柳披着霞光，叶尖上的露珠晶莹喜人，晨风微微吹拂，柳丝婆娑，别有一番情意。但我仍然沉浸在镜泊的湖光山色之中，无心领略了。

明天，我们就要和牡丹江告别了。临走前，伙伴们想好好游览一下市容，买点“猴头”之类的土产，回去赠送亲友，于是我们就蹓蹓跶跶地向街市走去。

我正兴趣盎然地欣赏这风味独特的北国城市，突然，我觉得有人轻轻拽了一下衣角，未及察看，一声悄悄话送入耳际：“同志，要木耳吗？”我回头一看，是一个年轻妇女，她正缩回手。另一只手里拎着个浅灰色旅行提包，像是什么贵重的东西，拉链之外，还系着根细绳。她看我回头，又悄声说：“同志，要木耳吗？”我站住了：“木耳？”我这一问，伙伴们也停步了，大家的目光不约而同地看着她的手提包。

“要点，你打开看看。”我说。她迟疑一下：“看看！”随即警惕地放眼回顾，神色有些慌张，悄声说：“走，到那边去！”我们尾随着她。她拐进一条小巷，直往巷里走，然后回头看看我们，站住了：“这里僻静，看看吧！”她解开绳子，拉开拉链，露出了用塑料袋装的木耳。拿出一袋来摇晃着说：“你们看看，多好的秋耳，一斤一袋。”说着，她打开袋子的一角，随手抓出一把来，让我们鉴赏。其实，我们都不是行家，真正好赖也看不出来，只好装内行，随口说：“还好，还好，你要多少钱？”她说：“自家采的，贱点卖，算十元一斤吧。”说着，她慌张四顾，像随时会冒出个挂红袖标的市集管理员来。“够秤吗？你给称称看！”老邓说。“足秤，足秤，俗话说，论价不论秤，秤头上还能打马虎眼！”她急切地说。“那还行，你就近借秤称称吧！”还是老邓的声音。“哟！我的好同志，你们不相信，就少算点吧，给八元，卖了好早点回家，家里孩子等着喂奶呢。”她睁着一双乌亮的眼睛看着我们，神色像受了委屈。大概看出我们还在犹豫，就指着心口说：“天地良心，我要在秤头上做鬼，骗你一分钱，都得抓药吃，买纸钱烧。”她赌着咒，声音有些发颤，眉尖皱结着，又神色慌张地察看是否有人进巷来。“快，我卖这点不容易，给没收了就糟了，我不骗你们，就给八元吧，便宜！”她焦急了，眉尖皱得更紧。这时，我才认真地观察她一下，这是个农村打扮的妇女，脖子上围着条天蓝色纱巾，一张黑里透红的好看的脸孔，焕发着青春的光彩。眼神又诚挚又慌张，它睁得大大地坦率地看着你，像是受惊的温驯的母鹿，不容你不信任她。朴质的装束落落大方，丰满的胸脯上透着乳水的渍痕，显然是个正奶婴儿的妈妈。这样一个纯朴诚挚的农村妇女，怀疑她是罪过的。我们完全相信她了，不要她借秤，就爽快地付了钱。每人提着一袋，高高兴兴地又逛了一会街市，就回旅舍了。

服务员小李进来送水，看到我们放在床头的木耳，就过去看看："哪买的，一斤多少钱？"我回答了她。她把打开的那一袋抓出了一把，看看、闻闻，又伸出另一只手往深里抓了一把，掂掂、品品，不觉哑然笑着说："你们受骗了！"我也不觉失声说："受骗了？这不可能！"她把手伸到我脸前："你看，这是浮头的，干干松松，轻飘飘的，是好秋耳。"然后摊开另一只手："这是里头的，结成团了，是用盐水喷过的，分量沉，里面还掺假！"她递一团给我："你舔舔，准是咸的。"我接过用舌尖一舔，果然是咸的。她看我惊愕的样子，笑着说："不信，我给你试试看。"说着，她又从茶几上拿了两只杯子，倒了水，把成色不同的木耳，分泡在杯子里。过了一会，一只杯里的木耳逐渐伸展开来，像一朵黑牡丹慢慢舒展花瓣，灿然绽放了；另一只杯里的木耳，却沉到杯底，伸不开腰来，像一朵蔫了的败花。我把它掰开，水变浑了，浮着一些草根一类的杂物。顿时，我的脑子里也像给塞进一堆乱草，畅游镜泊湖的美妙印象全被逐走了，像失去了一件美好的东西。眼前那一张神色慌张的、单纯朴素的脸孔，突然拉长变成了一张尖尖的狐狸的笑脸。小李看我呆呆地想着什么，就同情地说："这号人才鬼呢！她欺你们是过路的，容易上当。集上的木耳现在不缺，一斤也不过七八元钱。你们为什么没上集上去呢！"她惋惜地叹了一口气，提着水壶走了。

我把袋里的木耳全倒了出来，果然除了浮面一层是好的，里头的全结成团。我们真是书呆子！我斜靠在沙发上，点了一支香烟，心里很懊恼，像美好的感情受到了损伤，对着袅袅飘忽的烟丝，深思起来。

有些联想是很奇妙的，脑子里忽然浮现出家乡屋檐下张挂的一个蜘蛛网。那蜘蛛挺着个大肚子，不动声色地潜伏在网中心，网丝一动，它就知道有一只不幸的虫子落到网里了，于是它满意地悄悄爬过来。那个卖木耳的妇女，不也在闹市上张着个网吗？不过这张无形的网是更为巧妙的。她睁着一双锐利的眼睛，观察着过往行人，捕捉着猎物。她这张网是以故作惊慌的神色、伪装坦率真诚的目光、单纯朴质的外表、胸前透出的乳渍这一些迷惑人的细丝编织成的。这么一张巧妙美丽的网，善良单纯的人，能不“落套”吗？她观察得那么准确，表演得那么精彩，可见在这方面她是个熟练的“演员”。但她分明是个普普通通的农村妇女，她那被田野的风和阳光吹晒的黑里透红的好看的脸孔，她胸前浸染着的哺孩子的奶渍，她朴质的衣着和举止，都可作证。为什么这么一个诚实的农村妇女，一个婴儿的年轻妈妈，会变成一个狡猾的小商贩呢？为什么她身上原有的单纯诚实的乡下人的品质，随着时光的流逝、世情的熏陶，逐渐磨光消失了呢？从她身上，想到我们自身失去的美好的东西，我不觉黯然了！

我又点了一支香烟，狠狠地吸了一口，继续沉思着。

眼前映现出另一幅画面：一个十五六岁的腼腆的乡下姑娘，扎着两只小辫子，挎着筐水果或鸡蛋，沐着清晨的阳光，随着大娘、婶子、姐妹们到市上赶集。她张着一双初见世面的感到什么都新鲜的大眼睛，看到喧喧嚷嚷的人群，学会怎样把东西多卖几个钱。开头还有几分羞涩，几分慌张，讨价还价时还有些脸红。一次、两次，慢慢地学会像大娘、婶子那样应付自如了。甚至说假话，在秤头上耍花招也做得自自然然了。她由姑娘变成了小媳妇,有了第一个孩子,她更精明老练了,也学会贩卖点别的土产。尝到了一些甜头,胆子就更大了,市集上那些小商小贩骗人的花招,慢慢地也就心领神会。天长日久,小市民的市侩习气像空气污染那样浸蚀了她朴质的心灵。她终于敢在市街上张起了那么一个巧妙美丽的网,像我们的伙伴老邓、老陆平日那么精明的人,也不能不落到她网里了。

这就是我们平日说的“异化”吗?多么可悲啊!

我沉思着,喷着烟雾,思绪越拉越长,好像她那一张网,逐渐扩散开去,在不同的角落里,以不同的形式,在某些人身上,也各自张着这么一张迷惑人的网。而他们所要捕获的,就不是我们一行五人,和区区几斤木耳那样的蝇头小利了。

不正是这样吗?拉帮结伙,吹牛拍马,阿谀逢迎,察言观色,看风使舵,欺上瞒下,弄虚作假,两面三刀,口蜜腹剑,巧言令色,真是五花八门,光怪陆离。这些眩人耳目鬼蜮伎俩的丑恶表演,不也是一张张迷惑人的罗网吗?不幸的是,有些人却偏偏喜欢这种货色,鬼迷心窍地被它所迷惑,终于落了网;而那只伏在网中的怪物,也就不动声色地踌躇满志地爬了过来……终于美美地坐在皮旋椅上,在大办公桌上签署文件,抖着二郎腿靠在金丝绒沙发上谈笑风生,得意之至!既然如此这般,我们落入那个卖木耳的小小妇女张起的网里,又有什么可大惊小怪的呢?而她捕获的那点蝇头小利,也就微不足道了。

我就这样漫无边际地在思绪里漫游着,心情确有些怅然了。眼前又浮现出一张五光十色的大网,它风靡了多少年啊!但终于漏底了。像这个卖木耳的小小的妇女,被服务员小李揭穿了一样,仅仅五个年头，它虚报的粮食产量就达两亿七千余万斤。由于连年虚报，弄得有些社队增了产却闹粮荒。群众埋怨说：“他们出名升官，我们出力受苦，还得跟着闹饥荒。”像这样的弥天大谎，这样一张闪耀虹彩的大网，人民终于把它揭穿了，更何况那些小小的一张张迷惑人的网呢？想到这里，看到窗外射进来的，透过剔花窗帘的金色的阳光，我的心也像阳光那样透亮了。我扔掉了烟蒂，从沙发上站起来，下意识地挥了一下手，像挥去一个不愉快的记忆。望着窗外，牡丹江畔的垂柳迎风飘拂，像在向我招手。再见吧，你美丽的北国的城市，在你这里，我又上了人生的一课……

忧郁的侨村

我的家乡(泉州市东门外石头街)近海。我从小就看惯了起伏的波涛,知道潮涨潮落的时辰,喜欢海水的颜色,也了解惊涛骇浪的威猛。在大海的哺育下,学会了怎样去奋击、去冒险。在旧社会,几乎没有一家的父亲、丈夫、儿子,不在亲人泪汪汪的送别下,挎个简单的小包裹,走下狭窄的码头,让那一丈多长的舢板给载走,然后在厦门港,以卖“猪仔”或“契约华工”的方式,被塞进龌龊的洋轮底舱,漂泊到异国他乡,留下绵绵的思念与苦苦的回忆。

人们说,只要是海水流到的地方,我们家乡的儿郎们也就没有走不到的,他们的足迹真的踏遍了南洋群岛,甚至新大陆的美洲。我的故乡就成了闻名全国的侨村。而侨村往往是令人向往欣羡的。那按时按刻汇来的赡养费,那发财“番客”建造的气派漂亮的楼宇,那富裕的侨眷生活,那“番客婶”金通通、亮晶晶的金器首饰……不过,这些金玉其外的表象,往往无法掩盖住侨乡的被压迫被盘剥的愤怒、亲人久别的痛楚和惶惶不安的心绪。

外地的朋友们知道我到过马尼拉，知道我父亲在菲律宾，姐姐在缅甸仰光，往往用发亮的眼眸盯住我，像在我身上看到了黄金美钞，看到了异国风光，看到了荣华富贵。其实，我那命运多舛的父亲，虽然侨居菲律宾多年，他却没有掘到黄金，一直在和生活苦苦挣扎着。他漂洋过海本是要把祖父的遗骸运回故乡安葬，才到了那海岛首府的。谁料，那年月菲律宾社会动荡不安，经济萧条，殖民者又不时煽动排华，“唐人”的境遇大多数是困难重重，发财致富者真是凤毛麟角！我父亲离家去菲一住就是一二十年，不但祖父的遗骨未能运回泉州，连他自己的六尺之躯，怕也要便宜了那热带的椰林橡园的沃土了。

侨眷的生活窘迫、心境孤独凄怆，那是鲜为人知的。我深知自己的母亲守了一二十年的活寡。她用泪水、叹息、失眠、无端的生气，甚至赌钱、押花会、求神问卜、烧香许愿等等，来打发漫长、寂寞的岁月。苦命的母亲脸上的皱纹日渐加深，青丝过早地染上了霜雪。我也这么长时间没见过父亲的音容笑貌，因而不懂得人间存在着父子间的天伦之乐。偶尔看到邻里的“过番”的叔伯大爷回“唐山”探亲，我只能怅然地望着人家团聚的欢乐情景，幼小的心湖泛起酸楚的涟漪。

我年纪增大了，而父亲的“家批”也越来越少了，赡养费也只是逢年过节才寄来。家境的困顿、母亲的焦躁不安、社会上的白眼，像块石头重重压在我童稚之年的心坎上。为了探听万里之外的父亲的音讯，母亲好几次拉扯着我到几十里外的一位同父亲一起工作的朋友家去。山路崎岖，距离较远，我们母子俩常走得腰酸腿乏。为怕给别人瞧不起，临行前母亲和我总是尽可能打扮得鲜鲜亮亮像去做客似的。但朋友的眷属们却用怜悯的目光迎接我们。她们尽力给予安慰，说是我父亲少寄书信少汇款，是外头生意难做，挣钱有限，人，还是平安的。她们挽留我们吃饭，在饭桌上也边吃边安慰和劝解，嘱咐我母亲多保重，好好抚养儿女，留得青山在，不怕没柴烧啊！临别时，还塞给我一个小红纸包，母亲再三推辞，但盛情难却，终于收下了。我真不敢看那个小红纸包，觉得它烫心烫手。

再以后，父亲竟长年累月断绝音讯了，究竟发生了什么事呢？我私下打听回来的"番客"，有的说是我父亲赌"斗鸡"（菲律宾当年盛行的一种赌博方式）输光了；有的说是一位混血的菲女占据了我母亲的位置，而父亲的生意也真的失败了。这些传闻中的不幸的消息，我始终不敢让母亲知道，免得发生意外。

侨汇断绝，侨眷还得活命，母亲依靠为渔行织渔网、贩鱼卖蟹、为临出阁的姑娘缝制嫁妆赚些钱度日。我还记得那冬深夜静，豆粒青灯下，她伛偻着织网的身影。那时我还小，常在这寂寞的寒夜里依偎母亲的膝前温书，时而用畏怯的目光偷偷瞅她那愁云密布的脸容。有时我们母子的目光相遇了，我轻轻放下书本，她也轻轻放下手中的活计，抱起了我，我紧紧地贴着她，于是母亲的泪和我的泪交流着，濡湿了脸颊，濡湿了衣襟。上床后，我还隐约听到她暗泣的声音。

我姐姐和侨居仰光的姐夫结婚后，幸获南渡团聚的机会，然而，姐姐舍不得离开孤苦伶仃的母亲、年幼无知的胞弟，舍不得离开故土。临别时，她倚着船栏哭红了眼睛，紧紧抓着母亲的手不肯放松。船快开了，她塞给我两块银圆，再三叮咛我念好书，要听母亲的话。

她单身只影，带着小外甥女漂洋过海，要在船里忍受十几日的颠簸，才能够到姐夫身边。她以后来信总是那么哀怨，那么悲恻，她不喜欢异国的那块土地，她恨它隔断了生她养她的故土，隔断了母女、姐弟的亲情。快十年了她还不能遂她“回唐山”省亲的心愿，而母亲的墓草，已又一度在萧瑟的秋风中衰黄了。她就是回来了，也只能用香烛锡箔，到母亲的灵前哀恸祭奠，我们再不能偎贴母亲温暖的胸怀了。

出洋的多半是浪子，是穷汉，在家乡没有一寸可耕的土地、一条谋生的路。于是万般无奈，迫不得已，在山乡里没法生活的人，入山和野兽为伍，甚至为寇。这些靠海的孩子们，就出了洋，漂流于异国他乡。提了一个寒碜的破包裹，那里面是老母亲、小妻子临时张罗的一些零用钱，一两套更换的布衣裤，或一件他心爱的“宝物”。向已经发了财的富侨们讨了张船票，怀着颗冒险憧憬的雄心，向茫茫的大海，不可知的命运走去。绝大多数的老侨胞，就都是这样踏上了完全生疏的海岛，赤手空拳去闯天下的。走了一个码头，又一个码头；荡过了一个商埠，又一个商埠，把脚后跟的皮都跑薄了，脸孔晒得焦黑，而工作却一直没有找到。夜里回到同乡会馆里来，几个同命运的漂泊者互相诉说着遭遇，把疲惫得要死的身子躺在硬板铺上，用臂腕当枕，在黑暗中瞪着两只燃烧的眼睛，痴痴地望着挂满蛛网的房梁，一声沉重的叹息铅似的坠在忧烦的梦乡。就是工作找到了，那又是怎样的低微，一个码头上脚夫，颤悠悠的跳板和肩上的重压；一个厨房的打杂，拾火掐葱尾；一个赌场里的小厮，伺候赌客点香烟，递茶水；一个橡胶园里的长工，让烈日吸干了他的膏汗；一个锡矿里的矿工，终日和矿石打交道;最好的差事,也不过是个店铺里的伙计,那工作时间,常常是十几个小时。

有了工作就算是好运气了,管它低微不低微,吃力不吃力,出门不是来当大爷的。他们一滴滴地流汗,一文文地积钱,长年累月地挣扎,刻苦耐劳,看人脸色,讨生活。慢慢地积累一点钱自己摆了一个小摊子,开了个小菜铺、杂货铺、小馆子,或租了个把亩地,种上十百棵橡树。就是这样,白手起家,在时间的激流中,剧烈的竞争中,日积月累终于建立了炫耀于世人眼目的侨胞雄厚基业。这中间的辛酸血汗,那是非三五日讲不完的。但成功者毕竟是少数的!我们华侨中能有几个橡胶大王、糖大王、虎牌万金油大王,能有几个华侨巨子呢?……

八年抗战的抽丁出捐,太平洋战争爆发后的华汇断绝,使无数的侨村变成了人间地狱,那酸楚是非人所能忍受的。“文化大革命”十年里的所谓“海外关系”“特务嫌疑”,子女不能当兵,不能提干,不能升大学,政治上、就业上的歧视,更是莫大的精神虐杀。侨汇一断,就像血管被切断一样,生活唯一依靠的路断了,能变卖的东西变卖了,连祖居都给抵押了,三餐还是难以为继。好容易盼星星盼月亮,求神拜佛,侨汇总算通了,如苦旱中的甘霖救活了饥饿中的侨眷。但钱只能解救一时的物质饥荒,它医治不了精神的损伤、心灵的创痛,钱并不能满足一切。钱,它能代替骨肉的团聚吗?能给一个期待的妻子所需的丈夫的温暖和爱情吗?能在慈母的胸怀,变成她日夜思念的活泼泼的爱儿吗?钱,它成了一种讽刺,一种伤心断肠的印记。它是妻子离了丈夫,慈母离了爱子得来的,可悲的卖夫典子钱啊!它沾了多少苍白的叹息,多少猩红的呕血,多少枕边的泪滴,它夺去了夫妻的恩爱,亲子的温情,青春的欢笑,家庭的和乐。

这就是我的家乡,我那忧郁的侨乡。

长白行

啊！前面就是长白，远远望去，她像一条玉龙横卧天际，在苍茫的林海中闪着银白的雪峰。啊！长白山，当年你牵动了多少失去家园、流亡关外游子的心；多少抗联战士为你餐风饮雪，浴血奋战，风雪松涛为你呼啸咆哮。今天，你又吸引了多少远方游客的心，他们为你"藏天然之秘，蕴蓄万古之灵奇"的迷人景观，而千里迢迢前来"朝圣"。

林海苍茫

汽车沿着火山灰铺成的公路，朝横卧在天际的玉龙前进。一路上白河卷着浪花奔下山来唱着欢迎的歌；挺拔的白桦排成队列招手致意，松树的香味杂着野花的芬芳，扑入怀里。穿过遮天蔽日的绿色长廊，我们到达长白山麓，晚宿于岳桦楼。

越晨，我们穿好防寒衣物，穿好旅游鞋，准备登山。有人议论说，前些日子《延边日报》记者陪某报同行，驱车来游山，车子被山上滚下来的巨石砸扁，人也被砸死砸伤了。又说，就在昨天，一位老同志策杖登山，还未到达高山冻原带，由于高山缺氧，心脏病复发，抬下来抢救无效，不幸去世了。东道主吉林作协同志，建议大家分兵两路，年老和体弱的同志，沿“云中路”驱车前往；精壮的汉子和年轻女士们，则徒步沿小路登山，这两路各有佳趣。又嘱咐说：山上多风化火山岩，随时都可能滚下来，一石滚动，百石齐下，极易伤人。山上气候变化无常，像这样晴朗的好天气是难得的。但说不定到了山上气温突变，狂风暴雨随时都可袭来，千万别单独行动。我属于老头行列，就和属于体弱的几位女士，以“蓝箭”轿车代步，作登长白之游。

我们的司机是个脸色黧黑，留长发和小胡子的棒小伙。我问他贵姓大名，他客气说：“免贵姓李，小名国良。”说着微微一笑。“云中路”悬在群峰之间，蜿蜒曲折，坑坑洼洼，到处是从山上滚下来的大小石头。我担心在这样崎岖的山路上坐车，还不把这把老骨头颠散架了。他却熟练地把车开得那么平稳，看着他那专注沉着审视前方路面的目光，我在心中暗暗称许。你看，他一会躲过横在路上的石头，一会绕过前面的坑洼，让车子不颠不簸，平平稳稳地向前驱驶。车窗外云雾萦绕，林海苍茫，山峦起伏，野花娇艳。阳光时现时没。突然，车子驶到一个岭上，慢慢停下了，我以为出了故障。只见司机小李掏出一支香烟，用打火机点着了，然后招呼说：“你们下去看看，这里已近海拔一千二百公尺，地势较为平缓，是著名的针阔混交林带，你们看看就知道了。”他打开车门，让我们下车。我们都好奇地看着他，多好的司机啊！不仅车开得好，没想到他还是一个好导游呢。后来我们才知道，他是安图县运输公司的模范司机，经常送客人上山。他心里不仅装着旅客，为了做好导游，心里还装着一本“长白经”呢。这时我看着他，觉得他像艳阳下挺拔的小白桦那样潇洒可爱。

眼前是一片莽莽苍苍的林海，视野所及，层层叠叠，绿波荡漾，无边无涯，宛如潮来的大海，耳边似传来拍岸的涛声。浪尖上是高山林表的红松。长白是红松的老家，在亘古以来未经斧伐的原始森林里，千树竞发，万木交织，各种树木千姿百态，而红松则最具风采。你看，它雄姿英发，气势非凡，树冠苍翠，巍巍然直插霄汉，人们称它为“树中之王”。挨着它的是挺拔修长的云杉、冷杉和落叶松。一般的针叶树四季常青，冬天也不凋落。而这落叶松与众不同，它的针叶随着季节的变化，呈现不同的颜色：初春嫩绿，盛夏墨绿，深秋金黄；到了隆冬，针叶纷纷脱落，被风吹到山涧河溪顺流而下，河面泛起一层针叶，金光灿灿，宛如黄花，所以长白落叶松又叫黄花松。发源在长白山的松花江，也因此而得名。水曲柳、紫椴、春榆、枫树等阔叶树，交错在松杉等针叶树之间，互相依托，各领风骚。乔木下面，是胡榛子、忍冬、刺五加等一些灌木。灌木下面又是繁茂的绵马、银线草等茎叶翠绿的草丛。整个混交林带植物群落重重叠叠，如层层波浪，组成一个庞杂的“植物社会”，汇成一片浩浩荡荡的森林海洋。

我被眼前这林海奇异景观所陶醉，顿觉心胸无比开阔、坦荡。一些世俗尘烟，消逝得无影无踪，人和大自然浑然合一，高山流水与我同在。这时，司机小李在一旁说：“这种有规律的组合，是在一定的自然环境条件下，植物与植物，植物与环境，长期互相适应的结果。”他俨然像个植物学家指着林海讲开了:“你们看,这里的树木依次排列生长,各有一定的高度,这样才能充分利用空间的光照,各自繁茂生长,谁也不妨碍谁,谁也不得‘红眼病’,想把别人压倒。不像我们有些人拼命想把自己拔高,踩着别人的肩膀上去,互相拥挤在一个空间里,谁也不让谁,把叠加的力量对消了! 而且,不同的树木根系深浅也不一样,这才能广泛地吸取土层中的养分,充分利用地力。混交林里,对某一种植物来说,它周围间杂的其他植物,就好像一个个屏障保护着自己。而且由于各种植物搭配合理,落叶层分解快,腐殖质层厚,土壤肥力高,森林就长得越来越好,千古长青,这才是真正的叠加力量呢!”我们像小学生一样,听得很有兴趣,也深为他的智识和哲理而钦佩。同行的《东北经济报》记者小刘,不禁问道:“小李,你是开汽车的,怎么懂得这么多?”他不好意思地说:“我能懂得多少,这都是些皮毛。来这里考察的林业专家、植物学家、地理学家多了,他们才叫渊博呢。每次为他们开车,我从他们的谈话中,学到不少学问。而且我也好打听,看到什么问什么,他们总是耐心给我解答。我想,多懂一点,也好给坐我车子的游客讲讲,当个义务导游员,不也很好吗!”

好一个义务导游员,好一个称职的司机,今天我们算是碰上好运气了。

观赏了奇异的针阔混交林,我们继续驱车上路。“蓝箭”穿过了一个又一个山岭,地势越来越高,气温越来越低,大有高处不胜寒的感觉,这就是科学上说的“气温垂直递减率”吧(通常自由大气中每上升一百公尺,气温下降摄氏 0.6 度)。车窗外已看不到喜温的紫椴、春榆等阔叶树了。满山满岭，苍松翠柏，连云蔽日。我问小李：“这里海拔有多高？”他说：“前面那片墨绿色的林海，就是耐寒的针叶林带，海拔在一千二百公尺到一千七百公尺之间。这一带，气温冷湿，常年云雾萦绕，针叶林最爱生长。”这里的道路弯度很大，坡度也陡，山回路转。有时，“蓝箭”绕了一个大弯，好像仍转回到原地，其实，我们是在步步高升。小李把车开到一个倾斜的高原上停下，双手放开方向盘，说：“这就是耐寒的针叶林带，大家下去看看吧。”

眼前这个林带，又是另一番景象，树冠墨绿墨绿的，就像绿如蓝的春水。气势轩昂的“林海之冠”的红松，已谦逊地退居下部了。只见塔尖似的云杉、冷杉和紫杉，修长的枝干伸开线形的披针叶，呈着圆形的果球，迎着阳光欣然凌驾于林表之端，沙沙唱着夏天的歌。整个林海浮动着一个个墨绿色的塔尖，像所有的山峰都在俯首向它顶礼膜拜。树干上布满了绿苔，灰白色的松萝长长地垂挂树枝，像是树上长了白胡须。翠绿的苔藓在地面、岩石上铺下一层厚厚的绿毯，几乎成了一个苔藓的世界。

突然，记者同志高兴地喊了起来：“看啊！松鼠！”顺着她手指的方向，我看到两只棕褐色的松鼠，像特意为我们表演高超的爬树绝技，连续不断地从一棵冷杉的枝头，跳跃到另一棵的树枝上。珠子似的小眼睛睁得溜圆，毛茸茸的大尾巴摆动着。小李看我们对松鼠这么有兴趣，就给我们讲了个松鼠的故事：“这小家伙跳得多欢，而且万无一失。听说，松鼠的身上和四肢长着一种有感觉的绒毛，当它在树枝间跳跃时，能敏锐地感觉树枝间的距离。它的毛茸茸的大尾巴又起着平衡身体的作用，所以每次跳跃就准确无误。松鼠在这个林带里是主要的居民，而且为森林立了大功。由于食物来源不足，这里的动物都学会储备粮食。秋天，聪明的松鼠采集蘑菇，挂在树杈上晒干，以备冬天吃用，像个勤俭的主妇。平日，它把吃不了的松子小心埋在地里，东一堆，西一堆地埋藏好。后来时间一长，埋藏的地方又多，连自己也记不清楚了。春天一来，这些被遗忘的松子，就拱出土来，生根发芽，长出小松树。这小家伙就这样不自觉地成了森林的义务播种者了。”我像是在听他讲一则美丽的安徒生童话，不禁赞叹说："是啊，可爱的小松鼠，不自觉地成了森林的播种者；而你，却自觉地成了一个义务导游员。松鼠为这片森林立了功，你则在游客的心灵里，播下了智慧和美的种子。”我亲切地感到他也是一只可爱的小松鼠，他身上也像长了绒绒的感觉毛，他驾着车子翻山越岭，使你一点不受颠簸之苦。平稳、舒适，有一种安全感。和他在一起，你又感到亲切，和谐，轻松，饶有风趣，而且还长了不少知识。不像那些“在家是司机，出门是书记”的司机大爷，动不动就给你脸色看，摔耙子。或者狠狠敲你一竹杠，让你哭笑不得，白生一肚子闷气，败坏游览的兴致。

硬汉子岳桦

小李把我们送到海拔一千八百米至二千米之间的岳桦林带，这是长白山垂直分布结构系列的森林最高界限，像刀切一样整齐。再往上走，海拔超过二千米以上，那里是一片板地荒原，树木不长的高山冻原带。

这里山风很大，据说生长季节常有八级以上的大风，幸好我们没有碰上。回头眺望我们走过的道路，两旁开着五颜六色的野花，盘旋曲折，宛若一条绣着花边的白色飘带，在云雾中顺着山腰飞舞。我想，第一个称它为“云中路”的人，应该给他一顶诗人的桂冠。这时，我感到我们的“蓝箭”像阿拉伯神话里的飞毯，是驾着云雾飞升上来的，而我自己也仿佛飘然欲仙了。远处的山峦林海，随着阳光的明灭、云彩的变幻、风势的强弱、雾霭的浓淡，变幻着各种色调。嫩绿、鹅黄、浅黛、暗蓝、墨绿、澄碧；像画家的调色板，把蓝和绿的原色巧妙地调成深、浅、浓、淡。色调不同、效果各异的各种颜色，匠心独运，浓墨皴染，挥洒成巨幅的林海的风情画卷。以蓝天白云为幕，展挂在你的眼前，令你惊叹大自然这位艺术大师的生花妙笔。

这岳桦林带，显得有些荒凉，啊！那些铺天盖地、莽莽苍苍的林海哪里去了！那些抗严寒、傲霜雪，昂轩高标的苍松翠柏哪里去了！就是幸存的几棵落叶松，也被高山强风冷酷地摧残成只剩下半面枝条的畸形儿，像一面破旗在风中摇曳。那高贵的美人松，那我国北方著名的三大硬木阔叶树：黄菠萝、核桃楸、水曲柳哪里去了！这些亘古以来未经斧伐的树林都看不见了，看不见了，它们在恶劣的自然条件下退缩了。

统治这里的，是由硬汉子岳桦为主组成的矮曲林。

啊！我在大小兴安岭、长白山麓、林莽树海中看到的白桦，是多么挺拔，俊秀，亭亭玉立，风流潇洒啊！它们的绰约丰姿为多少人所倾倒，诗人们为它们写了多少赞美的诗篇。我们形容英俊的少年，说他“像棵漂亮的小白桦”。可是，展现在我眼前的岳桦，是多么寒伧啊！它们为何变得如此老态龙钟，满目疮痍？是冬天的大雪、高山的风暴、严寒的气候和瘠薄的土壤，才把它们扭曲成为这七歪八扭、低矮弯曲、奇形怪状的可怕形象？

大自然在这里塑造了另一种生命，一种顽强不屈的生命。在最严酷、最艰难的处境下，尽管由于残酷的斗争，失去风流潇洒的昔日风姿，变丑了，变矮了，但却保持着一颗赤子之心，一个美丽的灵魂，一个顽强的生命。

你看，这一片岳桦林，不是在高山上风摧雪埋，不顾一切打击顽强地生长么！不是在最艰苦的地方安家，最贫瘠的土地上萌发么！不是成片成片地组成一个奇特的家族么！千年万年，只要长白山在，它们就会一直抗争下去，一直生存下去。谁到了长白山，不来瞻仰瞻仰这些顽强不屈的生命，这些令人折腰的铮铮硬汉！

我赞美挺拔俊秀、潇洒飘逸的白桦，我更赞美这貌似丑陋，却临难不屈，生命力无比顽强的高山岳桦。

我们在岳桦林带徜徉，我这才发现，岳桦的根系是那么发达。它们的根须深深扎在地下，向四面八方伸延，像撒开一张巨大的网，牢牢把住薄瘠的土壤，任风狂雪压，也稳稳站住脚跟。它的叶片似涂了一层蜡，能反射强光，躲避严寒；树身矮曲多枝，树皮粗糙，可抗严寒风雪。岳桦对恶劣环境的抗争能力和适应性是惊人的。

我们还发现，有些岳桦甚至索性长到岩石山去安家落户。我看到一块巨大的玄武岩顶上，顽强地站立着一棵岳桦。树身如虬龙盘曲，树叶密集，根系蛇似的在岩石缝里盘来绕去，有的则暴露在岩石外面。显然，有些岩缝是被它强大的根系慢慢给挣开的，风和太阳这时也帮了它的忙。岩石逐渐风化，它的立脚点也就更加稳固。于是，翠绿的地衣、苔藓也来凑热闹，在它四周铺下一层厚厚的绿毯。不知名的一些野草闲花，也不甘寂寞地在苔藓、地衣的绿床上，开着红的、紫的、蓝的小花。整块岩石自成一个绿色的世界，生意盎然，宛若苏州园林家精心经营的盆景。小李风趣地说："这要搬到你们沈阳北陵公园去，准是一绝，不知要引来多少游人的赞赏。"

神秘的天池

天池在长白山巅中心点，群峰环抱，白云萦绕，五彩斑斓，岚影波光，是我国最高的火山口湖。湖水深达三百七十三米，又是我国最深的湖泊。形如莲叶初露水面，略呈椭圆形，为松花、图们、鸭绿三江之源。她像一块瑰丽的碧玉镶嵌在雄伟的长白群峰之中，素有"处处高山镜里天"的美誉。

天池有许多优美迷人的神话故事，自古以来笼罩着一袭神秘的帷幔。我们多想揭开她的面纱，亲眼看看她的绝美姿色啊！当我们的"蓝箭"到达绝顶，正打开车门往下走时，就被一阵狂风夹着飞沙走石，给挡回车内了。一些正在峰顶俯瞰她的游客，纷纷慌张往回跑，趴在岩石后面，连头都不敢抬起来。难怪人们说她像个天真活泼而又任性的少女，高兴时便会把她的花容玉貌呈献给你；可是当她发怒时，则又狂风呼啸，沙石飞腾，暴雨倾盆，冰雪骤落。她这瞬息万变的性格，却更增添她的迷人和神秘色彩。我们蜷缩在车内，只听狂风呼啸，飞沙走石像雨打芭蕉那样噼啪作响。过了一会，风势渐渐减弱了，沙石也安静下来。那些趴伏在岩石后面的游客，似乎松了一口气，先是探头往四下张望，然后又纷纷向前跑去。我们也赶忙下车，跟着他们往前跑，好容易跑到绝顶边沿，俯首瞰望时，她却躲起来了。我们看到的只是满山满谷的云雾，似轻纱，似飞絮，一会儿结成团，一会儿拆成片。弥弥漫漫，萦萦绕绕，迷迷蒙蒙，连周围的山峰都云遮雾罩，什么也看不见。大家都耐心地等待着，盼望着，希望云开雾散，稀世的奇景就会出现，我们就会亲眼看到她的玉颜。没想我们盼到的，却又是一阵天外袭来的狂风和它卷起的飞沙走石，劈头盖脸地向我们猛扑过来，天气骤冷，浑身冷得起鸡皮疙瘩。大家又狼狈地往回跑，狂风在后面追逐，就像要把我们刮下山崖。小李紧紧扶挟着我，好容易才又跑回车内，喘息方定，我看她们的脸色都发青了，嘴唇直打哆嗦，我自己就更不用说了。可是过不了一会，只听躲藏在岩石后面的人突然喊道："出来了，出来了，快来看啊！"果然，风停了，雾淡了，云飞了，太阳露出了一线光芒，我们又赶忙往前跑。啊！看见了，看见了，在群峰的环抱里，微微露出小半个湖面。湖水说不出是蓝的，绿的，墨绿的，湛蓝的，紫的，金黄的。一忽儿这样，一忽儿那样，变幻出千种瑰丽多彩、光怪陆离的颜色；乍隐乍现，忽明忽暗，山岚的倒影、云彩的映像，也影影绰绰，若有若无。啊！天池，她真是一个羞羞答答的美人，"千呼万唤始出来，犹抱琵琶半遮面"。她只露给我们一弯柳眉，一只杏眼，半边红袖，一角霓裳。我们等待着她调转身来，露出庐山真面目。可是，云又飞来了，雾又拢来了，她又躲到神秘的帷幔里去了。就这样，她始终是躲躲闪闪，扑朔迷离，那么羞涩，那么神秘，那么若即若离，那么令人望眼欲穿，半是惋惜，半是满意。

小李说:“要是碰上晴朗的日子,她的景象就完全不同了,那时你们看到的,将是水平如镜,银波万顷,蓝天白云,峰峦映影,好看极了。”我想:“水光潋滟晴方好,山色空蒙雨亦奇”,各有佳趣。要是她毫不遮掩,把她的丰姿美色,全部裸露给我们,反而会觉得她少一分妩媚、一分神秘,少一分迷人的魅力了!

不屈的山

长白山是一座不屈的山,英雄的山,谱写着可歌可泣的光辉历史诗篇。我们在当年抗联战士行军、宿营过的深山密林里,在一棵万古长青的松柏树上,看见刻着的标语,刀刻的字体上用红铅油重新描过了:“抗联从此过,子孙不断头!”另一棵树上,刻着:“抗联与山河同在,共产党与世共存!”心里油然产生无限敬意。

在来长白山的路上,我听到多少在民间广泛流传的抗联战士的故事啊!他们永远活在人民的心里,永远与我们祖国壮丽的山河同在。

我还听到许多关于长白山里“三宝”的传说,人参娃娃和“三仙女”降浴的神话故事,老虎和黑熊盘肠大战的童话,猎人打獐逐鹿的豪放山林生活。后者使我神往,前者令我敬仰。而震动我的灵魂的,则是杨靖宇将军的故事。

历史的长河波澜壮阔,浪尖上立着威名远扬、敌人闻风丧胆的抗联英雄杨靖宇将军。

我们登上长白山去膜拜将军战斗的足迹和充满传奇色彩的历史

风烟。

这一带的原始森林，是否就是抗联当年活跃最频繁的“迷魂阵”？从每一棵树后面突然射出的子弹，把鬼子打得蒙头转向，以为抗联战士从天而降！这一片翠绿的苔藓，为什么长得如此繁茂，是否是当年“皇军”的污血喂肥了地力？当暴风雪统治深山老林，老树戛然冻裂，皮帽上须眉上霜雪凝结，野营的战士燃起了篝火，火光映着红松枝上的积雪，潮湿的树枝噼噼作响，玉米汤在火上翻花，冒着乳白色的热气。举起斧头劈了汉奸把头的老木帮，和抗联战士在一个锅里喝汤，战士们吃饱了，在篝火边烘着冻裂的脚板。长白山里的三九天，长夜漫漫，和鬼子周旋了一天的战士，在风雪呼啸和松涛声中，披着翻毛的狐皮大氅，抱着冰凉的钢枪，发出了呼噜的鼾声，守卫的哨兵刺刀上闪着寒光。是谁在战士的鼾声中，点起了松明？啊！是杨靖宇将军，在学习党中央的文件，他的心里流淌着延河水。

老岭打隧道，高丽河伏击，日寇和伪军吓破了胆。日寇惊呼：“杨靖宇是满洲治安之癌！”长岗大捷，鬼子的血染污了长白冰雪。号称“剿共之花”的贼酋索旅长，号哭着逃出深山老林。惊魂未定，连松树的枯枝断落，也把他吓出一身冷汗。杨司令的威名远震东京，日寇大本营日夜焦虑，它派来飞机撒传单，重赏招降：“杨靖宇若肯归顺，放你个东边道都督！”杨司令把传单捏成团丢到雪地上，冷冷笑道：“好大个官呵，狗屁都督！我要的是国土解放，人民自由。人民真要任命我管理东边道，可要先砍下鬼子汉奸的狗头！”（引胡昭《突围》）劝降无效，日寇恼羞成怒，调集二万大军，山毛中将亲自指挥，把杨司令紧紧包围在岔沟。杨靖宇运筹帷幄，分析形势，找准缺口，巧妙地突出重围。抗联撤出十几里外，岔沟还在大打，“皇军”扫射着伪军，主子和狗腿乱作一团，嗷嗷直叫。而这时我们的杨司令，眉尖上却挂着一缕畅心的微笑。

日寇疯狂篦洗山林，一个叛徒偷偷离开了队伍，向敌人出卖自己的灵魂，他说出了杨靖宇的行踪。五天五夜，杨司令带着十五个游击队员面对强大的敌人，在深山老林里周旋。饥饿、疲劳，风雪、严寒，短促的激战，迅疾的转移。长久的闪避，长久的追寻。最后，杨司令身边仅剩下两个战士，将军双枪连发，狙击着追击的敌人。敌弹疯狂射来，两位战士先后在雪地上牺牲。将军的枪口喷射出复仇的子弹，敌人成片倒下。呵！将军突然一支枪跌落雪地上，他的左腕中弹了。将军另一支枪愤怒地射击不停！敌人的子弹呼啸飞来，将军以松树为掩护，枪口仍然喷射着复仇的火焰。将军战斗到最后一刻，仍然昂着不屈的高贵的头颅……他腹内留下的只有棉絮和草根，连兽性的打红了眼的敌酋，也不能不为之赞叹！将军把满腔热血倾洒在长白的雪岭冰峰，微笑着长眠在巍巍的长白山下，永远与祖国的壮丽山河同在，让华夏子孙千秋万代缅怀！凭吊！

1986 年 10 月于北陵

汪曾祺

泡茶馆

“泡茶馆”是联大学生特有的语言。本地原来似无此说法,本地人只说“坐茶馆”。“泡”是北京话。其含义很难准确地解释清楚。勉强解释,只能说是持续长久地沉浸其中,像泡泡菜似的泡在里面。“泡蘑菇”“穷泡”,都有长久的意思。北京的学生把北京的“泡”字带到了昆明,和现实生活结合起来,便创造出一个新的语汇。“泡茶馆”,即长时间地在茶馆里坐着。本地的“坐茶馆”也含有时间较长的意思。到茶馆里去,首先是坐,其次才是喝茶(云南叫吃茶)。不过联大的学生在茶馆里坐的时间往往比本地人长,长得多,故谓之“泡”。

有一个姓陆的同学,是一怪人,曾经骑自行车旅行半个中国。这人真是一个泡茶馆的冠军。他有一个时期,整天在一家熟识的茶馆里泡着。他的盥洗用具就放在这家茶馆里。一起来就到茶馆里去洗脸刷牙,然后坐下来,泡一碗茶,吃两个烧饼,看书。一直到中午,起身出去吃午饭。吃了饭,又是一碗茶,直到吃晚饭。晚饭后,又是一碗,直到街上灯火阑珊,才挟着一本很厚的书回宿舍睡觉。

昆明的茶馆共分几类,我不知道。大别起来,只能分为两类,一类是大茶馆,一类是小茶馆。

正义路原先有一家很大的茶馆,楼上楼下,有几十张桌子。都是荸荠紫漆的八仙桌,很鲜亮。因为在热闹地区,坐客常满,人声嘈杂。所有的柱子上都贴着一张很醒目的字条:“莫谈国事”。时常进来一个看相的术士,一手捧一个六寸来高的硬纸片,上书该术士的大名(只能叫作大名,因为往往不带姓,不能叫“姓名”;又不能叫“法名”“艺名”,因为他并未出家,也不唱戏),一只手捏着一根纸媒子,在茶桌间绕来绕去,嘴里念说着“送看手相不要钱!”“送看手相不要钱!”——他手里这根媒子即是看手相时用来指示手纹的。

这种大茶馆有时唱围鼓。围鼓即由演员或票友清唱。我很喜欢“围鼓”这个词。唱围鼓的演员、票友好像是不取报酬的。只是一群有同好的闲人聚拢来唱着玩。但茶馆却可借来招揽顾客,所以茶馆里便于闹市张贴告条:“某月日围鼓。”到这样的茶馆里来一边听围鼓,一边吃茶,也就叫作“吃围鼓茶”。“围鼓”这个词大概是从四川来的,但昆明的围鼓似多唱滇剧。我在昆明七年,对滇剧始终没有入门。只记得不知什么戏里有一句唱词“孤王头上长青苔”。孤王的头上如何会长青苔呢?这个设想实在是奇绝,因此一听就永不能忘。

我要说的不是那种“大茶馆”。这类大茶馆我很少涉足,而且有些大茶馆,包括正义路那家兴隆鼎盛的大茶馆,后来大都陆续停闭了。我所说的是联大附近的茶馆。

从西南联大新校舍出来，有两条街，凤翥街和文林街，都不长。这两条街上至少有不下十家茶馆。

从联大新校舍，往东，折向南，进一座砖砌的小牌楼式的街门，便是凤翥街。街角右手第一家便是一家茶馆。这是一家小茶馆，只有三张茶桌，而且大小不等，形状不一的茶具也是比较粗糙的、随意画了几笔兰花的盖碗。除了卖茶，檐下挂着大串大串的草鞋和地瓜（即湖南人所谓的凉薯），这也是卖的。张罗茶座的是一个女人。这女人长得很强壮，皮色也颇白净。她生了好些孩子。身边常有两个孩子围着她转，手里还抱着一个。她经常敞着怀，一边奶着那个早该断奶的孩子，一边为客人冲茶。她的丈夫，比她大得多，状如猿猴，而目光锐利如鹰。他什么事情也不管，但是每天下午却捧了一个大碗喝牛奶。这个男人是一头种畜。这情况使我们颇为不解。这个白皙强壮的妇人，只凭一天卖几碗茶，卖一点草鞋、地瓜，怎么能喂饱了这么多张嘴，还能供应一个懒惰的丈夫每天喝牛奶呢？怪事！中国的妇女似乎有一种天授的惊人的耐力，多大的负担也压不垮。

由这家往前走几步，斜对面，曾经开过一家专门招徕大学生的新式茶馆。这家茶馆的桌椅都是新打的，涂了黑漆。堂倌系着白围裙。卖茶用细白瓷壶，不用盖碗（昆明茶馆卖茶一般都用盖碗）。除了清茶，还卖沱茶、香片、龙井。本地茶客从门外过，伸头看看这茶馆的局面，再看看里面坐得满满的大学生，就会挪步另走一家了。这家茶馆没有什么值得一记的事，而且开了不久就关了。联大学生至今还记得这家茶馆是因为隔壁有一家卖花生米的。这家似乎没有男人，站柜卖货是姑嫂两人，都还年轻，成天涂脂抹粉。尤其是那个小姑子，见人走过,辄作媚笑。联大学生叫她花生西施。这西施卖花生米是看人行事的。好看的来买,就给得多。难看的给得少。因此我们每次买花生米都推选一个挺拔英俊的“小生”去。

再往前几步,路东,是一个绍兴人开的茶馆。这位绍兴老板不知怎么会跑到昆明来,又不知为什么在这条小小的凤翥街上来开一爿茶馆。他至今乡音未改。大概他有一种独在异乡为异客的情绪,所以对待从外地来的联大学生异常亲热。他这茶馆里除了卖清茶,还卖一点芙蓉糕、萨其玛、月饼、桃酥,都装一个玻璃匣子里。我们有时觉得肚子里有点缺空而又不到吃饭的时候,便到他这里一边喝茶一边吃两块点心。有一个善于吹口琴的姓王的同学经常在绍兴人茶馆喝茶。他喝茶,可以欠账。不但喝茶可以欠账,我们有时想看电影而没有钱,就由这位口琴专家出面向绍兴老板借一点。绍兴老板每次都是欣然地打开钱柜,拿出我们需要的数目。我们于是欢欣鼓舞,兴高采烈,迈开大步,直奔南屏电影院。

再往前,走过十来家店铺,便是凤翥街口,路东路西各有一家茶馆。

路东一家较小,很干净,茶桌不多。掌柜的是个瘦瘦的男人,有几个孩子。掌柜的事情多,为客人冲茶续水,大都由一个十三四岁的大儿子担任,我们称他这个儿子为“主任儿子”。街西那家又脏又乱,地面坑洼不平,一地烟头、火柴棍、瓜子皮。茶桌也是七大八小,摇摇晃晃,但是生意却特别好。从早到晚,人坐得满满的。也许是因为风水好。这家茶馆正在凤翥街和龙翔街交接处,门面一边对着凤翥街,一边对着凤翔街,坐在茶馆两条街上的热闹都看得见。到这家吃茶的全部是本地人,本街的闲人、赶马的“马锅头”、卖柴的、卖菜的。他们都抽叶子烟。要了茶以后,便从怀里掏出一个烟盒——圆形,皮制的,外面涂着一层黑漆,打开来,揭开覆盖着的菜叶,拿出剪好的金堂叶子,一枝一枝地卷起来。茶馆的墙壁上张贴、涂抹得乱七八糟。但我却于西墙上发现了一首诗,一首真正的诗:

记得旧时好,
跟随爹爹去吃茶。
门前磨螺壳,
巷口弄泥沙。

是用墨笔题写在墙上的。这使我大为惊异了。这是什么人写的呢?

每天下午,有一个盲人到这家茶馆来卖唱。他打着扬琴,说唱着。照现在的说法,这应是一种曲艺,但这种曲艺该叫什么名称,我一直没有打听着。我问过“主任儿子”,他说是“唱扬琴的”,我想不是。他唱的是什么?我有一次特意站下来听了一会,是:

…………
良田美地卖了,
高楼大厦拆了,
娇妻美妾跑了,

我想了想，哦，这是一首劝戒鸦片的歌，他这唱的是鸦片烟之为害。这是什么时候传下来的呢？说不定是林则徐时代某一忧国之士的作品。但是这个盲人只管唱他的，茶客们似乎没有在听，他们仍然在说话，各人想自己的心事。到了天黑，这个盲人背着扬琴，点着马杆，踽踽地走回家去。我常常想：他今天能吃饱么？

进大西门，是文林街，挨着城门口就是一家茶馆。这是一家最无趣味的茶馆。茶馆墙上的镜框里装的是美国电影明星的照片，蓓蒂·黛维丝、奥丽薇·德·哈茀兰、克拉克·盖博、泰伦宝华……除了卖茶，还卖咖啡、可可。这家的特点是：进进出出的除了穿西服和麂皮夹克的比较有钱的男同学外，还有把头发卷成一根一根香肠似的女同学，有时到了星期六，还开舞会。茶馆的门关了，从里面传出《蓝色的多瑙河》和《风流寡妇》舞曲，里面正在"嘣嚓嚓"。

和这家斜对着的一家，跟这家截然不同。这家茶馆除卖茶，还卖煎血肠。这种血肠是牦牛肠子灌的，煎起来一街都闻见一种极其强烈的气味，说不清是异香还是奇臭。这种西藏食品，那些把头发卷成香肠一样的女同学是绝对不敢问津的。

由这两家茶馆，往东，不远几步，面南，便可折向钱局街。街上有一家老式的茶馆，楼上楼下，茶座不少。说这家茶馆是"老式"的，是因为茶馆备有烟筒，可以租用。一段青竹，旁安一个粗如小指半尺长的竹管，一头装一个带爪的莲蓬嘴，这便是"烟筒"。在莲蓬嘴里装了烟丝，点以纸媒，把整个嘴埋在筒口内，尽力猛吸，筒内的水咚咚作响，浓烟便直灌肺腑，顿时觉得浑身通泰。吸烟筒要有点功夫，不会吸的吸不出烟来。茶馆的烟筒比家用的粗得多，高齐桌面，吸完就靠在桌腿边，吸时尤需底气充足。这家茶馆门前，有一个小摊，卖酸角（不知什么树上结的，形状有点像皂荚，极酸，入口使人攒眉）、拐枣（也是树上结的，应该算是果子，状如鸡爪，一疙瘩一疙瘩的，有的地方即叫作鸡脚爪，味道很怪，像红糖，又有点像甘草）和泡梨（糖梨泡在盐水里，梨味本是酸甜的，昆明人却偏于盐水内泡而食之，泡梨仍有梨香，而梨肉极脆嫩）。过了春节则有人于门前卖葛根。葛根是药，我过去只在中药铺见过，切成四方的棋子块儿，是已经经过加工的了。原物是什么样子，我是在昆明才见到的。这种东西可以当零食来吃，我也是在昆明才知道。一截根，粗如手臂，横放在一块板上，外包一块湿布。给很少的钱，卖葛根的便操起有点像北京切涮羊肉的肉片用的那种薄刃长刀，切下薄薄的几片给你。雪白的，嚼起来有点像干瓤的生白薯片，而有极重的药味。据说葛根能清火。联大的同学大概很少人吃过葛根。我是什么奇奇怪怪的东西都要买一点尝一尝的。

大学二年级那一年，我和两个外文系的同学经常一早坐到这家茶馆靠窗的一张桌边，各自看自己的书，有时整整坐一上午，彼此不交语。我这时才开始写作，我的最初几篇小说，即是在这家茶馆里写的。茶馆离翠湖很近，从翠湖吹来的风里，时时带有水浮莲的气味。

回到文林街。文林街中，正对府甬道，后来新开了一家茶馆。这家茶馆的特点一是卖茶用玻璃杯，不用盖碗，也不用壶。不卖清茶，卖绿茶和红茶。红茶色如玫瑰，绿茶苦如猪胆。第二是茶桌较少，且覆有玻璃桌面。在这样桌子上打桥牌实在是再适合不过了,因此到这家茶馆来喝茶的,大都是来打桥牌的,这茶馆实在是一个桥牌俱乐部。联大打桥牌之风很盛。有一个姓马的同学每天到这里打桥牌。解放后,我才知道他是老地下党员,昆明学生运动的领导人之一。学生运动搞得那样热火朝天,他每天都只是很闲在,很热衷地在打桥牌,谁也看不出他和学生运动有什么关系。

文林街的东头,有一家茶馆,是一个广东人开的,字号就叫“广发茶社”——昆明的茶馆我记得字号的只有这一家,原因之一,是我后来住在民强巷,离广发很近,经常到这家去。原因之二是——经常聚在这家茶馆里的,有几个助教、研究生和高年级的学生。这些人多多少少有一点玩世不恭。那时联大同学常组织什么学会,我们对这些俨乎其然的学会微存嘲讽之意。有一天,广发的茶友之一说:“咱们这也是一个学会,——广发学会!”这本是一句茶余的笑话。不料广发的茶友之一,解放后,在一次运动中被整得不可开交,胡乱交代问题,说他曾参加过“广发学会”。这就惹下了麻烦。几次有人专程到北京来外调“广发学会”问题。被调查的人心里想笑,又笑不出来,因为来外调的政工人员态度非常严肃。广发茶馆代卖广东点心,所谓广东点心,其实只是包了不同味道的甜馅的小小的酥饼,面上却一律贴了几片香菜叶子,这大概是这一家饼师的特有的手艺。我在别处吃过广东点心,就没有见过面上贴有香菜叶子的——至少不是每一块都贴。

或问:泡茶馆对联大学生有些什么影响?答曰:第一,可以养其浩然之气。联大的学生自然也是贤愚不等,但多数是比较正派的。

那是一个污浊而混乱的时代,学生生活又穷困得近乎潦倒,但是很多人却能自许清高,鄙视庸俗,并能保持绿意葱茏的幽默感,用来对付恶浊和穷困,并不颓丧灰心,这跟泡茶馆是有些关系的。第二,茶馆出人才。联大学生上茶馆,并不是穷泡,除了瞎聊,大部分时间都是用来读书的。联大图书馆座位不多,宿舍里没有桌凳,看书多半在茶馆里。联大同学上茶馆很少不挟着一本乃至几本书的。不少人的论文、读书报告,都是在茶馆写的。有一年一位姓石的讲师的《哲学概论》期终考试,我就是把考卷拿到茶馆里去答好了再交上去的。联大八年,出了很多人才。研究联大校史,搞“人才学”,不能不了解了解联大附近的茶馆。第三,泡茶馆可以接触社会。我对各种各样的人、各种各样的生活都发生兴趣,都想了解了解,跟泡茶馆有一定关系。如果我现在还算一个写小说的人,那么我这个小说家是在昆明的茶馆里泡出来的。

1984 年 5 月 13 日

昆明的雨

宁坤要我给他画一张画，要有昆明的特点。我想了一些时候，画了一幅：右上角画了一片倒挂着的浓绿的仙人掌，末端开出一朵金黄色的花；左下画了几朵青头菌和牛肝菌。题了这样几行字：

"昆明人家常于门头挂仙人掌一片以辟邪，仙人掌悬空倒挂，尚能存活开花。于此可见仙人掌生命之顽强，亦可见昆明雨季空气之湿润。雨季则有青头菌、牛肝菌，味极鲜腴。"

我想念昆明的雨。

我以前不知道有所谓雨季。"雨季"，是到昆明以后才有了具体感受的。

我不记得昆明的雨季有多长，从几月到几月，好像是相当长的。但是并不使人厌烦。因为是下下停停、停停下下，不是连绵不断，下起来没完。而且并不使人气闷。我觉得昆明雨季气压不低，人很舒服。

昆明的雨季是明亮的、丰满的，使人动情的。城春草木深，孟夏草木长。昆明的雨季，是浓绿的。草木的枝叶里的水分都到了饱和状态，显示出过分的、近于夸张的旺盛。

我的那张画是写实的。我确实亲眼看见过倒挂着还能开花的仙人掌。旧日昆明人家门头上用以辟邪的多是这样一些东西：一面小镜子，周围画着八卦，下面便是一片仙人掌，——在仙人掌上扎一个洞，用麻线穿了，挂在钉子上。昆明仙人掌多，且极肥大。有些人家在菜园的周围种了一圈仙人掌以代替篱笆。——种了仙人掌，猪羊便不敢进园吃菜了。仙人掌有刺，猪和羊怕扎。

昆明菌子极多。雨季逛菜市场，随时可以看到各种菌子。最多，也最便宜的是牛肝菌。牛肝菌下来的时候，家家饭馆卖炒牛肝菌，连西南联大食堂的桌子上都可以有一碗。牛肝菌色如牛肝，滑，嫩，鲜，香，很好吃。炒牛肝菌须多放蒜，否则容易使人晕倒。青头菌比牛肝菌略贵。这种菌子炒熟了也还是浅绿色的，格调比牛肝菌高。菌中之王是鸡㙡，味道鲜浓，无可方比。鸡㙡是名贵的山珍，但并不真的贵得惊人。一盘红烧鸡㙡的价钱和一碗黄焖鸡不相上下，因为这东西在云南并不难得。有一个笑话：有人从昆明坐火车到呈贡，在车上看到地上有一棵鸡㙡，他跳下去把鸡㙡捡了，紧赶两步，还能爬上火车。这笑话用意在说明昆明到呈贡的火车之慢，但也说明鸡㙡随处可见。有一种菌子，中吃不中看，叫作干巴菌。乍一看那样子，真叫人怀疑：这种东西也能吃?！颜色深褐带绿，有点像一堆半干的牛粪或一个被踩破了的马蜂窝。里头还有许多草茎、松毛，乱七八糟！可是下点功夫，把草茎松毛择净，撕成蟹腿肉粗细的丝，和青辣椒同炒，入口便会使你张目结舌:这东西这么好吃?! 还有一种菌子,中看不中吃,叫鸡油菌。都是一般大小,有一块银圆那样大,的溜圆,颜色浅黄,恰似鸡油一样。这种菌子只能做菜时配色用,没甚味道。

雨季的果子,是杨梅。卖杨梅的都是苗族女孩子,戴一顶小花帽子,穿着扳尖的绣了满帮花的鞋,坐在人家阶石的一角,不时吆唤一声:"卖杨梅——",声音娇娇的。她们的声音使得昆明雨季的空气更加柔和了。昆明的杨梅很大,有一个乒乓球那样大,颜色黑红黑红的,叫作"火炭梅"。这个名字起得真好,真是像一球烧得炽红的火炭! 一点都不酸! 我吃过苏州洞庭山的杨梅、井冈山的杨梅,好像都比不上昆明的火炭梅。

雨季的花是缅桂花。缅桂花即白兰花,北京叫作"把儿兰"(这个名字真不好听)。云南把这种花叫作缅桂花,可能最初这种花是从缅甸传入的,而花的香味又有点像桂花,其实这跟桂花实在没有什么关系。——不过话又说回来,别处叫它白兰、把儿兰,它和兰花也挨不上呀,也不过是因为它很香,香得像兰花。我在家乡看到的白兰多是一人高,昆明的缅桂是大树! 我在若园巷二号住过,院里有一棵大缅桂,密密的叶子,把四周房间都映绿了。缅桂盛开的时候,房东(是一个五十多岁的寡妇)就和她的一个养女,搭了梯子上去摘,每天要摘下来好些,拿到花市上去卖。她大概是怕房客们乱摘她的花,时常给各家送去一些。有时送来一个七寸盘子,里面摆得满满的缅桂花! 带着雨珠的缅桂花使我的心软软的,不是怀人,不是思乡。

雨,有时是会引起人一点淡淡的乡愁的。李商隐的《夜雨寄北》是为许多久客的游子而写的。我有一天在积雨少注的早晨和德熙从联大新校舍到莲花池去。看了池里的满池清水,看了作比丘尼装的陈圆圆的石像(传说陈圆圆随吴三桂到云南后出家,暮年投莲花池而死),雨又下起来了。莲花池边有一条小街,有一个小酒店,我们走进去,要了一碟猪头肉,半市斤酒(装在上了绿釉的土磁杯里),坐了下来。雨下大了。酒店有几只鸡,都把脑袋反插在翅膀下面,一只脚着地,一动也不动地在檐下站着。酒店院子里有一架大木香花。昆明木香花很多。有的小河沿岸都是木香。但是这样大的木香却不多见。一棵木香,爬在架上,把院子遮得严严的。密匝匝的细碎的绿叶,数不清的半开的白花和饱胀的花骨朵,都被雨水淋得湿透了。我们走不了,就这样一直坐到午后。四十年后,我还忘不了那天的情味,写了一首诗:

莲花池外少行人,野店苔痕一寸深。
浊酒一杯天过午,木香花湿雨沉沉。

我想念昆明的雨。

多年父子成兄弟

父亲是个绝顶聪明的人。他是画家,会刻图章,画写意花卉。图章初宗浙派,中年后治汉印。他会摆弄各种乐器,弹琵琶,拉胡琴,笙箫管笛,无一不通。

他认为乐器中最难的其实是胡琴,看起来简单,只有两根弦,但是变化很多,两手都要有功夫。他拉的胡琴音色刚亮。胡琴码子都是他自己刻的,他认为买来的不中使。

他养蟋蟀,养金铃子,还养过花,但他养的一盆素心兰在我母亲病故那年死了,从此他就不再养花。我母亲死后,他亲手给她做了几箱子冥衣——我们那里有烧冥衣的风俗。按照母亲生前的喜好,选购了各种花素色纸做衣料,单夹皮棉,四时不缺。

父亲是个很随和的人,我很少见他发过脾气,对待子女,从无疾言厉色。他爱孩子,喜欢孩子,我的姑妈称他为“孩子头”。

春天,不到清明,他领一群孩子到麦田里放风筝。放的是他自己糊的蜈蚣（我们那里叫“百脚”），是用染了色的绢糊的。放风筝的线是胡琴的老弦，老弦结实而轻。用胡琴弦放风筝，我还未见过第二人。清明节前，小麦还没有“起身”，是不怕践踏的，而且越踏会越长得旺。孩子们在屋里闷了一冬天，在春天的田野里奔跑跳跃，身心都极其畅快。

他用钻石刀把玻璃裁成不同形状的小块，再一块一块拼拢，接缝处用胶水粘牢，做成小桥、小亭子、八角玲珑水晶球。桥、亭、球是中空的，里面养了金铃子。从外面可以看到金铃子在里面自在爬行，振翅鸣叫。

他会做各种灯。用浅绿透明的“鱼鳞纸”扎了一只纺织娘，栩栩如生。用西洋红染了色，上深下浅，通草做花瓣，做了一个重瓣荷花灯，真是美极了。在小西瓜的瓜皮上雕镂出极细的花纹，做成西瓜灯。我们在这些灯里点了蜡烛，穿街过巷，邻居的孩子都跟过来看，非常羡慕。

父亲对我的学业是关心的，但不强求。我小时，国文成绩一直是全班第一。我的作文，时得佳评，他就拿出去到处给人看。我的数学不好，他也不责怪，只要能及格，就行了。我小时也喜欢画画，但他从不指点我。他画画时，我在旁边看。其余时间由我自己乱翻画谱，瞎抹。我小时字写得不错，他倒是给我出过一点主意。在我写过一阵《圭峰碑》和《多宝塔》以后，他建议我写写《张猛龙》。这建议是很好的，到现在我写字还受到《张猛龙》的影响。

我初中时爱唱戏，唱青衣，我的嗓子很好，高亮甜润。在家里，他拉胡琴，我唱戏。我的同学里有几个能唱戏的。学校开同乐会，他应我的邀请,到学校去伴奏。几个同学都只是清唱。有一个姓费的同学借到一顶纱帽,一件蓝官衣,扮起来唱《朱砂井》,但是没有配角,没有衙役,没有犯人,只是一个赵廉,摇着马鞭在台上走了两圈,唱了一段“郿坞县在马上心神不定”,便完事下场。父亲那么大的人陪着几个孩子玩了一下午,还挺高兴。

我十七岁初恋,暑假里在家写情书,他在一旁瞎出主意!我十几岁就学会了抽烟喝酒。他喝酒,给我也倒一杯。抽烟,一次抽出两根,他一根我一根。他还总是先给我点上火。我们的这种关系,他人或以为怪。父亲说:“我们是多年父子成兄弟。”

国子监

《北京文艺》叫我写一写国子监。我到国子监去逛了一趟,不得要领。从首都图书馆抱了几十本书回来,看了几天,看得眼花气闷,而所得不多。后来,我去找了一个"老"朋友聊了两个晚上,倒像是明白了不少事情。我这朋友世代在国子监当差,"侍候"过翁同龢、陆润庠、王埁等祭酒,给新科状元打过"状元及第"的旗,国子监生人,今年七十三岁,姓董。

国子监,就是从前的大学。

这个地方原先是什么样子,没法知道了(也许是一片荒郊)。立为国子监,是在元代迁都北城以后,至元二十四年,距今已近七百年。

元代的遗迹,已经难于查考。给这段时间作证的,有两棵树,一棵槐树,一棵柏树,一在彝伦堂前,一在大成殿阶下。据说,这都是元朝的第一任国立大学校长——国子监祭酒许衡手植的。柏树至今仍颇顽健,老干横枝,婆娑弄碧,看样子还能再活个几百年。那棵槐树,约有北方常用二号洗衣绿盆粗细,稀稀疏疏地披着几根细瘦的枝条,干枯僵直,全无一点血气,已经老得不成样子了,很难断定它是否还活着。——它老早就已经死过一回,死了几十年,有一年不知道怎么又活了。这是乾隆年间的事,这年正赶上是慈宁太后的六十“万寿”,嗬,这是大喜事!于是皇上、大臣,赋诗作记,还给老槐树画了像,全都刻在石头上,着实地热闹了一通。这些石碑,至今犹在。

国子监是学校,除了一些大树和石碑之外,主要的是一些作为大学校舍的建筑。这些建筑的规模大概是明朝的永乐所创建的(大体依据洪武帝在南京所创立的国子监,而规模似不如原来之大),清朝又改建或修改过。其中修建最多的,是那位站在大清帝国极盛的峰顶、喜武功亦好文事的乾隆。

一进国子监的大门——集贤门,是一个黄色琉璃牌楼。牌楼之里是一座十分庞大华丽的建筑,这就是辟雍。这是国子监最中心,最突出的一个建筑。这就是乾隆所创建的。辟雍者,天子之学也。天子之学,到底该是个什么样子,从汉朝以来就众说纷纭,谁也闹不清楚。照现在看起来,是在平地上开出一个正圆的池子,当中留出一块四方的陆地,上面盖起一座十分宏大的四方的大殿,重檐,有两层廊柱,盖黄色琉璃瓦,安一个巨大的镏金顶子,梁柱檐饰,皆朱漆描金,透刻敷彩,看起来像一顶大花轿子似的。辟雍殿四面开门,可以洞启。池上围以白石栏杆,四面有石桥通达。这样的格局是有许多讲究的,这里不必说它。辟雍,是乾隆以前的皇帝就想到要建筑一个的,但都因为没有水而作罢了。(据说天子之学必得有水!)到了乾隆,气魄果然是要大些,认为“北京为天下都会,教化所先也,大典缺如，非所以崇儒重道，古与稽而今与居也”（《御制国学新建辟雍圜水工成碑记》）。没有水，那有什么关系？下令打了四口井，从井里把水汲上来，从暗道里注入，通过四个龙头（螭首），喷到白石砌就的水池里，于是石池中涵空照影，泛着潋滟的波光了。二八月里，祀孔释奠之后，乾隆来了，前面钟楼里撞钟，鼓楼里擂鼓，殿前四个大香炉里烧着檀香，他走入讲台，坐上宝座，讲《大学》或《孝经》一章，叫王公大臣和国子监的学生跪在石池的桥边听着，这个盛典，叫作“临雍”。

这“临雍”的盛典，道光嘉庆年间，似乎还举行过，到了光绪，据我那朋友老董说，就根本没有这档子事了。大殿里一年难得打扫两回，月牙河（老董管辟雍殿四边的池子叫作四个“月牙河”）里整年是干的，只有在夏天大雨之后，各处的雨水一齐奔到这里面来。这水是死水，那光景是不难想象的。

然而辟雍殿确实是个美丽的、独特的建筑。北京的有名的建筑，除了天安门、天坛祈年殿那个蓝色的圆顶、九梁十八柱的角楼，应该数到这顶四方的大花轿。

辟雍之后，正面一间大厅，是彝伦堂，是校长——祭酒和教务长——司业办公的地方。此外有“四厅六堂”，敬一亭，东厢西厢。四厅是教职员办公室。六堂本来应该是教室，但清朝另于国子监斜对门盖了一些房子作为学生住宿进修之所，叫作“南学”（北方戏文动辄说“一到南学去攻书”，指的即是这个地方），六堂作为考场时似更多些。学生的月考、季考在此举行，每科的乡会试也要先在这里考一天，然后才能到贡院下场。

六堂之中原来排列着一套世界上最重的书，这书一页有三四尺宽，七八尺长，一尺许厚，重不知几千斤。这是一套石刻的十三经，是一个老书生蒋衡一手写出来的。据老董说，这是他默出来的！他把这套书献给皇帝，皇帝接受了，刻在国子监中，作为重要的装点。这皇帝，就是高宗纯皇帝乾隆陛下。

国子监碑刻甚多。数量最多的，便是蒋衡所写的经。著名的，旧称有赵松雪临写的“黄庭”、“乐毅”，“兰亭定武本”，颜鲁公“争座位”，这几块碑不晓得现在还在不在，我这回未暇查考。不过我觉得最有意思、最值得一看的，是明太祖训示太学生的一通敕谕，这是值得写在胡适的《白话文学史》里面去的杰作：

> 恁学生每听着：先前那宗讷做祭酒呵，学规好生严肃，秀才每循规蹈矩，都肯向学，所以教出来的个个中用，朝廷好生得人。后来他善终了，以礼送他回乡安葬，沿路上著有司官祭他。
>
> 近年著那老秀才每做祭酒呵，他每都怀着异心，不肯教诲，把宗讷的学规都改坏了，所以生徒全不务学，用著他呵，好生坏事。
>
> 如今著那年纪小的秀才官人每来署学事，他定的学规，恁每当依著行。敢有抗拒不服，撒泼皮，违犯学规的，若祭酒来奏著恁呵，都不饶！全家发向烟瘴地面去，或充军，或充吏，或做首领官。
>
> 今后学规严紧，若有无籍之徒，敢有似前贴没头帖子，诽

谤师长的，许诸人出首，或绑缚将来，赏大银两个。若先前贴了票子，有知道的，或出首，或绑缚将来呵，也一般赏他大银两个。将那犯人凌迟了，枭令在监前，全家抄没，人口发往烟瘴地面。钦此！

这里面有一个血淋淋的故事：明太祖为了要“人才”，对于办学校非常热心。他的办学的政策只有一个字：严。他所委任的第一任国子监祭酒宗讷，就秉承他的意旨，订出许多规条。待学生非常地残酷，学生曾有饿死吊死的。学生受不了这样的迫害和饥饿，曾经闹过两次学潮。第二次学潮起事的是学生赵麟，出了一张壁报（没头帖子）。太祖闻知，龙颜大怒，把赵麟杀了，并在国子监立一长竿，把他的脑袋挂在上面示众（照明太祖的语言，是“枭令”）。隔了十年，他还忘不了这件事，有一天又召集全体教职员和学生训话。碑上所刻，就是训话的原文。

这些本来是发生在南京国子监的事，怎么北京的国子监也有这么一块碑呢？想必是永乐皇帝觉得他老大人的这通话训得十分精彩，应该垂之久远，所以特在北京又刻了一个复本，是的，这值得一看。他的这篇白话训词比其历朝皇帝的“崇儒重道”之类的话都要真实得多，有力得多。

这块碑在国子监仪门外侧右手，很容易找到。碑分上下两截，下截是对工役膳夫的规矩，那更不得了：“打五十竹篦”！“处斩”！“割了脚筋”！……

历代皇帝虽然都似乎颇为重视国子监，不断地订立了许多学规，但是不知道为什么,国子监出的人才并不是那样的多。

《戴斗夜谈》一书中已说北京人把国子监打入“十可笑”之列:

> 京师相传有十可笑:光禄寺茶汤,太医院药方,神乐观祈禳,武库司刀枪,营缮司作场,养济院衣粮,教坊司婆娘,都察院宪纲,国子监学堂,翰林院文章。

国子监的课业历来似颇为稀松。学生主要的功课是读书、写字、作文。国子监学生——监生的肄业、待遇情况各时期都有变革。到清朝末叶,据老董说,是每隔六日作一次文,每一年转堂(升级)一次,六年毕业,学生每月领助学金(膏火)八两。学生毕业之后,大都分发作为县级干部,或为县长(知县)副县长(县丞),或为教育科长(训导)。另外还有一种特殊的用途,是调到中央去写字。(清朝有一个时期光禄寺的面袋都是国子监学生的仿纸做的!)从明朝起就有调国子监善书学生去抄录“实录”的例。明朝的一部大丛书《永乐大典》,清朝的一部更大的丛书《四库全书》的底稿,那里面的端正严谨(也毫无个性)的馆阁体楷书,原来有些就是国子监的高才生的手笔。这种工作,叫作“在誊桌上行走”。

国子监监生的身份不十分为人所看重。从明景泰帝开生员纳粟纳马入监之例以后,国子监的门槛就低了。尔后捐监之风大开,监生就更不值钱了。

国子监是个清高的学府,国子监祭酒是个清贵的官员——京官中，四品而掌印的，只有这么一个。做祭酒的，生活实在颇为清闲，每月只逢六逢一上班，去了之后，当差的在门口喝一声短道，沏上一碗盖碗茶，他到彝伦堂上坐了一阵，给学生出出题目，看看卷子；初一、十五带着学生上大成殿磕头，此外简直没有什么事情。清朝时他们还有两桩特殊任务，一是每年十月初一，率领属官到午门去领来年的皇历；一是遇到日食、月食，穿了素服到礼部和太常寺去“救护”，但领皇历一年只一次，日食、月食，更是难得碰到的事。戴璐《藤阴杂记》说此官“清简恬静”，这几个字是下得很恰当的。

但是一般做官的似乎都对这个差事不大发生兴趣。朝廷似乎也知道这种心理，所以除了特殊例外，监酒不上三年就会迁调。这是为什么？因为这个差事没有油水。

查清朝的旧例，祭酒每月的俸银是一百零五两，一年一千二百六十两；外加办公费每月三两，一年三十六两，加在一起，实在不算多。国子监一没人打官司告状，二没有盐税河工可以承揽，没有什么外快。但是毕竟能够养住上上下下的堂官皂役的，赖有一宗相当稳定的银子，这就是每年捐监的手续费。

据朋友老董说，纳监的监生除了要向吏部交一笔钱，领取一张“护照”外，还需向国子监交钱领“监照”——就是大学毕业证书。照例一张监照，交银一两七钱。国子监旧例，积银二百八十两，算一个“字”，按“千字文”数，有一个字算一个字，平均每年约收入五百字上下。我算了算，每年国子监收入的监照银约有十四万两，即每年有八十二三万不经过入学和考试只花钱向国家买证书而取得大学毕业资格——监生的人。这就怪不得《玉堂春》里春锦丫头私通的是一位监

盛夏

张鹏

2014 年

50cm×61cm

布面油画

生,《定县秧歌》《借女吊孝》里的舅舅也是一位监生,原来这是一种比乌鸦还要多的东西!这十四万两银子照国家规定是不上缴的,由国子监官吏皂役按份摊分。祭酒每一“字”分十两,那么一年约可收入五千银子,比他的正薪要多得多。其余司业以下各有差。据老董说,连他一个“字”也分五钱八分,一年也从这一项上收入二百八九十两银子!

老董说,国子监还有许多定例。比如,像他,是典籍厅的刷印匠,管给学生“做卷”——印制作文用的红格本子,这事包给了他,每月例领十三两银子。他父亲在时还会这宗手艺,到他时则根本没有学过,只是到大栅栏口买一刀毛边纸,拿到玻璃厂找铺子去印,成本共花三两,剩下十两,是他的。所以,老董说,那年头,手里的钱花不清——烩鸭条才一吊四百钱一卖!至于那几位“堂皂”,就更不得了了!单是每科给应考的举子包“枪手”(这事值得专写一文),就是一笔大财。那时候,当差的都兴喝黄酒,街头巷尾都是黄酒馆,跟茶馆似的,就是专为当差的预备着的。所以,像国子监的差事也都是世袭。这是一宗产业,可以卖,也可以顶出去!

老董的记性极好,我的复述倘无错误,这实在是一宗未见载录的珍贵史料。我所以不惮其烦地缕写出来,用意是在告诉比我更年轻的人,封建时代的经济、财政、人事制度,是一个多么古怪的东西!

国子监的隔壁,是孔庙——先师庙,这叫作“左庙右学”,是历来的制度。其实这不能说是隔壁,因为当中是通着的。

孔庙主要的建筑是大成殿。大成殿里供着一些牌位,最大的一个是“至圣先师”,另外还有“四配”——颜(回)、曾(参)、(子)思、孟

（轲），殿下的两庑则供着七十二贤和经过皇上批准的历代的儒臣。

大成殿经常是空闲着的，除了初一十五祭酒率领学生来跪拜一趟之外，一年只春秋大祭热闹两回。老董说：到时候（二八月第一个逢丁的日子的前一日），太常寺发来三十头牛、三十二口猪、一对鹿、四个小兔子，点验之后，洗剥了，先入库——旧例，由大兴县供应几十担冰，把汤猪汤牛全都冰在库房里，到了夜里十二点，喝令一声“上牲”！这就供起来。孔夫子面前有一头整牛、一口整猪，都放在一个大木槽子里。七十二贤面前则是几个碟子，供点子牛肉片、猪肉片、鹿肉兔肉片，还有点子芹菜、榛子……到了后半夜，都上齐了，皇上照例要派一个人来检查一下，叫作“视笾豆”。他这一走，庙里的庙户（看孔庙的工役叫庙户）马上就拿刀，整块地拉牛肉，整块地拉猪油。到了第二天清早，皇上来祭祀了，那整猪、整牛就剩下一张空皮了，当中弄点子筷子什么的支着。皇上来了，奏乐，磕头！他哪儿会瞧得出来，猪啦牛啦的都是个空架子啊！

听说当贤人圣人，常常得吃冷猪肉。若照老董说起来，原来冷猪肉也是吃不着的，只有猪肉皮可以啃！从前不管多么庄重隆重的礼节，背后原来都是一塌糊涂。

关于孔庙，我知道的，只这些。

国子监，现在已经作为首都图书馆的馆址。全部房屋，包括辟雍，都已经修饰一新。原来的六堂，是阅览室和书库（蒋衡写的十三经只好请到馆右夹道中落脚），原来的四厅大都作为图书馆的办公室，彝伦堂则是一个相当理想的展览馆。图书馆大体已经筹措就绪，专题研究室已经开放，几排长桌上已经坐了不少同志在安静地用功；

其余各室，只等暖气装齐或气候稍暖，即可开放。首都图书馆的老底子是头发胡同的北京市图书馆，即原先的通俗图书馆，由于鲁迅先生的倡议而成立，鲁迅先生曾经襄赞其事并捐赠过书籍的图书馆；前曾移在天坛，因为天坛地点逼仄，又挪到这里了。首都图书馆藏书除原头发胡同的和解放后新买的之外，主要为原来孔德学校和法文图书馆的藏书。就中最具特色，在国内搜藏较富的，是鼓词俗曲。

辟雍，那个华丽宏伟的大花轿，据图书馆馆长刘德元同志告诉我，将作为群众活动的场所，四边的台阶石桥上准备卖茶。月牙河内要放上水，水里置盆栽荷花，养金鱼，安水泵，使成活水。现在是冬天，但是我完全同意刘馆长的话，这在夏天是个十分清凉舒适的地方。茶馆如果开了，我一定来坐上半天，一边把我看过的几十本关于国子监的书和老董的话再温习一次，一边看看在槐树柏树之下来往行走的我的同一代的人。我要想想历史，想想我的亲爱的国家。

胡同文化

北京城像一块大豆腐,四方四正。城里有大街,有胡同。大街、胡同都是正南正北,正东正西。北京人的方位意识极强。过去拉洋车的,逢转弯处都高叫一声"东去!""西去!"以防碰着行人。老两口睡觉,老太太嫌老头子挤着她了,说"你往南边去一点"。这是外地少有的。街道如是斜的,就特别标明是斜街,如烟袋斜街、杨梅竹斜街。大街、胡同,把北京切成一个又一个方块。这种方正不但影响了北京人的生活,也影响了北京人的思想。

胡同原是蒙古语,据说原意是水井,未知确否。胡同的取名,有各种来源。有的是计数的,如东单三条、东四十条。有的原是皇家储存物件的地方,如皮库胡同、惜薪司胡同(存放柴炭的地方)。有的是这条胡同里曾住过一个有名的人物,如无量大人胡同、石老娘(老娘是接生婆)胡同。大雅宝胡同原名大哑巴胡同,大概胡同里曾住过一个哑巴,王皮胡同是因为有一个姓王的皮匠,王广福胡同原名王寡妇胡同。有的是某种行业集中的地方,手帕胡同大概是卖手帕的,羊肉胡同当初想必是卖羊肉的。有的胡同是象其形状的,高义伯胡同原名狗尾巴胡同,小羊宜宾胡同原名羊尾巴胡同,大概是因为这两条胡同的样子有点像羊尾巴、狗尾巴。有些胡同则不知道何所取义,如大绿纱帽胡同。

胡同有的很宽阔,如东总布胡同、铁狮子胡同。这些胡同两边大都是“宅门”,到现在房屋都还挺整齐。有些胡同很小,如耳朵眼胡同。北京到底有多少胡同?北京人说:有名的胡同三千六,没名的胡同数不清,通常提起“胡同”,多指的是小胡同。

胡同是贯通大街的网络。它距离闹市很近,打个酱油,约二斤鸡蛋什么的,很方便,但又似很远,这里没有车水马龙,总是安安静静的。偶尔有剃头挑子的“唤头”(像一个大镊子,用铁棒从当中擦过,便发出噌的一声)、磨剪子磨刀的“惊闺”(十几个铁片穿成一串,摇动作声)、算命的盲人(现在早没有了)吹的短笛的声音。这些声音不但不显得喧闹,倒显得胡同里更加安静了。

胡同和四合院是一体。胡同两边是若干四合院连接起来的。胡同、四合院,是北京市民的居住方式,也是北京市民的文化形态。我们通常说北京的市民文化,就是指的胡同文化。胡同文化是北京文化的重要组成部分,即使不是最主要的部分。

胡同文化是一种封闭的文化。住在胡同里的居民大都安土重迁,不大愿意搬家。有在一个胡同里一住住几十年的,甚至有住了几辈子的。胡同里的房屋大都很旧了,“地根儿”房子就不太好,旧房檩,断砖墙。下雨天常是外面大下,屋里小下。一到下大雨,总可以听到房塌的声音，那是胡同里的房子。但是他们舍不得“挪窝儿”，——“破家值万贯”。

四合院是一个盒子。北京人理想的住家是“独门独院”。北京人也很讲究“处街坊”。“远亲不如近邻”。“街坊里道”的，谁家有点事，婚丧嫁娶，都得“随”一点“份子”，道个喜或道个恼，不这样就不合“礼数”。但是平常日子，过往不多，除了有的街坊是棋友，“杀”一盘；有的是酒友，到“大酒缸”（过去山西人开的酒铺，都没有桌子，在酒缸上放一块规成圆形的厚板以代酒桌）喝两“个”（大酒缸二两一杯，叫作“一个”）；或是鸟友，不约而同，各晃着鸟笼，到天坛城根、玉渊潭去“会鸟”（会鸟是把鸟笼挂在一处，既可让鸟互相学叫，也互相比赛），此外，“各人自扫门前雪，休管他人瓦上霜”。

北京人易于满足，他们对生活的物质要求不高。有窝头，就知足了。大腌萝卜，就不错。小酱萝卜，那还有什么说的。臭豆腐滴儿滴香油，可以待姑奶奶。虾米皮熬白菜，嘿！我认识一个在国子监当过差，伺候过陆润庠、王垿等祭酒的老人，他说：“哪儿也比不了北京。北京的熬白菜也比别处好吃，——五味神在北京。”五味神是什么神？我至今考察不出来。但是北京人的大白菜文化却是可以理解的。北京人每个人一辈子吃的大白菜摞起来大概有北海白塔那么高。

北京人爱瞧热闹，但是不爱管闲事。他们总是置身事外，冷眼旁观。北京是民主运动的策源地，民国以来，常有学生运动。北京人管学生运动叫作“闹学生”。学生示威游行，叫作“过学生”。与他们无关。

北京胡同文化的精义是“忍”。安分守己、逆来顺受。老舍《茶馆》里的王利发说，“我当了一辈子的顺民”，是大部分北京市民的心态。

我的小说《八月骄阳》里写到“文化大革命”，有这样一段对话：

“还有个章法没有？我可是当了一辈子安善良民，从来奉公守法。这会儿，全乱了。我这眼面前就跟‘下黄土’似的，简直的，分不清东西南北了。”

“您多余操这份儿心。粮店还卖不卖棒子面？”

“卖！”

“还是的。有棒子面就行。……”

我们楼里有个小伙子，为一点事，打了开电梯的小姑娘一个嘴巴。我们都很生气，怎么可以打一个女孩子呢！我跟两个上了岁数的老北京（他们是“搬迁户”，原来是住在胡同里的）说，大家应该主持正义，让小伙子当众向小姑娘认错，这二位同声说：“叫他认错？门儿也没有！忍着吧！——‘穷忍着，富耐着，睡不着眯着’！”“睡不着眯着”这话实在太精彩了！睡不着，别烦躁，别起急，眯着。北京人，真有你的！

北京的胡同在衰败，没落。除了少数“宅门”还在那里挺着，大部分民居的房屋都已经很残破，有的地基柱础甚至已经下沉，只有多半截还露在地面上。有些四合院门外还保存已失原形的拴马桩、上马石，记录着失去的荣华。有打不上水来的井眼、磨圆了棱角的石头棋盘,供人凭吊。西风残照,衰草离披,满目荒凉,毫无生气。

看看这些胡同的照片,不禁使人产生怀旧情绪,甚至有些伤感。但是这是无可奈何的事。在商品经济大潮的席卷之下,胡同和胡同文化总有一天会消失的。也许像西安的虾蟆陵,南京的乌衣巷,还会保留一两个名目,使人怅望低徊。

再见吧,胡同。

1993 年 3 月 15 日

金岳霖先生

西南联大有许多很有趣的教授,金岳霖先生是其中的一位。金先生是我的老师沈从文先生的好朋友。沈先生当面和背后都称他为“老金”。大概时常来往的熟朋友都这样称呼他。关于金先生的事,有一些是沈先生告诉我的。我在《沈从文先生在西南联大》一文中提到过金先生。有些事情在那篇文章里没有写进,觉得还应该写一写。

金先生的样子有点怪。他常年戴着一顶呢帽,进教室也不脱下。每一学年开始,给新的一班学生上课,他的第一句话总是:“我的眼睛有毛病,不能摘帽子,并不是对你们不尊重,请原谅。”他的眼睛有什么病,我不知道,只知道怕阳光。因此他的呢帽的前檐压得比较低,脑袋总是微微地仰着。他后来配了一副眼镜,这副眼镜一只的镜片是白的,一只是黑的。这就更怪了。后来在美国讲学期间把眼睛治好了,——好一些,眼镜也换了,但那微微仰着脑袋的姿态一直还没有改变。他身材相当高大,经常穿一件烟草黄色的麂皮夹克,天冷了就在里面围一条很长的驼色的羊绒围巾。联大的教授穿衣服是各色各样的。闻一多先生有一阵穿一件式样过时的灰色旧夹袍，是一个亲戚送给他的，领子很高，袖口极窄。联大有一次在龙云的长子，蒋介石的干儿子龙绳武家里开校友会，——龙云的长媳是清华校友，闻先生在会上大骂："蒋介石，王八蛋！混蛋！"那天穿的就是这件高领窄袖的旧夹袍。朱自清先生有一阵披着一件云南赶马人穿的蓝色毡子的一口钟。除了体育教员，教授里穿夹克的，好像只有金先生一个人。他的眼神即使是到美国治了后也还是不大好，走起路来有点深一脚浅一脚。他就这样穿着黄夹克，微仰着脑袋，深一脚浅一脚地在联大新校舍的一条土路上走着。

金先生教逻辑。逻辑是西南联大规定文学院一年级学生的必修课，班上学生很多，上课在大教室，坐得满满的。在中学里没有听说有逻辑这门学问，大一的学生对这课很有兴趣。金先生上课有时要提问，那么多的学生，他不能都叫得上名字来，——联大是没有点名册的，他有时一上课就宣布："今天，穿红毛衣的女同学回答问题。"于是所有穿红毛衣的女同学就都有点紧张，又有点兴奋。那时联大女生在蓝阴丹士林旗袍外面套一件红毛衣成了一种风气。——穿蓝毛衣、黄毛衣的极少。问题回答得流利清楚，也是件出风头的事。金先生很注意地听着，完了，说："Yes！请坐！"

学生也可以提出问题，请金先生解答。学生提的问题深浅不一，金先生有问必答，很耐心。有一个华侨同学叫林国达，操广东普通话，最爱提问题，问题大都奇奇怪怪。他大概觉得逻辑这门学问是挺"玄"的，应该提点怪问题。有一次他又站起来提了一个怪问题，金先生想了一想，说："林国达同学，我问你一个问题：Mr. 林国达 is perpendicular to the blackboard（林国达君垂直于黑板），这什么意思？"林国达傻了。林国达当然无法垂直于黑板，但这句话在逻辑上没有错误。

林国达游泳淹死了。金先生上课，说："林国达死了，很不幸。"这一堂课，金先生一直没有笑容。

有一个同学，大概是陈蕴珍，即萧珊，曾问过金先生："您为什么要搞逻辑？"逻辑课的前一半讲三段论，大前提、小前提、结论、周延、不周延、归纳、演绎……还比较有意思。后半部全是符号，简直像高等数学。她的意思是：这种学问多么枯燥！金先生的回答是："我觉得它很好玩。"

除了文学院大一学生必修逻辑，金先生还开了一门"符号逻辑"，是选修课。这门学问对我来说简直是天书。选这门课的人很少，教室里只有几个人。学生里最突出的是王浩。金先生讲着讲着，有时会停下来，问："王浩，你以为如何？"这堂课就成了他们师生二人的对话。王浩现在在美国。前些年写了一篇关于金先生的较长的文章，大概是论金先生之学的，我没有见到。

王浩和我是相当熟的。他有个要好的朋友王景鹤，和我同在昆明黄土坡一个中学教书，王浩常来玩。来了，常打篮球。大都是吃了午饭就打。王浩管吃了饭就打球叫"练盲肠"。王浩的相貌颇"土"，脑袋很大，剪了一个光头，——联大同学剪光头的很少，说话带山东口音。他现在成了洋人——美籍华人，国际知名的学者，我实在想象不出他现在是什么样子。前年他回国讲学，托一个同学要我给他画一张画。我给他画了几个青头菌、牛肝菌、一根大葱,两头蒜,还有一块很大的宣威火腿。——火腿是很少入画的。我在画上题了几句话,有一句是"以慰王浩异国乡情"。王浩的学问,原来是师承金先生的。一个人一生哪怕只教出一个好学生,也值得了。当然,金先生的好学生不止一个人。

金先生是研究哲学的,但是他看了很多小说。从普鲁斯特到福尔摩斯,都看。听说他很爱看平江不肖生的《江湖奇侠传》。有几个联大同学住在金鸡巷,陈蕴珍、王树藏、刘北汜、施载宣(萧荻)。楼上有一间小客厅。沈先生有时拉一个熟人去给少数爱好文学、写写东西的同学讲一点什么。金先生有一次也被拉了去。他讲的题目是《小说和哲学》。题目是沈先生给他出的。大家以为金先生一定会讲出一番道理。不料金先生讲了半天,结论却是:小说和哲学没有关系。有人问:那么《红楼梦》呢?金先生说:"红楼梦里的哲学不是哲学。"他讲着讲着,忽然停下来:"对不起,我这里有个小动物。"他把右手伸进后脖颈,捉出了一个跳蚤,捏在手指里看看,甚为得意。

金先生是个单身汉(联大教授里不少光棍,杨振声先生曾写过一篇游戏文章《释鳏》,在教授间传阅),无儿无女,但是过得自得其乐。他养了一只很大的斗鸡(云南出斗鸡)。这只斗鸡能把脖子伸上来,和金先生一个桌子吃饭。他到处搜罗大梨、大石榴,拿去和别的教授的孩子比赛。比输了,就把梨或石榴送给他的小朋友,他再去买。

金先生朋友很多,除了哲学家的教授外,时常来往的,据我所知,有梁思成、林徽因夫妇,沈从文,张奚若……君子之交淡如水,坐定之后,清茶一杯,闲话片刻而已。金先生对林徽因的谈吐才华,十分欣赏。现在的年轻人多不知道林徽因。她是学建筑的，但是对文学的趣味极高，精于鉴赏，所写的诗和小说如《窗子以外》《九十九度中》风格清新，一时无二。林徽因死后，有一年，金先生在北京饭店请了一次客，老朋友收到通知，都纳闷：老金为什么请客？到了之后，金先生才宣布："今天是徽因的生日。"

金先生晚年深居简出。毛主席曾经对他说："你要接触接触社会。"金先生已经八十岁了，怎么接触社会呢？他就和一个蹬平板三轮车的约好，每天蹬着他到王府井一带转一大圈。我想象金先生坐在平板三轮上东张西望，那情景一定非常有趣。王府井人挤人，熙熙攘攘，谁也不会知道这位东张西望的老人是一位一肚子学问、为人天真、热爱生活的大哲学家。

金先生治学精深，而著作不多。除了一本大学丛书里的《逻辑》，我所知道的，还有一本《论道》。其余还有什么，我不清楚，须问王浩。

我对金先生所知甚少。希望熟知金先生的人把金先生好好写一写。

联大的许多教授都应该有人好好地写一写。

1987年2月23日

随遇而安

我当了一回“右派”，真是三生有幸，要不然我这一生就更加平淡了。我不是1957年打成“右派”的，是1958年“补课”补上的，因为本系统指标不够。划“右派”还要有“指标”，这也有点奇怪，这指标不知是一个什么人所规定的。

1957年我曾经因为一些言论而受到批判，那是作为思想问题来批判的。在小范围内开了几次会，发言都比较温和，有的甚至可以说很亲切。事后我还是照样编刊物，主持编辑部的日常工作，还随单位的领导和几个同志到河南林县调查过一次民歌。那次出差，给我买了一张软席卧铺车票，我才知道我已经享受“高干”待遇了。第一次坐软卧，心里很不安。我们在洛阳吃了黄河鲤鱼，随即到林县的红旗渠看了两三天。凿通了太行山，把漳河水引到河南来，水在山腰的石渠中活活地流着，很叫人感动。收集了不少民歌，有的民歌很有农民式的浪漫主义的想象，如想到将来渠里可以有“水猪”“水羊”，想到将来少男少女都会长得很漂亮。上了一次中岳嵩山。这里运载石料的交通工具主要是用人力拉的排子车，特别处是在车上装了一面帆，布帆受风，拉起来轻快得多。帆本是船上用的，这里却施之陆行的板车上，给我十分新鲜的印象。我们去的时候正是桐花盛开的季节，漫山遍野摇曳着淡紫色的繁花，如同梦境。从林县出来，有一条小河。河的一面是峭壁，一面是平野，岸边密植杨柳，河水清澈，沁人心脾。我好像曾经见过这条河，以后还会看到这样的河。

这次旅行很愉快，我和同志们也相处得很融洽，没有一点隔阂、一点别扭。这次批判没有使我觉得受了伤害，没有留下阴影。

1958 年夏天，一天（我这人很糊涂，不记日记，许多事都记不准时间），我照常去上班，一上楼梯，过道里贴满了围攻我的大字报。要拔掉编辑部的“白旗”，措辞很激烈，已经出现“右派”字样。我顿时傻了，运动都是这样：突然袭击。其实背后已经策划了一些日子，开了几次会，作了充分的准备，只是本人还蒙在鼓里，什么都不知道。这可以说是暗算，但愿这种暗算以后少来，这实在是很伤人的。如果当时量一量血压，一定会猛然增高。我是有实际数据的，“文化大革命”中我一天看到一批侮辱性的大字报，到医务所量了量血压，低压 110，高压 170。平常我的血压是相当平稳正常的，90—130。我觉得卫生部应该发一个文件：为了保障人民的健康，不要再搞突然袭击式的政治运动。

我在一篇写“右派”的小说里写过：“写了无数次检查，听了无数次批判……她不再觉得痛苦，只是非常地疲倦。她想：定一个什么罪名，给一个什么处分都行，只求快一点，快一点过去，不要再开会,不要再写检查。”这是我的亲身体会。其实,问题只是那一些,只要写一次检查,开一次会,甚至一次会不开,就可以定案。但是不,非得开够了“数”不可。原来运动是一种疲劳战术,非得把人搞得极度疲劳,身心交瘁,丧失一切意志,瘫软在地上不可。我写了多次检查,一次比一次更没有内容,更不深刻,但是我知道,就要收场了,因为大家都累了。结论下来了:定为“一般右派”,下放农村劳动。

我想起金圣叹。金圣叹在临刑前给人写信,说:“杀头,至痛也,而圣叹于无意中得之,亦奇。”有人说这不可靠。金圣叹给儿子的信中说:“字谕大儿知悉,花生米与豆腐干同嚼,有火腿滋味”,有人说这更不可靠。我以前也不大相信,临刑之前,怎能开这种玩笑?现在,我相信这是真实的。人到极其无可奈何的时候,往往会生出这种比悲号更为沉痛的滑稽感,鲁迅说金圣叹“化屠夫的凶残为一笑”,鲁迅没有被杀过头,也没有当过“右派”,他没有这种体验。

“右派”的遭遇各不相同,有幸有不幸。我这个“右派”算是很幸运的,没有受多少罪。我下放的单位是一个地区性的农业科学研究所。所里有不少技师、技术员,所领导对知识分子是了解的,只是在干部和农业工人的组长一级介绍了我们的情况(和我同时下放到这里的还有另外几个人),并没有在全体职工面前宣布我们的问题。不少农业工人(也就是农民)不知道我们是来干什么的,只说是毛主席叫我们下来锻炼锻炼的。因此,我们并未受到歧视。

初干农活,当然很累。像起猪圈、刨冻粪这样的重活。真够一呛。我这才知道“劳动是沉重的负担”这句话的意义。但还是咬着牙挺过来了。我当时想：只要我下一步不倒下来，死掉，我就得拼命地干。大部分的农活我都干过，力气也增长了，能够扛 170 斤重的一麻袋粮食稳稳地走上和地面成 45 度角那样陡的高坡。后来相对固定在果园上班。我们和农业工人干活在一起，吃住在一起。晚上被窝挨着被窝睡在一铺大炕上，农业工人在枕头上和我说了一些心里话，没有顾忌。我这才比较切近地观察了农民，比较知道中国的农村、中国的农民是怎么一回事。这对我确立以后的生活态度和写作态度是很有好处的。

1959 年底给我们几个人作鉴定，参加的有工人组长和部分干部。工人组长一致认为：老汪干活不藏奸，和群众关系好，“人性”不错，可以摘掉“右派”帽子。所领导考虑，才下来一年，太快了，再等一年吧。这样，我就在 1960 年在交了一个思想总结后，经所领导宣布：摘掉“右派”帽子，结束劳动。暂时无接受单位，在本所协助工作。1962 年初，我调回北京，在北京京剧团担任编剧，直至离休。

摘掉“右派”分子帽子，不等于不是“右派”了。“文革”期间，有人来外调，我写了一个旁证材料。人事科的同志在材料上加了批注：“该人是摘帽‘右派’，所提供情况，仅供参考。”

我对“摘帽‘右派’”很反感，对“该人”也很反感。“该人”跟“该犯”差不了多少。我不知道我们的人事干部从什么地方学来的这种带封建意味的称谓。

“文化大革命”，我是本单位第一批被揪出来的，因为有“前科”。

“文革”期间给我贴的大字报，标题是：“老右派，新表演”。我搞了一些时期“样板戏”，江青似乎很赏识我，但是忽然有一天宣布：

"汪曾祺可以控制使用。"这主要当然是因为我曾是"右派"。在"控制使用"的压力下搞创作,那滋味可想而知。

一直到1979年给全国绝大多数"右派"分子平反,我才算跟"右派"的影子告别。我到原单位去交材料,并向经办我的专案的同志道谢:"为了我的问题的平反,你们做了很多工作,麻烦你们了,谢谢!"那几位同志说:"别说这些了吧!二十年了!"

有人问我:"这些年你是怎么过来的?"他们大概觉得我的精神状态不错,有些奇怪,想了解我是凭仗什么力量支持过来的。我回答:"随遇而安。"

丁玲同志曾说她从被划为"右派"到北大荒劳动,是"逆来顺受"。我觉得这太苦涩了,"随遇而安",更轻松一些。"遇",当然是不顺的境遇,"安",也是不得已。不"安",又怎么着呢?既已如此,何不想开些。如北京人所说:"哄自己玩儿。"当然,也不完全是哄自己。生活,是很好玩的。

随遇而安不是一种好的心态,这对民族的亲和力和凝聚力是会产生消极作用的。这种心态的产生,有历史的原因(如受老庄思想的影响),本人气质的原因(我就不是具有抗争性格的人),但是更重要的是客观,是"遇",是环境的、生活的,尤其是政治环境的原因。中国的知识分子是善良的。曾被打成"右派"的那一代人,除了已经死掉的,大多数都还在努力地工作。他们的工作的动力,一是要实现自己的价值。人活着,总得做一点事。二是对生我养我的故国未免有情。但是,要恢复对在上者的信任,甚至轻信,恢复年轻时的天真的热情,恐怕是很难了。他们对世事看淡了,看透了,对现实多多少少是疏离的。受过伤的心总是有痕的。人的心，是脆的。

这是没有办法的事。

为政临民者，可不慎乎。

康

濯

怀念萧三

那天下午，我去医院看望萧三同志。我们已有十五年没有见面了。这是怎样风狂雨骤的十五年哇！十五年中他受到的折磨，是不难想象的。那么，现在他会是什么样子呢？

一进病房我就发现他确是老多了，早就患着的肺气肿、哮喘病也更严重了，呼吸急促，伴着特有的喘息和哮鸣。然而他的精神却是很兴奋的，脸色在灰白中透着鲜明的红晕。他撇着胡子，眉开眼笑，紧紧抓住我的手，叫着我的名字，喘吁吁地说：“又见到你哪！好，好哇！”

他的神情中似乎流露出说不尽的欢欣，可是陡然之间，眼里又滚下了泪珠，两只手也哆哆嗦嗦地颤抖起来了。

我忙说：“萧三同志，快坐下，别激动，您身体不好！”

“我不是、激动，是有、喜事，大喜事哇！”他仍然两手哆嗦不止地说，“今天上午，组织上、送来了、对我的、最后结论，我看了，签了字。

过去、所有的、帽子，都摘掉了，大大小小的、尾巴，也都，一点不留了。我，没有、任何问题！恢复了，党组织生活哇！就是，今天上午、今天啦！”他一边吃力地说着，一边指着病床前桌上的台历。

顺着他的手势，我看了看台历，这天正是1979年9月26日。

我禁不住心中的激动，也说不清是痛心还是难过。萧三这位老同志，六十多年前就在湖南第一师范和毛主席同学，二十年代进入党的队伍后，一直是党的活动家，后来又成了国内外著名的诗人。三十年代他在苏联，通过与鲁迅先生联系，对把我国革命文艺同国际无产阶级文艺联系在一起，做出了重要贡献。建国以后，他更为促进我国人民同世界各国人民的友谊，不顾高龄，奔波于亚、欧、拉美之间。像这样一位把自己的一生都献给了革命事业的老同志，又有什么“帽子”可戴，“尾巴”可留，要在十多年中受审查、坐监狱，甚至出狱后还要交给街道组织监督和管制呢？但是为了不让他过于激动，我不便多说，只能再三嘱咐他保重身体，便离开了病室。

我是1939年春天，在延安认识萧三同志的。当时他刚从苏联回国，住在延安北门外山坡上鲁迅艺术学院的窑洞里。我听过他的报告，看过报纸上发表的他新写的诗歌。有一首写他途经新疆回国的诗，开头是：

我朝着天山一揖又一拜，
天山啊喜笑又颜开。

真是唱不尽游子之情，说不完回国参加抗日战争和革命斗争的喜悦。虽然多年活跃于国际文坛上，其笔底诗风竟仍然充溢着我们民族的风格，他的这首诗是四十多年前发表的，以后我再也没有重读过，却一直永记不忘，历久常鲜。

1939年夏天，我离开延安，到晋察冀边区后，仍然经常读到他在延安报刊上发表的一些诗文，并十分喜爱后来由他主编的刊物《大众文艺》。1945年抗日战争胜利后，他到了当时晋察冀边区首府、刚解放的城市张家口，我们又见了面。在那里，我先是做工会工作。碰到萧三同志时，他多次关心地问到工会和工人的情况，谈起来我才知道，他在1927年前后，曾经是张家口地区党的主要负责人，并领导过工人运动。以后我调到边区青年联合会，编《时代青年》。我们刚进城，第一次出版铅印大刊物，深感缺稿，好稿尤其少。我们开了个座谈会，请延安来的老文化人为边区的小青年们多写些文章。萧三同志也参加了这个座谈会，他表示：

“我响应！我写！我们就是要多给青年人写文章，帮助青年学习嘛！”

我们拿来了萧三同志的名著《毛泽东同志的青少年时代》。这个作品，当时《晋察冀日报》想要，周扬等同志主编的《北方文化》想要，丁玲等同志主编的《长城》也想要，但萧三同志还是把这部稿子给了《时代青年》。

“你们的刊物读者多，发行量大，”萧三同志撇撇胡子，笑着说，“对作者，这是最大的安慰。”

他这一作品，在我们刊物上连载了一年多。1947年我们撤退到山区，刊物编辑部同萧三同志住一个村子，他更是亲自按时送稿，并且绝不写一节交一节。他感到，临时抱佛脚是写不好文章的，写起后一定要放一放，多看几次，多改几次，并认为这也是一种学习和提高。他还说，连载的东西更要谨慎，写到后面，常会发现与前面写成的部分有衔接、照应不到之处，必须修改。何况这又是写的毛泽东同志，能允许有一丝一毫疏忽吗？也因为这样，同住一起时，他总要每期都看清样的。

萧三同志这种严肃、认真的精神，是无处不在的。1948 年 8 月在石家庄成立了华北文协，由萧三同志负责，我是协会刊物《华北文艺》的编辑之一。当时我们住在华北局附近，萧三同志住在平山县西柏坡附近的中央机关。每期编好的稿件都送去请他审查，他总是很快看完寄回，复信更极其详尽，每一篇都谈到，有的还亲自动手改，对我们编辑自己写的稿子既鼓励备至，又不放过任何缺点，也绝不忘记督促我们好好学习、斗争、写作。因而他的信我们总要传看好几遍，并认真讨论、执行的。

解放后我们同在中国作家协会工作，见面更多了。后来，他搬到东单麻线胡同，我也去过几次。但是，大家都忙，见面多在会议上，去他家也多是陪外宾，因此比过去反而谈得要少。不过萧三同志也曾在会议间隙，几次对我说：

“要多写，多学习，多到斗争生活中去。组织上分配的工作要做好，可也不要掉进行政工作里拔不出来。”他像往常一样撇着胡子笑笑，透着对晚辈的亲切关注，“当然，你写得也不算少。唉，我不行。”他似有歉疚地摇了摇头，“太忙了！根本坐不住！”

“你写得也不少哇!”我说。他经常出国,的确坐不稳,但也还是常有作品发表的。

“我得赶哪!”他显得颇有感慨,“否则,不学不写,不会更落后?”

后来有一次,也是在说了这些话之后,我又想起来问他:

“听说你在编《革命烈士诗抄》,给青年出版社编,是吗?你还像过去支持《时代青年》一样,关心青年教育哇!”

“我年轻时做过共青团工作。”他说,“编烈士诗,我还正要找你哩!”

原来他听说我写过一篇关于晋察冀边区青年烈士金方昌的文章,其中引了烈士牺牲前的一首诗,要我抄给他,准备编进诗抄里去。

“那只有两句。”我说。

“两句也要。”

这就是后来《革命烈士诗抄》中最短的一首:

严刑酷狱奈何我,

颔首流泪非丈夫!

然而,全心编辑了惊天地泣鬼神诗篇的萧三同志,不久竟被认为是所谓对党“不忠”,而受到“左”的迫害。1963年我刚调回湖南的时候,中央在北京召开的一次文艺会议,就没请他参加。1964年他来湖南,又是下乡,又要看望他一位老姐姐,带的行李颇重,却只是光身一人。六十八岁的老革命家,出门都没个助手。不过萧老丝毫没有“颔首流泪”的影子，仍然精神焕发，情绪高昂，一到长沙就参加省贫下中农代表会议，访问，谈话，对人民“一揖一拜”地紧张活动着，晚上又突击写诗，那就是发表在当时《湖南文学》上的几首诗。不久之后，他就被打入了地狱……

1979 年 10 月底，萧三同志参加了全国第四次文代大会，并在 11 月初的作家协会代表大会上，作了一次发言。他情绪亢奋、昂扬，从不久前的恢复组织生活讲起，尽管是在喘息中两三个字一顿地讲着，却对“四人帮”进行了有力的控诉，还表露了新的生命开始的激情和干劲。那几天他还参加了湖南代表团召开的同乡代表茶话会。他怀着对家乡的眷恋深情，同意由湖南人民出版社重新出版他的诗集。他还告诉我们他有从 1938 年到 1967 年间三十年的日记需要整理，同时正在续写延安生活日记《窑洞城》，并在别人帮助下，整理了十一万字的新稿《毛泽东同志的青少年时代和初期革命活动》……

他虽然疾病缠身却念念不忘写作和工作。以后我还收到过他五封信，也总是谈工作、学习、工作，并告诫我“不要陷于事务主义，多写些东西要紧”。1981 年 12 月，《人民文学》发表了我一篇短篇小说《批准下乡记》，那是我写湖南农村生活的第一篇小说，写得并不好。没想到这篇东西竟得到了萧老的关心。他于 1982 年 1 月 2 日来信，在对我多方夸奖之余，也指出了其中的缺点，表现了对晚辈的深深的企望。谁料到这竟是萧三同志给我的最后一封信和最后遗言。

去年 7 月初，我在北京，得知萧三同志病情长期恶化后略有好转，允许亲属和友人去医院看望了，我便立即赶去看他。他还在打吊针。气管早切开了，看来仍很危险，不过人已清醒，只是不能说话。

当时他刚刚睡去。我虽轻轻进入病房，还是把他弄醒了。他认出了我，仍然撇撇胡子，露出一丝笑意，招手让我坐到病床边上。我问候他，安慰他，汇报自己来北京的情况。他不断点头微笑，然后，伸出手在空中给我写字。写了好几遍，我和陪护的同志都没认出来，萧三同志就在我伸出的手掌上写，我这才认出是个“学”字。当我也写了一遍，同他印证时，他连连点头，同时撇撇胡子，嘴边不再只是笑意，而是很明显地笑出来了。

那是多么难得的一笑！然而却使我暗自怆然。我以为那一次就是诀别了，抑制不住胸中的悲伤，差点掉下泪来，却想不到萧老竟以极其顽强的生命力继续挺立了半年多，并指点他的秘书整理了一些未了的著作。这种精神多么宝贵！这不正是最后留给我的那个“学”字所蕴藏的一切么！那个“学”字显然包含着萧老长长一生中学习、斗争、工作、写作的全部内容，包含着一位老革命家和老诗人的全部最高尚的品格。那个“学”字所包含的一切令我长留记忆，更促使我要尽力发扬。因为那是萧三同志永远向党和人民“一揖又一拜”的孺子牛精神，是他为了祖国而提倡决不“颔首流泪”的精神，只要体现了这种精神，就一定会看到萧三同志撇着胡子，在九泉含笑。

1983 年 4 月 17 日于长沙

老会长

我同子弟兵的母亲戎冠秀同志的认识是1939年12月，我在华北联合大学文工团工作的时候，碰到日寇“扫荡”，我们日夜爬山过岭，转移到了平山县下盘松村。这里地处深山沟，村子不富裕，群众却热情得很。我们号房子、借炊事家具都很顺利，实在碰到困难时，就听村里干部说：“找老会长吧！”

当时晋察冀边区农民都把村农会主任喊成“会长”，但在下盘松，我们却发现“老会长”是指村妇救会主任，名叫戎冠秀。她当时四十二三岁，长得精壮结实，一双半解放的脚，走路还挺利索。我们还发现老会长戎冠秀不仅管妇救会的事，村里不管什么困难都找她解决，她也都管。因此，每天在街上总看见她风风火火地忙个不停。

住了一两天，村里就让我们演戏。我们当然立即答应。不过困难真不少。没舞台，长途行军后我们布也很少，服装、道具更是什么也缺。于是全村动员。弄木头、搭台子有干部们负责。幕布、服装就都是老会长的事了。戎冠秀也真有威望、有办法。要向一个中年汉子借皮袄,他半开玩笑地显得有点不大痛快,老会长就跑去也半认真、半开玩笑地对他说:

“你这个人还是抗日积极分子哩,一件旧皮袄,还不给我拿出来!怕冷的话,把我家李有的旧大袄给你披一下。”李有是戎冠秀的男人,“再不的话,我可要骂啦!”

那汉子忙说:“我借我借!老会长可别骂!我也不要李有的大袄披。”

“这还像话!”戎冠秀笑了。但她仍让女儿把她爹的旧大袄送给了那汉子。

更难的是我们舞台上挂的边幕也缺一幅白布。老会长忽然想到村里一户人家还有半匹白土布,新的,准备做被里。这谁敢去借!老会长想了想,认为有可能借到,就找了那户人家的一位亲戚出面。可那位亲戚还是空身回来了,说:

“人家只等下过水就要用,也怕弄脏了。”

戎冠秀高兴地说:“这就问题不大了。”于是她自己跑了去,说是借用了嘛脏总是要弄脏一点的,等用过了,我替你们下下水,我保证给洗得干干净净。

那家人听了戎冠秀的话,忙说:“老会长都讲了,沾,沾,可沾哩!”

我们的戏还要一件妇女穿的花棉袄,这可把整个下盘松难死了。后来有人想起,上盘松有个从山沟外面娶来的新媳妇,有件花棉袄。可听人说,人家娶过来两年多,才穿过三回,这你能借?戎冠秀亲自去了。见了人家就说:

"唉！这么好的衣裳，要是我，也舍不得借呢！可人家是从延安毛主席那里来的戏剧团，人家不远几千里走到我们这搭儿来抗日，我们呢？也是非抗日不可！谁叫他日本鬼子来欺负咱们啦！……人家演抗日的戏，也请你们去看。可就缺这么一件花袄！哎呀，这咋办呀？"

那家新媳妇也说："哎呀，这咋办呀？……"

"要不，这样吧！好媳妇，你揣上这袄跟我走一趟，看看那个演戏的女同志穿了合适不合适。如若合适的话，你还先把袄揣回来，等到演戏那天你去看戏时再带上，就叫人家上台时穿一下，演完那个戏你就收回。交袄，收袄，我都跟你一起办。你看行不？"

"啊啊，那要看我家他……"新媳妇忸忸怩怩的，"我做不了主哇，老会长！还有我婆婆、公公……"

"不用讲啦！"从屋里出来一个老头说，"人家老会长亲自跑来了，说了那么些好话！再说八路军共产党为了抗日，多少人都牺牲了！就找块干净布，包上这花袄交老会长带回。等看完戏你就捎回来，不用叫老会长再跑腿送了。"

我们就这样顺利进行了演出，而且还在附近演了三场，受到群众热烈欢迎。从此村里谁见了我们，都跷起大拇指，说："演得好！好！"可是我感到我们演的戏，再好也不如老会长的风格高和形象鲜活感人，叫人久久难忘。

我们在下盘松住了半个多月。后来还知道戎冠秀是附近一带有名的拥军模范，也是劳动模范，还是村里抗日军人家属代耕团的团长。她待我们团的病号也是送挂面，送鸡蛋，问医问药。哪个抗属家缺柴火，她就给背两捆去。抗属修房盖屋，她都去动手和泥、挖土、赶牛，一双半大的脚干起来还能顶个壮劳力。她男人李有是村农救会主任，后来是村里各界抗日救国联合会——村抗联会主任，可是工作上老会长戎冠秀好像还要显得更受人注意一些。

第二次见面是在1944年2月，刚刚过了春节，晋察冀召开的边区第一届群英大会上，地点是阜平县北崖村。

那是日本鬼子对晋察冀边区最残酷的1943年秋季大“扫荡”之后，许多知名的战斗英雄和劳动模范都参加了会议。像阜平五丈崖爆炸英雄李勇、曲阳民兵麻雀战英雄李殿冰、涞源在大“扫荡”中仍然生产大丰收的女模范韩凤龄，就都是会上的知名人物，在边区也早已老少皆知。他们不论谁往哪里一站，就总有一堆人围上去。戎冠秀同李勇、韩凤龄这些在一组，我也在这组听会、作记录。我们这一组李勇、李殿冰战斗经历丰富、生动，他们也会讲；胡顺义、韩凤龄一开口也是滔滔不绝。开了两天会，全是些英模的发言占去了，包括戎冠秀在内名气还不大的少数几个可一直还没轮上。第二天晚饭后，我就特意动员了她一下。她执意不答应：

“我不够模范，没甚讲的。”

“不要过分谦虚！”我说，“选你来开这个会，是大家伙的心意，也是组织交给的任务。”

她一听“组织任务”，立即显得严肃起来，眼也马上更亮了。因为那时候“组织”就是党的代号，而党在每个革命者心中都是极其庄严的。她虽还诚恳地表示自己当模范确实不够，但随即就同我商量起发言内容来了。她主要是讲拥军的事，信口一提就多得很，而且每一件具体事就可以讲好久。

第二天的上午，到会议的后半截，她才开口。仍然首先声明她当模范实在不够，接着说到她当军属代耕团长，自己参加并组织大家为军属服务的事迹，再讲到村里来了部队多是她出面安排接待，特别是来了伤病员就不论先到谁家可都有人告诉她。她家里再困难也要准备一点小米、挂面、鸡蛋和香油，给伤病员吃。一次担架送来一位重伤员到了她家里，她立即把伤员安顿到炕上，有一个跟来的护士要给伤员洗伤口、上药和包扎，伤员可怎么也躺不安稳，直到戎冠秀把伤员的脑袋枕到自己的大腿上，两手半抱着伤员，那位伤员才比较舒适、安稳地喘着粗气，接受治疗。这时戎冠秀就小声说着话儿安慰伤员，又不断给伤员擦汗，并让女儿给冲好半温的蜂蜜水凉着，伤口包扎好就一口一口给喂水——那时我们根据地白糖、红糖、冰糖什么糖都没有！不过蜜水也甜哇！老会长喂水直喂到伤员睡着了，才轻轻慢慢地爬下炕来，再准备鸡蛋、挂面，等伤员醒了又一口一口喂……

戎冠秀的发言平平稳稳，无风少浪，一边讲，一边模仿侍候伤员的动作，神色似乎也沉入了当时的情景之中。她还讲到伤员身子挺沉的，她也累了，可是不觉着。头发散乱得遮了眼睛，她也不觉，是闺女给她梳理了。脑袋上一头汗，也是闺女给擦。身上热得那个燥劲儿，可又觉有股小凉风，嗨，是李有给扇扇子。她还要使劲儿看着护士同志是怎样洗伤、上药和包扎，以后有了伤员万一又没有医生护士，多少有个谱谱……如今抗日是天下头等大事，妇女们上不了火线，还能连个伤员也不会侍候么！……

老会长讲得不紧不慢，绘声绘色，使整个分组会场格外安静，所有的人几乎都屏气定息，抽烟的早已不抽了，他们都聚精会神地听着，如身临其境。戎冠秀生动的发言讲了一个多小时，讲完了，会场上仍悄声无息，好像没听够似的。直过了半袋烟的工夫，听的人才喘过一口大气，并开始有几双巴掌在鼓掌。接着就猛地一下全体鼓掌，越鼓越热烈，同时也有人高挺着大拇指，一边喊着：

“好！”

“了不起！”

“这才是真正拥军模范！”

李殿冰、李勇、韩凤龄这些大英模更挤上去围住戎冠秀，轮流伸出两个巴掌拍着老会长的肩膀和胳膊，跳跳蹦蹦地喊着：

“你这是拥军大模范！”

“是特级大英雄！”

“是真正的压轴子戏，我们可算服啦！”

会场上一片欢声笑语，欢笑的人差不多每一个都眼里含着泪花。戎冠秀更是喜泪涟涟，一边不停地说着：“我不够，我不够。”一边摘下包头巾擦了擦眼。

上午散会的时候，我却早已急得心里火烧火燎的。因为刚才参加会的边区干部中没一个主要负责人。下午一定要请军区和边区的主要负责同志去听会。

下午，军区政治部副主任兼组织部长李志民等首长参加了会。劳模们在首长面前都不愿随便开口。李勇要戎冠秀先讲，他说：“你可是真模范，上午才开了个头，快接着讲吧！”戎冠秀直摆手，连说：“我可不够模范，也讲完了，没嘞没嘞。”她显得更加腼腆和羞臊。胡顺义、韩凤龄他们就向首长学说着戎冠秀上午讲到的事迹，说她确实了不起，她的事迹保准还丰富得很。这时李志民同志站起来了，走到戎冠秀面前，俯身拍着她肩膀说：

"大娘，请你再讲讲吧，你看，我们忙得没有早些来听你发言，失掉了学习的机会，很对不起哩！你就再跟我们补补课吧！"

戎冠秀赶紧摘下头巾擦眼泪，同时嘴有点哆嗦地说：

"首长，快，快坐下！我可担待不起你说的话哇！我就把讲过的，再啰嗦几句吧！"

于是她又细水轻流地再讲了一遍。李志民和边区首长激动得眼红了……

戎冠秀喝了两口水，接着说："那是1941年鬼子'扫荡'的事，那一回鬼子到了我们沟口上，八路军和民兵打得它没敢进沟，我侍候、照顾的几个伤员都是在家里炕头上。后来大'扫荡'，那可厉害多了！鬼子进了我们山沟沟，村里待不住，一个重伤员刚刚送到我家门口，担架也刚走，就有了情况，鬼子离我们村不远了。李有他们赶快组织全村转移。我把需用的东西包了个包袱，交给了闺女，就让她把伤员抱到我肩背上，她在后边扶着点，我背上就赶着出村、上山，又得快走，又怕磕碰着伤员，路又坷坷坎坎的，歇息吧也不敢多歇，直到进了个山洞，才叫闺女铺下个褥子，放下伤员，喘了两口气……"

老会长忙忙又说，可伤员躺下直哼哼呢！比刚才背在背上哼叫得还厉害！她蹲下一看，嗐！人家是伤的后背和大腿，这能仰面躺着？可趴着吧，褥子薄，地下坑坑洼洼的。她就自己坐在褥子上，伸直两腿，让伤员上半身趴在她腿上，这才不哼哼了，光喘粗气。她忙叫女儿搭了个灶，点着火，坐了一小瓦盆开水，把她夏天穿的一件白布坎肩煮上消了毒，再剪开给伤员洗伤，当时没护士没医生，只得自己干。跟着，李有和乡亲们都来了，说是外面把好了岗，这里要什么就讲。戎冠秀说，要草药洗伤、敷伤，还得熬了给伤员喝。李有说，已安排了。后来就洗，敷，包扎，喂蜜水，喂鸡蛋面，喂药。伤员的气息平稳些了，不久还睡着了。几天以后，又把伤员往更远的山沟里转移了一次。并大老远找来了部队的医生、护士几次治疗和换药。直到伤员完全康复，重上前线，戎冠秀都始终侍候到底，从没离开。而且在去年的反“扫荡”中，戎冠秀在送走了这个重伤员之后，又同样侍候了另一个重伤号，以及另外两个轻伤号……

老会长讲完后，会场上响起热烈的掌声。是李志民同志和边区另两位首长带头鼓掌的。

李志民同志最后宣布：明天起，是两天大会发言，李勇、李殿冰、胡顺义、韩凤龄这些大家知道的模范还要讲，戎冠秀更要讲，大家对她都还不大了解，明天就先讲！

这天晚上，军区和边区抗联会、妇救会的同志，又专门看望了戎冠秀，鼓励她明天一定要讲话。

那时聂荣臻司令员不在，刚刚去延安准备参加党的七大去了。原冀中军区司令员程子华同志代理晋冀军区的工作。第二天上午开大会时他坐在主席台上，在念到戎冠秀发言的时候，他立即站起来鼓掌欢迎。戎冠秀上台向毛主席像和红旗鞠躬，向台上首长鞠躬，又转身向台下一鞠躬，这才坐到扩音机前面。

戎冠秀两眼飞快地向整个会场扫了一下，静默了一阵，才眼带泪花地说道：

“我做得很不够。如今抗日第一，八路军最亲，我只是凭自己不强的一点劳力给军属代耕，帮补着解决点困难。部队来了也跑腿安排点吃住，伤员来了，年轻人侍弄、招呼得不细致，我就把这件事揽了下来……”

接着她讲了讲昨天上午分组会上讲的，侍候那个伤员的具体过程，又讲了昨天上午所说背那个重伤员进山洞治伤的事。她说话如长流细水，边说边模仿，而且绝不夸张过分，平实得就跟日常烧火做饭、洗菜切菜一般。直讲到山洞里那个战士伤好了以后离开时，一切收拾停当，穿戴好了，临走的工夫才迈了两步，忽又猛回头朝戎冠秀扑腾跪下去，抱住她两条腿哇哇哭起来道：

“大娘，戎妈妈，你你，你是怎么个才把我这，我这大个子背上山洞的哇，你为我熬，熬脱了几层皮，瘦，瘦掉了几斤肉哇！你把我的伤治好，把我的心也染得更红了一点哪！这回我再上了前方，一定要再多再多地杀敌人、打鬼子！保证对得起乡亲们，对得起你呀，我的亲娘、母亲，我的妈妈呀你……”

戎冠秀早已在主席台桌边站起来了，也早已泪糊了一脸，她说：

“所有我们村侍候过的伤员临走，都要冲我扑腾跪下，喊我亲妈。我们共产党、八路军是不兴封建跪拜的呀！可战士们非要这样，我实在忍不住也当头对面跪下去，抱住他们就哭……他们都是有大功的哪，我算个啥哟！……今天还同这么多首长一起，坐在台上……”

这时主席台上几位首长早也站起来了。程子华同志已走到台口上，侧身对着拿头巾直擦眼泪的戎冠秀说：

“戎妈妈！你同样立了大功！我们的战士完全应该尊重你，把你当亲妈一样地跪拜！”程子华同志满脸严肃，庄严地举手向老会长行了个军礼道：

“我代表军区聂司令员，代表晋察冀军区全体指战员，向子弟兵的妈妈戎冠秀同志致敬！”

全场热烈鼓掌，春雷震动，所有英雄模范和干部战士都一张笑脸，一眶热泪，身子激动得直往上一蹿一跳的。

这次英模大会后，边区抗联会还把胡顺义、戎冠秀这批英模请到我们机关驻地，座谈了两天组织、发展生产的事。我们住的马驹石村有个劳模张树凤大娘开家庭会议、做生产计划搞得好，可在交流经验时我们竟又发现，戎冠秀原来老早就建立和坚持了家庭会和做计划的制度。戎冠秀的男人李有有时脾气不好，戎冠秀还在家庭会议上当着子女的面，批评过呢！

1944年末到1945年初，边区召开了第二次群英大会。这一次比前一次更隆重，戎冠秀的事迹也被调查、搜集得更加丰富、感人，“子弟兵的母亲戎冠秀”的荣誉称号和名字从此也更加响亮。聂荣臻司令员从延安回来后，更是多次同戎冠秀会见和谈话，而且每次都亲自接送，扶她下马、上马，到北京后还会见过多次。戎冠秀无私奉献的事迹自然也随之继长增高，直到九十三岁高龄逝世，光辉永留人世。

我所认识的田汉

去年 12 月上旬，田汉同志诞生八十五周年的时候，北京和长沙都隆重举行了纪念会。当时我没去北京，也因出差外地而没在长沙，以致未能与会的遗憾心情至今犹在。这位我国革命新文艺运动早期的先进战士在我心中留下的印记，也因之而日久益深。

我是 1932 年秋天，在长沙读初一下期，开始课余跑图书馆的时候，第一次读到田汉的作品的，那就是独幕剧《咖啡店之一夜》。当时我才十二岁，自还少不更事，但感情上所受莫可名状的正义的激动，却好像几十年都未消失。以后又看过他另外一些作品。印象更深的，是 1937 年抗日战争爆发后不久的多幕剧《卢沟桥》，这一作品对我当时坚定去延安的决心，都有过间接的影响。因而到延安之后，在鲁迅艺术学院文学系听系主任周扬同志讲我国新文学史，田汉便也是我特别关注的作家之一。并通过看作品、读评论以及听到的介绍和传说，对田汉和他的作品很快形成了一个革命浪漫主义的印象，感到其人其文总都是热情奋发、才华横溢的。

抗日战争胜利后争取国内和平的那一时期，美国曾经邀请过我们解放区派一个文化代表团前往访问，党中央也曾决定由周扬同志率团前往，周扬同志并已于 1946 年 7 月离开当时解放区的中心城市张家口，到上海办理赴美手续。但是，国民党不发护照，周扬同志只得又乘飞机从上海返解放区。机场的那次送行显然是一场斗争，田汉同志也是众多的送行者之一，他并且触景而激情勃发，当即口占七言绝句一首相送，新华社临场报道的这首诗是：

东风不与便周郎，却趁南风返朔方。
何必镀金方灿烂，已为民主放光芒。

这是 1946 年 8 月传扬海内的新闻，我只从当时张家口报端读过一遍，却几十年记得一字不错。田汉同志的革命热情和才气，由此也可见一二。

全国解放后，作为晚辈，认识了田汉同志，第一个使我永远不忘的印象，是他抗日时期对湖南湘剧的热切扶持和深刻影响。我在中学时期曾是个湘剧的热烈爱好者，三十年代一批湘剧名演员的名字大都还记得。1938 年我去延安的时候，已知田汉同志在党和周恩来、郭沫若同志领导下的国民党军委政治部三厅负责戏剧工作，并对湘剧界积极投入抗日宣传活动起了很大的推动作用。解放初期才又具体了解到，田汉同志 1938 年曾组织了九个湘剧宣传队，分赴各地演出，许多名演员都积极参加，其中一大批先后遭迫害去世。名老生陈绍益、名丑胡普林、名花脸罗裕庭等壮烈殉国，名小生吴绍芝、名老生欧元霞和师青云、名花脸徐初云等也都在贫病和逃亡中早逝。而三十年代以这批名演员为代表的湘剧，不仅思想内容和艺术技巧的发展和提高离不开田汉，即便这些名演员高度的爱国主义、艰苦奋斗、不惜牺牲的精神和品德，也是与田汉同他们深切的友谊以及对他们的帮助、教育分不开的。这些方面的情况和事迹，我在六十年代初期被调回湖南工作后，从戏剧界的同志们口中，简直随处随时都可听到。1948 年田汉同志还曾作《湘剧忆事》五言长歌一首，其中有句云：

“文章下乡村，戏剧结队伍。”“饥饿与转徙，曾不以为苦。”“剧人宁饿死，不为敌歌舞。或编抗敌曲，或写流亡谱。辗转湘桂间，民意赖以吐。寇氛逼耒水，裕庭罹网罟。骂贼长桥畔，生气犹虎虎。普林归醴陵，遇贼板杉铺。铁铲何足惧，剧人不可侮。元霞走桂柳，一家不重聚。寂寞宜山峄，竟同群尸腐。”

同年又有《怀吴绍芝、罗裕庭》七绝一首：

梨园自有寸心丹，百战罗吴数二难。
歌舞何须唱消歇，精忠今已照人间。

这些诗作，都是我在回湖南工作后才听到、读到。

我于 1962 年 11 月，由中宣部派来参加湖南省第三次文代会，会间田汉同志从北京也到了长沙，莅会指导。我去火车站迎接，见面握手时我忙说：

“田汉同志，我来湖南工作了。”

“我知道了。”他说，“周扬同志告诉了我，立波和你都来了，可以把湖南的文艺工作认真加强一下了。”接着又说，“周扬同志还谈道，立波和你今后都要抓抓戏，这很好哇！你对湖南戏也是熟悉的嘛！”

对湖南戏我哪里说得上熟悉。不过，那些天同田汉同志在省文代会期间的接触闲谈中，却发现对于我在北京同他偶然几次一起看戏、谈戏的情景，不论是关于他的新作话剧和戏曲，或是他带去赴朝慰问的剧目，在他却大多已并无印象，唯独对我们一起在吉祥戏院看湘剧《抢伞》等剧目，剧场休息时我兴奋地向他和阳翰笙等老前辈谈的几句体会，他倒记忆犹新。并且，他还记得我那一次也曾谈到的对湖南花鼓戏的看法。而这也就是他认为我“熟悉”湖南戏的根据。这当然不过是极其过分的赞誉，究其实，这倒恰恰说明了田汉同志对湖南戏剧的特殊的爱护和关心。

那一次与田汉同志同来长沙的，还有老戏剧家郑君里、周贻白，以及田汉夫人音乐家安娥同志。我曾和他们一起，看过湘剧演出的田汉戏曲《谢瑶环》，以及徐绍清、彭俐侬演的《琵琶上路》，大家看后都十分兴奋，也谈得极其热烈。一次还从徐绍清、彭俐侬谈到早已去世的名老演员，当我提到师青云的《扫松》，欧元霞、吴绍芝的《兄弟酒楼》之后，田汉同志更是真挚而迷醉似的对湘剧有过一番纵论。他话语不多却意义深刻，对高腔、弹腔的特色和发展，对每个演员的不同风格和创造，特别对被称为“活周瑜”的吴绍芝在艺术上一招一势的特色，都有着特殊而独到的见地。后来又看花鼓戏，郑君里同志对长沙市演出的传统喜剧《装疯吵嫁》佩服得五体投地，说是“超过莫里哀”，对此，田汉同志说：

“湖南戏和中国戏曲中比得上莫里哀的确实不少，比得上莎士比亚的也不少，当然也还有超过的，可惜我们研究得太少，继承、革新、发展得太少了。”又说：“特别是在反映现代生活中继承、革新和发展戏曲传统，更需要认真下点功夫。湖南今后抓戏，怕要朝这方面做做努力。”

这就指出了一个具体方向，并且不谋而合。当时陶铸同志也在长沙，我和周立波同志陪同他看了一场花鼓戏，剧目有《打铁》《打鸟》等，在征求意见时，陶铸同志说：

“戏都不错，可是，‘打’这‘打’那，‘打’的都是历史。能不能也‘打打’现在，反映点现代生活？”

正是在陶铸同志和田汉同志的推动下，在省委领导下，湖南努力抓了两三年现代戏，并在1965年中南现代戏会演期间，既演出了优秀话剧《电闪雷鸣》，更演出了优秀花鼓戏《补锅》《打铜锣》，以及湘剧《山花》，京剧《地下火焰》，祁剧《送粮》等，这些剧目，有的至今还活跃于舞台银幕。对此我们不能不真诚怀念陶铸同志和田汉同志。

1962年田汉同志在长沙，另一使人深切难忘的，是他同湖南各剧种演员之间的至亲关系。不说话剧老、中、青演员和戏剧界的后起之秀，他们的拜访也是络绎不绝，单说湘剧老艺人，既有正活跃于舞台的徐绍清、彭俐侬、于福星、王福梅等几乎整日伴随，更有大批脱离了舞台的男女老演员不断闻风而至，其中有的还来自附近乡下或外县。

由于那几年国家正暂时困难，更由于“左”的影响以至党的政策没能较好地落实，使得有些离开了舞台的老艺人生活困难，个别的甚至温饱都难解决，有的还贫病交加。田汉、安娥同志在湖南宾馆住的那个里外套间，几乎是整日人挤人，彭俐依、王福梅不得不自愿出面搞接待。开饭时送来了饭，田汉夫妇总让平日吃不饱的老艺人先吃，而人家也不推辞，有时一顿饭送来五六回，田汉夫妇还吃不上……

在那种情景下，这位革命的老戏剧家始终不急不慢，不焦不躁，一直一个一个地听大家谈话，并且不仅是随行的秘书在一旁记录，自己也做笔记。还边听边问，对大家合理的意见总加肯定，对不大恰当的要求则婉言解释。临走的时候，还整理了一份关于老艺人的政策落实以及留录他们的艺术遗产和关心、照顾问题的材料，交给了省里的领导，其中主要问题也同我谈过。面对这一切，还有我旁听过两次他同老艺人的谈话，实在使我感到田汉同志对我国戏剧事业和戏剧工作者政治上、艺术上直到生活上的关怀简直是呕心沥血，令我激奋不已，对我教益绵长。

也就是在那几天，田汉同志从闲谈中得知，我和他都在不久前到过海南岛。不久，1963 年 4 月我到北京开会，应邀去田汉同志家看望，他送了我一幅刚刚写就的书法作品，录写了他的一首七律《赞海南女青年》：

曾过五指老林傍，几辈青春窈窕娘。
引水积肥培作物，斩荆披棘启康庄。
衣裳犹带南洋味，泥土曾怜祖国香。

莫叹作家无对象，她们端合入篇章。

描写的正是我到过的华侨农场，篇末更寓意着对我深入生活、写出作品的期望。那一回还是我最后一次见到田汉同志，当时我对他的印象，久已远不只是早期的革命浪漫主义，而是一位卓越的人民戏剧家、作家和诗人。这一印象并且历久至今而日益升华，就是说，田汉同志对我国戏剧事业和整个文艺事业的巨大贡献和呕心沥血的关注，在全国和湖南广大戏剧、文艺工作者的心灵中，以及在我个人的心灵中，显然都会悠远深长，永存不灭。

1984 年 10 月 20 日深夜于长沙

魏巍

路标

一

在这些日子里,一个伟大的灵魂震撼着人们的心灵:这就是雷锋这个普通战士的灵魂。他使我们许许多多人感动得流下了眼泪。

他,在这个世界上只活了二十二年;加入中国共产党也还不到两个年头;可是在这短暂的时间里,他活得多么纯洁,多么高尚,多么光彩啊!他的生命是过得多么有价值有意义啊!他正是毛主席所说的那种高尚的人,纯粹的人。一个人能够这样活着,即使活上一天,也胜似那浑浑噩噩的一百年!

有人说,雷锋的事迹是平凡的。可是,正是在这平凡里,我们认识了一个伟大的灵魂。在雷锋的历史上,虽没有上甘岭冲天的火光,也没有云周西村惊人的风雪,但我们完全可以说,他同黄继光、刘胡兰同样地伟大；或者说，他就是我们祖国建设年代的黄继光和刘胡兰！

雷锋，这是我们时代的真正的新人。我们这样说，是因为我们的时代，是无产阶级集体主义兴起的时代，是个人主义终将被集体主义所代替的时代；雷锋呢，不就是这种时代精神活生生的完美的典型么？你听他说："力量从团结来，荣誉从集体来"；你再听他说："一滴水只有放进大海里才能永远不干"，"一朵花打扮不出春天，只有百花齐放才能春色满园"，他就是这样心甘情愿地、毫不勉强地要"永远做一个永不生锈的螺丝钉"，自觉地"把有限的生命，投入到无限的'为人民服务'之中去"。这是多么深刻的语言，多么动人的无产阶级集体主义的歌声啊！雷锋的伟大行动，正是这种思想的耀眼的火花。正因为雷锋的周身甚至每个细胞都浸透了这种情绪，所以能同几千年私有制度留下的旧思想、旧习惯彻底决裂；这就使他有别于任何历史时代、任何阶级的英雄人物，而成为我们这个时代的、我们无产阶级所拥有的真正的新人。

雷锋啊，你虽然生活在二十世纪的六十年代，但人们从你身上，也从千千万万革命战士的身上，却看见了未来的人类，共产主义的人类。在这些日子，我常常看见你，看见你那褪了色的军衣，看见你那谦逊的微笑，你是以多么崇高的精神，招引着人们前进啊！

二

在我沉思默想的时候，仿佛听见一种深沉有力的呼喊："人们啊，在你自己的一生里，你究竟打算做什么样的人，走什么样的道路呢？”

谁在呼喊？这是生活在呼喊，它要求每一个人都要做出毫不含糊的回答。

雷锋的出现，对于我们辨认生活道路，是一个多么有力的援助！

在以往的战争年月中，人们穿行在崎岖的山径和茫茫的荒野，每当风声怒号、夜色深沉时，多怕迷失了方向，迷失了道路，而又多么容易迷失方向和道路啊！可是，这时候，只要在路边，借着模糊的星光发现了前人设置的路标，人们就会发出惊喜的喊声，更加振奋地向前行进。

现在，雷锋出现在我们的生活里，不正是一支叫人惊喜的路标么！

现在，我们的祖国早已越过了漫漫的冬夜，欢度着阳光明丽的春天。但是，正像人们所体会的，春天，尤其在初春天气，这是残冬的余威同新起的暖流进行搏战最激烈的季节。在这个新旧交替的社会里，一方面，新的人、新的思想以令人目眩的壮丽姿态茁壮成长；一方面，资本主义的、封建主义的旧势力、旧思想、旧习惯仍然以各种形式大量存在，它们每时每地都在拉我们的后腿，阻挠我们前进。这种斗争，不仅表现在阶级与阶级之间，人与人之间，而且反映在一个人的头脑中。在人生观的领域里所进行的战争，集体主义与个人主义的战争，也同样是多么尖锐剧烈啊！人们看到，就在同一家国营商店的柜台里，这边一个人是满面笑容百问不厌，那边一个人却愁眉苦脸，发出“十年寒窗付流水”的慨叹；在同一块田地上，有人为参加农业战线的斗争、促使祖国农业早日过关感到光荣，同时就有人埋怨“修理地球”耽误了自己的“远大前程”；同样的青春，同样的年龄，有人跋山涉水，为改变祖国一穷二白的面貌而感到莫大的幸福，另外却有人认为糊糊涂涂地吃喝玩乐那才算没有虚掷自己的年华……这是一场多么激烈的新旧斗争啊！我们的年轻一代，正是在这场难解难分的无产阶级同资产阶级人生观的交战中前进。他们思考着，判断着，争执着，觅寻着自己的路……

雷锋出现了！他，有如一座光芒万丈的金塔，矗立在共产主义的思想高地；他，有如一支鲜红的路标，高高插在我们生活的十字路口。现在，面对着这个伟大的战士，人们有机会再想一想：究竟要做什么样的人，走什么样的路。究竟是像雷锋那样活着，做一个大公无私的高尚的共产主义者有价值有意义呢，还是做一个自私自利的人有意义呢？或者是开一个“公私合营”的杂货铺，一年四季患得患失地度过一生有意义呢？对照雷锋的思想，我们再看一看那些旧时代的、剥削阶级的偏见，是显得多么渺小，多么可怜，多么没有意义啊！为什么人一定要当“官”或取得其他高级职位才算是活得有“价值”呢？为什么一定要高人一头、超人一等才算是有“前途”呢？为什么只有清闲、少劳动或不劳动才算是“幸福”和“快乐”呢？为什么要把服务性行业看得那么卑贱见不得人呢？这是些多么可怕而又可鄙的偏见！现在正是这些剥削阶级留下的臭垃圾阻塞着我们的去路，影响着我们许多方面建设事业的前进。我相信，雷锋的榜样，不仅给我们指出了正确的生活道路，而且加强了我们同一切旧思想、旧习惯坚决战斗的勇气。假若我们自己头脑里有这些东西，就毫不客气地向它开火吧，正如雷锋所说的，要像秋风扫落叶一样。

在学习雷锋中，有人说雷锋虽好，却高不可攀。实际上，恐怕是对放弃个人主义还缺少勇气吧。有人就坦白地说:“我要丢掉个人主义,就没有积极性了,因为前进的发动机被摘除了。”是的,摘除了一个人的“发动机”,这的确是可怕的;可是,这究竟是什么样的“发动机”呀,破旧不堪,经常在集体事业中发生故障!摘除这样的“发动机”,就可以换上一架最新最美、保你使用终生的十万匹马力的“发动机”。雷锋同志也正是装置了这样的“发动机”,所以才精神奋发,力气无穷。这架“发动机”的名字,就是他从毛主席著作里取来的、彻底的无产阶级的人生观:“全心全意地为人民服务。”让我们每一个人都取得一架这样的“发动机”飞腾前进吧!

我们要做雷锋那样的人!

我们要走雷锋那样的路!

三

学习雷锋的运动,正在我们的国家迅速展开。

这是一个共产主义思想扩展阵地的运动;这是一个促进我们的新人大批成长的运动;这是推动我国的社会主义建设迅速发展的运动。我们欢呼这个运动全面地深入地开展下去。

这个运动现在刚刚开始,在我们的周围就出现了多少动人的景象啊!过去没人打扫的走廊,现在忽然变得干干净净,你查不出是谁打扫的;过去被忘却了的煤堆,风吹日晒,现在忽然大家争着去把它团成煤球收藏起来;家庭困难的学生,书桌上忽然出现了无名氏赠送的笔记本;丈夫出门在外的产妇,屋子里忽然降临了一位烧水做饭的姑娘;不安心工作的炊事员,开始求师访友,急着提高烹调技艺;见了熟人就躲起来的理发学徒,也愉快地拿起刀剪,脸上出现了笑容……在这些日子里,就是幼儿园的孩子,也在争着给老师抹桌子、擦钢琴,连留在家里的小病号,都悄悄地把一床床被子叠好。雷锋啊,你的生命放射出来的光辉,在一刹那间,照亮了多少人的灵魂!

毛主席号召我们“向雷锋同志学习”的深远意义,越来越清楚了。在我们的国家里,应该说,像雷锋这样的英雄是不少的;但是,对于我们所进行的空前伟大而艰巨的事业,不管在哪一条战线上,都需要有更多的、成千上万的雷锋。随着运动的发展,想想吧,假若我们的工厂、公社、仓库的管理人员们,都能用雷锋拣牙膏皮的精神进行节约;假若我们的学生、干部,都能用板子上揳钉子的精神进行学习;假若我们服务性行业、商业部门的同志们,都能用风雨中送人母子回家的精神为人民服务;假若我们的艺术家们,都能用雷锋那样对党对人民的热爱和赤诚去歌唱;假若我们大家都像雷锋那样去帮助同志:我国人民和年轻一代的精神面貌将会提到怎样的高度!我们的社会主义建设将会出现何等沸腾的景象!

随着运动的发展,我们相信:在我们的队伍里,在各条战线上,必将出现千百万个雷锋!一个拥有千百万雷锋的国家,这意味着什么呢?这就意味着,我们的社会主义建设事业,必定会以更高的速度前进;我们的社会主义必定会更早地建成!这就意味着,一切今天没有的,明天就可能有;一切没有达到的,明天就会达到!

1963年3月28日晨七时

英雄树

为了赶路，天色刚交黄昏，我们就告别了清化的朋友，登车向荣市驰去。

今天，司机灵同志和波同志的准备工作特别好。两辆吉普车又重新加了伪装。车篷上插满了椰子树长大的绿枝，飘飘曳曳，就好像古代英雄的战冠上插的雉翎一般。车子一飞驰起来耳边就响起飒飒的风声，给我们的行动增添了不少战斗的风采。在前几篇文章里，我都没有来得及讲述一点越南战地夜晚的风光。其实，一到夜晚，正是这战斗的土地最活跃的时辰。尽管天色还没全黑，敌人的夜班飞机，就投下一串串的照明弹，但却阻止不住公路上长长的车队和喧腾的人流。那些白天不知隐蔽在哪里的卡车，这时都插着高高的树枝走出来了，像是一片片小丛林在公路上飞驰。只要你少许迟慢一些，就被人超过去了。路上还有一种运货的自行车，是越南同志在抗法战争中创造的。车把上绑着一根棍子，人们一手撑着棍子，一手推着车座,每辆车能推好几百斤。这种车在喧闹的公路上也排成了长队。走在路两边的,有披着伪装布、戴着软木军帽的军人,有肩上扛着锄头和枪支的妇女,还有一队一队新组成的青年突击队,男男女女,背着行李,挑着炊事用具,开往敌机轰炸最激烈的地方。他们的情绪都是这么活跃,即使你坐在车上,也可以听见他们的笑声和歌声。

为了保证行车安全,防空哨已经在漫长的公路线上建立起来。提起防空哨,凡是在朝鲜战场上生活过的同志们,都会感到很亲切吧。那些防空哨的战士,身上总是披着一层多么厚的尘土呵,他们肩上挎着步枪,手里挥着三角形的红绿小旗,夜夜守在路边。虽然事隔多年,他们那英勇的面影,还是会伴着雪花,伴着风尘闪现在你的记忆里吧。今天越南战地的防空哨,已经与那时不同了。它不是由部队的战士们担任的,而是由临近乡村的民兵担任的;那时的报警信号是防空枪,现在用的是防空灯。灯分红白两色,白色表明有敌机盘旋骚扰,红色就表明要你放胆行进。这些灯,每隔一定的距离就有一盏。它们或者嵌在粗大的竹筒上,或者挂在高高的树枝上,在黑茫茫的夜色里,以它热情的无声的语言告知行路的人们。

在越南战地的公路上,只要走上一二百公里,你就会感到那些守卫在防空灯下的人们,尤其是那些活泼的姑娘们,是多么热情了。当你的汽车从她们身边驰过的时候,尽管防空灯已经作了明白的指示,她们还是禁不住要用热情的又尖又亮的声音喊道:“同志们! 放心走吧!”“没有敌机,开快一点!”她们那热情而清脆的嗓音,在寂静的深夜里,尤其在困倦袭人的黎明之前,总是那么快那么有效地在司机心里产生了鼓舞力,把车子开得简直像要飞翔起来一般。一些性格愉快而大胆的姑娘，还断不了要同司机开几句玩笑：

“喂喂，把我带到荣市去吧！”

我们的司机灵同志，是参加过奠边府战役的老战士，性格粗犷豪迈，别人不说话，他还主动找话说呢，更别说姑娘们有意开玩笑了。这时他就会说：

“你到荣市干什么呀？”

“有要紧事呀。”

“什么要紧事呀？”

“我们的爱人在那里哪！”下面响起一阵叽叽咯咯的笑声。

“好好，那就请上车吧！”

司机灵一面说，一面加大油门，忽地一声就从她们身边开过去了。

后面又掀起一阵清脆的笑声。……

在战地公路上夜行，你不但会时时感到越南人民开朗的乐观的情绪，而且会更深切地感到，伟大的斗争把人们紧紧地联系在一起，使同志间的情谊变得更加亲密了。尽管彼此素不相识，仿佛也要说几句逗笑的话儿，才能抒发自己内心的感情。

防空灯一盏一盏地过去了。在我们的眼睛里，它已经不仅仅是某种简单的标志，而是一种热情，一种力量。当你走了好长一段路还没看到它，就会觉得缺少了一点什么；当它远远地从夜色里出现了，就会立刻给你的心头增添一种说不出的亲切和温暖。可惜的是，赶路人总是赶路要紧，很难得有机会下车来看看它们。

夜半，车行到义安省演洲县境。远远看见一盏红灯，挂得高高的，显得特别鲜亮耀目。我看司机也有些疲劳，就请他停车作片刻休息。车在防空灯近处停下了。我们走向哨位。第一眼看到的，是一株木棉树，人们常常称这种树是英雄树。这株树长得十分高大雄伟，看来总有几百年了。树干下端有好几围粗，长得像铁青色的岩石一般。那盏红灯，就悬在树上。树下一个女民兵和一个老人席地而坐守在那里，还有一个女民兵在一条长凳上睡得很是香甜。公路两旁的稻田里传来时高时低的蛙声。

我走到他们身边，向他们道了声辛苦。那位长发姑娘不好意思地笑了，虽然在暗淡的月色里看不见她的笑容，但你可以感觉出她是在愉快地微笑着。老人连忙接过去说：

“辛苦，为的是明天哪，为的是孩子们哪！”

我见老人性格爽朗，一点也不显得陌生，又问：

“你也是民兵吗？”

“倒是想参加，就是年纪不行啰！”他哈哈大笑。

“那么，你是‘白头军’吧？”

老人摇摇头，又笑了一笑。我又猜：

“那你一定是干部了？”

“这还差不多。”老人哈哈一笑，诙谐地说，“多少有一点儿！”女民兵从旁解释说：

“你们不知道，这是我们村的支部书记，还是 1930 年的老党员哩！”

我们都笑起来了。我说：

“老同志，你也来站防空哨了？”

“随便站一会儿。”老人仍旧诙谐地说。“年轻人爱困。他们白天打飞机,夜里站防空哨。坐着坐着,眼皮就打起架啦。我来看看,叫他们也多少睡一会儿。……”

我正要跟老人谈下去,那边有人叫我:

“同志巍!快上车,赶路要紧哪!”

我只得同老人和姑娘握手告别。等车子开出很远,我还从车门里探出头来,望着那株高大的英雄树和树上悬着的红灯。红灯渐渐看不见了,我才转过头来。没有同这位老同志深谈,使我觉得十分惋惜。过去就听说,义安、河静是越南建党最早的地区之一,是有名的义静苏维埃起事的地方。想不到今天一踏入义安省,就在路上遇到他们。而尤其令人感动的是,这些老同志的革命精神竟依然这么旺盛,他们还继续在战斗着,和年轻人一起战斗着。在一刹时,我仿佛觉得,他不正像是那株高大雄伟、经过无数风雨的英雄树么?只要他的生命存在一刻,他就要站在路边,给过往的行人举着一盏红灯……

这天夜晚,我们在敌机骚扰下闯过两个渡口,已经到了傍明时分。估计再过一个渡口,已经太迟,就把车开下公路,向一个乡村投宿去了。谁知事有凑巧,我们正好住在一个老党员的家里,使我那惋惜的心情,意外地得到了补偿。不过这个情况我是第二天才知道的。

这里的农家,都有着比较大的院子。院子里种满了各色树木。有香蕉树、柠檬树、柑子树和槟榔树。与其说是院子,不如说是一座好看的园林。我们提着各自的手提包,被引进一个农家时,一轮黄铜色的落月,已经沉到香蕉林后面去了。院子里满地树荫,静悄悄的,只有远近的布谷鸟传来几声啼唱。我们在树影里等候着。只听村干部在门外轻轻叫了几声，就从茅舍里走出一个又高又瘦的老人。他一听说是中国同志借宿，连忙把家里人喊起来，屋子里一阵响动，只不过用了几分钟工夫，就把房子腾出来了。我被安排在一张几分钟之前他们还在睡着的蚊帐里。这一切都使我想起过去战争的年代，只有在老根据地才有的那种亲切和温暖。

整整一夜的奔波，使我们很快就睡熟了。直到第二天小晌午，才被什么声音吵醒。我迷迷糊糊地，觉得有好几个孩子在蚊帐外面偷看我，小声地嘁嘁喳喳地说着什么。我很困，又觉得应当满足孩子们的好奇心，就把一只手从蚊帐里伸了出去。我手指上还戴着吴寿蔺老人送我的用敌机残骸做成的戒指。孩子们果然高兴了。有好几只小手伸过来摸我的手，摸着摸着，又来脱那枚戒指，议论得也更热烈了。我故意把手一动，他们就连忙跑开，发出小光脚丫在地上响起的那种声音。还可以从足音上听出其中一个孩子是很小的。

我觉得有趣，也就不愿再睡。坐起一看，是三个小孩儿。一个是六七岁的女孩，一个是三四岁的男孩，最小的一个至多不过两岁，光着屁股，光着小脚丫，对着我嘻嘻地笑。

“看，你们到底把他吵醒啦！”

昨天晚上我们看到的那位又高又瘦的老人，埋怨着孩子们。一面忙着把刚刚采下的鲜茶叶倾倒在一个白瓷壶里，给我们泡了一大壶新茶。

昨天晚上，在月光和灯影里，我们虽然感触到这位老人的热情，却没有看清他的面貌。现在仔细一打量，只见他穿着黑衫黑裤，打着赤脚，胸前飘着一部白髯，眼睛炯炯发光，显得特别有神。

我连忙说：

“老大伯！可是麻烦你们了，弄得你们昨天晚上没有睡好。”

老人连连摇手，说：

“同志，如果不是为了帮助我们越南，你怎么会在这个时候来到这里！”

“为了一个目标儿呀！”我说。

“对对，一个目标儿。”他笑着说，“那就别说谁麻烦谁。都是美帝国主义麻烦了咱们！”

我们都笑了。

老人端过茶来。这鲜茶叶泡的茶，绿莹莹的像龙井茶一般颜色，只是另有一种特殊的清香。为了靠老人近些，我端着茶坐到门槛上。孩子们已经不再陌生，趴到我的膝盖上仰着小脸观察着我。

老人抽着我递给他的中国烟，接着说：

“咱家住干部是常事了。我给同志说，从 1930 年起，一些闹革命的人就常住在这里。”

说到这儿，他带着一种自豪的神情笑了一笑：

“你看看我这屋子，跟别的屋子有什么不同？”

我把这个屋子打量了一眼，并没有看出有什么特别的地方。老人见我神情惶惑，指了指暗间的上面，笑着说：“你再仔细看看这里！”

哦，我这才注意到，原来上面还有一层木板顶棚，被烟熏火燎变成了黑色。我忽然想起，在上海一个做地下工作的老工人的家里，曾经看到过类似的顶棚。我笑着说：

“这是不是掩护干部的地方？”

老人笑着点点头说：

“不光掩护干部，护油印机，护秘密文件，护传单，都在这里。现在革命形势不同了，要不然我还得把你也护到这里哪！”

大家都哄然大笑起来。

我带着敬意说：

“老大伯，你也是1930年的老党员吗？”

“凑凑合合也算一个。”老人笑着说。“1927年，中国革命运动的影响就传到我们这里。我从小就光着屁股放牛，连条裤子都没有。法国人和地主的租税交不完，一交不上就抓去拷打。人民成十万成百万地饿死，一个个褴褛不堪，真可怜哪！就是这样，法国公司每年还硬让你喝几公升的葡萄酒，你不喝也得拿钱。你想想，那是什么世道？我老想这个世道什么时候才算完哪？……好啦，1930年，印度支那共产党在广州成立了。这里也来了党员向我们宣传。一下子就说中了我的心。那时候，我真是日夜盼望革命爆发。”

老人神色振奋，黑眼睛显得愈加明亮，仿佛又回到他那青年时代似的。停了停，他捋着白髯又说：

“我3月间入党，5月间就被捕了。是叛徒领着密探来抓我的。那天晚上，我一听狗咬得很厉害，知道事情不好，刚要逃走，一看进来半院子人。许多密探帽子上还戴着小电灯，一闪一闪的。同志，我给你说，要干革命，这叛徒可是最危险的，是时时刻刻要警惕的。那个叛徒，连他的妻子都出卖了，更何况是我！他们把我抓走以后，整整拷打了我两个月，打得我遍体鳞伤。干革命嘛，就是这么回事：没有决心不行，没有勇气不行，不豁出脑袋不行！我咬定牙根，自始至终只说我编好的口供。哈哈，你真硬起来，他也没法儿，最后只好判了我一年徒刑。出狱以后，我就又干起来了。”

老人说到这里，笑声朗朗，把我们都引得笑起来了。

我问老人现在是不是还做工作。老人说：

“从8月革命起，我连续9年担任乡农会主席和乡主席，因为年纪太大，前年就退休了。可是，自从敌人轰炸北方那天起，不知怎的，把我这劲头呼地一下子又鼓起来了，我觉得好像又年轻了好多岁似的。说心里话，我真恨不得上前线，到南方，亲手打死几个美国强盗才痛快。咳，这话都是白说！……”他叹了口气，搓了搓手，“我只好哪里有任务，就往哪里跑，去做思想工作，鼓动工作。我常给青年人讲：我们那时候是什么条件？你们现在是什么条件？我们那时候，是赤手空拳，你们现在，手里不是步枪就是机枪，你们还怕什么！人们夜间种地疲劳了，我就又讲：你们说说，是疲劳的滋味难受，还是挨饿的滋味难受？疲劳了，屁股一沾地就克服了；要是庄稼种不好，挨起饿可就不好受了。嘿嘿，人们还是很听我的。因为我遇见活儿就抢在头里。你说是夜里下地，是挖交通壕，是夜间巡逻，都漏不下我。防空哨不让我去，我怕年轻人打瞌睡，也免不了要到那里看看……”

我不由得又想起昨天晚上的那位老人，那株高大的英雄树和树上的红灯。那盏红灯，在远远的夜空里闪耀着，又浮现在我的眼前……

停了一刻，我又问：

“老大伯，你这样干，身子还能顶得住吗？”

老人神态诡秘地笑了一笑，压低嗓门说：

“说实在的，要比年轻人可是比不上了。夜间下地，眼睛也不好使，累是累一点儿，可是我不能不去呀！老人总要起老人的作用呵！”

说到这里，一个束着粗布黑裙的老妈妈来到门口，一手提着水桶，一手拿着椰子壳做成的水瓢，对老人说：

“一说起你那些事就没个完了。同志走了一夜，又没好好休息，你让他到井边去冲个澡吧！”

老人立刻站起身来，把我领出园子，到了井边。所谓井，其实是一个被香蕉、木薯、波罗蜜树围成的池塘。我汲了满满一桶水，按照越南人洗澡的方式，从头到脚冲了个痛快……

黄昏时候，我们又要动身向南去了。我恋恋不舍地同老人一家分手。老人看见我裤腿上粘了许多狗尾巴草，又连忙叫住我，吩咐几个孩子给我摘掉。几个孩子纷纷抢着用小手一根根地往下拣着。那个最小的孩子，也跑来学着哥哥姐姐的样子。

临上汽车，老人把我们一直送到公路上。还把新摘下来的没十分成熟的绿皮柑子硬塞给我们。我们推辞不要，老人硬放在车上去了。还挥着手说：

“你们要走一夜的！路上会口渴的！”

汽车扬起灰尘在一号公路上向南驰去。老人站在路边，很快就消失在苍茫的暮色里。可是他那飘着白髯的豪迈形象，却深深留在我的记忆中。他那洪亮的声音，仍然响在我的耳边，我仿佛听见他还在说：“老人总要起老人的作用呵！”

天渐渐地黑下来了。当我沉思默想的时候，迎面而来的，又是一盏盏比花朵还要好看的红灯。这些红灯,挂在高高的英雄树上,远远看去,就像是有谁高举着它似的……

1966 年 1 月 16 日

他还活着

一个死去40年的烈士又活了,这真是世间的一件奇事。今年4月,一天,我忽然接到部队一个电话,说《谁是最可爱的人》中提到的烈士李玉安,又找部队来了。我当时又激动又惊奇。我立即说,噢,那太好了,我很欢迎他到我家里来。

过了没有几日,李玉安带着他的女婿来了。他光着头,穿了一身50年代工人们常穿的那种蓝制服,走进了我的院子。我一看,他的瘦脸上满是白胡茬子,但身板挺硬朗,走路相当利索。我赶上去紧握着他的手说:

“你就是李玉安同志吗?你还活着!”

“活着,活着,”他哈哈一笑,“这不来看你了吗!”

我把他们让到屋里坐下,再次端详着他那张经过一世风霜的劳动人民的脸,那朴实的紫棠色的脸上已经刻满了皱纹。他没等我问起原委就说:

“我在阵地上负了重伤，醒过来的时候，战场上静悄悄的，已经没有一个人了。我就挣扎着往山下爬。爬几步歇一歇。爬到山底下，碰到朝鲜人民军的一个司号员，他才把我背到路边一个老百姓的房子里。后来部队来收容，这才把我送回祖国。”

“你在哪里休养的？”

“我在武汉医院里昏昏沉沉，躺了半年；开了几次刀，总也不好，肺叶上子弹穿过的地方老是化脓。”

说着，他扒起蓝制服，我看见他的前胸右侧，有小茶碗口那么大一个圆圆的伤疤，向里凹陷着。这颗子弹穿过肺叶，从后背穿过去。后背也留下一块类似的疤痕。

我抚着这块美国子弹留下的伤痕，不禁沉入默默的回想里。二次战役中的松骨峰战斗，的确是一次异常壮烈的战斗。记得我事后去访问这支连队时，原来参战的人不是牺牲，就是负伤到了后方。他们只找到一个通讯员和我坐在山坡上谈话。幸亏这个营的营长王宿启，他的指挥所正在松骨峰的翼侧高处，一切看得清清楚楚，才向我详细描述了这场惊心动魄的激战。我还记得这个营长是个黑大汉，山东人，向我一边说一边淌着眼泪。

“你养好伤就复员了吗？”我问。

“是的。”说着，他从口袋里掏出他的残废证，这个红皮小本本已经十分破旧了。

我打开一看，上面记载着他的姓名、残废等级，还有一张英姿勃勃的相片，并且简略地记载着他在解放天津、渡江等战役中也立有战功。我不禁问道：

“你为什么这些年连提都没有提呢?”

坐在旁边的女婿抢上来说:

“家里几个孩子都把课本拿到家里来,给他读这篇文章,问上面写的李玉安是不是他。他总是说天底下重名重姓的多得很,要我们不要张扬。直到这回小儿子要参军,把他逼得实在没法儿了,这才拿着残废证和课本找到老部队……”

“我怕给组织上添麻烦。”老人仍带着几分歉疚地说。

“这怎么能算是添麻烦呢?”女婿立即反驳了。

老人冲着我叹了口气,缓缓地说:

“这些年轻人不了解,当初我们连一百多人,死的死了,伤的伤了。我复员以后,还成了个家,现在有六个儿女,都有吃有喝,想想那些战友们呢,他们二十几岁就牺牲了,他们得到了什么?我哪里还能谈什么功不功呢?我现在不敢想他们,一想起他们就难过。特别是我们的指导员杨少成,他的两条腿都被打断了,他拖着两条断腿,从火里爬过来爬过去,大声喊着:‘我们是毛主席的好战士,守住阵地呀!’还有熊官全,他抱着敌人活活被烧死,死以后还瞪着眼睛……”

老人说到这里哽咽了,流下了眼泪。

我们也都低下头去。沉默良久,老人又说:

“再说,我负了重伤,组织上派了四个女护士来护理我,饭水都是一口一口地喂,喝完一口,小勺儿又伸到我嘴边了……没有党哪有我呀!”

我再一次被他崇高而深沉的情感打动了。这是一个战士的灵魂在向我低低倾诉。我见过许许多多战士,他们身上都有一种淳朴和谦逊的品质。他们有功不居功，是因为他们把英勇战斗看作是自己的本分，把视死如归看作是战士的道德规范，把流血牺牲看作是革命必付的代价。从李玉安我立刻又想起《谁是最可爱的人》中讲到的马玉祥。就是我说的那位像田野里一株红高粱那样淳朴可爱的青年。他转业后一直在通辽橡胶厂里默默地工作，好多年我都不知道他在哪里。后来该地的民族师范学院讲我的这篇文章，提到马玉祥的名字时，下面有人说："马玉祥不就在我们这里吗！"这才发现了他。多么可爱的战士！他们身上都有一种多么宝贵的品质呀！

谈到这里，午饭已经熟了。我们立刻移席就座。我满满地擎起一杯酒来，祝这位淳朴的战士健康长寿。老人也回敬了我。我们两个老家伙开怀畅饮，谈得十分相投。喝了几杯酒，李玉安的情感放开了，谈起战场上的拼搏，他不禁站起来，神采飞扬，比比画画，很有战士的风度。他特别提到他们的戴连长，这位山东大汉，面对着围上来的三个美国兵，被他刺死了一个，用脚踹倒了一个，第三个的脑袋被他用手榴弹砸开了花。

席间，我问起李玉安这些年的生活。女婿插嘴道，他直到现在仍住在一米多高的地窝里。几次分房子，他都让给别人了。他复员时，工资只有四十几元。因为他是党支部的组织委员，升级也是一次又一次地让给别人。直到退休还是六十几元。听到这些，我心里热辣辣地很是不安。我主动提出，给他们的县委写一封信，希望在可能的条件下，给以适当照顾。而对这些艰苦，李玉安却很坦然，一笑置之。

饭后，我捧着精装本的《东方》和《魏巍散文集》送给这位可敬的战士，扉页上写上了"您永远是最可爱的人"！

老人走了。我站在一棵柏树下，一直望着这个光着头穿着一身蓝布制服的背影，心里默默念道：伟大的中国革命造就了多么优秀的战士！这样的战士在现在是多么难得呵！

1990 年 8 月 2 日于北戴河

看家乡戏

我喜欢家乡戏,同我对故乡的爱一样深沉。

也许可以说,我从小就是家乡戏的小戏迷了。不论是中原大地上的河南梆子、洛阳曲子和南阳曲子、越调和久已不闻的二夹弦,我都深深地迷恋着。那些我熟稔的旋律,似乎已渗入到我的血管里,只要一听到,就会引起我特殊亲切的情感。童年时看的那些戏,那些演员的形象,也都深深地刻在我的记忆里。几十年来,我已接触到紫万红千的音乐世界,依然没有夺去我心灵中留给家乡戏的那块地盘。直到今天,只要孩子们打开电视机看是家乡戏,便会立刻说:“爸爸,您的家乡戏来了!”我便立刻坐下,用脚打起节拍听起来。

在旧中国,我的家乡一向多灾多难,人民是穷苦和不幸的。但人们总还是要活下去,而且渴求有一点艺术享受。每逢春节庙会,有钱人家办红白喜事,总要请台戏来,这便是乡民们的节日了。来的戏班子,大都是穷苦的艺术家,从戏装的破旧和褪色的幕布,就可以窥知他们可怜的生活。然而,只要他们一到,消息便立刻传开。三里五乡,三十里二十里地赶来观看。有钱人家套上骡马轿车,一般人家赶上牛车,拉上闺女媳妇,来度这个难得的节日。

这种野台子戏,戏台往往搭在村边较空旷的地方。只要台子搭起,卖凉粉的、卖水煎包和丸子汤的小贩便都跟着来了,给枯寂的乡村带来少有的喧闹气氛。开戏前照例要打“三通鼓”,每一通至少十五分钟,实际上不过是掩护演员化装罢了。孩子们不懂这个,便早早地被锣鼓声招引了来。而台上却毫无动静,这种锣鼓点儿真是敲得人心烦意乱。好容易鼓声住了,出来一个皂巾青衫的苍髯老生,他拉长声念了两句上场诗,便在台正中一坐,好半天才道一句台词。如果演员在后台尚未化装完毕,他便一直讨人嫌地坐着。孩子们忍不住了,便喊:“快下去吧!”而台上这位老生却是极有修养的,面上毫无愠色,依然稳若泰山。直等接到后台某种暗示,知已化装完毕,这才开唱。“昔日里有一个二大贤,他弟兄推位让江山……”通常是唱这么一段伯夷叔齐的故事,不上二十句就结束了。这样人们在望眼欲穿中才能迎来戏的正文。

那时最有名的须生是同庆,人称他是铜腔铜调;还有一个著名的黑头叫金刚圈,声音浑厚无匹。这两个人在乡民中具有压倒他人的威信。如果听说戏班中有他们,戏台前就会人山人海。可惜我小时候,同庆就已年迈,他的戏我只看过一次,又大约唱的是《秦琼卖马》,嗓音已经顶不上去了。金刚圈的戏我却一次也没有看过。那时女演员已开始出现,一说来了“坤角儿”,也很招惹人。当时最有名的女演员,在郑州一带是司凤英,在开封一带是陈素真。陈素真的戏我只看过一次,还是半场。司凤英的戏我常看。她唱西府调很优美,还有一句用作结尾的花腔是十拿九稳要喝彩的。《桃花庵》《大祭桩》《三上轿》等是她的拿手戏。不知怎的,豫剧演员很擅长演苦戏,听众也很欣赏悲调,讲的虽是古人的故事,却能使台下人泪洒前胸,唏嘘不已。我想,这也许是中州大地有过多苦难的缘故。革命胜利后我回到家乡,曾问到过司凤英的去向,据说她的遭际很不幸,不知沦落何处,我听后不禁为之惋叹。当时扮演旦角和青衣的男演员还有金聚。他最拿手的是《刀劈杨藩》。戏中讲的是薛丁山与樊梨花的恋爱故事。樊梨花的前夫杨藩追来了,她竟挥刀将杨斩于马下。此时由于她极其激烈的内心冲突,使她的眼珠也掉了出来。戏演得很精彩,到今天我还记得。

那时人民没有地位,演员自然也没有地位。人民的生活很困苦,演员的生活也很可怜。其中一些演员甚至染有鸦片的嗜好,常常搞得面黄肌瘦。有时演些文戏,演着演着,坐在那里竟当众入睡。若是在城里,台下一定会嘘声大作,但乡里人很厚道,此情此景,便会相顾一笑,悄声说:“睡着了!”台上的花旦也不禁莞尔,竟与台下的观众采取同一立场,临时拣根草棍儿什么的,蹑手蹑脚地去捅酣然入梦者的耳朵,直到那人蓦然惊醒,又接着演下去。这段小插曲竟天然成趣地构成戏剧的一部分,观众既不谴责,演员也不过分尴尬。

大庙会的戏有时要演三天,三天完了,最后还增加夜场。那时乡下既没有电灯,也没有汽灯,戏台两侧的杆子上,各吊着一个很大的鳖灯。这种灯如一只玄色大鸟,盛满了棉籽油,嘴里吐出很粗的灯芯,点起来熊熊然如火把,也很明亮。戏班子为了报答观众的盛意,往往演到夜深。最后还白送一个戏,名叫“捎出”。这“捎出”往往是诙谐逗乐的戏,如《怕老婆顶灯》之类。饰演怕老婆的丑角,在节骨眼上要跪倒在地,头上真的顶起一盏铁灯来。而旦角则手执棒槌作欲打状,其唱词有:“你叫我声姑姑,我饶你一棒槌!”丑角则以亲昵温柔的声调叫:“姑姑呃!”旦角笑着接唱:“我饶你一棒槌!”观众则哄然大笑,乐不可支,得到一次少有的愉悦。

我的家乡郑州,是全国药材集散地之一,每年春季都有药材骡马的贸易大会。为繁荣市场,在县城南关要开三台大戏。一唱就是一个多月。这三台戏,一台是河南梆子,一台是越调或曲子或二夹弦,另一台是京剧。河南戏这边往往人山人海,而京剧台前则观众寥寥,可见河南人对家乡戏的挚爱之情。

三座戏台一搭起,茶水行业的老板便以三面环抱之势搭起了看台。看台上设有桌凳,专卖茶水瓜子,上看台的人自然是有几个钱的。台前一片天井形的空地,则是留给下层站着看的观众了。那时穷人多,平时能花钱买票进戏园的为数极少,而一旦有了不花钱的戏,乡下的农民和城市的贫民,便一窝蜂似的拥到这里。我这个小戏迷更是闻声而至。

在戏台与看台之间的这块天地里,可说是一片骚动的海与热情的海。这里拥挤着的都是劳苦群众。他们人挨着人,肩挨着肩,我的前胸贴着你的后背,真是挤得风雨不透。川流不息的来客,一般都从前面揳入,再往后涌,不到十分钟,便从最佳距离涌到中间或后面去了。血气方刚的年轻人,自然不甘心,一个愤怒的浪头便把前面的人挤到戏台底下去了。这些很像大海边的波浪不停地涌动。我年纪小，个子小，常常被挤到中间，宛若陷入重围，简直喘不过气来。如果这时再有人放一个大屁，更使人上天无路，入地无门，只好默默享受。劳苦大众真是艺术最热烈的渴求者。

持续一个多月的演出，对县城人、对我都是一个很大的馈赠。每天演两场，每场平均三出，一个多月过去，要有一百多出了。这样我越看越上瘾，上学便常常迟到。随之就受到斥责和羞辱。但我仍无意改正。因为那时我上学很难，买不起书，常受到刺激，对上学已失去志趣。相反，对家乡戏却一天比一天热乎。有时还面对城墙练练嗓子，模仿一些演员的唱腔，甚至颇有挤入梨园之意。如果不是后来革命思想的种子落入心中，也许真的追随哪个戏班子飘零天涯去了。

自我参加革命，转战北国，便很少有机会看到家乡戏了。而河北梆子、山西梆子倒听了不少。也许民间的东西有一些相通之处，这些地方戏曲我也深为喜欢。全国解放，我从遥远的西北调往北京，在路经甘肃平凉时，忽然看到路边正演家乡戏，我立刻像被磁石吸住了似的走不动了。说来可笑，我竟站在那里整整看了半日，才恋恋不舍地离去。

全国解放后，看家乡戏的机会自然就多了。解放不仅给人民带来了青春，也给艺术、给家乡戏注入了新的生命。豫剧艺术，无论是内容、形式、唱腔、表演、音乐等方面都有革新，显然比以前更完美了，地位也提高了，已成为全国性的大剧种了。几位著名的表演艺术家，像常香玉、马金凤、崔兰田、毛爱莲、申凤梅等，都使我得到赏心悦目的艺术享受。常香玉的《红娘》，吸取了曲子优美的曲调，使豫剧的唱腔更为丰富。马金凤的《穆桂英挂帅》，崔兰田的《对花枪》，使人百看不厌。她们的唱腔可谓是地地道道的豫剧。毛爱莲和申凤梅的越调，也使人听得入迷。五十年代以来，豫剧人才辈出，出现了一代又一代的新秀。豫剧现代戏的出现，更是豫剧的一大发展。魏云等人的《朝阳沟》，不仅在河南，而且在全国获得了巨大影响，说明豫剧在开辟现代题材的道路上具有广阔的发展前景。

豫剧（我的看法，不应专指河南梆子，应包含越调、曲子、二夹弦等在内）作为一个大剧种，具有独特的魅力。这个魅力的核心就是浓郁的乡土色彩，它的曲调是优美而丰富的，丝弦随着演员走，在抒情上可以做出许多发挥。尤其它的唱词，异常通俗生动，如果与京剧相比，京剧就显得宫廷化、贵族化了。不少京剧唱词，未免带有士大夫的陈词；而豫剧则说的都是庄稼理儿，即使不识字的农民也一听就懂。比如《对花枪》中妻子斥责喜新忘旧的丈夫那一段，农民往往听得啧啧称赞。我高兴地看到，一些豫剧现代戏的作者也保持了这个长处。写河南戏，如果没有河南人民的风俗画，没有民间生动的语言，那是难以成功的。我曾说，豫剧就其特点说，基本上是农民的戏剧。这丝毫没有贬低它的意思，而在于指出它为广大农民群众喜闻乐见的特征。在曲调和唱腔上，一些音乐设计者很想创新，有些地方确实丰富了，但有些地方却走了味儿，听去不像豫剧了，未免使人感到遗憾。在其他地方戏曲的改革中，似乎也有这个缺点。我以为曲调可以大大丰富，越调、曲子等的唱腔都可以糅合进去，但以不走味儿为好。此外，河南梆子中的小生和须生，按传统唱法都是假嗓，用真嗓就不够味儿了。但假嗓要有天赋，不是人人可以做到，这就是难题。这一点还需探索。

我深知故乡的父老,对家乡戏的挚爱是深厚的。这就是豫剧艺术的生命所在。我想豫剧的艺术家们,将认真体察这一点,使豫剧艺术越发丰富和完善,并且进一步深入民间,对热爱你们的人民做出报答。

1992 年 6 月 14 日

艾煊

茶性

茶和酒是千岁老友，但两人性格截然相反。一个是豪爽，狞猛，讲义气的汉子，一个是文静，宽厚，重情谊的书生。

茶为内功，无喧嚣之形，无激扬之态。一盏浅注，清流，清气馥郁。友情缓缓流动，谈兴徐徐舒张。渐入友朋知己间性灵的深相映照。

酒为豪狂式的宣泄，茶为含蓄蕴藉式的内向情感。

酒入大脑，可产生摧毁性的强刺激。茶具有舒缓的渗透性，潜入全身汗囊毛孔，缓缓生成温馨抚慰效应。

酒，饮前清香诱人，饮后浊气冲天，污及四邻空气。茶，饮前淡淡清气，渗透人体，弥漫于不易觉察的周围空间。

人之或嗜酒，或嗜茶，或兼及双嗜，并非着意选择，更非精心安排。其所以成癖者，有机缘，也有自然天成。

我嗜茶数十年，乃缘于出生绿茶之乡。

家乡小镇，坐落在大别山脚下。山上山下，酒道不兴，茶道畅行。毛尖、云雾、瓜片、小兰花，于峰顶、缓坡，漫漫成片。茶馆，茶叶店，比肩林立。

幼时生于是乡，壮年又入太湖茶乡，机缘相伴而来。因之曾种过茶，制过茶，品过茶。茶之种，之制，之器，之藏，之饮，各有其术，各有其道，各有其情。

家乡小镇多茶馆。外地亲友来访，往往不在家中落座饮茶。浸泡于茶馆中，清茶，清谈，佐以清蔬淡点。此似为待客仪规。视主人钱囊奢、吝，客人风度文、鄙，而开台于雅座或大众厅。

我幼时，热水瓶属于高档奢侈用品。普通人家盛茶，多用铜丝把紫砂壶，或提梁紫砂壶。一壶容量，约相当于五磅热水瓶半瓶或一瓶。将冲泡好热茶的紫砂壶，放进草编或棕丝编的茶焐中保暖。考究点的老茶客，手捧巴掌大的小巧紫砂壶。身边木炭炉上，坐着一把小铜壶，开水源源不绝地冲兑。

近若干年来，瓷杯、玻璃杯广为普及。原系大众化的紫砂杯、壶，反而抬举成高档的饮器，更抬举成每件数千元上万元的极高档工艺品。

茶叶焦干，易碎。茶叶店中，一桶茶叶卖到将尽时，桶底余茶，往往成了无叶片的茶叶末。揉碎之品，形变，质不变。茶中极品的茶叶末，其内质仍为高档极品。只是外形不成条索，不美观。镇上精明的饮仙，日常家用茶，重质不重形，常饮用此高档茶揉碎之末。重吃不重看，物美价廉。

酒，越陈越醇。茶，越新越香。酒重陈，茶重新。低档新茶，有时并不逊于隔年之高档陈茶。

茶，不一定名愈重者愈好。高山云雾间的荒山野茶，自采自炒。虽无部优国优桂冠，但常会超过高档名茶。常人常趋向名声大的名茶。嗜茶老饕，总是将适合自己口味的茶，视为无上佳品。

雨花、龙井、眉珍、碧螺，其味不一。我常取数种茶掺和冲泡。有的取其清香味醇，有的取其甜苦味重，有的取其色、味稳定耐冲泡。集数种茶之长，调制出一味新品，以适应个人味蕾之需。此品不见茶经，不入茶谱。私名之谓调和茶，或效颦洋人鸡尾酒之名，取一不雅驯之名，曰鸡尾茶。

经杯、壶盖闷过的绿茶汤水，清香味全失，变成了煮熟茶叶的浊气。溺于饮道者，冲泡绿茶，往往用杯不用壶。用无盖陶瓷杯，或无盖紫砂杯。

一杯茶，吃数开，其味全变。先清淡，继清香，后甜苦，再后淡而无味，终至淡而生青草腥气。

居家吃茶，不妨并用两杯。以大杯泡叶成卤，极苦。喝时，另以一小杯倒点茶卤，再冲兑白开水，将其稀释成自己舌底满意的茶汤。以卤兑水稀释之茶，可使五杯八杯茶汤，保持大体同等浓度。持续葆有最惬意的口感，最氤氲馥郁之朦胧意境。

当代各种饮料中，茶的饮用方式主要在于品。若解渴，汽水、矿泉、橙汁、可乐、温开水、凉开水，皆可极迅速极有效地满足需要。饮茶则需轻啜慢抿，缓缓品味。

对于耽饮者，品，有助于缅念过去遥瞻未来，有助于独自浸溺于创造构思中,也有助于萌发友朋间隽言妙语之谈兴。

三分解渴七分提神,三分饮七分品。如此则绿茶直可达成灵肉兼美的效应。

竹海新篁

一条砂石铺面的山间公路，曲曲弯弯，像带子似的，穿过竹海，一径伸向山坞深处。公路边，伴着一条活蹦活跳的山溪。碧清透明的溪水，从鹅卵石上淌过，莹光闪闪。这是一条多话的山溪，一会低声慢语，一会像劈毛竹样地急讲急笑。说些什么呢？也许是向每一个过往的行人，倾诉今年新笋的旺盛吧。

竹坞里，几十座山头，从山脚、山腰，直到峰顶，遮山漫野的楠竹。分不清竹干竹枝竹叶，一阵风过，只见竹浪一浪催赶一浪，一浪高过一浪。竹浪，有时跌入深涧险谷，有时又掀起浪头，翻过高山的峰顶，那气势，简直就是天上的行云游龙。在这一片嫩黄与嫩青色茫茫无边、波涛起伏的竹海中，有时有一棵两棵笔立在竹浪上空的榉树或者香樟，很像是竹海中的舟樯。

竹浪的呼啸，溪涧的絮语，汽车的轰响，竹鸟的啼春，这些声音交汇在一起，构成了竹海愉快、澎湃的浪涛声。

山，层层叠叠，像云头样拥聚在一起。在山坞里，看不到山势的绵延，只感到四面都是重叠的山壁。有时，对直向一座挡路的山壁走去，就像面对墙壁或者穿衣镜走去一样，以为走到了路尽头，就该要碰到山壁了，但走到面前一看，那座挡路的大山，不晓得在什么时候，已经悄悄地退立到一旁，又让出了一条路来。竹坞里的山，就是这么样淘气地挡路又让路，像顽童们做猫捉鼠的游戏一样。

越往竹坞的深处走去，山越高越大，山路越狭越曲折，竹也更多更密。总以为在这无边的毛竹大洋中，再没有别的天地了。但，转过一层山壁，忽见左边竹浪的上空，有一层淡蓝色透明的烟雾。以为是山岚。注目细看，在这一片淡蓝的烟云上，还有一条条淡灰色透明的烟柱，缓缓上升。不是山岚，是炊烟。看不见村庄的一丝踪迹，但却有午炊烟轻绕竹海上空。此情此境，很像徽宗"深山藏古寺"的试题，也很像白石老人"十里蛙声"的意境。

转过一层挡路的竹林，前边横着一条急湍的山涧，走过涧上那顶咯吱咯吱的蜂腰竹桥，便入村了。

劳动的人们还没有回村，村街上，只有鸡、羊和孩子在一起跳跳蹦蹦。家家门口的场上和路上，都铺晒着一层姜黄色带紫斑的竹箬。石凳上架着长篙箪，晒的是笋干。

山村的房子，是顺着山势建筑的，有的在山口头，有的在深坞里。护林员云志的房子，紧挨着蜂腰竹桥头，好像他是特地选中了这个地形，造起房子来替全村把守大门似的。

云志是个三十岁上下的青年人，刚从山上下来，看了我的介绍

信,把脚一跺,十分遗憾地说:

“你来晏了一步,明前三天雨后七日,是挖笋的好日脚,现在已经收梢了。”他一边让我进屋,一边又像安慰我似的补了一句:“还好。今年是大年,吃过饭去看看我们的新竹。真好,包你看到就不想走了。”

这人真有趣,一见面,就把他的喜怒哀乐的感情传给你。

一走进屋,随便瞟了一眼,马上就有一个非常鲜明、非常深刻的印象:满屋都是竹做的家具,就像走进了竹的工艺展览馆一样。竹凳,竹摇篮,竹碗橱,竹凉榻,竹衣箱。墙上挂着细竹篾编的笠帽。梁上悬着装腌野猪肉的猫叹气,是竹青编结的。竹笆墙上那个烫花的竹镜框中,是一张全县护林员代表会的合影。就连这屋,也是竹造的:竹梁,竹椽,竹天棚,分间的竹笆板壁。廊檐下,一边是鸡笼,一边是兔笼,都是拿整段尾梢竹编排起来的。檐下筲箕里,装的是刚脱箬的鲜笋。

就那么一杆外实内空的竹头,居然做出了这么多又实用又好看的家具。不需要髹漆,不需要图案和纹样装饰。就凭着云志这样竹农的匠心巧思,充分发挥了竹的质地和色泽本身的优点,就做出了这许多实用精美的家常日用工艺品,使屋里充满新竹般青春的生气。

云志从门外石凳上的篇箪里,抓了两大把鲜笋豆,摆在桌上待客。

“又鲜又香又脆。”他笑着向我介绍。

我一向以为笋豆只可以做菜,没想到拿笋豆当糕点就茶,倒有特殊的风味。在鲜、香、脆之外,更有咸中带甜的余味。

我坐在一张铺着狼皮的竹榻上。在公社里，就听到邱书记讲过护林员云志的这张狼皮的大略故事了。那是他在三年前亲手打死一只狼，从狼口里救下了一个小男孩的惊险故事。我想要他讲讲这个带有传奇色彩故事的详情细节。他笑笑说："你已经晓得了。"不肯说。

他讲话时，那支旱烟筒，老是在我面前晃来晃去。这支象牙色、光滑滑、式样别致的旱烟筒，竟也是拿竹鞭做成的。

云志的家，越看，越像是个竹的工艺展览馆。你看，就连他脚上穿的草鞋，不也是拿竹箬打的么。

客堂左首，是半间灶屋。一根根毛竹连接起来的自来水管道，从灶台上经过，只要拔开软木塞，碧清的泉水，就从山上的竹林中一直流泻到锅里、汤罐里。哪个城里的自来水有这么碧碧清，有这么带清香的甜味？

这屋里的一切，是那么朴素，那么实用，又那么好看。坐在这间普通竹农的屋里，吃的是竹，用的是竹，穿的是竹，时时刻刻都感到竹的圆润和清香。

午饭后，喝了云志爱人用涧泉烧的清香的竹叶饭粢汤，然后，和云志一同上山。

他穿着箬鞋，在涧中激流的危石上跳来跳去，看来非常轻巧，但不惯于竹山生活的人，走起来就十分吃力了。

我们在遮山盖岭的竹荫下穿行。

叶密，太阳挤不进来。阳光透过薄叶，照到林下，那明亮的、嫩青的光影，非常像是新炒的碧螺春刚沏到一杯清泉沸水里。竹林里的色彩，也像这杯茶样，那么嫩青，那么滋润，那么透明。

身前身后，尽是熊腿一般粗的几丈高的毛竹。每株母竹的身边，围立着几株新竹。新竹，不是一棵棵地单株生长，而是一丛丛一片片，长得非常旺盛。还未褪尽箬衣的新竹，像个不怕虎的幼犊一样，十分勇敢地把它紫色的嫩芽尖，穿过母竹的枝叶，直向青天刺去。出生一个月的子竹，就高过了母亲。根根都是那么笔笔直，又挺拔又清秀，又勇敢又文雅，又朴素又光彩照人。

云志喊我站到一棵新竹下，把拇指和中指叉开，两人四只手，才能把这棵幼竹围拢过来——两尺多宽的围径。云志问我，可晓得这棵幼竹是哪棵母竹生的。我四边望了望，附近寻不出一棵母竹有这么粗的围径。云志笑笑，指着旁边一棵只有手腕粗的成竹说："瘦妈妈生胖儿子。"我只晓得，果树不经过嫁接，不经过特殊的培育，品种便会退化，一代不如一代。但竹，却是植物世界中繁荣兴旺的家族，瘦母生胖子，一代胜过一代。

云志说，竹和树不同，它有许多特殊的生长个性。

竹，一出土就决定了它自己的围径，笋是多粗，成竹也就是多粗。竹，一出土就决定了它自己的竹节数，笋是六十节，六七丈高的成竹也就是六十节。竹的高度和围径一出土就定了终身，以后再不会长高长粗了。在以后的许多年内，就是增加竹质的刚性和韧性。

竹，出土后立刻见风飞长，一天一夜以两三尺甚至四五尺的速度向上飞长。只要竹农在黄梅季替它除去身边的杂草，给它足够的养料，它便表现出青春力量的强大，一个月的工夫就蹿出地面几丈高。

就像童话中那些奇特的勇士，一落地，几天工夫就成长为神勇的力士；就如同我们生活中那些一冒头就拔尖的青年。

单树不成林。但，单竹却可成林。依靠母竹鞭上旺盛的笋芽，一棵母竹，几年后就会变成一片新竹林。树是单株生长，而竹却是根根相连、团结紧密的大家族；竹，是植物世界中繁茂昌盛的大旺族。

竹，在松厚的土壤中长得更快更茂盛，但在涧边的悬岩上，有时也有一棵两棵从危石缝中挺立出来，像遒松劲柏一样。

竹林深处，时时传出孩子和妇女的笑语声，那是些拾竹箬的社员们。今年竹旺，箬也就更多。

新竹，越往上长，竹节越长，一代胜过一代，一节长过一节。棕紫色的竹箬，正在一节节从竹干上退落；新竹，也正在一节节成长健壮。

轻轻擦去新竹干上银绿色的绒粉，马上就透露出晶莹光洁的竹面，那么样的翠绿、透亮，感到又柔软又坚硬，像翡翠，又像软碧玉。那神采，很像一个因为出色的劳动而刚得了奖状的小青年，容光焕发，充满蓬勃的朝气。

凭着竹干的颜色和声音，云志立刻就能判断出竹子的年龄。这一棵是翠绿色外敷银粉的幼竹。那一棵是油光水滑绿莹莹、节与节间有一轮粉环的两岁竹。另一棵是黄绿色初生幼子的母竹。再一棵是嫩黄闪光的成年母竹。竹海中绿的色彩是这么丰富：翡翠、碧青、墨绿、淡青、浅绿、鹅黄……

用指关节轻轻叩去，这一棵是声音厚笃笃的幼竹，那一棵是声音清脆如磬的成年竹。竹龄久，声音也更清脆、更醇。

我看到每棵成竹上都有一行行小小的黑色数字，是锅底灰调油写的。我问云志，这是什么意思，他向身边的一棵竹瞟了一眼，说：

“第两万四千八百七十五棵。”

棵棵竹干上的字迹都是一个样。是谁这么细心，一棵棵数过来，一棵棵写过来？我问了。

云志笑了笑说：“我是护林员呀。”

今年竹多笋旺，是个特大年。竹，虽然它精力旺盛，但肥少草多，培育不当，它也会萎黄退笋，大年变小年，甚至会开花结子，宣告成片败亡。今年大年，主要是因为旧年黄梅季的时机抓得牢。草削得净，竹鞭上的嫩笋芽受到充分的养料和光照，加上雨水又好，便造成了成竹多退笋少。

太阳沉落到竹海底下去了。竹林中嫩绿的光影，渐渐变成墨绿的一片。我们慢慢走下山来。

鞋已湿透了。竹林中到处是泉眼，清泉就从竹根下像珍珠样一串串地渗出。它流到涧沟里，渐渐汇成一条有瀑布飞泉的涧溪。涧泉流出竹坞，流向荆溪河，流向西氿，一直奔流到太湖里。

月亮上来了。月光像凉露样洒落在地上。三匹骡子在月下涧边的林隙地上散步、吃草。没有人看它们，也没有绳拴它们。我奇怪了：它们不会逃跑么？不。云志半开玩笑地说，还有哪里比我们竹海更好？

过去，这里的笋和竹是靠骡马驮到张渚，扎成竹排，撑到山外，再转运到各地去的。过去，竹坞里养了许多牲口，但在伐竹季还是忙不过来。一九五八年筑了一条公路，运输问题解决了。现在，全大队只养了三匹骡子，它们的任务，只是去镇上驮驮粮食和运送肥料。

我们从大队部门前的汽车停车场经过。货车厢里已装满了鲜笋。司机蹲在车边吃又嫩又香的蚕豆鲜笋饭，准备饭后夜运。这一车，是今年最后一批春笋。

云志和司机讲了几句笑话，握握手，说了声半年后再会，便走开了。云志说，春忙的笋季过去了，公路上要长荒草了。再过几个月，等伐竹季一到，在这条专用的竹坞公路上，汽车，又将要日夜川流不息地奔跑了。

1962 年 6 月

善卷游

宜兴遁南六十里，在那竹涛澎湃、无边无际的竹海中，有许多神奇的钟乳石洞。其中最美丽的，便是螺岩山下的善卷洞。

一到洞口，只见一座顶天立地的“砥柱峰”当门而立。想象中，石峰背后，也许是一个玲珑剔透的石室，也许是一个深邃幽暗的石窟。然而，都不是。转过砥柱石峰，眼前陡然开朗，好一个广阔的洞天世界。那么高大、深远、宽敞，但又不是一览无余的广场，而是一座辉煌壮丽的厅堂。

回首看来处，洞口外，上接碧霄云天，下临深谷飞瀑。人，好似立在半云半雾的地方。

洞里，左青狮右白象，立在石厅两旁。狮，似刚出浴，湿润狮毛鬈曲披拂；象，似刚在泉边饮足，心宁气静地倚壁小憩。

石厅的四面石壁，百孔千窍，雕刻成变幻无穷的图案和奇花瑶草。——不知是人间艺术家的杰作，还是天宫神手的奥妙。石厅的穹形天幕上，倒悬一串串玉白鹅黄、冰凌似的钟乳，像走进了水晶宫一样。

立在这可容几千人聚会的石厅里，不由得使人想到，每当佳节盛会，狮后象王率百兽在这石厅里酣歌起舞的欢乐景象：猴儿攀援石梅石松，燕雀在石梁间飞翔，十仙濡墨徘徊题壁吟唱。

由石厅盘旋飞绕而上，可达善卷上洞。洞府门口，飞悬着一片石云。云天之上，烟缭雾绕，又是另一个洞天世界。

一池池碧清的甘泉湖边，牧放着鬈毛石羊。牧人召唤羊群的石螺，闲浸在泉旁。一匹纯雪似的石马，饮足了水，举蹄欲从湖边驰向远方。

飞马身边，有两棵万古石海，枝干高达三十三尺。它那永不凋谢的鲜花，一径在云海里开放亿万年。

天上浮动着片片石云，一条若隐若现、露头藏尾的青龙，飞来池边小饮。这一池甘泉湖水，香甜、清凉。它甜，但没有糖的腻味；它香，但不像花儿那么浓郁；它清凉，但丝毫也不像冰雪那样刺人肌肤。它是道道地地神话中沁人肺腑的甘泉。

云天上，时时滴落下一点一滴白色的钟乳。这乳浆，也像种子一样，一落到地上，它就会慢慢扎根出芽，长出桂树、梅花，甚至会长出跑兔奔马。这是有生命的仙水，这是有生命的乳浆。

云天上，倒挂着一条盘旋迂回的石梯，曲曲折折，一直通到洞府的底层。石梯，那么样弯曲缭绕，缓缓而下，不知是哪位能工巧匠，裁下了一条七夕晚霞，缝成了这道云梯。

云梯的尽头，便是这层楼洞府最深的底层。

这里，没有辉煌的厅堂，也没有飞飘的石云，在这洞府的最深处，另有一番壮丽的景象。

在那高远莫测，望得人颈脖发酸的穹顶上，挂满了五光十色千奇万幻的石乳，有一串串翠绿的葡萄，有一支支橙黄的佛手，有振翅欲飞的白鹤，有纯玉似的鲜藕。一棵鳞片斑驳的苍劲石松，顶天立地，托起这石府的屋宇层楼。

在石松的身边，一面银光四射的泉瀑飞帘，垂挂在笔立的石壁上，飞瀑洋洋洒洒地飘落到石河里，它流过石拱桥下，流过寿星的脚边。顺着一级级梯河，奔流而下，形成十几道瀑布飞泉。道道飞泉景色不同。有的如龙口吐珠，有的像风迅电疾的雨帘，有的又似织绸机上的纤细银丝飞织。

飞泉梯河欢乐地奔流，有时像丝弦管簧轻声合奏，有时又像军号铜鼓急骤交鸣。

奔腾的梯河，最后倾注到一个石湖中，立刻，像魔术似的，一切都静止了。波面展平如镜，涛声也戛然而停。静极。抬头仰望，石云上墨黑而透明的冰珠，只有它，偶尔滴落在石湖里，发出琴键单声跳动时清亮的声响。

山腹里有洞，洞中有飞泉，泉尽是湖，湖水直通石河。

石河边，一座石亭，一条石埠头。

忽然，从天外飞来一舟，直抵石埠头边。

离岸登舟。船，荡向螺形的石河里。这山腹里的石河，不是急湍的山泉，也不是低语的溪流，它恰似深秋乌蓝色夜空中的银河，在静静地暗流。

石河的上空，不是炫眼的朝霞，也不是明媚的月色，石云上游动的满天钟乳，恰似夜空里闪亮亮的满天繁星。

桨在划，但并不发出响声，好像不是搅动水波，而是轻拨柔云。船，不像在水上行驶，倒像在云中飘流。

石河在夜空似的山腹里左弯右曲，缓缓潜流。

水在流，船在航，满船的人，但没有一点声响。只有石云上滴落的冰珠，叮——叮，咚——咚地轻响。

船随水流，似无尽头。

但，终于天破晓了，船头现出了曙光。船，转过一个石岬，眼前突然大放光明，在洞口的穹顶处，猛然闪现出千万里碧蓝碧蓝的云天。生活了几十年，从来也不曾感觉到，天空竟是这么样的碧蓝。拱顶、蓝天，连接着绵延无尽的梯田、竹海、茶园。

自从置身于这山腹内的层楼石府后，恍恍惚惚，似乎误入了“宝石花”的仙境。直到船出洞口，这时才豁然明白：那些最优美童话中所描述的神仙洞府、天阙龙宫，原来，都是从这人间圣手斧凿的奇迹里摹写的。

1961 年 9 月

碧螺春汛

节令刚交春分，湖中洞庭山上的碧螺春茶汛便开始了。这是一年中头一个忙季，也是一年中头一个收获季节。春天和茶汛一同涌进了公社的大门，社员们家家户户又忙碌又欢喜。

春分的早上，村南靠湖边的一条静静的弄堂里，全村头一个早起的人家，传出了门槛在门臼里转动的吱呀声。门，轻轻地开了，又轻轻地带严了。

兰娣背了个桑篮，在青石板的村街上，走着细碎轻快的步子。一边走，一边拢头发，扣衣襟上的布纽扣。穿过橘林，一径向山坞深处走去。苍蓝的橘林树隙间，此刻还不见一丝亮光。

天空的夜云和太湖的水面，还是连接成一片。云和水，都还是同样的颜色，乌蓝乌蓝的，叫人分不清此刻到底是初更还是深夜。只有专管报时的雄鸡，和起惯绝早的农民，才晓得这是早春时节的黎明之前。

贪春眠的太湖，正沉睡未醒。远处，百里外的天目山方向，一颗颗萤火似的亮光，在又像是湖水又像云彩的地方，闪闪眨眨。使人很难分得清爽，是天上的繁星落进了太湖里，还是湖中的渔火飞上了天；或者是长兴煤矿的电灯，在替湖中夜捕的渔民指示航向。

这时，村边的小河浜里，响起了均匀的橹声。猎鸳鸯、猎野鸭的小快船，和捕春鱼的网船，一条跟着一条，牵成线，从滨湖的石埠头边摇出港，咿咿唔唔的，一径摇到乌蓝的太湖里去了。

湖水已经回暖了，甜了。银鱼、红鱼、鲫鱼，成群结队的，开始浮游到水面上来迎春孵卵了。

山坞里静煞，就连欢喜吵吵笑笑、多嘴多舌的鸟们，也还春眠正酣。只有兰娣和另外几个迎接茶汛起得绝早的小姑娘，在山坞里挖笋、采蕈。春分时节，正是梅蕈、松蕈、黄桅蕈开始旺发的季节。

兰娣一不挖笋二不采蕈，她在替公社的香精厂采蔷薇。她翘起灵巧的指尖，避开杈枝上刺手的短针，飞快地把一朵朵白花拗进桑篮里。

淡蓝色的晓雾，从草丛和茶树墩下升起来了。橘树花的清香、梅和松花的清香，混合在晨雾当中，整个山坞都是又温暖又清凉的香气；就连蓝雾，也像是酿制香精时蒸发出来的雾气。

忽然，缥缈峰下一声鸡鸣，把湖和山都喊醒了。太阳惊醒后，还来不及跳出湖面，就先把白的、橘黄的、玫瑰红的各种耀眼的光彩，飞快辐射到高空的云层上。一霎间，湖山的上空，陡然铺展了万道霞光。耀花眼的云雀，从香樟树上飞起，像陀螺样打转转，往朝霞万里的高空飞旋。在沙滩边和岩石下宿夜的鸳鸯、野鸭，也冲开朝霞，成群成阵地向湖心深水处飞去。

村子里也热闹起来了，羊子的唤草声，孩子刚醒转来口齿不清的歌声、笑语声，火刀石上的磨铦声，水桶的磕碰声……

钟声送走了宁静的黎明，迎来了一个新的劳动日，迎来了碧螺春茶汛的头一个早晨。

茶汛开始的辰光，一簇簇茶树刚从冬眠中苏醒过来，桠梢上一枪一旗刚刚展开，叶如芽，芽如针。可是只要一细场雨，一日好太阳，嫩茶尖便见风飞长。

茶汛到了，一年中头一个忙季到了，头一个收获季节到了，个个人都开开心心的，真像是过节一样。就连小学生也欢欢喜喜地读半天书放半天茶假，背个桑篮去采茶。

采茶采得清爽、采得快，全大队没啥人敢跟兰娣比赛。往年，兰娣采茶的辰光，在她的茶树墩周围，时常有几个小姊妹，似有心若无意地跟她在一道做活。阿娟总是拿妒羡的眼神，斜眼偷瞟兰娣灵巧的手指；云英却衷心敬佩地，从正面紧盯住兰娣的动作。今年，开采的头一天清早，一下就有十几个叽叽喳喳的友伴，围拢在兰娣茶树墩的四周。十几个小姑娘，都急忙想学会兰娣双手采茶的本领。在我们这个有一千多年历史的古老茶山上，兰娣，是头一个用双手采茶的人。

别处名茶区的茶树，都是几百亩上千亩连片种植。茶树墩横成线竖成行；树冠像公园里新修剪过的冬青，齐齐整整。但我们这个碧螺春故乡的茶树，并无大面积连片茶园，它散栽在橙、桔、枇杷、杨梅林下，成了果林间的篱障。茶树高高低低，桠枝十分杂乱，但兰娣的双手，却能同时在参差不齐的桠枝嫩芽尖上，飞快地跳动，十分准确地掐下一旗一枪。大家形容她灵巧的双手"就搭鸡啄米一样"。虽然她的手那么灵活，又那么忙碌，但兰娣的心境神态，仍旧跟平常一样，左右流盼，不慌不忙，悠悠闲闲地和友伴们讲讲笑笑。

围在兰娣身边的小姊妹，都拿眼光紧紧地盯牢她的双手；同时，也在自己的心里，替兰娣的技巧做注解、做说明。阿娟，甚至以为自己已经掌握了兰娣双手采的窍门，可是自己一伸出手来，马上就眼忙手乱了，不是顾上左手忘了右手，就是眼睛和手搭配不起来。她苦笑笑说："看人家吃豆腐牙齿快，看看兰娣采，容易煞；看看，看看，眼睛一眨，鸡婆变鸭。"

云英干脆问兰娣，她是怎么样才会采得这么快的。兰娣笑笑说："我也讲不清爽啘。喏，就是这样采——"兰娣是个心灵手巧但是嘴笨的姑娘，大家都晓得她确实是会做不会讲啊。

后来，阿娟和别的小姊妹们，虽然学会了兰娣的双手采，但产量仍旧落在兰娣后边。每晚歇工的辰光，队长和社员们一碰见记工员，头一句话常常是问："兰娣今朝采仔几斤？"兰娣采几斤，成了黄昏头歇工时全队顶顶关心的事情。

队里一向有这样一个习惯：每天夜饭后，除了几个困早觉困惯了的老老头之外，全队的人，差不多都聚在俱乐部的厅堂里。有时开会，就是不开会，也喜欢三五个要好的朋友，围坐到一张台子边：泡一壶茶，摆几只茶盅，抽抽旱烟，云天雾地地谈谈闲话。妇女们常常是就着梳灯纳鞋底、结绒线、缝补衣裳。孩子们趴在台子上做功课，有时也追逐打闹。

但，茶汛一到，夜饭后的俱乐部厅堂，就完全变换成了另一种景象，像送灶前替过春节准备年礼一样，又忙又开心，喜气洋洋。妇女们收起针线活了，男人们也不拢起袖子光抽烟了。男的女的，老人小孩，都围在桌边，一边拣茶叶，一边讲笑话、谈家常。台子当中，堆放了一堆鲜嫩的带紫芽的绿叶，无数手指，在轻轻地拨动这堆嫩叶。这些生了老茧子的粗糙指头，又快又准地从成堆的茶叶中，分拣出细嫩的芽尖一旗一枪来。手指头那么粗糙，想不到拣茶时竟又这么灵巧，就像银行会计拨算盘珠样地异常轻快，异常熟练。

大家把拣好的一旗一枪和鸭脚片，分别倒进两个栲栳里，再送到炒茶灶间去。但是兰娣采的嫩叶，却并不混掺在这个共用的栲栳里，按照队里几年来的习惯，兰娣采的茶叶，一径是另拣另炒。队里顶好的炒手阿元叔，成了兰娣的老搭档。他俩采、炒的茶叶，不但是全队的标兵，就是在整个茶汛期间，兰娣和阿元叔的茶叶，一径是公社收购站里评品等级的活标准。

嫩青叶拣好后，装栲栳里，送到厅堂前边的三间头茶灶间。厅堂通炒茶灶间，有条过道，新茶的清香，就从过道敞开的侧门口，一阵阵飘进厅堂里来。拣茶叶倦了的人，就跑到灶间去，从炒茶灶上沸滚的汤罐里，舀一杯开水，泡几片刚刚炒好，热气还不曾消散的碧螺春。

炒茶灶间里一并排砌了六眼茶灶。满屋里的空气，都是新茶和烧松针混合在一起的清香，素心兰的清香。

早春的夜晚，还少不了棉袄，但炒茶灶间里的阿元叔，却打着赤膊，双手插在摄氏九十几度烧炀的镬子里炒、揉、团、焙。

每夜，在阿元叔茶灶的周围，总归立有几个小姑娘小青年。这些才学做茶的新手们，眼也不眨地看着阿元叔怎么样掌握火候。就像俗话所说的，戏法人人会变，巧妙各有不同。茶叶质量的好坏，全凭炒手的巧手、慧眼。同样的嫩芽尖，好的炒手，可以把它炒成一等一级的极品；差些的炒手，也可能把它炒成三四级的次茶。炒碧螺春，这正是心准手巧的工艺活啊。阿元叔年纪大，眼睛不大灵光，时时从镬子里抓一把正在变形变味的嫩青叶子，平摊在掌心里，就着煤油灯，眯缝着眼细看，赛过刺绣姑娘那样细心耐性。

炒茶顶要紧的关键就是掌握火候。灶火要有时炀，有时文，团要有时松，有时紧；揉要有时重，有时轻。揉要揉到镬子上涂满了一层咖啡色的茶膏；团要团得又紧又松散。阿元叔对碧螺春的质量非常考究，总是要焙到干而不焦，脆而不碎，青而不腥，细而不断。焙好的茶叶，总归是卷曲像狮毛，绒衣像雏鸡。在公社收购站里，检验和评定等级的几位专家，都是顶顶严格、顶顶有经验的“挑剔”能手。从前验茶，只抓一把在掌心里看一看、闻一闻，今年却要拈一撮新叶摆在杯子里泡一泡，色、香、味、形，四条都要符合规定的标准。

不管怎么样严格的检验，金子总归还是金子。茶叶的质量，是随着节令的推移而变化的，质量标准每天都不同。但，阿元叔总归每天都能做得出当天质量顶好的碧螺春。公社收购站里，每天收进的几十斤几百斤上等的碧螺春中，阿元叔一径在等级上领先。收购站里有一只样品杯子，是专为阿元叔预备的。那杯里，每天早上换一次阿元叔头夜新炒的叶子，于是，那一杯新茶，就成为评定当天碧螺春等级的活标准。

每天拂晓辰光，山坞里和环湖的林荫道上，就有成群结队的送茶担，汇向同一个地方去。——各个生产队里，都派有专人把头天夜里新炒的碧螺春，送到公社收购站去。根生，是我们队里送新茶的专差，每天送过茶叶，从收购站回来，一路上遇到许多别的队和本队上早工的人，总归要重重复复地向根生打听："今朝阿元叔是几级？"根生的回答，又总归是叫人又嫉妒又开心。根生回答后，总时常听到别队的社员，用善意的语调笑骂一句："今朝，又让这个老家伙，抢去了我们的状元。"根生也开心地笑了，他觉得人家骂得有理：阿元是个茶状元，是个别人抢不走的茶状元。

阿元叔能每天炒出好茶，也亏得有两个好搭档，一个是好采手兰娣，一个是会烧火的桔英。

烧茶叶灶和烧饭灶不同。烧饭灶，只要把劈柴架空、烧旺，就不必那么勤照管。烧茶叶灶的人，一霎也不能离开灶膛口，要专心一意地和炒手配合好掌握火候，平常，一个人只能烧两眼灶，桔英一个人倒烧了六眼灶，桔英烧的茶叶灶，是六眼连成一排的联灶。炒手们在灶前焙茶，桔英在灶后烧火，炒手们和桔英之间隔开一层烟囱墙，互相都望不见。桔英在灶后，只听见灶前的人在喊："喏，我这一镬子要炀一点儿。"同时，另一个炒手也隔层墙在喊："桔英，我这一镬子要停脱。"隔开一层墙，看不见说话人的面孔，六个人又都是用"我"来称呼自己，往往又是两三个人同时在喊，但各人的要求又如此不相同：有的要炀，有的要文，有的要烧，有的要停。桔英必须在这复杂的情况下，无误地满足各个人这些各不相同的要求。桔英瘦小灵巧的身材，十分灵活地从这个灶膛口跳到那个灶膛口，来来往往，像舞龙灯一样。有时在这个灶膛里，塞进两棵结满松球的松桠，把火势烧得烘烘响;但在另一个灶膛里,只轻轻地撒进几根温和的松针。

从黄昏到深更,在碧螺春茶汛的那些春夜里,各个村子的炒茶灶间,都是夜夜闪亮着灯光。新焙茶叶的清香跟夜雾融合在一道,从茶灶间飞出来,弥漫了全村。香气环绕着湖湾飞飘,一个村连一个村,一个山坞连一个山坞,茶香永没尽头。一个夜行的人,茶汛期间在我们公社走夜路,一走几十里,几十里路都闻的是清奇的碧螺春幽香。难怪碧螺春最古老的名字,就叫作清香"吓煞人"。

采茶采到谷雨后,茶树的嫩梢已有旗无枪,到立夏,叶片便平展开了。于是,从春分到立夏的一个半月的茶汛结束了,心灵手巧的采茶姑娘们,又结伴转到蚕室里去了。

茶叶灶在准备迎接新的茶汛,准备茶树嫩梢暴新时,做夏季绿茶——梅尖。

三月的风

任培田

60cm×50cm

布面油画

紫砂陶

龙

陶都，三面环山，东临太湖。山，不但轮廓秀丽，而且色彩缤纷。那些白的、紫的、绿的、彩色的山群，环绕着鼎蜀镇，像是陶都的五彩花环。

碧清透明的汤渡河，安安静静地从陶都七里长街的街中心直穿过去。使人感到，这不是河，倒像是一条宽阔平整的柏油马路。沿河两岸，是工厂、商店、学校，古老的龙窑，和新式的倒焰窑。

一道一道又一道联拱和单孔的石拱桥，把两岸紧紧联牢。

河岸边，街道两旁，有许多火红色的小山冈。龙窑，就建筑在这些山冈上。龙窑，是我国古代陶业工人的非凡创造，两百多尺长，很像是一条昂头摆尾蹲在河边饮水的巨龙。龙头，向几十尺的高岗上昂起；龙尾，一直摇摆到地平线上。龙背上光闪闪的碧绿的琉璃瓦，恰似替它披上了辉煌灿烂的鳞甲。白天，它举起头来向青天喷出奶白色的轻雾；入夜，龙身上的无数鳞片中闪射出耀眼、透明的金光，好似几十条火龙披着红焰在夜空中飞腾起舞。

汤渡河上，船只整日整夜来来往往，拖轮、赤膊船、五樯帆船，把五色陶土带进市区来；再把那些精美的工艺品，送到全国各地，甚至远涉重洋，运销到世界上各个国家去。

河两岸，到处晾晒着陶器的土坯，有日常民用的砂锅、碗、腌菜甏，也有外销的大龙缸，有传统的紫砂壶，也有近几年来新创制的化工用品。摆在地上的这些泥坯件，它们暂时还黯然无光，也还经不起轻微的碰击。但，一入龙窑，一经炉火的锻炼，它们就会成为色彩鲜妍的餐具，就会成为削铁如泥的车刀，就会成为金光灿烂的琉璃瓦，就会成为耐酸耐温的化工厂的机器和管道。

鼎蜀，这个工艺城市，给全国各地人民，提供了许多实用与美结合得那么和谐一致的工艺品，这里的劳动者，也时常把实用与美一致的审美意识，在日常生活中流露出来。许多房子的墙，是用报废的缸甏垒起来的，一层层，一节节，像竹节的艺术变形，墙面上还闪发釉光。窗户，就利用那些陶瓷管道的天然圆洞垒成。有时，几根小的管道，还可以堆砌成不同的窗形，像留园、拙政园内那些美丽复杂的窗花。许多人家的家前屋后，是用缸甏代替木槿、竹笆做成的篱垣。篱墙头上，排列着各色各样的釉体，人们就在这些报废的釉钵里种菜养花，用红苋、韭、蒜、石莲、月季和金橘，使墙头一年四季都充满了春天的生气。

市郊，青龙、黄龙两山对望。从春秋战国至今，人们在这里挖土挖了两千多年，巍峨的高山，已经挖成了许许多多绝壁悬崖和碧清的深水潭。但，这两座宝山，还是那么高大，那么丰富。它蕴藏着无限量泥色美丽的陶土：乌泥、黄泥、紫泥、绿泥、红棕泥。有的泥色深沉，有的泥色艳丽，有的硬如金铁，有的软如胶泥，有的莹光闪亮，有的像丝绵样牵起纹丝。

鼎蜀，到处是龙。汤镀河，像条银白色生气蓬勃的游龙。青、黄两山，像两条在一起和睦相处了千万年、友谊很深的卧龙。入夜，几十座龙窑，更使市区变成了热情的炼陶火龙飞翔起舞的世界。

艺

在鼎蜀紫砂工艺陈列馆里，展览着几百件各种样式、各种光泽的精品壶，也有式样繁多的瓶鼎杯盆。

人类使用陶器的历史已经十分久远了。鼎蜀的陶史开始于何时，尚待发掘古窑址，进行科学考察。据说二千四百年前，越灭吴后，范蠡和西施出走到鼎蜀，开始烧制陶器，人们遂称范蠡为陶业祖师，至今还有蠡墅村和施荡桥来附会他们创业的传说。

苏东坡在这里居住的时候，因为特别喜爱那一种提梁式的紫砂壶，重感情的陶工们，为了纪念他，就把这个样式的提梁壶，叫作东坡壶，直至如今。

供春，是陶都有文字记载的第一个制壶大师，现在这陈列馆里，还保存有供春所创制的壶式。明代的时大彬、李仲芳、徐友泉，清代的陈鸣远、陈曼生、邵大亨、黄玉麟,都是制紫砂壶杰出的工艺家,现在这里保存有他们亲手制作的陶壶,或是他们创造的古朴素雅壶式的仿品。

这里,还有许多精品壶,是当代名手的作品。有以制作竹节、梅桩等雕塑纹样装饰而闻名的朱可心,有喜做筋瓤的王寅春、吴云根,有善做素式壶的顾景洲、裴石民,更有以雕刻见长的老艺人任淦庭。

在这陈列馆里几百种不同的壶式中,有明代的汉扁、掇球、菱花,有竹节松干梅桩的艺术变形,也有各式提梁、甜瓜。壶的泥色好几十种,有紫砂,有梨皮,有豆青,有朱砂。

实用与美高度和谐的紫砂工艺,在明代即已达到很高的成就。当时的人们都惊讶、赞叹,说"泥土与黄金等价"。连当时的北京皇室也"宫中艳说大彬壶"。

十七世纪,鼎蜀壶与中国茶,同时运往欧洲,成为欧洲制造茶用陶的最早蓝本。荷兰人于1650年、英国人于1672年开始模仿鼎蜀壶,造成了最初的一批茶壶。日本人曾于十五世纪到中国来学过造壶艺术,后来,在他们本国习惯上,一直把鼎蜀的紫砂壶当作壶中珍品。我看过一部日本人编的壶谱,全是收集鼎蜀的几十件紫砂精品。

清末民初,紫砂壶也曾在一些国际博览会上得过奖。

紫砂工艺,有值得炫耀的过去,更有光辉灿烂的今天,但这当中却有一段十分惨痛的历史。

现在,一走进车间,立刻就有一个非常触目的现象摆在眼前:六十几岁七十几岁的老公公,领着一批头二十岁的小辫子在劳动。中年人寥寥无几。紫砂,差不多缺少了整整一代艺人。像我国许多戏曲剧种和工艺美术在反动统治下已濒临绝境一样,紫砂工艺在解放前的一二十年间,已经到了人亡艺绝的边缘。刚解放时,熟练的紫砂壶手,仅只剩下三十多人。

在专做素式壶的车间里,有一位头发花白的老艺人,他喜欢在壶底上敲一个“云”字图章。云老戴着一副老花眼镜,手在做、嘴在讲,向艺徒们传授怎样捏造壶坯。在他的工作台的四周,围住一群勤学的小姑娘,活像是祖父带着一群孙女。

云老早就过了退休的年龄,早就应该在家里安享天年,像我们国家其他许多行业中过了六十岁的老工人一样,喝茶、下棋、谈天。他们的一生是在血泪里浸泡的,他们为社会贡献了全部精力,应该让他们过个愉快轻松的晚年。云老笑着对我说:“领导上老是要我去休息。我怎么能离得开呢? 怎么能放心呢?”工艺,不仅是靠口授,主要是靠亲手操作示范。我们的许多工艺行业,都是师傅对徒弟一代一代亲手亲口往下传。但,紫砂工艺中差不多整整脱了一代师傅。这叫云老怎么能安心离开车间。就像农村中娘、老子早就过世了的孤女一样,好心的祖母,又要做好婆,又要做娘,好把孙女抚养成人。

厂里的人都说,云老现在心里唯一的念头,就是要把手上的全部本领交给这批孙女们。云老自己也说:“我人进了土,这双手总归不应该也带到土里去。”

他教艺徒,没有课本,要说有现成课本的话,那就是陈列馆里的一批传统壶。他教艺徒们传统壶式的做法,他自己也还在创作。工作台上,就摆了一把样式和泥色都很古朴的紫砂泥坯。这是云老的新创作。壶刚刚落地,还不曾起名字。

本来，他只要把自己几十年积累下来成熟了的经验，告诉孙女们就行了，但他还在钻研新的创作。为的是要孙子孙女懂得，仿古是为了创新，不要永远模仿老师。老师今年六十九岁了，还在钻研新的技术，还在创造新的壶式哩。这心意，年轻人是会懂得的。

云老从工作台的抽屉里，拿出一把汉扁式泥色棕紫的壶，带点顽皮笑容，向我指指靠东边窗口那个小辫子的背影，悄声地说："就是她做的。我从来不曾当面夸奖过她一句。不过，你看得清爽的，好壶。"

他把壶塞在我的手里，确是一把好壶，一眼就可看得出来，不论造型、泥色、技艺的功底，都是高手的作品。

"达到这样的水平，我花了十四五年的工夫，有的人甚至要花头二十年的工夫。她才六年，这就是苗头，就是指望。有了这样的后代，那就死也闭眼了。"

说到死，老人竟笑了。这种感情，倒很像革命斗争中的那些志士仁人，看到自己的理想有了后继者那样的视死如归。

云老取下老花眼镜，沉思了一会，讲起他幼年学艺的情形。那时，紫砂工艺的师徒关系，和其他工艺行业一样，师傅轻易不肯传授技艺，更不肯传授秘方。要靠"偷师"，要靠自己心灵手巧地摸索。有一次，师傅在做壶，他立在师傅肩后看，师傅回过头来，把泥坯往他面前一堆，冷冷地说："请你来教教我。"

说到这里，云老叹了口气，说："难怪，那时候，新的高手出来多了，老年人眼花手僵，只好要饭。"

好心的云老，原谅了当年师傅对技艺的保守。"那是社会制度造成的。"云老说："我们今天不保守，也是今天社会制度造成的。"

“好，不讲那些陈年老账了。”云老立起来，走到样品橱前，把那些壶，一件件拿出来，一边拿，一边说：

“上趟美术学院来了几位先生，讲壶的几何造型，那里头学问太深了，我讲不上来。照我看，壶形跟人一样，身体长得匀称、健康的人，很好看；缩颈耸肩，总归看了不舒服。壶的颈、肚、脚、盖、把、嘴，也跟人的体形一样。你看，这把壶就好看。这一把，别的还好，就是把子安高了、直了，像个手叉腰好吵架的人一样，难看，也不好用。”

他说，壶，是给人用的，又要用起来舒服，它是一件日常生活用具，又是客堂里的艺术品，是物质生活和精神生活的综合。

紫砂壶，也跟人一样，有它自己的个性。

云老讲起这些个性来了。他说：陶与薄胎彩瓷不同。紫砂陶，质地朴实、素净。造型宜简练、单纯，朴实无华。壶式宜用球、菱花、松竹梅等简练朴素的艺术变形。紫砂陶，色泽深沉，宜朴素，不宜浓艳，所以壶面不以彩绘见长，而以浮雕、素绘取胜。

紫砂壶，摆在华丽的宴会厅里，能使客厅增加大方雅致的色彩，并且调和动中有静的安定气氛。把它摆在农民的茅屋里，也能显出农民的单纯、朴实的性格。

紫砂壶，跟人一样，它有自己的个性。它不欢喜艳丽、花花草草。它欢喜素、静。它大方、朴素，像一个脚踏实地的人。

好的壶手，不光是个抟泥做胎的工匠。壶，是他的知心密友。他有一整套美学观点和手上技术糅合在一起的实践本领。“千度成陶”——这在陶都，是一句烧火窑工劳动经验总结的话，也是一句格言式的谚语。云老用手捏塑一把精美的茶壶，他这种使实用与美高度和谐一致的技艺，如果能用一个尺度来衡量的话，我想，那也应该说是千度成陶。

火

夜晚，一条条火龙，在鼎蜀上空飞舞，龙身上的无数鳞眼里，喷出耀眼的金光。我朝着汤渡河边江全根老师傅管理的那座两百多尺长的龙窑走去。

江师傅指挥着徒工们正在向鳞眼里投放松桠。一会，把这爿鳞眼里的火，烧成浓烟浊焰；一会，又把那爿鳞眼里的火，烧成无烟而透明。一夜间，江师傅用他的手，把龙窑里的火焰，调成了无数种丰富艳丽的色彩。从摄氏五百度的暗赤色到七百度的鲜红，从八百度的橘黄到一千度的浅黄，从一千三百度的白色到一千六百度的晃耀眼睛的无色透明。

就是靠江师傅操纵的这股火焰，才使见水即化的一堆烂泥，变成胜过不锈钢的耐酸化工品；使软如胶漆的陶土，变成可以承受重压的戽水泵；使黯无色彩的泥坯，变成油光闪亮的大龙缸；使不见光泽的泥壶，变成为各种色彩鲜明的精美工艺品。

难怪人们说，陶瓷，是火的艺术。

火，就靠江师傅手里投放的燃料，就靠他那双看准火候的火眼金睛。

火候，厨师讲究火候，炒茶手讲究火候，冶金工讲究火候，针灸医生讲究火候。火候，甚至变成了它本义之外的一个术语，变成为各行各业劳动者们掌握技艺的同义语。

窑工江师傅全神贯注研究了四十年的,就是这一件事——火候。

火温不足,泥坯不能变成声音像清磬的陶器;火烧过了头,也会使陶器烧烊变了形。

龙窑内,每时每刻,都有千千万万种不同的变化。

一窑的陶器,对火温的要求各不一样,朱砂要九百度,紫砂却要一千一百度。江师傅就要完全满足这些各不相同的要求。温度的高低、火温上升的快慢、烧火时候的长短、冷却时的急缓,是用的无烟而透明的火焰还是浓烟而浑浊的火焰,这些,都使陶瓷的色彩发生重大的变化,甚至发生许许多多意想不到的变化,龟背纹似的碎瓷,不就是人们利用窑变的结果么。

窑工们常常说:千度成陶。这当然不是简简单单把火温升高到一千度就成。它有许许多多操纵火候、掌握火候的丰富技艺。

江全根老师傅打开鳞眼盖,望望火苗,向徒工们发出了停或烧、旺或文的命令。在一千六百度的高温中,他眼睛的判断,上下不会有十度的差距。江师傅的这双眼睛,就是一副灵敏度很高的高温表。就靠着江师傅的这双火眼金睛,烧出了一窑窑精美的工艺品。

我痴望着龙窑内的火焰,现在,它是一千六百度,无烟无焰;既没有乱舔的火舌,也没有抖动的“蒸汽”。望着这龙窑内无烟无焰纯白的炉火,心里在想:这窑火,从最初点燃到现在炉火纯白;从无色到有色,到有极浓艳的色彩,最后又到无色。纯化了。这不是最初的无色,而是一千六百度透明的无色。江师傅掌握火候的技艺,不也是这样么：由简单到复杂，再到单纯。但这不是最初的简单，而是纯化了的单纯。——这，就是炼火工江师傅自己技艺的火候。

1961 年 9 月

捕银鱼的人

傍晚，全区渔业社的干部会议结束了。这些从太湖里跑到岸上来开会的人们，拖着木屐，逗着笑话离开会场。木板鞋打得天井中的石板噼啪响。区委书记喊住了一个人，向我介绍说：这就是我所要去的那个小队的队长李长风。

听到区委书记的喊叫声，从人群里转回来的是个三十来岁、样子很严肃的人。长脸，短头发像松针样站立在头顶上，敞开白府绸衬衣的对襟，坦露出酱色的宽胸脯，穿着短裤衩，拖着一双木屐。

他停留在我们站着的廊沿台阶下边，微微偏仰起头。听完了区委书记的介绍之后，稍微皱起眉毛，用沉思的眼睛望着我，说：

“好。我们的船明朝天不亮开航，三点钟等你。”

“准三点。”区委书记笑着伸出一个食指，在我面前晃了晃，用警告的语气说，“记住渔民的信用，啊。”

第二天早上，在约定的时间之前，我赶到了湖滨的码头上，去找李长风的三桅交通船。虽然整个天地都处在黎明前的阵黑中,但湖边仍是朦胧发亮的。船上的人都起来了,正忙碌地用吊桶和拖把冲刷甲板。

驶出湖港,天渐渐发白了。夏天早晨轻柔的湖风把帆微微扬起,这柔风和微扬的帆,恰似刚刚醒来的孩子那样惺忪可爱。我和李长风并肩站在前甲板上,望着我们所要去的远方。

“今天可能在什么地方找到你们的社?”我问。

“说不定,我们的渔船是随风漂。”他不看我,仍然望着远方,但又加了一句解释,“我们那个渔船实在太大了,有风跑得比轮船还快,没有风一丈路也走不动。”

交通船在北太湖里一直向西北方向行驶。风很小,但过了小马山的湖峡之后,迎面的湖面上有一条横贯太湖的黄色风带,把我们面前白色的湖水和远方黄色的湖水分割开来——风来了。进入风带之后,风势果然大了,船帆像鱼鳔那样涨满了,船很厉害地倾斜着,帆,似乎要贴着水面了,这倾斜的帆把船带着向前飞跑,船像掠水疾飞的春燕。

转过军嶂山伸入湖中的尖岬之后,突然看到远远的湖上千百条樯帆,像工厂云集的烟囱般竖立着,不,它不像烟囱那样杂乱难看。这种图景恰似古代画卷中的海洋舰队,它使明媚柔和的太湖,变得刚劲而雄伟。

听到我的欢呼声,李长风从舱里爬出来,和我并肩站在倾斜的甲板上。太阳光和水光闪耀得使人睁不开眼,他眯缝着眼向“舰队”望了一会,用手肘拐拐我的手膀,指着铺满湖面的船只说:

“那就是我们小队，从这边这条大船向北看……”

我眯缝起眼睛，按他所指示的标志寻找着，可是总是分辨不清。他听到我回答他的解释时“啊？啊？”的疑问语气，偏过头来，用责备的眼光看着我的脸说：

“那不是清清爽爽么？你看，我的那条大船现在连船身都露到湖面上来了，七条樯，连风袋就是九只篷，看清爽没有？你再看，旁边那条也是七条樯的船，船身已露一点到湖面上来了，那就是我们小队丁成山的船。”

在我看来，所有船都是一个样子的，尤其是那些刚从水平线下面才露一点到湖面上来的船只，那更是一个样子的，虽然我极力企图去辨认它们，但是徒劳的。李长风也终于对我笑一笑，谅解了。他是难得笑的，在他笑的时候，头上站立的短发，似乎也柔软地披覆下来了。

李长风这条七樯大船上住着两家人家。李长风的妻子是个天生的一种笑面孔的人，就像李长风的面孔天生是严肃的一样。有的人天生的一副和气面孔，甚至在发脾气的时候也没法改变自己笑的表情，因而常常自己生自己的暗气，李长风的妻子就是这样的甜面孔。她沉默、害羞，黑里泛红的酱色皮肤，粗糙而健康。他们有个四岁的女孩，头顶上扎了一只尖辣椒形的辫子，靠在高大的桅樯下，睁着怀疑和欣赏的大眼，望着我的一举一动，手放在背后，不让我拉她。

风逐渐增大，已经强大到足够拉动网具了。丁成山的那条七樯船和李长风的这条七樯船渐渐靠拢了，当两条船舷在风浪颠簸中刚一相擦的时候，李长风便用一种纱厂女工接断纱的速度，把对方船上递过来的一条渔网头，跟自己船上的渔网头结在一起，于是两三里路长的大网就飞快地滑向湖里去。渔网沉入水中，但标杆却笔立在水面上，任狂风巨浪也打它不倒！

风浪在继续增大，李长风站在船头大铁锚的旁边，鼻子闻了闻空气，自言自语地说：

“雨要来了。”

我抬头看看四边的天，天很好，虽然没有太阳，但也没有乌黑的浓云，连湖中山的轮廓也是清爽的，我不相信有雨，但也没有确信地说：

“不见得吧？”

他没防我站在他身后，转过身来严厉地看了我一眼，说：

“你闻闻，风味很浓，有雨味。”

我实在闻不出来，我笑了。从科学的观点上看来，我不相信他的话，但从实践的观点上看来，也许他对风雨有种特殊的敏感吧。

李长风回转身来，从甲板上拣起一件棕制工作裙围在腰上，差不多同时，他的妻子也从舱里走出来，围了一件棕裙，另外几个男人和女人也在这之后围了棕裙。没有谁发号令、指挥，但大家差不多在同时，各人都找到了自己应该做的事，配合得很协调、和谐，就像幸福的夫妇相互间的了解不是凭借语言而是凭借感觉一样。

李长风把小舢板的缆绳解开，舢板顺着浪头漂到大船边，他站在船舷上，没等舢板靠稳，刚看到浪头把小舢板抬起跟船舷一样高的时候，他便轻轻巧巧地跨过了一丈高的浪头，到了小舢板上。等到第二个浪头升起时，他的妻子也跨过去了，于是解开缆绳，小舢板便滑进浪谷的涡流里去了，就像孩子从滑梯上轻巧地滑下去的一样。

等到他们从渔网边回来，把装满了一筐筐的银鱼倒在甲板上时，全船的男女老少全都围拢来了。大家蹲在甲板上工作着，把那些跟银鱼十分相似的闪鱼剔出来，把误入网中的针口鱼和小河豚剔出来。他们工作的时候极少讲话，渔民们大都是些沉默的人。

头顶上扎了一只尖辣椒形辫子的小女孩，她把自己的小嘴巴对着河豚的小嘴巴猛力吹了两口气，于是，河豚的两腮连着肚子就一齐鼓起一个很大的白泡泡。河豚虽只小指头大，但白泡泡比它的身体大一两倍。它睁着大而圆的不眨的眼睛，挺起大肚皮，和善地望着小女孩，就像无锡大阿福一样胖得滑稽而可爱。

小女孩这时不但非常活跃，而且非常大胆，她把一只只吹得胖鼓鼓的河豚送给我，主动地撤销了对我的警戒，她又把几条出水后还未死的银鱼放在碗里游，并且捧过来，要我和她一同欣赏。银鱼是透明的，像尼龙制品一样，肚子里没有一点肮脏的东西，纯洁、坦白地让人彻底地看透它。

自从银鱼跟河豚成了小女孩和客人建立感情的纽带之后，这个四年中只到陆地上去过三回的小女孩，觉得自己的世界发生了一种新的变化，在她天天熟识的那些亲人之外，又来了一个跟她玩的大朋友，她兴奋极了。

她以猴子般的敏捷，抱着前甲板上较细的一根樯，攀着篷绳向上爬，爬了一丈多高以后，回过头来对我招呼着：

“来呀，你敢爬得像我这样高吗？”她又转了个安慰的语气说：“爬呀，不要紧，我妈妈不骂的。爬呀，跌不下来的。”

我的心里,很久很久地都回响着这孩子天真、热情的童音。

风更加大起来了,船颠簸得更凶了,我的头确实有些晕了,我连忙望着远方。李长风晒完了鱼以后,提了一把茶壶,拿了两只瓷杯,在我面前的甲板上,和我相对坐下。他看到我因为晕船而显得疲乏的神情,便用安慰的语气说:

"不要紧,吃点碧螺春就不晕了。"

他斟了一杯茶以后又说:

"不要紧,就是吐也不要紧,吐过这一次,下回就永远也不会吐了。"

我笑了,难道晕船呕吐也跟害天花一样有终生免疫性的效果么?

"吐也不可怕,"他继续说,"把肚子里东西倒出来反而要痛快些。当然,有时肚里东西倒完了就要吐酸水,弄得不好还要吐出血来。"他把手在自己面前扑打了一下,像要把他自己的话音赶走似的,又补了一句说,"不要紧,反正不是病,就不要紧。"

他笑了,扇动一下敞开的衬衣大襟,给我斟了一杯蒸发出清香的碧螺春。他这人真怪,本来,他是想来安慰人的,但结果,他反而讲出一大堆恐怖的东西来,难道他的这种安慰就是叫作打预防针么?

大船整年漂流在湖上,只有碰上九级以上台风时才靠到湖港边避一避,再加上到船上来做客的人又是那样的稀少,所以,李长风虽是沉默严肃的人,但一谈开了,就永远向我问个不停。对于陆上生活中的事情他看得太少,他对什么事都有兴趣,他向我发出的问题没有中心,但包罗得很广泛。他问,南京用的木材是从江西运来的还是从广东运来的？他问，为什么梅兰芳六十多岁的老头子还能演头二十岁的少女？（他一生都没看过梅兰芳的戏，他觉得非常遗憾。）他问，为什么气象台的天气预报有时是不准确的？他对什么事都有兴趣，他向往着广大无垠的世界。但当我反过来问他船上是不是很寂寞、很闷的时候，他却并不答复我，只是皱着眉毛，眼睛不眨地瞪着，头顶上的短发根根都站起来，说：

“你不要当捉几条鱼没啥名堂，我们太湖也在支援国家工业化哩，你可晓得一吨银鱼好换十七吨钢。”

他的责备是正当的，可是在那一瞬间，我感到自己的脸上很尴尬，于是，我又苛求地说：

“不过陆上的人很难吃到你们的鲜鱼。”

“你这个意见对，对。”他爽朗地划了一个习惯的手势说，“我们早就跟水产公司讲过，我们说，岸上的人不喜欢吃干鱼，也不喜欢吃海里的鲜鱼，就是喜欢吃我们太湖里的鲜鱼，请公司搞冷藏库、冷藏船，把鲜鱼送到岸上去送到大城市里去。真奇怪，水产公司也是住在岸上的人，他们就不想法解决。”他讲得很激动，这种情绪在这个沉默、严肃的人的身上是很少有的。他又划了个习惯的手势，说，“好吧，你不解决，我们自己想办法解决，我们社里已经做好规划，我们自己积累生产资金，今年不行，明年，明年不行，后年，总归是有办法可以解决的。你晓得，冰又不花钱，冬天湖里多得很，只要想个办法把它保存到第二年六月暑天就好了。”

一条小舢板从船舷边擦过，向外飞出去，一个浪头把舢板抛出去五六丈远。船艄上坐着一个人，嘴角叼着烟。头顶上扎了根小辫子的李长风的小女儿，摇摇摆摆地站在舱里，风送过来她清脆的童音：

“爸爸，我们去买杨梅，给新来的叔叔吃。”

舢板的白帆绷得鼓鼓的，倾斜着，像水鸟似的向湖中的马迹山飞驶。舢板跌进浪谷里去了，只看到半截白帆飞漂在水面上；一瞬间，它又从浪谷里爬起来，整个船身都飞行于小山似的浪顶上……

湖中心的大雷山迎着七樯大船走来了，从船边擦身而过了，又向船后慢慢退去。越走越远，渐渐失去了大雷山原有的实际高度，它慢慢沉入湖里去了。

夜间起了雾，湖上全是一片米浆色，山和邻近的船都隐到雾里去了。周围什么也看不见。李长风把竹篙插进湖水里，竹篙快要没顶时终于触到湖底了。他俯身在船舷上，提着篙头向湖底捣了两下子，手上感到了触着坚硬泥土所引起的震动，他迅速地把篙子从水里抽出来，捏了捏粘在篙头上的绿苔似的黏土，迅速地放下篙子，走到后艄把舵向右边推了一下。

难道他从泥土的硬度和颜色上，能辨别出方位么？我站在他旁边，心里想。

“到了啥地方？”我望了望四边暗蓝，但眼力所及的地方又是一片白茫茫、没有一点标志的湖面，试探地问。

“快过暗山[1]了。”他平淡地答。

“你怎么能猜出来的？”我忍不住发问了。

“不是猜的，”他纠正说，“太湖里有好几十种不同的土质，敲一

---

〔1〕 暗山：隐藏在湖底的礁石。

敲，看一看就晓得了。”

我将信将疑地笑起来了。

“不要笑啊。”他自己也笑了。他说，“以前我们湖上有个瞎子‘老大’，他在解放前就死了。他才真有本事哩，他眼睛虽然看不见，可是鼻子很灵光，他会闻，只要闻一闻湖里泥巴的味道，他就晓得到了啥地方。有一回，别的船上几个青年人想试试他的本事，就从湖底弄上来一团泥，掺了一点锅膛灰，拌好了，拿给他闻，问他到啥地方了。瞎子‘老大’闻了半天也闻不出啥名堂，他皱了皱眉，就说：‘倒像是出了太湖了嘛。’旁边的人差一点笑出声来。一个青年忍住笑，故意装作不晓得的样子问：‘是呀，出了太湖现在到了啥地方？’青年人想要老头子瞎扯……等一下。”

李长风突然停住了话头。他把舵杆向更右边推了一下，紧了紧舵杆绳，又拿起竹篙伸进湖水里。竹篙伸进去不到一半，突然听到清脆的响声从湖底下传上来，碰上礁石了。他把篙子抽出来，借着夜间模糊的水光，察看了一下水迹子，湖水大约六尺深。他把篙子又放进水里，再抽出来大约五尺深、四尺深……我的心抽紧了，怕尖利的礁岩把船底划通。可他仍然镇定地，就像化学家在安静的实验室里，把他的玻璃试管抽出来又放下去那样，专心而又悠闲。

水又慢慢变得深起来，以致篙子触不到湖底。李长风把舵杆向左边用力推过去。

“过了吗？”我问。

“刚才是从暗山右边过来的，”他指着退后去的湖水说，“暗山顶还在左边一点。”

看到他的熟悉和镇定，我衷心地赞美说：

“有你这样的‘老大’，出不了事故。”

他摇摇头说：

“瞎子老大才是真本事哩。”

我催促他把那个瞎子“老大”的故事讲完，那个善心的老人，虽然自己已经失去了眼睛，但还努力在为人们探索安全的航道。听了我的请求之后，李长风挥了个习惯的手势说：

“实际上已经讲完了。后来，瞎子‘老大’闻了半天闻不出来，就说：‘鬼晓得到了啥地方。’过后，他还不放心，又闻了闻，就笑起来了说，‘恐怕到海龙王家了，你闻闻看，这泥巴还有点锅膛灰的香味哩。’”

半夜，风渐渐平静了，篷帆像门帘一样松弛无力地垂挂下来。雾消散了，下弦月升起来了。在惊涛骇浪之后，现在，太湖显得特别沉静、温柔。在月光所直接照射的地方，微波上闪闪游动着千万条银色的丝线。暗蓝色的远方，天和水连接在一起，显得格外幽静、深沉。

我睡在前甲板上，潮湿而温暖的湖风裹在身上，这种舒服是任何陈设再好的房间里所没有的，因为它没有一点虚饰的地方。

忽然，一声声轻柔的、慢悠悠的琴声，从船后艄传来，这琴声，恰像湖中洞庭山的山坞溪流那样清彻明净。是谁在这夜半给人们一枝音响的花朵？我抬起身子，只见李长风盘膝坐在后甲板上，依然是敞开衣襟，微微偏仰起头，手指熟练地拨动和按捺着凤凰琴的琴弦和键盘。他的妻子坐在后艄靠舵杆旁边的甲板上，手里捧着刚刚入睡的小女孩,轻轻地摇着、拍着。全船人都静静地躺在甲板和船舱里,凝神谛听这月夜抑扬的琴声。在沉静的夜湖上,在广大无声的世界里,这一琴声该拨动了多少人心弦的和鸣啊。

何为

插曲

她靠着窗口一个背光的角落里，给我讲这个故事的时候，软席车厢里小小的房间弥漫着纸烟的青雾。从上海到福州的列车经过一昼夜的奔驰，这一会正在闽北山区的悬崖峭壁下蜿蜒前行。层层叠叠的赭色山岩迎面而来，时或遮住了车窗，把浓黛的山色投入车厢里。忽然一片清亮的水光映入窗内，探身一看，只见一江秋水紧紧贴着车旁的崖脚下。江水清浅，水面上礁石嶙峋，急滩处清流湍急，激起一朵朵飞溅的水花。从这里开始，闽江就形影不离伴随着南行的快车直奔前程。

她是怎么想起这个故事的？是窗外一闪而过的秋天的山水引起了她的感触，还是当前面临的巨大斗争，使她联想到逝去的革命岁月里难忘的时日？或许两者都不是，仅仅只因为是在旅途中才偶然想起来的？

她从窗口掉转头来，凝视着手中火光明灭的烟头，似乎透过眼前朦胧的烟雾看到了她过去革命斗争中一个片段。

说起来是很久以前的事了，推算一下，最迟不会超过一九四〇年，在抗日战争的年代。她在苏北一个小县城里当交通员，以小学教员的身份隐蔽在城内，住在小学校里。那一天，她和一个女伴把一束党的重要文件送到城外一处指定的地点，中途必须通过敌人碉堡林立的封锁线。

出发以前，她们仔仔细细穿戴了一番：头上包扎着一条褪色的蓝底白印花土布头巾，额前一绺短发松松散散地露在头巾外面。顺手拿起一条手帕，掖在衣襟下。从上到下一身乡野村姑的打扮，一眼看去完全是两个出门去探亲的苏北姑娘。两个人忍俊不禁相顾一笑，只有在微笑的眼神里，可以看出一种机智、勇敢和大胆的光芒。

最后她们各自挽起了自己的竹篮，篮子里满满地放着鸡蛋。她们小心翼翼地带着这一篮子鸡蛋，倒不是由于这篮子鲜鸡蛋有多么贵重，而是因为其中有一只篮子的底层隐藏着一卷文件。这里有比生命更贵重的党的文件，它的每一个字都将发出巨大的光辉，照亮人们的心灵，成为行动的指南和战斗的动力。

看起来任务是简单的，但是为了完成这个任务，必须把可能付出的代价估计在内。

于是她们按照事先商量的关系，像一对亲姐妹一样出发上路了。她是姐姐，藏着密件的篮子在她手里；她的女伴则扮成她的妹妹。不久，她们就远远看见原野上一座灰色的碉堡，在漠然的天空下，阴沉沉地有如一头怪兽盘踞在铁路边缘上。

这一阵敌伪军大概得到了游击队的什么风声，附近一带的封锁线上戒备森严,路上巡逻的队伍日益频繁。这不是第一次通过敌人的封锁线,她们有足够的经验和必要的沉着,然而等到快近碉堡的时候,她们还是像第一次执行任务一样处处警惕。

事情就发生在铁轨近旁的大路上。从大路的一头突然出现了由日寇率领的几个敌伪军,一队歪歪斜斜的行列施施然迎面而来。真是冤家狭路,进退两难!现在必须放慢脚步,沉着一点。两个女伴细声地迅速商量了几句,考虑到当前可能发生的种种意外的危险,她们决定挺身走上前去。

接着响起了一连串虚张声势的吆喝声,随之而来还有频频拉动枪机的轧砾声。

"打哪儿来?干什么的?有良民证没有?篮子里带的什么?"接连的问询之后,一伙人转眼到了她们前面,其中一个伪军怀疑地看着篮子里的鸡蛋。

姐姐说:

"老总呀,我奶奶病啦,我们姐妹俩给她老人家捎点鸡蛋滋补滋补去。"她说着从腰包里掏出一纸包得好好的"良民证"递上前去,又把她们从这一村到那一庄说得头头是道,不可能露出任何破绽。

"走得可真够累的,姐姐,我们歇歇脚吧!"

妹妹说着索性就在路旁一块大石头上坐下不走了。她掏出手帕当作扇子,傻呵呵地大模大样摇扇起来。还不住地牵扯着姐姐的衣角要她一块坐下歇脚呢。

只听见大声一喝:

"走!小娘儿们待在这儿干什么,快滚!"

姐妹两个翻了翻白眼，坦然对着前面荷枪实弹的敌人。妹妹嘟哝着低声说：

“呦！坐坐还不行吗！”

她们很不情愿地慢吞吞站起来，挽着篮子，晃晃悠悠地挨着敌伪军的队伍飘然而去。两人悄悄地交换了一个眼色，一颗剧烈跳动的心还没有完全平静下来，不容再有任何迟疑，放开步子急急向铁轨走去。

差不多已经走了几十步路，这一关总算闯过去了。不料从她们背后，猛地又响起了声色俱厉的叫喊：

“站住！站住！”

两个任务还没有完成的女伴听见这样的声音，一刹时心都沉下去了。是因为走得过于匆促引起了敌人的疑窦，还是狡猾的敌人终于发现了她们篮子里的秘密？眼前这个突然变化的局面该怎么办呢？

在她们的近边有一条溶溶的大河，河水闪着蓝钢般阴郁的寒光。这条大河顿时使她们灵机一动：为了保护党的文件免于落到敌人手里，姐姐准备在必要时“失足落水”连人带篮子一起掉进河里去。

她们冷冷地慢慢转过身去。在这严重考验的时刻，个人的安危早已置之度外，那一叠党的文件给她们带来无比的力量，篮底深处似乎有一股热流直通到她们年青的心里。两个二十岁上下的姑娘，骤然感到自己足以应付任何艰难的处境而无所惧，甚至于在这样的场合，也是对她们的革命的坚定性一种试炼。一个人的一生中可能有许多难忘的时刻，而这样难忘的时刻却是不多的。

她们“豁”出去了。等待着行动。可是有时候生活中难免也有意外，说真的，直到今天还难以相信这个故事急转直下竟是这样结束的。在那紧张的一瞬间，她们几乎不能相信自己听到的是这样一句话：

“小娘儿们，还不快回来！”一个伪军粗野地连笑带骂地喊道，只见他的阴冷的刺刀尖上，挑起小小一方布片：“快把你们的尿布捡去擦鼻子吧！”

一阵哄笑，敌人渐渐远去。

我的旅伴讲完了这个小故事，哈哈大笑起来，接着又解释了一句：

“原来，我那会演戏的妹子，把她那一块手帕掉在地上，忘记带走了！”

她转身把车窗稍稍拉开一些，一阵风吹散了满车厢的烟雾。车窗外云淡风轻，闽江的江水蓝得发绿，绿幽幽的水影舐着两岸烟花杂树，隔着一掠而过的丛树间隙看过去更是姿态万千。随着列车前行，越来越浓艳的山光水色令人迷茫。分明这已是落叶萧疏的秋天，在南方却还像是个暮春三月的江南天气。

1962 年 12 月

第二次考试

著名的声乐专家苏林教授发现了一件奇怪的事情：在这次参加考试的二百多名合唱训练班学生中间，有一个二十岁的女生陈伊玲，初试时成绩十分优异，声乐、视唱、练耳和乐理等课目都列入优等，尤其是她的音色美丽和音域宽广令人赞叹。而复试时却令人大失所望。苏林教授一生桃李满天下，他的学生中间不少是有国际声誉的，但这样年轻而又有才华的学生却还是第一个，这样的事情也还是第一次碰到。

那次公开的考试是在那间古色古香的大厅里举行的。当陈伊玲镇静地站在考试委员会里几位有名的声乐专家面前，唱完了冼星海的那支有名的《二月里来》，门外窗外挤挤挨挨地都站满了人，甚至连不带任何表情的教授们也不免暗暗递了个眼色。按照规定，应试者还要唱一支外国歌曲，她演唱了意大利歌剧《蝴蝶夫人》中的咏叹调《有一个良辰佳日》，当时就以她灿烂的音色和深沉的理解惊动四座，一向以要求严格闻名的苏林教授也不由颔首表示赞许，在他严峻的眼光下，隐藏着一丝微笑。大家都默无一言地注视陈伊玲：嫩绿色的绒线上衣，一条贴身的咖啡色西裤，宛如春天早晨一株亭亭玉立的小树。众目睽睽下，这个本来笑容自若的姑娘也不禁微微困惑了。

复试是在一个星期后举行的。录取与否都取决于此。这时将决定一个人终生的事业。经过初试这一关，剩下的人现在已是寥寥无几。而复试将是在各方面更其严格的要求下进行的。本市有名的音乐界人士都到了。这些考试委员和旁听者，在评选时几乎都带着苛刻的挑剔神气。但是全体对陈伊玲都留下这样一个印象：如果合乎录取条件的只有一个人，那么这唯一的一个人无疑应该是陈伊玲。

谁知道事实却出乎意料。陈伊玲是参加复试的最后一个人，唱的还是那两支歌，可是声音发涩，毫无光彩，听起来前后判若两人。是因为怯场、心慌，还是由于身体不适而影响了声音？人们甚至怀疑到她的生活作风上是否有不够慎重的地方！在座的人面面相觑，大家带着询问和疑惑的眼光举目望她。虽然她掩饰不住自己脸上的困倦，一双聪颖的眼睛显得黯然无神，那顽皮的嘴角也流露出一种无可诉说的焦虑，可是就整个看来，她通体是明朗的，坦率的，可以使人信任的；仅仅只因为一点意外的事故使她遭受挫折，而这正是人们感到不解之处。她抱歉地对大家笑笑，于是飘然走了。

苏林教授显然是大为生气了。他从来认为，要做一个真正为人民所爱戴的艺术家，首先要做一个各方面都能成为表率的人，一个高尚的人！歌唱家又何尝能例外！可是这样一个自暴自弃的女孩子，永远也不能成为一个有成就的歌唱家！他生气地侧过头去望着窗外。这个城市刚刚受到过一次今年最严重的台风袭击，窗外断枝残叶狼藉满地，整排竹篱委身在满是积水的地上，一片惨淡的景象。

考试委员会对陈伊玲有两种意见：一种认为从两次考试可以看出陈伊玲的声音极不稳固，不扎实，很难造就；另一种则认为给她机会，让她再考试一次。苏林教授有他自己的看法，他觉得重要的是找到造成她先后两次声音悬殊的根本原因。如果问题在于她对事业和生活的态度，尽管声音的禀赋再好，也不能录取她！这是一切条件中的首要条件！

可是，究竟是什么原因呢？

苏林教授从秘书那里取来了陈伊玲的报名单，在填着地址的第一栏上，他用红铅笔画了一条粗线。表格上的那张报名照片是一张叫人喜欢的脸：小而好看的嘴，明快单纯的眼睛，笑起来鼻翼稍稍皱起的鼻子。这一切像是在提醒那位有名的声学专家，不能用任何简单的方式对待一个人——一个有生命有思想有感情的人。至少眼前这个姑娘的某些具体情况是这张简单的表格上所看不到的。如果这一次落选了，也许这个人终其一生就和音乐分手了。她的天才可能从此就被埋没。而作为一个以培养学生为责任的音乐教授，情况如果是这样，那他是绝对不能原谅自己的。

第二天，苏林教授乘早上第一班电车出发。根据报名单的地址，好容易找到了在杨树浦的那条偏僻的马路。进了弄堂，蓦地不由吃了一惊。

那弄堂里有些墙垣都已倾塌,烧焦的栋梁呈现一片可怕的黑色,断瓦残垣中间,时或露出枯黄的破布碎片,所有这些说明了这条弄堂不仅受到台风破坏,而且显然发生过火灾。就在这灾区的瓦砾场上,有些人大清早就在忙碌着张罗。

苏林教授手持纸条,不知从何处找起,忽然听见对屋的楼窗上,有一个孩子有事没事地张口叫着:

"咪——咿——咿——咿——,吗——啊——啊——啊——"仿佛歌唱家在练声的样子。苏林教授不禁为之微笑,他猜对了,那孩子敢情就是陈伊玲的弟弟,正在若有其事地学着他姐姐练声的姿势呢。

从孩子口里知道:他的姐姐是个转业军人,刚从文工团回来不久,到上海后就分配到工厂里担任行政工作。她是个青年团员——一个积极而热心的人,不管厂里也好,里弄也好,有事找陈伊玲准没错!还是在两三天前,这里附近因为台风袭击而造成电线走火,好多人家遭受损失,一时无家可归,陈伊玲就为了协助里弄干部安置灾民,忙得整夜没有睡,终于影响了嗓子。第二天刚好是她去复试的日子,她说声"糟糕",还是去参加考试了。

这就是全部经过。

"瞧,她还在那儿忙着哪!"孩子向窗外扬了扬手说:"我叫她!我去叫她!"

"不,只要告诉你姐姐:她的第二次考试已经录取了!她完全有条件成为一个优秀的歌唱家,不是吗?我几乎犯了一个错误!"

苏林教授自言自语地说着,没有顾到孩子站在面前睁着一双惊异的眼睛，就急忙从陈伊玲家里出来，走得很快。是的，这天早晨有什么使人感动的东西充溢在他胸口，他想赶紧回去把他发现的这个音乐学生和她的故事告诉每一个人。

1956 年 12 月

陌生的台湾人

四年前女儿单身一人初次出国，东渡扶桑。飞机到东京成田国际机场时，是在七月初的一个下午。阳光日语学校约定派人来接，办完入境手续，就在候机大厅内不断闪动的客机到达指示牌下，安心地伫立等候。

第一次到国外，置身于国际色彩和异国情调的强烈氛围中，疑幻疑真恍如进入璀璨的梦境，随之而来的则是一片茫然。只有出了国门，才能体会到祖国这两个字有多么具体。

她耐心地等着，不敢离开。想起“大革命”的灾难岁月里，童年时与小伙伴挽着竹篮，在福州西湖公园荒芜的桥堍下采荠菜。后来随父母到偏僻的山区上中学，每次翻越那条荒山野岭总得鼓起勇气。以后全家回省城，她又在泉州郊区插队两年，随着大伙去围海筑堤，那一段海滩泥途的经历，教育她勇敢地坚强地面对生活。如果那时是土插队，那么现在是“洋插队”了，她对自己淡然一笑。

东京的初夏黄昏,候机大厅里不同国籍和肤色的旅客如潮,这一阵似乎涨潮稍稍退落。墙上的带光的指针闪耀着下午五点,她等了整整两小时。每一个从她身边过去的人都不是来接她的。真糟糕,学校方面失信,没有人如约来接她。她守着身边简单的行箧提包,在举目无亲的东京,面临困境。

不知何时,有人在旁打量她,并试探地问询。他说,看样子你是一个人来日本的,是学生吗?在等谁来接你?我看你站在这里很久了。

此人中等身材,衣衫上有些斑迹,约摸四十岁左右,操着闽南腔的普通话。哦,不是日本人!她土插队时就学会闽南话,如今远离故土,听起来竟像是乡音般亲切。

虽然第一个反应是她不怕,不过也很谨慎紧紧护卫她身边的衣箱物件,警惕地注视这个来历不明素不相识的中年男子。

他又说起闽南腔浓重的普通话,幸而她都能听懂,他说,我每天开车来接送台湾观光客,如果你愿意,我可以带你去东京,先住在我开设的简易旅馆。

她随口问了一句,才知道从成田机场到东京市区长达一百多公里。在暮色渐浓的异国大都市,她是孤单无援的。直觉告诉她,对方看上去不像是个怀有恶意的歹徒。

他接着说,当然,我是做生意的,不会白白让你乘车住旅馆,这都要收钱的。不过你放心,不会欺骗你。我虽然是台湾人,也是中国人。

她微微一震。本来就别无选择,这几句带着浓重“乡音”的坦直的话,使她终于下了决心。我是在泥泞生活中打过滚的,都是中国人,没有什么可怕的,她想。于是就让那台湾人帮着提行李,作为他的客人,默默地一起登上他驾驶的中型面包车。

车上十二个座椅挤满了旅客和大包小包的行李。从台湾来的观光客陆续在去东京途中下车,车厢内只剩她最后一人,她不由心头一阵紧缩。

面包车随着长长的车流进入东京市区,车窗外迎面而来的辉煌灯火,令她眼花缭乱,冲淡了她的疑虑。浅草的夜景,一片耀眼的繁华。简易旅馆在摩天大楼下的街角处,低矮的日本式木板屋,比想象的简陋得多。

她在那个不知名的小旅馆住了两夜,这是她到东京的第一站,也是她的人生道路上又一个起点站。结账时,她特意在账台边停留片刻。那个接待她的老板大概又驱车到成田机场去接台湾观光客了。很遗憾没有向他说一声再见,也不知道他的姓氏。在东京的茫茫人海里,是不可能再遇到的。纵或相遇,也是陌路人。

但是,四年以来,每或回忆到东京第一天的窘迫处境,她总是带着感激的心情,想起那位陌生的台湾人,想起他说过的一句话:我虽然是台湾人,也是中国人!

1993 年 1 月

我的祖母

我幼小的时候，父母亲离乡背井去谋生，留下我在祖母的身边，祖母是我的保护神。我依偎着她度过我的童年，度过我成年后许多艰难困苦的日子。我的生命中，祖母赋予我的是很多很多的，她留给我的记忆，任何时候都没有离开过我。

那年重返故园，与其说我是寻找逝去的童年，不如说是去探望亲自抚养我的老祖母，去追寻她留下的足迹。斜阳下的石板道有点荒寂，长巷墙垣剥落，老屋带着忧伤。我踏上石阶，轻轻推开虚掩的门扉，站在若隐若现的往昔情景里。

这古老宅第的大家族中，众多长辈都已撒手人寰，但我固执地相信老祖母与故园同在。

我一眼瞥见熟悉的月洞门。天井两侧，东西相对，各有一圈很圆很大的月洞门，恰似地上两个对称的大圆月。童话般的月洞门之间，天井里显得空旷开阔。花墙边上并列着几个大水缸，家乡俗称七石缸，用以承接檐下的雨水。我与小伙伴绕着缸边捉迷藏，骑木马，摆弄小乌龟，那是我嬉戏奔跑的地方。

我似乎听见祖母从明堂探身出来，呼唤我，寻找我，拉住我，我一头扎入她的怀里。

夏夜星空下，天井里萤火点点，花架上的盆花幽香沁人，老祖母和未出嫁的小姑姑拍着大蒲扇，为我驱赶蚊蚋。纳凉时，祖母讲天上神仙的故事，讲孟姜女万里寻夫的人间故事。祖母不识字，不过我总觉得她像是一本无字的书，书上写满悲欢离合令人神往的民间传说。我一知半解，却是我最早接触到的文学作品。

祖母和我在故园拍摄的几张照片依然清晰。那年我三岁，也可能是四岁，祖母五十三四岁。我穿着又厚又臃肿的棉袍，紧贴着祖母，握住她的手，仿佛在倾听祖母对我亲热的低语。

老家横塘弄直通一座古桥。定海城中的状元桥，历来称为定海第一桥。桥中设置神龛。乡里人说，别的状元桥是先出状元后造桥，唯独定海是先有状元桥，后出状元。桥并不长，拱形的桥身高高隆起，依据地形，东边十九级石阶，西边二十一级，用巨石构筑而成。这桥跨过八百多年流逝的岁月，后来改建后石级就没有了。

在我童年的时候，最高兴的是祖母带我到状元桥。早晨的状元桥，桥上桥下全是摊贩，生气蓬勃，自成集市。定海属舟山群岛，渔民出海归来，在桥头设摊。没有一个鱼摊的鱼虾海鲜不是银光闪亮活蹦乱跳的。空气中弥漫着强烈的鱼腥味。桥头上是湿漉漉滑腻腻黑乎乎的。站在桥边，总能呼吸到大海带着盐味的气息。

祖母有她熟识的摊主，豪爽热诚的渔民们把最好的海产留给她，从不欺骗顾客。我拉着祖母的衣角，享受着我喜爱的茯苓糕夹热油条。然后在午餐桌上，尽情享用祖母用海鲜烹制的佳肴。

我们家乡有许多好吃的东西，好吃的东西都离不开祖母的烹饪。且不说只有宁帮菜才有的做法，诸多名之曰“烤”的荤素美食；也不提宁式菜中的醉、炝、糟、炒各种乡土食物的具体内容，只举我最喜欢祖母做的家常菜，例如鸡骨酱，将土鸡去头尾内脏，剁碎用熟油加工制成炒酱，鲜腴丰美，是我祖父佐酒的妙品，我也得以分享。又如雪菜笋丝炒年糕，吃到碗底，只见切得极细的雪菜笋丝粒屑浸在重油里，油都绿了，闪耀着诱人的油绿光泽，扒着碗吃个干净才痛快。那是天下少有的美味，只有我祖母才能烹制这样大快朵颐的炒年糕。

祖母烧得一手好菜，可她从不为自己特地做什么菜，她做好菜是为祖父为客人为家里的人。她最大的乐趣似乎是看我吃她做的菜。我贪馋地大嚼，她欣赏地看着我，不断在旁告诫：“慢慢吃，小心烫嘴！”

祖父在上海的鸿宝斋石印局任职，祖母从家乡移居上海。我大病初愈，留在上海跟随着祖父母同住。30年代的上海冬天，古老的石印局楼上厢房里寒气逼人，高耸的屋顶可供鸟雀筑巢，呼啸的北风在横梁穿过。为了暖和，我和祖母同卧一张大床，同盖一条厚棉被，那年我已是小学五年级了。我就是这样在祖母身边长大的。

我读书时期乃至投入社会工作后，大部分时间都同祖母生活在一起。人们说我是她的“小儿子”，她代替我的母亲照顾我的衣食，为我钉扣子补袜子，按时令更换我的卧具。晚上我有事外出，她就深更半夜等候着为我开门，非要等我回家后才能睡得安稳。那几年，我经常为旧病所苦,每每缠绵病榻,祖母为祈求我的病早愈,竟表示她宁可自己折寿!每念及此,我就惶然不安。

解放初期我结婚后,因为上海旧筑内三代同堂过于拥挤,遂在他处觅屋迁居,我和祖母分住两地。她似乎十分寂寞,天天盼望我抽点时间陪她坐坐。然而我命途多舛,生活窘迫,不如意事常八九,深恐影响祖母的情绪,怕她担忧,去探望她的时间并不多,这就更增添了她对我的怀念。每次见面她习惯地拉住我的手,诉说她的期待与冷清。用她的话是"心焦,心焦煞"。我的儿子出世后,祖母盼望能够抱曾孙的心情更殷切了。

通常我们每星期天午前到祖母那里,全家吃一顿午饭。这顿饭必定是她亲自下厨,而且是早作准备的。对她来说,这一天如同节日。她早早站在后门口,一手扶着门框,一手挡着耀眼的逆光,远远眺望弄堂口的每一个行人,想象那是我们抱着孩子向她走来了。

那年暮春时节的一个星期日,照例是我们去同祖母一起吃午饭的。临时有事耽误了一会,迟了半小时,想必祖母等得心焦。赶到弄口,原以为祖母会站在门口翘盼我们。然而这一天却不见老太太微微伛偻的身影,我们心头笼罩着疑云。

我安慰自己,不可能有什么事的。祖母一生人缘好,为人善良仁慈,温和宽厚。她老年时惯于自理生活,很少患病,一口牙齿基本上完好无损,近来也没有听说她有什么不适。焉知一进门,家里的气氛有些异常,隐约有啜泣声。我们冲进屋内,天啊,祖母已被抬到床上,任凭我们呼天抢地地哭喊,我的祖母已失去知觉,再也没有醒过来。

整个上午她都好好的。不到十点钟,她亲自到灶头掌勺,做我爱吃的鸡骨酱，就像以前，我们到来之前她总要忙碌一阵。这天她突然感到晕眩，慢慢蹲下身，顺着灶台倒在地上。谁也想不到她患有严重的高血压，那时也不重视老人经常要量血压，于是一次突发性的中风猝然夺去她的生命，她静静地离开人间。

这一切发生在半小时内，就在我们磨磨蹭蹭迟到的半小时之内！如果我们早些到达，也许还能见上一面，不，也许她就不会站在灶台前做菜，也许她就不至于如此匆遽地离开我们！

我匍匐在她身旁，轻轻摩挲她闭上眼睛的脸，苍白的慈祥的圣洁的脸。我握她冰凉的手，多筋的手，善于操劳的手，专门用来给他人以爱抚的手。我将她的手贴在我的面颊上，我的泪水滴落在她的手背上。她的手再也不会紧紧拉着我了。数十年间，我们祖孙俩相依为命，现在由于我的迟到，赶不上与祖母见最后一面，我悔恨交加，哀痛欲绝。

祖母娘家姓乐，是定海的大族。据县志记载，乐氏家族祖居河南商丘，明正德年间迁徙舟山群岛，繁衍生息近五百年。祖母享年八十一岁，我至今还珍藏着她临终时的一束头发，一朵素白的绢花。

1994 年 5 月于上海

山乡的渡船老人

我常常想起山乡的那个渡船老人。

说是山乡，因为我有几个寒暑是在那里度过的。那里的山水人物同我逝去的部分岁月交织在一起，那里的土地留下我深深浅浅的足迹，那里也就成为我的另一个故乡了。

大队部坐落在画屏似的山麓下，奇峰危岩的倒影俯临着村前的溪水，犹如一个山水空灵的绿色半岛。没有桥，渡口的小船便成为活动的桥梁。我到山乡的最初一段日子，寄居在大队部的侧屋，以后又搬到五里地外的一个小山村，来来往往都要靠着小船摆渡。

撑小船的是一个面色严峻的老人。不知为什么他总是那么阴郁，显得有点古怪。你问他十句话，至多回答你一句，甚至连一句话也不愿开口。有时，渡船上只有我和他两个人，他只管自己慢悠悠地撑着竹篙，好像这船上只有他一个人，这整个世界只有他孤零零的一个人。开始我觉得这老人未免不近人情，慢慢地也就习惯于这种载满一船沉默的摆渡了。

不过这样我倒有更多的余闲去观察他。他的古铜色头颅上的白发白须,他常常衣衫敞开裸露出古铜色的胸膛,还有他裤管卷起的古铜色腿部,这整个给人一种倔强的神气。人们说他早年是一名出众的舵工,闯过不少大江大河,也经历过人世的惊涛骇浪,现在年已古稀,就在这大队里给人摆渡,以度过他的垂暮之年。

他看来没有亲属,也没有家,这渡船于是成了他的家。船艄篾篷下,铺着一张磨得发光的棕色草席,上面一条叠得很整齐的花布棉被。靠前的船舷旁,一缸米,一桶水,一堆木柴,这便是他全部的食宿所在。船身内外的木板擦洗得明净光洁,所有生活用品无不安置得井然有序,俨然是一个小小的水上人家。

最引人注目的是卧具上端,鸡毛掸子旁边,挂着一方明亮的小镜框。镜框里的照片,是一张十分年轻的笑脸。这是一种春日阳光般灿然的微笑,是一种对生活充满着无限热望的微笑。我想这是老船夫留驻在相片上的永远的青春。每次我摆渡过岸时,情不自禁总要对着那张照片看一眼,觉得这照片上的笑容,在小船里投下一道生命的光辉。有几次我还发现,镜框下的一只空酒瓶里插着几朵野花。想不到古怪的老船夫还真是很有生活情趣的。

可是不知为什么,在这个老人满是皱纹的黝黑脸上,不只是刻着苦辛的印记,还隐约留下寂寞的阴影,宛如写在他脸上的是一页很难读懂的人生的书。

夏末,落了一场暴雨,千百条山涧汇集成川,呼啸着一齐流入河道里。那个晚上我到大队部开会,会后留宿在祠堂边的侧屋,听了一夜风声和雨声。翌日天虽放晴,而渡口的溪水高涨,淹没了一片砂石地。为了免于被激流漂走,渡船早已拽上溪滩,系在一棵老樟树下,显然是无法摆渡到对岸去了。那天早上我恰好有事要到公社去,站在水流激荡的石磴上迟疑了很久,末了决定试一试涉水过溪。

"慢着。"有人喊住我,"这水底有暗礁深潭!"

原来是那个古怪的渡船老头。也不知从哪里冒出来的,他出现在我身边,有如一尊古铜色的雕像。

"可我要赶路。"我无可奈何地解释着。

他毫不犹豫地说:"来!"

我以为他要带我蹚过溪水,高兴地请他走在我前面领路,不料他沉缓地低声说:"我背你过去!"

这实在很使我吃了一惊。且不说他平时那种难以接近的冷漠神气,我简直不敢相信这话出自他的口中;即使论年纪,他也比我大了一截,我是不能领受这一份盛情的。

然而他却是极其认真,冷冷地重复说:"我背你。"

从大队到公社所在地约有二十里山程,中间还得翻过一条很陡的荒岭,而我必须在晌午时分赶到那里。可是,眼前这条溪流涨起大水,无法指望搭渡船到对岸去,我站在溪边怅然四顾。

"来!"他弯下身子,不容我多所推辞,让我伏在他像船板一样厚实的背上。

这是我生平最难忘的一次摆渡。他驮着我,沉稳地一步一步踩着浪花激溅的溪水,水流渐渐淹过他的古铜色腿部,渐渐浸上他的腰部。我伏在他的背上,隐隐感到他脚下踩过的水底卵石,感到他绕过几次水下险道时的脚力。他照例是沉默无语，仿佛他自己就是一条载人的渡船。我也不知道对这样一次意外的经历该说些什么。我该说些什么呢？在这时候，任何感激之辞都是空泛无力的。我突然感到，负载我的不只是一个人，而是这一带的山区人民！

然而，使我的心灵为之震颤的一件事，则又在过了许多日子以后。

那是寒冬腊月里的一天，渡船老头到县城去了，船上的撑渡换了一个替手。我似乎颇有点寂寞。自从我到山乡数个月以来，尤其是那次老船夫驮我过溪，尽管我们交谈的话仍然不多，终于在渡船上建立起感情的桥梁。有许多次，山乡邮递员把我的远方来信和大队的《人民日报》留在渡头，每一次，老人都是很负责地亲手交给我。不久我就发现村内村外所有过渡的人，对大队里这个老船夫都很尊敬，而且都很关心他。每逢过年过节，船艄的篾篷下挂着社员们赠送的一尾鲜鱼，一块腌肉，或是一串干辣椒。干辣椒像一串红艳艳的鞭炮，喜滋滋地在船上晃动。

那天傍晚时天气阴寒，铅灰色的低空压着山巅。渡船载着最后一批从对岸山垄田收工回来的社员们，在轧砾的沙滩上停靠了。我和大队支部书记老林到溪丘地小队去开会，一同上了渡船，坐在篾篷内老船夫的卧铺上，举目细看篷壁上挂着的小镜框。我对老林说，这张相片一看就知道是老船夫年轻时照的，那双无邪的眼睛，透着一股灵秀之气。如今上了年纪，老人家的眼神就黯然无光了。

老林摇摇头："哪里，这照片上的青年不是他，你不知道？"

"那又是谁？"我不胜惊讶。

老林黯然说:“那是他儿子!”

一提起老船夫的儿子,大队支部书记轻轻哆嗦一下。这时渡船在沉沉暮色中撑开去。寒风吹进篾篷,溪面闪着寒光。随着船桨起落的欸乃声,我听着老林声音悲怆地说起老船夫的一件往事。

老人大半辈子过的水上生涯,不幸早年丧偶,身边相依为命的只有一个独子。小男孩自幼跟着父亲浪里来风里去,在风浪里长成一个健壮聪颖的少年,进了县城中学后,是一名品学兼优的好学生。席卷全国的一场政治大风暴开始了,他同全国成百万的学生一样,到许多省市城镇去“串连”,足迹远至西南边陲的省份。

那一年他才十五岁。刚出去时还寄来两封简单的家信,以后就音讯杳然。他的伙伴们陆续回到家乡“就地闹革命”,可是这孩子却从此不知去向。有人说他“为革命做了囚徒”,不知被禁锢在远方哪个牢狱里。也有人说他在外省的一次大武斗中,平白无故做了流弹的牺牲品,葬在不知哪处的乱坟堆里。众说不一,存亡不明。总之,直到今天还是一个谜。一个年轻的生命竟然像流星一样陨落了。

只有老船夫从未失去过希望,他对一切不祥的传闻一概不闻不问。他不相信,他也不愿相信儿子一去不复返。在别人面前他的话越来越少,在没有人的时候,他对自己说的话则越来越多。他孑然一身生活在小船上,对着孩子的照片独语,像是祝祷,像是祈求,又像是哀诉。有时他仰头对着上苍愤激地大声说话,像是控告人世的不平。更多的时候他茫然若有所失,又若有所待。他靠着希望生活,他生活在永远的期待之中。他心中燃烧着的希望之火是永不熄灭的。

山城不通火车。每隔一个时期,老人就到县城的长途汽车站去等待。他怔忡不定,唯恐失去一次在车站上亲自接到儿子回来的机会。时间无情地一年接着一年过去了。他对人说他儿子很可能在外地找到工作,按理说到了春节该会回乡来探亲,于是又改为一年一次,临近春节前十天到县里去。人们看见车站的长椅上,坐着一个面容严峻、衣冠整齐的老人,痴痴地寻视每一班长途汽车的每一个窗口。大家都辛酸地暗暗在心里说:"渡船老头又在等他儿子了。"

这是错误的历史造成的一个普通人的悲剧。

也许这不过是千百万人中一个小悲剧。

清明时节,溪边的杜鹃花盛开,满山浓黛中一片绯红,映照着色调迷离的溶溶春水。长长的竹篙往水里一撑,水面上漾起红艳欲流的涟漪。船头上一个古铜色铸像一样的老人,撑着渡船渐渐靠近岸边。

在这梦幻似的幽境中,我又一次上了渡船。

山乡的孩子们采撷了一大把一大把的杜鹃花,纷纷跳上船来,带给那个年年月月为人们摆渡的老船夫。杜鹃花又名映山红,山里的人称为清明花。我也把随手采来的一束清明花,默默地放在船篷内的小镜框下。不一会,又有几个摆渡的山村姑娘也捧着鲜花上船来。霎时间红花载满了一船,像载满一船无穷的希望,直向对岸驶去。

在"十年动乱"中离散的亲人们,只要活着的,或早或晚都已团聚了。那个魂牵梦萦地思念着儿子的老船夫,那个孤寂的老人,今天是否依旧在大队撑渡？他生命的最后一页是怎么写下的，依然是满怀希望抑或终于感到幻灭？我不知道，我又多么渴望知道！

我常常想起山乡的那个渡船老人。

1980年2月

图书在版编目（CIP）数据

新中国散文典藏．第3卷／王景科主编．-- 济南：山东友谊出版社，2015.3
ISBN 978-7-5516-0779-7

Ⅰ．①新… Ⅱ．①王… Ⅲ．①散文集－中国－当代
Ⅳ．①I267

中国版本图书馆CIP数据核字(2015)第047482号

封 面 图： 田忠泉
责任编辑： 张亚欣
艺术设计： 姜海涛

主　　管：山东出版传媒股份有限公司
集团网址：www.sdpress.com.cn
出版发行：山东友谊出版社
地　　址：济南市英雄山路189号　邮政编码：250002
电　　话：出版管理部（0531）82098756
　　　　　市场营销部（0531）82098035（传真）
印　　刷：山东临沂新华印刷物流集团有限责任公司
版　　次：2015年4月第1版
印　　次：2015年4月第1次印刷
规　　格：640mm×960mm　1/16
插　　页：5
印　　张：25
字　　数：280千字
定　　价：75.00元